Die neun Pforten der Chakren

SANDRA SCHWEINITZ

Die neun Pforten der Chakren

Bibliografische Information der Deutschen Nationalbibliothek
Die Deutsche Nationalbibliothek verzeichnet diese Publikation
in der Deutschen Nationalbibliografie; detaillierte bibliografische
Daten sind im Internet über http://dnb.d-nb.de abrufbar.

© 2017 Sandra Schweinitz
Umschlagdesign, Satz, Herstellung und Verlag:
BoD – Books on Demand
ISBN 978-3-7431-2109-6

Inhalt

Vorwort	7
Die erste Pforte	9
Die Farbe Lila	33
Die Symphyse	34
Die zweite Pforte	36
Die Farbe Weiß	60
Die Geschlechtsorgane	61
Die dritte Pforte	63
Das Wurzelchakra	88
Die Farbe Beige-Braun	89
Die vierte Pforte	90
Der Knochenbau	114
Die Farbe Schwarz	115
Die fünfte Pforte	116
Der Magen	141
Die Farbe Grün	142

Die sechste Pforte	143
Die Farbe Rosa	168
Das Herzchakra	168
Die siebte Pforte	170
Der Kehlkopf	195
Die Farbe Rot	196
Die achte Pforte	197
Die Bank	221
Die Farbe Gelb	223
Die neunte Pforte	224
Die Farbe Blau	249
Das Kronenchakra	249
Das Nachwort	251

Vorwort

Um sich mit Chakren auszukennen, braucht man nicht studiert zu haben. Die meisten Dinge erfahren wir durch unsere Umgebung. Alles, was da nicht passiert, passiert im Internet. Wir erkennen und lesen viel nach, was wir nicht verstanden haben, um uns Klarheit zu verschaffen. Schlimm ist es, wenn uns der Alltag einholt und wir die Dinge in Vergessenheit bringen. Es ist schade, wenn wir interessante Dinge, die unser Leben beeinflussen könnten, einfach hinter uns lassen. Wenn wir überlegen, wie oft wir schon Interesse für jemanden gezeigt haben, weil wir die Erfahrungen, die wir gemacht haben, verglichen haben und wir nicht auf einen grünen Zweig gekommen sind. Die Leute, die etwas anderes machen, werden bewundert. Wir wollen, dass sie uns berichten, was sie anders machen. Die Leute wollen auch erzählen, was sie tun. Es fällt ihnen nur meistens immer schwer. Die Erwartungen sind hoch. Was wollen die Leute wissen, was ihnen gefällt? Nichts. Es will jeder verstanden werden. Wenn wir sprechen und etwas wollen, verlangen wir etwas. Wir brauchen das Gefühl, dass überhaupt Interesse da ist. Ist Interesse da, wird das Buch interessant, das ich schreiben werde. Ich will, dass es interessant wird, denn ich mache das nicht umsonst. Wenn ich etwas sage, muss ich auf den Punkt kommen, damit mich der andere versteht. Genauso ist es beim Schreiben. Wenn wir die Dinge immer wieder nur schönreden, wird es nicht besser, weil jeder um den heißen Brei redet. Wir kennen das Gefühl, der Tag hört nie auf zu vergehen, weil der eine mich totquatscht und nur von sich redet. Will der überhaupt wissen, wie es mir geht, oder gibt derjenige mir das Gefühl beim Reden: »Ich muss mich jetzt vergessen, weil er jetzt wichtiger ist«? Wie reagiere ich in so einer Situation? Darf ich nachdenken, wenn ich zuhöre und gleichzeitig überlegen muss, was ich im nächsten Moment tue? Wo sind die Grenzen, die jeder setzen kann? Wisst ihr, was ein Defizit ist? Nein, wisst ihr nicht. Ich erkenne Handlungen, die ich nicht ausführen kann. Warum kann ich Handlungen nicht ausführen? Das ist ein Defizit. Wie willst du lernen, wenn es dir verboten wird? Verbote und Gesetze sind vor dem Leben entstanden, das weiß nur keiner mehr. Wie bekomme ich diese Fähigkeit zurück, ohne jemanden zu missbrauchen? Wir müssen uns energetisch unterstützen. Wir fangen an beim Essen. Wir werden vegan. Wir essen keine Pilze, wir trinken keinen verbrannten Kaffee mehr. In dem verbrannten Kaffee ist Chlorogensäure falsch aufgespalten, das macht den Körper kaputt. Chlorogensäure ist ein Neurotransmitter, sie wird in Koffein und Säure aufgespalten. Das Adrenalin kann den kaputten Neurotransmitter nicht reparieren, da die Bindung fehlt. Wir senden Stresshormone von den Geschlechtsorganen, weil wir atemdepressiv werden. Der Seelenvertrag greift ein. Wir dürfen noch nicht sterben, die Zeit ist noch nicht um. Wir müssen noch Dinge erledigen. Dinge, die in Vergessenheit geraten sind. Warum darf ich mich an sowas nicht erinnern? Manche Dinge dürfen nicht erkannt werden, weil einige Leute das so wollen. Wir müssen aus Fehlern lernen. Warum darf denn keiner vorausschauen und Dinge frühzeitig erkennen? Das will keiner. So ist das Spiel und so ist das Gesetz.

Die erste Pforte

Ich will leben. Ich will Spaß. Nein, das darfst du nicht. Warum? Du brichst Gesetze. Nein, tue ich nicht, ich habe keine gemacht. Wer dann? Die Leute, die herrschsüchtig sind. Ich will auch herrschsüchtig sein, ich will, dass die Welt mir gehört. Ich will, dass mir das ganze Universum gehört. Ich will auch so größenwahnsinnig sein. Dann musst du Regeln aufstellen. Was denn für Regeln? Du bist nicht die einzige Person, die es gibt. Du musst Rücksicht nehmen auf die anderen. Wer sind die anderen? Muss ich die lieb haben oder muss ich die hassen und kaputtmachen, wenn ich sie nicht mag? Es gibt viele verschiedene Seelenfamilien. Jede Seelenfamilie hat ihren eigenen Lebensraum. Es gibt für jede Seelenfamilie eine Urmutter und einen Urvater. Wie du die Leute behandelst, ist dir überlassen. Wähle aber mit Bedacht. Die Leute werden unzufrieden, wenn du sie falsch behandelst. Sie bekommen Liebeskummer, wenn sie nicht richtig wahrgenommen werden. Hassen kannst du jeden, du kannst sogar jeden verfluchen. Du solltest nur niemanden für dein Leben verantwortlich machen. Warum muss ich denn leben, wenn ich nicht lieben kann? Das erste Leben ist immer das schwierigste von allen. Wenn wir einmal begriffen haben, wie es geht, wird es leichter. Keiner darf zerstört werden, auch wenn das so gewollt wurde. Wenn man Hass dem anderen gegenüber ausspricht, ist das immer sehr verletzend. Aus welchem Grund hassen wir denn? Ist es der Neid, ist es die Eifersucht? Wird das Geben und Nehmen nicht verstanden? Oder hat derjenige mich verletzt, weil er Schmerzen hat? Warum hat er Schmerzen und lässt es an mir aus? Merkt der eigentlich, was er tut mit mir? Will der hören, dass es mir weh tut? Warum muss man denn einen Streit provozieren? Gebe ich ihm das Gefühl, dass ich ihn nicht mag, wenn ich ihn verstehen will? Warum will man denn verstanden werden, wenn man sowieso alles besser weiß? Was ist Egoismus? Ich will etwas erreichen. Was denn? Ich will leben und nicht für dumm verkauft werden. Gewalt ist eine Reaktion auf eine Aktion, die wir nicht verstanden haben und die so gewollt wurde. Wer will denn Gewalt? Es geht hier um Größenwahn. Wem kann ich zuhören, wer glaubt mir und wer will mich missbrauchen? Wer übernimmt denn die Verantwortung, wenn mir einer was tut? Keine Ahnung. Es fühlt sich keiner verantwortlich. Warum muss ich denn so leben? Manchmal habe ich das Gefühl, mein Leben wird mir vorgeschrieben. Das fühlt sich nur so an, ist aber nicht so. Im morphogenetischen Feld steht drin, wie wir sein wollen. Wie wollen wir denn sein? Jeder will anders sein. Wie denn? Der eine will der Gute sein, der andere will der Böse sein. Einer will viel sprechen und wenig reden lassen, das heißt, immer etwas dominanter als der andere sein, um besser dazustehen. Wie bringt man den Leuten Gehorsam bei? Gehorsam ist immer mit Gewalt verbunden. Es gibt psychische Gewalt, seelische Gewalt und die Gewalt, wo es Prügel gibt. Um sein Leben bestimmen zu können, muss man an die richtigen Leute geraten. Das alles wurde vor dem Leben entschieden. In der Kindheit wird man trainiert für sein weiteres Leben, je nachdem, wie man sich die Eltern ausgesucht hat. Hat man sich die Eltern so ausgesucht, dass man den Problemen, die man hat, ins Auge sehen und sie lösen kann oder ist man naiv und glaubt, es käme sowieso keiner dahinter, was man verbrochen hat? Das Schicksal hat zugeschlagen, es wollte es so. Wer ist für sein Schicksal zuständig? Der Einzelne selbst, nur manche belügen sich so, dass sie gar nicht mehr rauskommen vor lauter Angst, ihre Schuld zuzugeben. Wieso Schuld, wieso Angst? Vor dem Leben haben Kriege im Kosmos stattgefunden. Die Kriege untereinander werden auf der Erde fortgeführt, auch wenn man das nicht gewollt hat. Das energetische Aufarbeiten dessen, was im Leben stattfindet, was vor dem Leben stattgefunden hat, gehört zum Leben dazu. Wenn wir Schmerzen haben, müssen wir auf die Symptome hören. Haben wir einen Wasserverlust, müssen wir Wasser trinken. Fehlen nur Elektrolyte, müssen wir NaCl, Kalium und Kalzium auffüllen, am besten in einer Suppe. Gemüsesuppe reicht doch. Wir brauchen keine Schmerzmittel. Nehmen wir Schmerzmittel von der Pharmaindustrie, unterdrücken wir Gefühle. Schlucke ich Tabletten, schlucke ich Gefühle. Wo kommt der psychische Schmerz her? Hat das was mit Leistungsdruck zu tun? Warum darf ich nicht Nein sagen, wenn ich mal keine Lust mehr habe? Wie behandelt man einen Burnout? Muss man dafür in die Klapsmühle? Was sind Nervenschmerzen und wie behandelt man die? Wenn man es richtig macht, hört man auf zu rauchen. Alkoholentzug: Hilfe, mir wird alles weggenommen, ich habe nichts mehr. Wisst ihr, was Liebeskummer ist? Herzschmerzen, die will keiner. Panikattacken, der ganze Körper ist angespannt, wenn etwas verlangt wird, was ich nicht will. Mir glaubt immer keiner, wenn ich die Wahrheit sage. Ich muss Notlügen aussprechen, weil ich nicht stärker sein kann als der andere, ohne rot zu werden. Wie kann man in der heutigen Zeit ein ehrliches Leben führen? Wer da Tabletten nimmt und die falschen Antibiotika erwischt, hat da ein Problem. Tabletten sind vorübergehend eine gute Lösung, wenn man sich nicht zu helfen weiß. Medikamente dürfen nie zur dauerhaften Weiterbehandlung genommen werden. Wenn man es so will, kann man alle Tabletten in einen Topf schmeißen, da gibt es keinen Vergleich zur Dauerlösung. Wir müssen die Ursache finden. Ein Herzkranker hat einen gestörten Elektrolythaushalt, Schmerzen im Herz, die sogenannten AP-Beschwerden und Angst, dass es nicht besser wird. Was macht er in der heutigen Zeit? Er trinkt brav seinen verbrannten Kaffee, nimmt brav die Butter aufs Brot. Tierische Fette, die keiner braucht, um so seinen Cholesterinspiegel zu erhöhen. Ja, genau, für den Cholesterinspiegel gibt es ja auch Medikamente, z. B. Simvastatin. Keiner weiß beim Cholesterinspiegel, wie viel pflanzliche Fette gesund sind. Es heißt immer nur »organisch« und »anorganisch«. Aber was ist das? Fachsimpeln will hier keiner, wir wollen verstanden werden. Die besten Öle sind anorganisch, also von der Pflanze. »Organisch« würde heißen: vom Tier, aber die Wissenschaftler nennen »organisch« die Pflanzenfette. Pflanzenfette wie Kokosfett oder Kakaobutter. Dann gibt es noch die gesättigten und die ungesättigten Fettsäuren. Was heißt das jetzt für mich, werde ich davon satt? Ja, wir werden satt, weil wir das Richtige machen. Die ungesättigten Fettsäuren sind in den Pflanzenölen enthalten, sie binden beim Erhitzen von Suppen das Salz und die Vitamine und sind am besten zum Anbraten geeignet. Gesättigte Fettsäuren sind zum Beispiel in Kokosfett enthalten, weil ein Stoff enthalten ist, der das Fett hart und weich werden lässt, von kalt auf warm. Fett braucht der Körper, um Vitamine im Körper zu binden. Ungesättigte Fettsäuren binden das Eiweiß in der Zelle, das gibt uns ein Sättigungsgefühl. Wir müssen keinen Hunger leiden. Öle werden im Körper nochmals aufgespalten. Sie können sich so an Transmitter heften, um in der Zellstruktur einen Platz zu finden. NaCl und Mineralien sowie Spurenelemente können so verstoffwechselt werden. Wenn wir Nahrungsmittelunverträglichkeiten haben, liegt das meistens an unserem Verhalten. Das Ganze fängt in der Kindheit an. Haben mich meine Eltern gern, wie ist mein Beobachtungsverhalten? Wie darf ich welche Dinge entscheiden oder wird mir alles vorgegeben, weil der Alltag so stressig ist? In der Kindheit wird entschieden, ob das Leben Spaß macht oder nicht. Wenn man Baby ist, muss man immer schreien, wenn man Hunger hat, was eigentlich schade ist. Man muss nur die Zeiten einhalten. Am Anfang alle zwei bis drei Stunden, später die Abstände einfach verlängern, um so ein richtiges Gefühl zu bekommen, wir haben unser Kind gern. Das Baby spürt das, es baut Vertrauen auf. Vertrauen findet in der Leber statt. Wenn ein Kind oder Baby in einer vertrauten Umgebung aufwächst, ist es viel entspannter. Es stellt keine Forderungen, weil Mama und Papa da sind, wenn es was braucht. Beim Fleischesser ist es so: Jedes Mal, wenn wir den Kampf verlieren, weil alles rückfällig wird, typisches Suchtverhalten, haben wir Schmerzen. Was sind das für Schmerzen? Gefühlsschmerzen an den Geschlechtsorganen. Der Fleischesser vergiftet sein eigenes Hormonsystem. Die Schilddrüse muss dabei alles kompensieren, sie schüttet Jod aus, um den Schmerz einschlafen zu lassen. Wenn wir jetzt den Schmerz einschlafen lassen, können wir dieses Gefühl, was richtig wäre, nicht geben. Das hängt mit der Hormonausschüttung zusammen. Die Lebensfreude wird beeinflusst. Die tierischen Hormone geben uns den Schmerz zum unkontrollierten Geilwerden. Wir können das nicht steuern, wir denken an den Tagesablauf, mit dem Hintergedanken: »So viel Sex kann ich nicht haben.« Als Baby wird uns das so beigebracht, wir müssen schreien, um die Bedürfnisse zu bekommen, die gestillt werden müssen. Welches Gefühl gibt dabei die Mutter dem Kind, wenn sie herausfinden muss, was das Baby oder Neugeborene braucht? »Hör auf zu schreien, du nervst.« Ein schreiendes Baby will keiner. In der Kindheit, sobald das Kind anfängt zu krabbeln, will es alles tun, weil es das Sagen hat. »Ich schrei dir die Ohren voll, wenn ich etwas nicht bekomme.« Dann bekommt es einen Schnuller zur Selbstbefriedigung. Warum braucht denn ein Kleinkind oder ein Baby einen Schnuller? Vielleicht, weil es Aufmerksamkeit braucht, um da schon zu lernen, mit Schmerzen umzugehen. Ich muss ständig meinen Mund und die Kaumuskulatur bewegen, weil ich die Durchblutung der Halswirbel brauche, um keinen Überbiss zu bekommen. Jetzt habe ich die Konzentration im Mund, weil ich die Schmerzen im Unterbauch besser steuern kann. Der Fremdkörper hilft mir dabei. Die Muskulatur im Hals ist wichtig. Wenn ein Baby schreit, ist die Muskulatur passiv angespannt. Beim Schnuller ist die Muskulatur aktiv angespannt, die Aufmerksamkeit steigt und das Hormonsystem wird angekurbelt und beeinflusst. Ein gesundes Baby kann entspannt beide Muskulaturen, also die tiefenentspannte Muskulatur und die normale, aufbauen, weil es genug Lebensenergie hat, geistige wie seelische, um sich normal zu entwickeln. Es ist aufmerksam im Fühlen und erkennt den Geruch der Mutter. Jeder Mensch hat eine Liste, die er abarbeiten muss, um die die nächste Stufe in seinem Leben zu erreichen. Diese Liste ist im morphogenetischen Feld verankert. Jeder, der im Universum vor dem Leben etwas verbrochen hat, muss daran arbeiten, um zu erkennen, was er falsch gemacht hat. Selbst wenn wir etwas ausgemacht haben, um uns gegenseitig zu helfen, wir haben Listen erstellt: Dem muss ich helfen, bei dem muss ich aufpassen, der will mich zerstören. Nach der Aufmerksamkeit entwickeln wir uns. Dann gibt es noch Verträge untereinander. Ich habe einen Hass auf dich, du musst mir helfen, den anderen fertigzumachen. Aber mach das liebevoll, der andere soll davon nichts mitbekommen. Wie geht das? Du bekommst einen Anteil von dem da. Da steht dann drin, wie du dich verhalten sollst. Es weiß dann keiner, dass ich es gewesen bin. Ich werde dir dann Angst einjagen, wenn du sterben willst. Na toll, ich will leben, weil ich ein Problem habe, weiß nicht, wie ich die Dinge erledigen soll und werde dabei fertiggemacht. Meine eigenen Sachen darf ich nicht selbst tun, weil mir immer alles vorgeschrieben wird. Das Lebenschakra beeinflusst unsere Dinge, wie möchte ich leben, mit welcher Umgebung darf ich die Dinge erkennen, die um mich herum passieren, oder muss ich mich abspalten vom Körper und dir den Weg weisen, weil jemand anders nicht will, dass wir leben? Ein gut ausgeprägtes Lebenschakra sagt ja zum Leben, ich bin für dich da, wenn du was brauchst. Das Chakra ist in der Symphyse verankert, es lässt uns leben. Dieses Chakra hat die Aufgabe, das Wachstum zu steuern. Der Sympathikus ist für das Zellwachstum zuständig. Wenn das Zellwachstum nicht mehr stattfinden soll, findet eine Sympalyse statt, durch ein Sympalytikum. Der Parasympathikus sagt Nein zum Zellwachstum, er lässt den Sympathikus auflösen. Die ganze Vorgehensweise wird in der Symphyse gesteuert, sie ist zuständig für unsere Körpergröße und auch dafür, wenn wir krank sind. Wenn wir krank sein wollen, dann wächst der Tumor, der unser Leben zerstört. Wir brauchen Aufmerksamkeit, um unseren Zustand zu verbessern, weil wir den Weg zur Selbstzerstörung gewählt haben. Der Parasympathikus sagt Nein zur Krankheit, kann aber nicht greifen, weil der Sympathikus zu dominant ist. Wir wollen uns fertigmachen, jeder will der Bessere sein. Wir haben uns ein Ziel gesetzt. Leben und leben lassen, wir können nicht aufhören, wir kennen keine Stoppgrenze. Der Sympathikus wird in der Symphyse vom Gehirn beeinflusst. Wie ist mein Denken, will ich mich überhaupt verändern? Wie ist meine Umgebung, bin ich stark genug als Einzelkämpfer oder werde ich fertiggemacht, weil ich meine Probleme, die ich verursacht habe, nicht zugeben will? Ich kann nicht ehrlich mit mir selbst sein, die kosmischen Zerstörungen, die in meiner Hand liegen, habe ich vergessen, weil ich einen Anteil abgegeben habe, der mich erinnern lässt. Ich gebe lieber den anderen die Schuld für mein Benehmen, weil ich krank sein muss, von mir kann keiner was erwarten. Erst dann, wenn ich den Sinn verstanden habe, warum ich das Ganze mache, ob es von mir ausgeht oder ob ich gezwungen wurde, Dienste zu leisten, erst dann werde ich mein Leben in die Hand nehmen und Verständnis zeigen. Die Leute brauchen von mir nichts zu erwarten, wenn wir einen Angriff starten, sind wir immer in der Gruppe und greifen energetisch im Leben ein, um dem Einzelnen Gehorsam beizubringen. Der muss etwas tun, was er nicht will, und wird dann auch bestraft für seine Taten. Jedes Mal werden wir stärker, weil wir andere fertigmachen. Der Parasympathikus wächst dabei mit. Das ist eine Krankheit. Gesunde Leute können ihr Hormonsystem steuern und sich wehren, weil sie vegan sind. Ich gehe lieber einen Schritt zurück und beobachte dich. Ich weiß, wer du bist. Mittlerweile habe ich meine Leute so erzogen, dass wir energetisch zusammenhalten, allerdings haben wir das schon vor dem Leben gesehen und agiert, um so zu handeln. Wir passen auf, wir wollen eine Seelenfamilie und keine Rassenvermischung, die nach Anerkennung und Zerstörung schreit. Bei Krankheiten lässt sich der Sympathikus erst dann auflösen, wenn er den Kampf verloren hat. Wie jeder den Kampf verliert, ist jedem selbst überlassen. Werde ich gezwungen, weil ich den Einzelkämpfern im Weg stehe, oder habe ich Einsicht in meinem Benehmen und werde mich nicht mehr selbst vergiften mit Fleisch und anderen tierischen Kadaverprodukten, um meinen Ekel zu zeigen und wie krank ich bin? Mutterliebe gibt es innerhalb der Familie, genauso wie Vaterliebe. Werden die Familien zerstört, leidet jeder unter Liebeskummer. Wie kann ich meinen Liebeskummer befriedigen? Was fällt mir dabei ein? Das Ganze hat vor dem Leben stattgefunden, die Erde ist ein reiner Aufarbeitungsplanet. Wir suchen nach der Wahrheit. Das ist ganz normal im ersten Leben, wir stellen alles in Frage. Nur: Bekommen wir auch die richtige Antwort? Wie will ich sein, wie kann ich sein? Wie gefällt es mir, wie sind die anderen? Ich will die Welt entdecken, machst du mit? Wir müssen nichts gemeinsam haben, neugierig sind wir doch alle. Selbst wenn es uns mal nicht gutgeht oder wir schlechte Laune haben, ich will alles erleben, was es gibt auf der Welt, ich will niemanden zerstören. Für mich ist jeder ein Jemand, auch wenn es nicht einfach ist. Manchmal, wenn ich einsam bin und Schmerzen zulasse, schaue ich jeden mit Hass an, vielleicht merken die

Leute ja, dass es mir nicht gutgeht. Als Kind bin ich immer gezwungen worden, das zu essen, was auf den Tisch kommt. Deswegen mache ich jetzt alles, um mir selbst zu gefallen. Ich will keinen verletzen, aber ich muss lernen, unterdrückte Gefühle zuzulassen, um mich mit Situationen auseinanderzusetzen, die mir schwerfallen. Was mache ich denn, wenn ich mal einen Ausraster habe? An wem lasse ich den aus? Meistens hilft Bewegung, manchmal ist es aber so stark geballt und auf einmal, dass nur noch Weinen hilft, weil ich einsam bin und von niemandem verstanden werden will. Da bin ich auch froh, dass ich allein bin, weil ich einfach das falsche Denken und Fühlen der anderen nicht ertrage. Wenn ich allein bin, kann ich wenigstens weinen. Mir kann keiner ein richtiges Gefühl geben für Mitleid. Jeder will, dass es aufhört, man muss doch stark genug sein im Leben. Wer Schwäche zeigt, ist eine Mimose und wird ausgelacht. Ich lasse mich gern auslachen, weil ich weiß, ich bin ehrlich. Was wäre, wenn jeder zugeben würde, er wäre krank, was würde passieren? Es würde wieder einen Machtkampf geben untereinander, weil alles ins Lächerliche gezogen würde. Zu wem gehe ich, wenn ich traurig bin und ehrlich sein will? Als Erstes zu Freunden, Familie war nie da. Von den Eltern wird man nie verstanden, da heißt es nur: »Sei froh, dass du was Warmes auf dem Teller hast.« Was heißt denn Glücklichsein? Wer hat denn die Grenzen nicht kapiert? Will ich Wohlstand, bekomme ich welchen. Will ich Ärger, bekomme ich welchen. Mensch, Kind, weine doch nicht, du bekommst eh, was du willst. Wenn ein Kind weinen muss, gibt es zu, dass es Schmerzen hat und stimuliert gleichzeitig sein Halschakra, weil es in dem Moment ehrlich ist. Es hat Schmerzen, weil es die Gier befriedigen muss. Was habe ich mir für Ziele gesetzt? So laut muss ich schreien, um gehört zu werden. Ist das normal? Jeder denkt, Kinder machten das mit Absicht. Tun sie auch. Wie sollen die denn sprechen lernen, wer hört denn zu, wenn keiner aufmerksam ist? Keiner! Wir erwarten das von Kindern, sie müssen schreien. Das geht so aber nicht. Jeder hat das Recht, den Schmerz zu erkennen, und kann sich fragen: »Warum lasse ich es so weit kommen?« Ein Kind versteht ein normales Nein jetzt nicht, später geht es besser. Es kann dies aber nicht so zulassen, weil es lernen muss, den

Schmerz zu unterdrücken, und gleichzeitig aufpassen muss, wann der richtige Zeitpunkt da ist, um vernünftig sprechen zu lernen. So ist es auch im Alltag, lasse ich sprechen oder drücke ich den anderen immer mein Denken und meine Meinung ins Gesicht? Schlucke ich Gefühle, bin ich ein trauriger Mensch. Spreche ich die Dinge an, werde ich missverstanden in meinen Handlungen, weil ich mich falsch entwickelt habe. Die Leute verstehen, was ich sagen will, ich kann mich aber nur so präsentieren, wie ich bin. Wer will ich denn sein, wenn ich »ich« sein will? Kann ich das herausfinden? Muss ich denn überhaupt so sein, wie ich erzogen worden bin? Nein, das kann jeder für sich entscheiden. Jeder ist gleich in seiner Person als Individuum, ganz unpersönlich und gleich stark dem anderen gegenüber. Leute, die sich prügeln oder raufen, suchen immer den Schmerz zur Vergewaltigung. Ich muss recht haben, wenn das so nicht geht, werde ich dir das zeigen, mit aller Gewalt. Wir können nicht anders, so sind die Seelenverträge. Wie kommen wir da wieder raus? Seelenverträge hat jeder, der auf der Erde ist. Tiere, Menschen, alles ist verankert, wie jeder sein darf. Warum kann keiner selbstständig sein und unabhängig? Ist es die Eifersucht? Will der eine, was der andere hat, oder will er besitzen, was ihm nicht gehört? Beides, je mehr ich kaputtmache bei den vielen, die es gibt, desto mehr Angst haben die anderen vor mir und ich kann machen, was ich will. Jeder wird aufpassen bei mir, dass er sich keine Fehler leistet. Die Seelenenergie lässt uns mit Absicht vergessen, um den Schmerz auszuhalten, den wir erleiden müssen. Wenn jeder bereit dafür ist, erinnert sich jeder an die Zeit vor dem Leben, wie alles abgelaufen ist. Wir sind alle im Lichtkörperprozess, das heißt, wir machen einen großen Wandel durch. Wir bekommen die eigenen Seelenanteile wieder, zwar in kleinen Stücken, aber das ist egal. Es ist wie eine Vorbereitung auf das Große, was kommt. Was heißt eigentlich, wir bekommen Anteile wieder? Na ja, das Universum ist groß, wir müssen leben, um Versprechen aufzuheben, es müssen auch die Verträge aufgelöst werden. Manchmal ist es so: Wenn es geht und mich keiner erwischt, nehme ich dir was mit. Ich mache das aber so, dass es gekoppelt ist. Wie äußert sich das? Du machst eine Situation durch, beschäftigst dich mit dem Verhalten vor dem Leben und baust neue Handlungen in dein Leben ein. Die Anteile haben geistige und seelische Energie und beeinflussen das Hormonsystem. Es kann so jeder in kleinen Schritten sich selbst neu kennen lernen. Viel zu oft frage ich mich in meinem Leben: «Warum macht der das jetzt so?«, und ich kann nicht einmal nachfragen, weil er gerade in einem Prozess ist, dem sogenannten Lichtkörperprozess. Wir verstehen nicht, aber wir beobachten. Synapsen werden freigeschaltet, weil die kosmische Energie in diesem Bereich arbeitet. Warum konnte das nicht schon viel früher passieren? Na ja, ich will niemandem die Schuld geben, weil ich nicht weiß, wie alles angefangen hat. Anteile bekommt man nur im lebenden Zustand wieder. Wie geht es weiter, werden alle irgendwann gesund? Ja, das ist mein Ziel. Ich will, dass keiner mehr Qualen leidet. Es gibt ein System, wie es richtig geht. Es darf jeder alles tun, was er will. Wenn eine Energie vollkommen in ihrem Sein ist, weiß diese Energie, was richtig und falsch ist. Ich weiß, wie ich Selbstmord begehe, ohne mir Schmerzen zuzufügen, weil mein Leben mit einem gewissen Alter zu Ende ist. Menschen, die nicht vegan sind, haben immer das Gefühl, noch etwas erledigen zu müssen. Sie sind wie in einem Strudel, sie treiben vor sich hin und wissen nicht, wann die Zeit zu Ende gehen wird. Der Sterbeprozess ist in den Geschlechtsorganen verankert. Die Regelblutung ist eine Hormonkrankheit, die keiner will. Schmerzen, die unterdrückt werden, weil der Mensch funktionieren muss. Die Follikelbildung oder der Eisprung, der da vorher stattfindet, wo kein Leben entsteht, ist krankhaft. Das Leben ist nur mit Schmerzen verbunden, weil es um Selbstzerstörung geht. Menschen, die wir nicht riechen können, gehen wir aus den Weg. Kranker Hormongeruch verankert sich im Gehirn, da ist kein Schweißgeruch gemeint. Wir strahlen negative Energie aus. Negative Energie, weil wir Schmerzen haben. Menschen, die dabei euphorisch sind, können darüber lachen. Warum? Wieso sind die denn glücklich, wenn sie ihren Missbrauch zulassen? Sie locken die Aufmerksamkeit, die ihnen fehlt. Endlich ist jemand da für mich. Wie ist das bei Borderlinern, warum machen die das immer wieder? Sie können den Liebeskummer nicht zulassen. Wie sucht man ein Gefühl zur Befriedigung, wenn man Angst hat, verlassen zu werden? Meistens ist

Missbrauch schuld, man hat immer das Gefühl, man sei nichts wert. Ein wertloser Putzfetzen, den keiner braucht. Mama und Papa haben mich nicht lieb, weil sie selber Probleme haben. Menschen, die Schmerzen haben und diese zulassen, sind ehrliche Menschen, sie wissen nur nicht, wie sie die zulassen können. Sie wissen, dass es falsch ist, meistens ist es wie ein Übergreifen vom Parasympathikus, um den eigentlichen Schmerz zu stillen. Der Schmerz liegt in den Geschlechtsorganen in den Eierstöcken, bei der Frau. Ist der Schmerz auf der rechten Seite, wird der linke Arm benutzt. Ist der Schmerz auf der linken Seite, wird der rechte Arm benutzt. Sind die Schnitte an den Beinen, ist der untere Bereich von den Geschlechtsorganen betroffen. Das geht so unkontrolliert-kontrolliert vonstatten, da kann fast keiner etwas machen. Ein Parasympathikus, der zu stark ist und unkontrollierbar, muss richtig behandelt werden. Tierische Hormone weglassen, keinen Alkohol oder nur als Medizin, keine Pilze, keine tierische Milch und keinen verbrannten Kaffee trinken oder andere verbrannten Sachen essen. Die kosmischen Vertreter helfen dann, aber erst muss jeder für sich etwas tun. In der Regel, wenn man die richtigen Leute hat, hat man Glück und es wird vorher schon geholfen. Keiner braucht ewig Tabletten zu schlucken. Dieses energetische Eingreifen macht Sinn, wenn man sich untereinander hilft. Wenn man Pech hat, ist man ausgeliefert und bekommt nicht, was man will, was bei den Borderlinern eigentlich immer funktioniert, weil die ehrlich sind. Sehr sympathisch, dabei wächst der Parasympathikus, weil der Sympathikus nachgibt. Ich will leben, ich will aber auch Befriedigung, warum will ich keinen Sex? Will ich meinen Seelenpartner nicht oder muss ich für den kämpfen? Ich bekomme schon, was ich will, keine Angst. Ich habe mir das Leben so ausgesucht, um dir zu helfen. Was ist eigentlich mit den Pilzen, warum dürfen wir die nicht essen? Das ist eine Schnapsidee, wir brauchen Würfelzucker dafür. So wirken Pilze auf unser Hormonsystem, wir machen einen Witz daraus und beeinflussen so unser Leben. Das Immunsystem leidet darunter, weil es das Frage-und-Antwort-Spiel nicht kennt. Muss ich krank werden oder soll ich gesund bleiben? Haben wir noch Zeit oder müssen wir schon handeln? Wenn wir handeln, müssen wir krank werden und die Krankheit ausbrechen lassen oder können wir auch ohne Fieber krank werden, so dass es keiner merkt? Das Kalzium von der Kuh lässt die Lymphe und die Lymphbahnen verkalken. Das Hormonsystem kurbelt den Kreislauf an. Das Immunsystem ist abhängig von den richtigen Hormonen. Wie soll es richtig funktionieren, wenn immer ein Gegenspieler da ist und sich einen Spaß daraus macht? Warum merken wir das nicht? Wir wollen das nicht merken, wie fühle ich etwas, wenn ich die Kontrolle nicht habe über mich selbst? Entweder werde ich darauf aufmerksam gemacht oder ich erleide eine Immunkrankheit. Pilze sind stark in ihrer Wirkung, schon beim Riechen haben sie die Kontrolle über den Körper. Wenn das Adrenalin nicht stark genug ist und gegensteuern kann, hat es jedes Mal den Kampf verloren. Es benutzt aber den Pilz, um Aufmerksamkeit zu bekommen. Wie werde ich den Scheiß wieder los? Ich kann mir nicht helfen. Dabei benutzt der Pilz den Parasympathikus, er knabbert daran. Pilze sind Lebendenergien, Energien, die lebend gegessen werden. Löscht man Pilze nach dem Anbraten mit Weißwein ab, werden sie geil und benommen, sie lassen sich alles gefallen. Vertrocknet haben sie Hunger und werden aggressiv, wenn sie verdursten. Wie soll man wissen, was man essen darf, wenn das nicht aufhört? Man kann nicht mal ein richtiges Gefühl entwickeln, der Sympathikus wächst dabei, weil keine Lyse stattfindet für den Parasympathikus. Der Parasympathikus kann dabei nicht reagieren, wir können nur aufpassen. Der Sympathikus lässt den Schmerz mit Jod aus der Schilddrüse einschlafen, weil das so keiner erträgt. Wir leiden, ohne Ahnung zu haben, was in unserem Körper passiert. Der Parasympathikus bleibt so in der angespannten Position, kann nicht handeln, und wir fragen uns, warum wir nicht normal sein dürfen. Es kommt keine Antwort, der Parasympathikus kämpft, dass es aufhört, der kann nicht in die Lyse gehen, weil wir sonst den Pilz nicht loswürden. Jedes Mal, wenn der Parasympathikus verliert, findet eine Fortpflanzung statt in unserem Immunsystem, die Pilze fühlen sich da wohl. Der Sympathikus sagt Ja zum Leben, kann aber nichts machen, weil der Parasympathikus angefressen ist und in Ruhe gelassen werden will, aber doch wieder handeln muss, um den Sympathikus zu stärken. Bei mir wurde eingegriffen, ich habe nicht kapiert, was los war, weil sowas keiner gut erklären kann. Wenn ich zu den Leuten gehe und sage, sie dürften keine Pilze mehr essen, und denen erkläre, die machten krank, zeigt mir jeder einen Vogel. Champignons isst fast jeder. Ich habe Angst, in meiner Zerstörung etwas zu sagen, wie soll ich da was machen? Vertrauen findet in der Leber statt, das kann jeder vergessen. Wie soll ich da noch Vertrauen aufbauen, wenn ich zum Arzt gehe? Jedes Mal muss ich den Schmerz vergessen und weiß nicht mehr, was ich habe. Ich suche Selbstbefriedigung, weil ich keine habe. Das Essen, das ich zu mir nehme, zerstört mich. Immer wenn einer reagieren muss, muss eine Lyse stattfinden. Entweder reagiert der Sympathikus und der Parasympathikus schaut entspannt zu oder der Parasympathikus reagiert und der Sympathikus schaut aktiv zu. Beide handeln nie gleichzeitig, sonst kann nichts passieren und jeder redet nur blöd dagegen. In der Lyse findet immer eine Ruhephase von circa zehn Minuten statt. Das Ganze steuert die Symphyse in der Schamgegend. Warum haben wir das Gefühl, wir müssten wieder Pilze essen, haben die ein Opfer gefunden? In der Regel schon, doch meistens sind wir abgeneigt. Nee, nicht schon wieder, habe ich erst gehabt, weiß nicht, wie ich reagieren soll. Warum sollen wir keinen verbrannten Kaffee trinken? Riechen tut er gut, er ist sehr verlockend. Der Kaffee, wenn er verbrannt ist, regt Sinne an. Sinne, die wir nicht deuten können, weil unsere Wahrnehmung gestört ist. Wenn wir immer den Schmerz einschlafen lassen, ist die Wahrnehmung gestört, das ist einfach so, weil keine Selbstheilung stattfindet. Chlorogensäure ist ein Neurotransmitter und wird zerstört beim Rösten. Neurotransmitter binden Stoffe oder Elemente für die Zelle, die wiederum für das Zellwachstum oder den Zellstoffwechsel zuständig sind. Chlorogensäure wird beim Verbrennen in Koffein und Säure aufgespalten. Die Säure ist nervenlähmend und darf nur vom Adrenalin gesteuert werden. Das Adrenalin kann dies aber nicht tun, weil der Transmitter zerstört wurde beim falschen Verarbeiten. In der Kaffeebohne ist so nur noch die Säure enthalten mit den verkalkten Bitterstoffen, die eigentlich gut wären für die Leber. Was macht Säure, die nervenlähmend ist und kein Transmitter, wenn kein Transmitter da ist? Koffein wird zwar meistens zugesetzt, das Adrenalin kann das aber nicht richtig steuern. In der grünen Kaffeebohne ist auch ein Adrenalin, das ist in jeder Pflanze enthalten. Pflanzen, die wachsen, sind lebende Energien. Sie geben uns das Gefühl, wenn wir etwas machen dürfen bei ihnen. Ohne Stoffwechsel könnten sie ja nicht wachsen und existieren. Das pflanzliche Adrenalin dringt in die Nervenzelle ein, unser Adrenalin reagiert sofort und schaut, was passiert. Dabei passiert Folgendes: Grünzeug, was geerntet ist – da ist die kosmische Energie schon draußen, da ist nur noch Nahrung für uns vorhanden. Die Chlorogensäure wird von dem eigenen Adrenalin, das sich in der Nervenzelle abspaltet, von dem menschlichen Adrenalin aufgespalten und benutzt. Wie wird die Chlorogensäure richtig benutzt? Da, wo wir am meisten Schmerzen haben, als erstes in den Geschlechtsorganen, um die Nährstoffe besser zu binden, die wir brauchen. Wir brauchen somit nicht mehr unsere Schilddrüse zu misshandeln. Die erste Pforte wird geschlossen, alle Türen darin dürfen auf- und zugehen. Ich will gesund werden, dafür muss ich etwas tun, weil ich leben will. Das Leben soll Spaß machen, ich will frei entscheiden können, ohne böse Hintergedanken. Ich will groß werden, weil ich wachsen darf in der Familie, sonst macht das Leben keinen Sinn. Für mich ist immer alles sinnlos, wenn ich den Spaß nicht kapiere, weil die anderen immer nur Böses tun und alles in die Zerstörung geht.

Moment mal, was ist mit der Liebe, warum bekomme ich keine, brauche ich dafür Sex? Nein, brauchst du nicht. Die Liebe wird oft falsch verstanden. Wenn der Sympathikus nicht richtig definieren kann und wir auf der Suche sind nach einem Abenteuer, kann das schnell nach hinten losgehen. Wir finden alles attraktiv, was sexuell kostbar ist, weil wir Signale nicht richtig deuten können. Verlieben ist eigentlich eine Krankheit, wo Missbrauch stattfindet, weil es mit Kinderkriegen verbunden wird. Wie merke ich, ob ich den richtigen Partner habe, der mir bestimmt ist, weil es der Seelenpartner ist? Im kranken Zustand gar nicht. Wir müssten ehrliche Gefühle zulassen, was sehr schmerzhaft ist. Der Körper oder die Seele zucken zusammen, weil sich eine Angst aufbaut. Wie spreche ich ihn an? Mir tut das weh, ich will ihn nicht belügen, ich hoffe, er merkt das und lässt mir Zeit, ich gehe dir auch aus dem Weg. Die Neugier wird dabei geweckt, wir werden aufmerksam. Mit dem Parasympathikus geben wir dabei das Gefühl, geh mir aus dem Weg, ich muss dich erst beobachten, bevor ich dich kennen lernen will. Mit dem Sympathikus fangen wir an, über das Hormonsystem zu spielen. Riechst du mich, kannst du mich auch riechen oder bist du krank und brauchst jemanden, um deine Krankheit zu befriedigen, weil du von der Geilheit des Sympathikus nicht mehr loskommst? Entscheiden tut immer der Parasympathikus. Schicke ich dich weg, weil ich es kann, oder schicke ich dich weg, weil du mir nicht gefällst, weil ich von dir nichts bekomme, was ich will? Was will denn jeder? Den kranken Sex kann sich jeder in die Haare schmieren, den will aber irgendwie jeder. Warum kommt davon keiner los? Gruppenzwang. Der andere macht es doch genauso. Ich will ficken, ich brauche den Sex, der ist geil. Partnerwechsel. Warum ist der bei manchen so stark? Jeder reagiert sich ab. Können wir das, wollen wir das? Wie will ich mit Stress-situationen umgehen? Kann ich den Stress nicht richtig steuern, muss ich mir was überlegen. Das wird von der Symphyse gesteuert, so ist die Lebenseinstellung vom Kopf. Wenn ich etwas will, bekomme ich das auch. Wie ist das mit dem HI-Virus, bekomme ich das, weil ich das so will oder muss ich danach suchen? Ich muss danach suchen, weil ich mein Immunsystem ankurbeln will, ich bin hormongesteuert, aber durch Krankheit, weil ich zu viel Fleisch esse. Entweder steuern wir den Sympathikus oder den Parasympathikus beim Fleischessen. Ich will nicht aufhören, da wächst der Parasympathikus. Wenn ich sage, ich will weitermachen, dann darf ich kein Fleisch mehr essen. Der Sympathikus wird gefressen. Welcher Sympathikus? Der, der die Krankheit wachsen lässt oder der, der für das gesunde Zellwachstum zuständig ist? Beide, die Krankheit schmeckt gut, die hört nicht auf. Der Parasympathikus geht stark in die Offensive, wenn der in die Lyse geht. Das heißt, er will den gesunden Sympathikus für das neue Zellwachstum fördern. Dabei braucht er die Leber für den Zellabbau der Gifte, die die HI-Viren hinterlassen. Sie werden abgebaut und im Dickdarm entsorgt. Da wäre es sehr empfehlenswert, mit Fleischessen aufzuhören. Jod macht gierig nach mehr, die Viren verfallen in ein Trauma, weil es ihnen so schmeckt, sie kurbeln immer wieder das Hormonsystem an, um sich zu vermehren. Wenn der Mensch immer wieder von Neuem anfängt, seine Sucht zu befriedigen, endet das wie in einem See, wo Algen wachsen. Es ist immer was zu essen da, wir gründen eine Kolonie. Der Mensch ist krank, also ist es das Virus auch. Warum wird da nicht das Immunsystem richtig angekurbelt? Es wird immer nur fertiggemacht. Da kann man ja nur verzweifeln und weinen. Stärker ist der, der nachgibt und seine Schmerzen zulässt. Wir wollen Dinge in Erfahrung bringen. Warum kann ich das nicht so sehen? Ich muss wissen, was mit meinem Körper passiert. Das Virus geht schon von allein, wenn es Abschied nimmt. Wenn wir wissen, dass jemand stirbt, bricht immer eine Welt zusammen. Was passiert, wenn wir uns selbst auf den Tod vorbereiten? Da kann ich doch jeden Tag entspannt genießen. Was mache ich denn im nächsten Leben? Soll ich immer wieder sagen, ach nö ... nicht schon wieder das Gleiche, weil ich meine Probleme nicht gelöst habe und immer wieder Schmerzen unterdrücke? Alkohol ist keine Lösung, wenn man die Medizin missbraucht und rückfällig auf seinen Alltag wird. Das Leben geht für jeden zu Ende, auch für das HI-Virus. Wenn das stark genug ist, darf das am Parasympathikus knabbern, weil vom Sympathikus fast nichts mehr da sein wird. Wenn wir die Krankheit in den Griff bekommen, löst sich die Anspannung vom Parasympathikus und damit auch die Anspannung vom Verdauungssystem. Das Immunsystem greift ein, ohne Fieberschub. Fieber ist eine Krankheit. Bei jedem Fieber, das wir bekommen, wird das Immunsystem schwächer, weil es keine Abwehr hat. Es müssen Antikörper gebildet werden. Antikörper werden einem zum Verhängnis. Was heißt denn »Antibiotika«? Natürlich gebildete, niedermolekulare Stoffwechselprodukte von Pilzen oder Bakterien, die schon in geringer Konzentration das Wachstum von anderen Mikroorganismen hemmen oder diese abtöten. Gentechnisch oder teilsynthetisch? Keine Ahnung, aber es gibt beides. Was heißt denn »antimikrobiell«? Neurotransmitter für neue Zellen aus der Pflanze will da keiner. Was ist mit Adrenalin aus der Pflanze? Ach nö, ich warte, bis es die nächste Impfung gibt, da passiert das Gleiche. Mein Körper ist ein Sumpf, ich will keine

Eigenverantwortung übernehmen. Hier, mach mal, du bist ja für mich zuständig. Bist du mein Arzt, bist du mein Seelenvertreter? Ist dir das klar? Ach du Schande, hast du viel verbrochen. Aber woher willst du das auch wissen? Was der Bauer nicht kennt, das frisst er auch nicht. Warum gibt es denn Kinderlähmung? Hat da jemand den Sympathikus erschreckt und in den Parasympathikus gebissen? Nervenlähmung, macht Spaß, Herr Doktor, woher haben Sie das Zeug? Von dem Menschen da, der macht das in der Fabrik. Gibt's noch mehr von dem Zeug oder soll ich noch mal zubeißen? Mir macht das Spaß, den Sympathikus zu erschrecken. Umgekehrt geht's leider nicht, der denkt gleich an den Tod, so passt er wenigstens auf, wenn ich reinbeiße, und strengt sich an, wenn ich mal muss. Ich pinkele den dann immer voll, weil Scheißen keinen Spaß macht. Das mache ich lieber beim Sympathikus. Na, was ist mit Fieber, wer räumt denn jetzt den Dreck weg? Von allein geht das nicht. So viel Müll kannst du nicht beseitigen. Wieso nicht, kannst du nicht einfach sterben und nach Hause gehen? Doch, kann ich, will ich aber nicht, mir gefällt es hier. Ich fresse alles an, was mir gefällt. Was gefällt dir denn am meisten? Das Gefühl, dass ich das kann. Ach so, wer erlaubt dir das? Das Antibiotikum. Du bist ein Lügner, die Krankheit war vor dir da, die gibt es schon ewig. Du wagst es, mich als Lügner dastehen zu lassen? Pass mal auf, die Leute haben früher kranke Tiere gegessen und sind selber krank geworden. Ich zeige euch das in einem Körper, wo das geht. Wie meinst du das? Ich bin ganz traurig darüber. Wie suchst du dir die Leute aus? Wühlst du bei denen in der Vergangenheit herum und sagst, die haben das Leben nicht verdient? Nö, Pilze und Bakterien gab es schon immer, die hinterlassen Spuren. Menschen entwickeln sich weiter, Pilze und Bakterien passen sich an. Viren auch? Ja, ich bin eines. Kannst ja doch ehrlich sein. Brauche ich nicht, nur, wenn man mich drum bittet. Wie soll ich das verstehen? Ich kann auch lieb sein in meiner Krankheit. Wie äußert sich das? Dafür brauche ich mehr Leidenschaft, weil ich gern esse. Was isst du denn gern? Den gesunden Sympathikus für die Niere. Der Parasympathikus übernimmt dabei die Kontrolle im Wachstum der Kinder, eindeutig zu sehen. Gehe ich in die Anspannung oder in die Lyse? Ich muss mich gleich entscheiden, das bleibt für immer. Leute, die mich nicht mögen, fördern das energetische Wachstum des Krankheitsverlaufes. Wie viel Macht hat jeder in seiner Krankheit? Muss ich mich mitentwickeln oder steuere ich dagegen an? Der Sympathikus, bei Kinderlähmung, wächst weiter in der Krankheit. Krankhafte Zellen werden aufgebaut, durch Ausschüttung von Jod, weil weiterhin die ungesunde Ernährung stattfindet. Warum merken wir nicht, dass die Nieren betroffen sind bei Kinderlähmung? Wir müssen Schmerzen unterdrücken, sonst habe ich nicht das Sagen. Mit dem kann ich noch leben, aber wie lange noch? Mein Immunsystem macht das nicht mit, der Virus scheißt alles voll und uriniert überall hin. Mein Kopf ist schon ganz voll damit. Das ist dein Problem, nicht meines. Hättest was anderes abgeben sollen vor dem Leben, jetzt hast du was zu sagen. Wolltest schlau sein und die Welt verändern? Nein, ich wollte leben und glücklich sein. Du musst lernen, dass das so nicht geht. Gehorsam, den wirst du bekommen, weil du nichts zu sagen hast. Darfst dich nicht mal ärgern, weil ich auch lebe und es besser mache. Ich bin die Eifersucht auf dein schönes Leben. Der Ekel vor dir selbst, den du nicht wolltest. Was bedeutet das eigentlich, wenn man einen Energieanteil abgibt? Genau das, ich werde krank, weil ich selbst im Körper keine Befehle ausführen kann. Ich kann nichts selbst entscheiden und muss mir alles gefallen lassen, indem ich Befehle von anderen annehmen kann, die das können. Wie soll so jeder lernen, auf sich aufzupassen? Es fehlen die geistige Energie und die seelische Energie. Die Nervenbahnen, um zu handeln, Gefühle zum Wohlfühlen in meiner Selbstliebe. Ich muss mich mit der Zerstörung befriedigen, weil ich keine Anerkennung bekomme. Eifersucht, wenn du das kannst, dann mache ich das mit dem. Ich warte, bis er schläft, dann suche ich mir einen raus, auf den er aufpasst, und er wird sich dreimal überlegen, wie er mit mir umgeht, weil ich den da jetzt kaputtmache. Ich nehme mir seinen Anteil und bestimme sein Leben und spiele mit seinem Tod, weil er den nicht entscheiden darf. Haha, du hast den Kampf verloren. Ich bin Meister im Zerstören, du wirst krank gemacht, du darfst dann ins Leben gehen. Die Eltern suche ich dir aus, du hast nichts mehr zu entscheiden. Wie soll ich denn sterben, wenn ich leben muss? Der andere hat immer gesagt, du müsstest warten, bis der Tod kommt, damit du weißt, wie du damit umgehen musst. Ja, so ist das, ich musste das auch so machen, dass muss hier fast jeder tun. Es gibt keine andere Möglichkeit, du kannst nicht als Ganzes leben, die Leute sind hier zu krank. Wenn du Glück hast, kannst du deine Probleme im Leben lösen, je nachdem, wie du deine Dinge vorher geregelt hast. Über den Tod entscheidest du selbst, du musst mit den Dingen zurechtkommen, die dir gegeben werden. Zur Selbstentscheidung müsstest du alle Verträge lösen, weil die verkoppelt sind. Das geht nur, wenn dir jemand hilft und dich vorantreibt. Hat das etwas mit deiner Krankheit zu tun? Nein, wir geben Leben, weil du und viele andere die Entscheidung abgegeben habt, was mit euch passiert. Habe ich vergessen. Ich weiß, jeder gibt ein Gefühl ab, was er nicht erträgt, weil wir uns selbst nicht verurteilen wollen. Wie muss ich denn jetzt leben? So, wie du dich entwickeln willst. Ich will mich nicht entwickeln, ich will einfach sein. Du kannst eh sein, du musst aber bedenken, dass du an dich denken musst. Wer bist du, wenn du nicht einmal weißt, wie du zu dir sein kannst? Ich bin eh für mich da und nicht wegen der anderen. Die anderen in meiner Umgebung sagen alle das Gleiche. Ist das Gruppenzwang? Also, ich habe mir das Leben ausgesucht, weil ich neugierig war. Dass ich Probleme habe, hat sich erst später herausgestellt. Was hast du denn für Probleme, ist dein Parasympathikus zu groß und du bekommst Angstgefühle, dass du keine Neugier mehr erfahren darfst? Das auch, ja. Mein Wille war es, die Angst zu zeigen, die ich habe vor dem Leben. Das hat sich auch bestätigt. Wie denn das? Ich will nicht leben, ich lebe nur aus Neugier, weißt du, wie das geht? Du darfst ja dann keine Angst zeigen, wie schaffst du das? Genau das ist der Punkt. Mir hat jeder Angst beigebracht. Die Angst, die keiner will, die war einfach da. Ich bin neugierig, ich will keine Angst haben. Die Leute haben das nicht verstanden. Wie bist du denn ins Leben gegangen, mit welchem Gefühl? Hier komme ich, ich bringe euch Angst bei. Geht alle weg, ich brauche Platz zum Leben. Ach so, na dann brauche ich mich nicht zu wundern. Ich hatte so viel Angst, dass die Neugier gar nicht mehr wichtig war. Warum muss man denn neugierig sein, wenn man leben will? Damit das erste Leben aufregend wird. Vielleicht wird es ein Abenteuer, habe ich mir nur gedacht. Du musst doch gar nicht denken, wenn du leben willst. Doch, es gibt Gefühle, die will man nicht aussprechen, die behält man für sich. Wenn ich dir jedes Mal sagen müsste, wie ich gern mein Leben gestalten würde, wärst du ja gar nicht neugierig. Warum muss ich denn neugierig sein? Ich will keine Überraschung. Das Leben spricht für sich. Du freust dich, wenn ich willkommen bin. Ich will nicht, dass du willkommen bist, ich habe das auch nicht gedurft. Was hast du denn gedurft? Ich habe den anderen Angst beigebracht. Hier komme ich, ich brauche Platz, und dann war die Neugier der anderen da. Du hast den anderen Angst beigebracht, weil du das wolltest. Waren die anderen einverstanden damit? Ich habe nicht gefragt, man fragt doch nicht einfach die Leute, ob man Angst haben muss oder neugierig sein darf im Leben, sonst kann ja nichts passieren. Die Angst hat jeder, dass er was falsch machen könnte, nur wird das von den anderen ausgenutzt. Was braucht man denn für einen guten Start ins Leben? Eigentlich braucht man niemanden, den Weg muss man allein gehen. Wenn der Weg nicht allein gegangen wird, hat man immer Einfluss von den anderen. Ich will keinen Einfluss von den anderen haben, sonst macht das Leben keinen Spaß. Die Neugier habe ich mir nicht einfach so ausgesucht, ich bin so. Ich will immer mit Neugier durch das Leben gehen. Du kannst dir nicht einfach aussuchen, du möchtest jetzt ausprobieren, wie der jetzt ins Leben geht. Du bekommst Probleme, wenn du das machst. Du musst nach deinem Gefühl gehen und vorher beobachten, wie die anderen sind. Mischen die sich ein, wenn du etwas willst oder kannst du sein, ohne dass sich jemand einmischt? Was bedeutet »einmischen«? Es wird dir gesagt, wie du dich zu verhalten hast, wenn du leben willst. Du musst so sein, weil der das so will, der eine muss dir immer den Weg zeigen, damit du Angst bekommst, alles falsch zu machen. Ach ja, die Herrschsüchtigen, die meinen, sie könnten sich austoben und dann jammern, ihnen ginge es nicht gut, weil sie nach den anderen leben wollten. Die leben sich etwas vor und wollen eigentlich gar nicht so sein. Würdest du mit Herrschsucht ins Leben gehen? Nö, dann hätte ich keine Zeit mehr, für mich die Neugier zu entdecken. Was findest du denn alles neugierig?

Alles, was nicht mit dir zu tun hat. Sobald du kommst, bin ich besonders neugierig, ich will wissen, was die Herrschsucht bedeutet. Beherrschen will ich niemanden, ich will wieder neugierig sein. Weißt du, was die Neugier bedeutet? Kannst es gern ausprobieren, aber du musst mich wieder beherrschen. Vergiss nicht, du wolltest Gewalt anwenden an mir, damit es dir bessergeht. So herrschsüchtig brauchst du nicht zu sein. Das ist keine Neugier, die du an mir auszuüben brauchst. Was soll ich denn dann an dir ausüben? Gar nichts, ich will nicht beherrscht werden. Kannst du dich eigentlich selbst beherrschen? Das ist Herrschsucht. Die anderen wissen nicht, wie das geht, willst du es ihnen beibringen? Wie soll ich mich selbst beherrschen und den anderen das beibringen? Das geht, dafür brauchst du die Neugier. Du schleichst dich ganz langsam an, indem du dich beherrschst, bleibst stehen und wartest auf den anderen. Dann erschreckst du den, das macht Spaß. Der andere wird sich freuen, weil er so noch nie erschreckt wurde. Hoffentlich bepisst der sich vor Lachen. Ich habe keinen Spaß daran, die Leute zu erschrecken. Wieso nicht? Den anderen gefällt es doch auch. Dir macht es Spaß und mir macht es Spaß. Ich lebe, weil ich Angst habe. Hast du auch Angst? Die Neugier hat mich geweckt, um dich zu finden. Dich habe ich gefunden, um herauszufinden, wer du bist. Du wolltest mich beherrschen, hast aber die Beherrschung verloren. Ich kann leben, wie ich will, da darfst du mir keine Vorschriften machen. Nicht einmal, wenn du meine Mutter wärst, dürftest du mir Befehle geben. Ich gebe dir auch keine Befehle, ich erwarte von dir Abstand. Du bist zu groß für mich, wenn ich klein sein soll. Die Größe kannst du von mir nicht erwarten, da ich noch jung bin und wachsen muss. Ich muss wachsen, weil das meine Natur ist. Das Einzige, was ich nicht darf, ist über den Kopf hinauswachsen. Ich werde als Mensch groß und kräftig in der Statur. Wie groß ich wirklich werde, steht in meiner Energie geschrieben. Ich darf niemanden dominieren damit, sonst könnte ich dich beherrschen. Das ist nicht das, was ich will, ich möchte meine wahre Größe entdecken. Ich bin groß, du bist klein. Wie klein kannst du sein, damit du stehen bleiben kannst, wenn ich komme? Ich bin größer als du, ich will dich nicht erschrecken. Ich bin die kleine Sandra, ich habe keine Angst vor großen Menschen. Die großen Menschen sind meistens eh ganz klein, wenn es darauf ankommt. Neugierig ist aber jeder Mensch, egal, ob groß oder klein. Ich stehe hinter dir, du hast zu wenig Kraft in deiner Stärke. Du kannst somit Mut beweisen. Traust du dich, einen Schritt weiter zu gehen, oder kommst du dir verloren vor? Ich will nicht verlieren, weil ich zu wenig Kraft zeigen muss. Du musst keine Kraft zeigen, die du nicht hast. Du kannst mit wenig Energie auch etwas machen. Ich mache etwas, was du nicht kannst, das ist einfacher. Ich zeige dir, wie das geht. Ich gehe einen Schritt vor und zurück und bleibe wieder stehen. Hast du gesehen? Ich bin nicht weitergekommen und habe es dir gezeigt. Du bist schlau, wie du dich verhältst. Deine Größe zeigt Mut zur Tat. Ich bleibe immer noch hinter dir stehen, ich will wissen, was du noch kannst. Bin ich schon gewachsen mit dem, was ich gemacht habe? Nein, du bist noch nicht gewachsen, dafür fehlt dir noch ein Schritt. Du musst den Überblick verlieren, dann siehst du den nächsten Schritt, den du gehen kannst. Ja, aber wenn ich immer den Überblick verliere, wann weiß ich dann, wann ich genug habe von dem Ganzen? Das merkst du selber. Du willst nicht zu groß sein und auch nicht zu klein. Die Tat schreitet voran und du bekommst wieder Neugier, etwas zu tun. Wie viele Schritte darf ich denn jetzt machen? Ich will mutig sein. Du kannst so viele Schritte machen, wie du nur willst. Deine Größe wird dir zeigen, wie stark du sein kannst, was du in die Tat umsetzen wirst. Ich habe nur drei Schritte geschafft, aber ich war besser als vorher. Ich bin klein in meiner Größe, da ich noch wachsen muss. Ich bin neugierig, wie groß ich werden kann. Wie groß bist du eigentlich in deiner mutmaßlichen Tat? Ich bin größer als du, da ich schon stark über mich hinausgewachsen bin. Den Mut habe ich bewiesen, indem ich neugierig war, dich zu beweisen. Ich habe mich hinter dich gestellt und habe dir eine Möglichkeit gegeben, auch mit wenig Kraft den Weg zu gehen. Ich bin einen Weg gegangen, der nicht einfach war. Der Weg war in der Tat grauenvoll. Jeder war verletzbar und ist es heute noch. Keiner weiß, was Mut wirklich bedeutet. Du bist mutig, aus dem Fenster zu springen. Du bist mutig, davonzurennen, wenn es etwas gibt, wovor du Angst hast. Ich habe Angst vor dir, wenn du die Schritte nicht einhältst und nicht weißt, was Größe und Stärke bedeuten. Du verwechselst Mut mit Leichtsinn. Der Leichtsinn fällt dir schwer, da du nicht weißt, was Größe bedeutet. Ich bin größer, als du denkst, und allein in meiner Tat. Die Tat wende ich an, um einen Schritt zu gehen. Bin ich klein, muss ich wachsen, dafür brauche ich Mut. Ich bin mutig in meiner Tat, großzuwerden. Ich kann keine Befehle gebrauchen. Du willst stärker sein als ich, das willst du immer sein. Du bist auch stärker als ich, da du zu viel Mut bewiesen hast. Du hast Mut bewiesen, über dich hinauszuwachsen. Ich würde nie über mich hinauswachsen und wollen, dass der andere immer schwächer ist als ich. So würde ich dir Angst einjagen. Die Angst hat keine Bedeutung, da ich zu klein bin. Die Angst hat schon Bedeutung, ich kann mich nicht wehren. Du bist zu mutig in deiner Tat. Ich bin nicht zu mutig, ich wollte dir nur beweisen, dass ich dich im Griff habe. Ich bin klein und kann nichts machen. Du kannst nicht davonlaufen, du musst hierbleiben. Ich kann nicht gehen ohne dich. Soll ich dir jetzt Mut zeigen oder willst du wissen, wie stark ich sein kann? Ich kann nicht stärker sein als du, da stimmt irgendetwas nicht. Wir wären höchstens gleich stark, wenn wir uns messen würden. Ich bin nicht mutig genug, um dir zu zeigen, dass ich nicht über dich hinauswachsen will. Du musst auch nicht über mich hinauswachsen, das verlangt ja auch keiner. Selbst, wenn du wolltest, würdest du dir selber Probleme einhandeln. Ich muss stärker sein als der andere, sonst kann ich nicht wachsen. Wenn du stärker sein musst, na, dann bitte. Du bist nicht größer als er, sondern genauso leichtsinnig. Ich habe keinen Leichtsinn, das wird so gefordert. Der Leichtsinn soll nicht allzu oft mit Mut verwechselt werden. Mut ist keine Tat und Leichtsinn ist keine Tat. Ich kann leichtsinnig sein und ich kann mutig sein. Wie setze ich das in die Tat um? Ich will Stärke beweisen und ich will Größe zeigen, indem ich klein sein will. Ich bin neugierig, wie ich das in die Tat umsetzen kann. Ich kann dir sogar zeigen, wie das geht. Du gehst ein paar Schritte in diese Richtung und ich gehe ein paar Schritte in die andere Richtung. Wie leichtsinnig kannst du sein, wenn du mutig sein willst? Du musst nicht ganz weggehen. Du bist zu klein für die Tat, es auszuhalten, nie wiederzukommen. Ich brauche keine Größe zu beweisen für das Vergehen. Ich komme auch nie wieder, wenn es dir recht ist. Mir ist es recht, wenn die Krankheit weggeht, die keiner haben will. Die Krankheit kann gehen und wer soll bleiben? Du kannst bleiben, wenn du willst. Du willst ja weiter wachsen, sonst macht es ja keinen Sinn. Du kannst mich in den Wahnsinn treiben mit dem, was du machst. Ich will nicht groß sein und ich will dir auch nichts beweisen. Ich will die Neugier entdecken. Du kannst eh die Neugier entdecken, aber halte die Schritte ein. Die Schritte, die du gehen willst, sind wichtig, du willst danach leben. Ich lebe nach dem, wer ich bin und nicht, wer ich sein kann. Ich kann sein und bin aus mir herausgewachsen. Das ist weder Größe, die du zeigst, noch Stärke, die du zeigen willst. Du zeigst Schwäche. Du bist schwach genug, einen Schritt zu gehen. Mit Schwäche kannst du nichts anfangen. Du kannst auch nichts mit deinem Leben anfangen. Deine Schwäche stärkt sich in deinem Wachstum. Deine Größe stärkt sich in deinem Mut. Die Tat ist nicht klein, das hast du bewiesen. Ich will nicht beweisen, was ich kann, ich will einfach leben. Dein Leben ist abhängig von deiner Größe und deiner Stärke. Die Neugier, die du ausgesucht hast, war nicht richtig. Wie soll ich mit deinen Schwächen umgehen? Deine Schwächen sind kein Vorteil, sie sind eher ein Nachteil, dir und den anderen gegenüber. Welchen Schritt willst du gehen? Mutig bist du, deine Schwächen zu zeigen. War es der Leichtsinn, der dir dabei geholfen hat? Du kannst gehen, wenn du willst. Na los, geh schon, es hält dich keiner auf. Komm am besten nie wieder. Du willst nicht zeigen, wer du sein kannst oder sein willst. Du machst dir etwas vor. Ich bin größer als du und ich bin stärker als du, soll ich das in die Tat umsetzen? Das brauche ich gar nicht, weil wir alle gleich sind im Verhältnis zu dir und den anderen. Ich will nicht schlecht sein und ich will auch nicht gut sein. Gut und schlecht. Böse und richtig. Wie groß willst du werden? Etwas Falsches will ich nicht machen, also mache ich das Richtige. Woher weißt du, ob du das Richtige machst? Ich muss es ausprobieren, das ist richtig. Wenn alle den Fehler machen, fällt es nicht auf, kann das sein? Es fällt auf, du kannst deine Schritte nicht einhalten. Du brauchst deine Schritte, um richtig zu wählen. Du musst dir nichts beweisen, was du nicht beweisen kannst. Schwächen zeigen darf jeder. Du kannst auch bei den Schwächen hinauswachsen, wenn du eine Hingabe hast. Ich bin stark und schwach gleichzeitig. Ich kann auch groß und klein gleichzeitig sein. Ich möchte Leichtsinn erleben, ich will nicht unbedingt Stärken und Schwächen zeigen. Die Stärke, die du mir zeigst, ist deine größte Schwäche, und die machst du auch noch mutig. Erschrickst du nicht manchmal vor dir selber? Was ist aus mir geworden, wollte ich überhaupt da hin? Ich habe mir das Leben ein bisschen anders vorgestellt. Ich wollte groß werden und stark und alles besser machen als die anderen. Ich brauche eigentlich gar nicht alles besser zu machen, ich muss nur gut sein und aufpassen. Du willst nicht, dass ich die Beste bin in der Größe. Du willst ja auch nicht, dass du der Stärkste bist, oder doch? Du misst dich, du willst der Stärkste sein. Ich brauche da nichts zu beweisen. Du bist groß und ich bin stark, was machen wir? Wir gehen auseinander. Da gibt es keinen Leichtsinn und auch keinen Mut, darin sind wir beide zu klein. Zu klein kann jeder sein, wenn du die Schritte einhältst. Du kannst klein bleiben, je nachdem, was du willst. Wenn du klein bleibst, bleibe ich auch klein, du willst etwas. Ich bin stark und du bist immer noch groß, was wollen wir bekommen? Ich bekomme den Leichtsinn nicht weg, ich brauche jetzt Mut. Du kannst Mut haben, indem du groß bist und aus dir wachsen kannst. Die Größe bleibt die gleiche, du gehst nur einen anderen Weg. Der Weg, den du gegangen bist, der wird sich verändern. Welchen Weg soll ich gehen? Wo willst du hin, du willst mutig sein? Ich gehe erst mal dahin, wo ich keinen Leichtsinn habe. Den kann ich nicht bei jedem haben, sonst fühle ich mich wohl.

Die Farbe Lila

Lila steht für Unzufriedenheit im Leben. Bin ich zufrieden mit mir selbst, mag ich Lila, ich sehe die Farbe gern an. Ich muss nichts mit ihr machen, um sie gernzuhaben. Aber ich kann mit der Farbe an mir arbeiten, weil sie meine Optik beeinflusst. Man unterscheidet zwischen hell- und dunkellila, warm und kalt. Wir wählen nach dem Härtegrad, was wir wollen. Stark betont in einer heranstechenden Form, nehmen wir das Leben in Angriff. Ist die Farbe dunkel und düster in einem Raum an einer Wand, ist mein Leben traurig in Bezug auf Auseinandersetzungen mit mir selbst. Ich will, aber ich kann nicht, liegt das an mir oder an jemandem, der mich verurteilt? Die Farbe gibt Zufriedenheit und beruhigt bei Auseinandersetzungen. Wir nehmen die Farbe meistens unbewusst wahr, weil es anstrengend ist hinzuschauen. Hilfe, ich muss was machen mit mir, wenn ich die Farbe sehe, sie sticht mir ins Auge. Mir hilft es, wenn ich mir die Farbe auf meinen Couchtisch stelle. Sie ist flüssig in einer kleinen Flasche von Aura Soma mit Magenta und Koralle. Ein Hellviolett beeinflusst mein Leben. Ich muss es langsam angehen, sonst bekomme ich eine Überreizung des Sehnervs. Ich kann da nicht mehr hinschauen, sie ist schön, die Farbe, sie gefällt mir, ist mir aber zu viel, weil es zu geballt ist. Menschen, die gut mit sich umgehen können, können die Farbe lange unbewusst anschauen.

Die Symphyse

Die Symphyse ist das Kontrollsystem des Lebenschakras. Ja, nein, vielleicht, mal überlegen, vergessen, nicht gewollt. Diese Gefühle beeinflusst die Symphyse. Sie steuert das über den Sympathikus, den Wachstumsnerv, und den Parasympathikus, den Zellsteuernerv. Wie wird die Symphyse gesteuert? Wir müssen verstehen, was passiert, das entscheidet unser Lebenschakra.

Zuerst gibt es den Sympathikus, wir brauchen ja eine Zelle, die wachsen muss. Wie groß darf die Zelle sein? Diese Entscheidung wird getroffen, bevor es das Zellwachstum gibt. Die Symphyse muss also gleichzeitig einen Befehl an den Parasympathikus schicken zum Wachsen, um einen Ausgleich zu schaffen. Ja, das Zellwachstum wird angekurbelt und gleichzeitig wird unser Hormonsystem beeinflusst, um das Ganze zu steuern.

Welches Hormon brauchen wir zuerst? Dopamin. Wir wollen Spaß im Leben und gleichzeitig haben wir Angst, es sei zu wenig. So fängt das Denken an in der ersten Zelle. Was brauchen wir als nächstes? CO^2, um etwas festzuhalten. Musst du nicht langsam mal was essen? Doch, aber dafür brauche ich noch etwas. Was denn? Den Befehl von der Symphyse, das wäre der nächste Schritt, um den Mund aufzumachen. Wie wurde das vorher geregelt? Die Symphyse macht immer den ersten Schritt mit der Osmose. Muss man dabei denken? Ja, aber unbewusst. Du bekommst passiv alles mit, weil es am Anfang komisch ist. Das Gehirn bekommt so das erste Signal, weil wir etwas umsetzen können. Cool, ich wachse. Das isst du, es ist im Wasser drin. Sauerstoff brauchst du für die Zellwände, dass die stabil bleiben. Wie oft muss ich den Mund aufmachen? Kannst du selbst entscheiden. Wo kommt denn das Wasser hin? Da unten wieder raus. Hilfe, ich muss weg, da ist Abfall drin. Fühlt sich warm an, mach ja nicht den Mund auf. Bin ich in der Badewanne oder schwimme ich im See? Du schwimmst im Wasser, kaum zu glauben. Das Wasser hat sich in der Blase gesammelt, durch die weitere Osmose, die dabei entsteht. Das war der Anfang im Wasser durch das Lebenschakra. Im Bauch der Mutter geht das natürlich etwas anders, weil wir eine Nabelschnur haben. Die Nahrungsaufnahme sowie -abgabe ist anders gewährleistet. Es findet alles über die Nabelschnur statt. Wir brauchen nicht zu denken und nicht zu fühlen, was wir wollen. Es wird passiv agiert. Hormone rein, Müll raus. Sondermüll wird gleich im Darm abgegeben. Hormone von der Mutter brauchen wir nicht. Das Kind baut seinen eigenen Nährstoffwechsel auf über die Plazenta. Die Gebärmutter wird doppelt versorgt, für die Mutter und das Kind.

Die zweite Pforte

Ich will Sex, jeden Tag, sooft ich will. Wie viele Männer brauche ich da, um genussvoll mein Leben zu genießen? Mein Kopf denkt immer nur an das Eine. Ich kann nicht mehr warten, ich halt´s bald nicht mehr aus. Bin ich krank, geht's dir auch so wie mir? Habe nur noch Schwänze im Kopf. Mein Vibrator spielt Katz und Maus mit mir, weil ich keinen Partner habe. Die Leute nutzen das aus, die mich kennen. Eifersucht kennt jeder, aber nicht jeder will mit mir ins Bett. Warum ist das so, dass ich nicht jeden ranlasse? Will ich lieben, küssen oder gerammelt werden? Alle sind immer so rücksichtslos miteinander. Du musst zeigen, was du kannst, am besten gleich noch mal. Sex soll ja schließlich Spaß machen. Soll ich ein Kondom nehmen oder nimmst du die Pille? Scheiße, nicht so geil, Schatzi, er steckt noch drinnen, mir ist egal, ob du schwanger wirst. Du bist so wunderbar für meine Reize. Der Sex soll nie aufhören, sonst muss ich dich misshandeln. Fesselspiele willst du keine, vielleicht muss ich an eine Andere denken, wenn ich komme. Abspritzen ist so geil. Danach kannst du gehen, ich brauche dann meine Ruhe, ich habe Höchstleistung gefordert. Schatzi, du weißt doch, ich bin krank, wenn ich einen Eisprung habe und nichts passiert. Die Pille ist kein Verhütungsmittel! Sie ist ein Krankmacher der Östrogene. Wir riechen keine Hormone mehr. Wir nehmen nur von außen wahr. Nimmst du jetzt die Pille oder nicht? Nein, ich will geil sein, ich stehe auf Männerhormone. Schatzi, ich bin schon wieder geil, du tust mir gut! Ich brauche die innere Massage von dir. Rein, raus, raus, rein, bin ich feucht genug, flutscht es gut? Mach langsam, ich will es intensiv. Du musst zärtlich sein, dann kribbelt es besser. Das Abspritzen tut immer so gut bei dir. Schmusen, was ist mit Schmusen? Küssen ist scheiße, ich will noch mal Sex. Wie gibt's das, dass du so geil bist? Wenn ich mit anderen Frauen schlafe, ist das nie so. Magische Anziehungskraft. Gefällt dir mein Busen? Ist der groß genug? Bin ich dir attraktiv genug? Schatzi, du bist geil, ich liebe dich. Gefällt dir mein bestes Stück? Ich finde es gut, wenn wir so offen über Sex reden können. Meinst du, das gute Gefühl hört irgendwann auf? Ich hoffe nicht, ich mag dich. Scheiße, ich bin schwanger, wie sag ich's ihm nur? Er hat mich verlassen. Warum muss sowas passieren? Hast du seine Telefonnummer? Dann kannst du wenigstens mit ihm darüber reden. Habe ihn angerufen, er hat 'ne Neue. Er sagt, es sei ein Ausrutscher bei mir gewesen. Kinderplanung sei bei ihm fehl am Platz, ich solle das Kind wegmachen. Ich sei schuld, weil ich keine Pille nehme. Das kann ich nicht machen, einfach so ein Kind, das leben will, verurteilen für das Versagen als Mensch. Gehorsam? Was kann ich mit dir tun? Ich habe dir das Leben geschenkt. Ist das Kind stark genug, um eigenständig zu handeln, so hat es die Mutter im Griff. Mama, wir schaffen das schon. Eine Energie, die leben will, hat Mut zu zeigen, dass es geht. Warum möchte ich nicht abtreiben? Ich lasse alles stehen und liegen und gehe fort. Die Hormone zum Sexzwang bringen mich um. Ich brauche innere Befriedigung, der Mann ist nicht mehr da. Die Leute, die mich kennen, denken, ich habe einen Knall. Jeder andere würde abtreiben und über Leben und Tod entscheiden. Ich habe wenigstens Glück in dem Sinne, dass ich alt genug bin und eine Ausbildung hinter mir habe. Ich möchte in eine andere Stadt, neue Leute kennen lernen. Meine Lebenseinstellung ändert sich sowieso. Alleinstehende Mütter haben es schwieriger im Alltag, als wenn sie einen Partner hätten. Sie werden meistens verachtend angeschaut, weil sie nicht gut genug für die Umwelt sind. Ein schlechtes Vorbild für die Menschheit. Die Hormone einer Schwangerschaft laufen rauf und runter. Gefühle zulassen tut weh, wenn man nicht vorbereitet ist. Genauso geht es dem Mann, der bekommt Vaterkomplexe. Entweder sagt er Ja und er ist darauf eingestellt und freut sich auf das Kind, oder es geht in die andere Richtung. Gruppenzwang. Ich bin ein Mann, ich kann mir das erlauben. Ich darf die richtige Partnerin nicht haben, warum soll ich ein fremdes Kind bekommen? Wenn eine Zeugung eines Kindes stattfindet, ist man wie ferngesteuert. Da braucht man sich keine Vorwürfe machen zu lassen zur Bestrafung, hättest mal besser aufgepasst und dir den Mann besser angeschaut. Bei den meisten klappt es doch auch, nur bei dir nicht. Die Leute werden in dem Moment wieder eingestuft. Aha, das können sie also mit dir machen, lässt deinen Körper missbrauchen. Bekommt dein Kind wenigstens ein schönes Leben mit einem ordentlichen Umgang oder muss man dir nachhelfen? Ich schlage gern zu, wenn du willst, du hast ja keinen Mann, der auf dich aufpasst. Nein, das will ich nicht. Ich bin lieber allein. Manche dürfen nicht einmal Nein sagen, da wird schon gehandelt. Mama, warum habe ich keinen Papa, der sich um mich kümmert? Hilfe, die nächste Auseinandersetzung. Warum hört das nicht auf? Da wird entschieden, ob ich sterben will oder weitermachen kann. Warum merken wir das nicht, dass das alles alles im Mutterleib der Frau passiert? Das Kind muss sich einen eigenen Kreislauf aufbauen. Ich darf über die Mutter entscheiden, wann sie stirbt, mit dem Vater mache ich das genauso. Wie geht das bei dem Vater, wie machst du das über das Hormonsystem? Ich mache das heimlich, so dass es keiner mitbekommt. Der hat die Selbstentscheidung vor dem Leben abgegeben, um selbst zu leben. Wenn es Kinder gibt, habe ich die Zügel in der Hand und passe darauf auf, wie alt er wird. Dumm gelaufen, brauchst nicht einmal nachzufragen, ob das erlaubt ist, es wird dir keiner eine Antwort geben. Jeder, der nicht mit seinem Seelenpartner zusammenlebt und Kinder bekommt, hat dieses Problem. Das wird in den Genen verankert, ob du willst oder nicht. Wir wollen keine Rassenvermischung, aber geil genug wollen wir sein, um jeden haben zu dürfen. Wie finde ich denn heraus, ob ich die richtige Wahl getroffen habe? Wird da mitbestimmt oder darf ich allein entscheiden? Ohne Sex halte ich es auch nicht aus. Ich werde ständig geil und darf nicht kommen. Ficken ist aber gut, es beruhigt unheimlich. Mache ich das richtig so oder ist es krankhaft, weil wir unser Hormonsystem nicht steuern können? Wir sind zu bescheuert, um zu erkennen, wie wir uns verhalten. In der Pubertät müssen wir uns falsch entwickeln, weil es um Macht und Kontrolle geht. Ich muss geil sein, weil ich das darf in meiner Entwicklung als Energie zum Menschen. Wie soll ich mich verwirklichen, wenn ich ständig die Hormone vom Vieh habe? Du musst bluten, weil du krank bist als Frau. Du musst die Schmerzen ertragen, uns geht es allen so. Warum denkst du, du wärst was Besseres? Nur die wenigsten dürfen selbst entscheiden, wie es weitergeht. Wie viel Druck steht dahinter, wie viel Macht wird an mir ausgeübt? Wie muss ich mich behandeln lassen? Ich darf keinen Sex unter 14 haben, so steht es im Gesetzbuch vom Staat geschrieben. Ich habe meine Hormone nicht im Griff, ich will geil sein, warum muss ich immer ans Kinderkriegen denken? Wie ist das beim ersten Mal, muss man die Eltern um Erlaubnis bitten oder kann ich das einfach so tun? Welchen Mann oder Jungen darf ich mir aussuchen? Wie lerne ich den kennen? Ich lasse mir von dir nicht sagen, mit wem ich alles ins Bett gehen soll. Ich werde das selbst entscheiden. So wird energetisch gehandelt. Das bekommen wir so nicht mit. Wenn ich einen krankhaften Eisprung habe, wo kein Leben entsteht, wie muss ich mich denn verhalten? Darf ich da Hormone ausschütten, dass ich gevögelt werden will? Nein, das darfst du nicht, die hängen dir gleich ein Kind an als Bestrafung. Das machst du einmal, dann haben sie dich gleich. Aha, mit dir können wir was anstellen, dich können wir missbrauchen, willst du das? Wieso werden manche schon beim ersten Sex schwanger, nur weil sie ohne Kondom vögeln? Da stimmt doch was nicht. Eine Energie, die leben will, muss den Körper vorbereiten. Ich brauche den Vater für meine Existenz. Mama muss Hormone ausschütten und sich selbst vergessen, sie muss Leute kennen lernen. Ich muss das machen, so wie es mir gesagt wurde, sonst habe ich keine Chance. Ihr müssen sie dann die Schuld geben für ihr Fehlverhalten, weil sie geil sein will beim ersten Sex. Der Papa wird genauso, dem gebe ich den Befehl, sonst hat der nichts zu lachen. Wenn Energieanteile zum Leben fehlen, wo über Sex und Fortpflanzung entschieden wird, kann da jeder eingreifen und handeln. Einen anderen Anteil durfte da keiner abgeben, sonst dürfte da keiner Spaß haben im Leben. Ich muss da eingreifen und handeln, sonst kann ich nichts mehr tun, sonst zerstörst du uns ganz. Wir wollen keine Rassenvermischung, das Kind muss jetzt leiden, weil sie Mutter wird. Keine Schule, kein Abschluss, wahrscheinlich wird das Kind zur Adoption freigegeben. Jeder, der Nein sagt zu einem Kind, ist ein Mörder. Wer hat denn dir das Leben geschenkt? Was heißt Geben und Nehmen in der Selbstentscheidung? Du gibst in dem Moment die Wertschätzung vom Kind ab und findest das auch noch geil, weil du so handeln kannst. Geil, mit dir kann ich das machen. Die Leute, die das machen, üben Macht aus gegenüber den anderen. Macht, die keiner versteht, denn ich brauche einen anderen Grund, um deine Seelenfamilie fertigzumachen. Ich mache das aber so, dass keiner versteht, worum es geht. Du bekommst deinen Willen und deine Gier, frei zu entscheiden. Aber erwarte bloß nichts von uns, du wolltest das Kind. Das lassen wir uns so nicht gefallen, das stimmt so nicht ganz. Das sind die Leute, die karrieregeil sind. Die, die das Kind wollen, die kümmern sich auch darum. Wie soll ich mich denn verhalten, wenn ich geschlechtsreif werde? Mein Seelenpartner ist nicht da, ich bin krank. Wenn ich den sehen dürfte, hätte ich Schmerzen, weil ich für ihn Gefühle und Hormone entwickeln würde. Ich würde mich freuen wie am Spieß, weil ich so neugierig auf ihn bin. Ich würde ihn klammheimlich beobachten, um zu gucken, wie süß er ist. Wenn er schon eine andere hätte, wäre ich ziemlich sauer. Ich wäre beleidigt wie eine Leberwurst, die keiner angreifen will. Schade, der ist schon verheiratet, jetzt weiß ich wieder nicht, wie ich mich entwickeln muss. Gebe ich jetzt den Anteil ab, weil ich die Gefühle nicht aushalte? Ich habe Liebeskummer, ich kann so keine Gefühle zulassen. Ich ertränke mich mit Alkohol. Komasaufen wäre ideal. Die Bestrafung hält doppelt an, am nächsten Morgen geht's mir scheiße. Die Welt ist grässlich und gemein, keiner weiß, wie es mir geht. Ich brauche nicht zu jammern, jeder hat das gleiche Problem. Ich soll mich ordentlich verhalten. Mach ihn doch eifersüchtig, wir finden das geil, dann können wir dir alles verbieten, weil wir Angst haben, du wirst schwanger beim ersten Mal. Das kann ich nicht, das Leben macht keinen Sinn. Ich mag die Leute nicht. Wie macht ihr das denn, dass ihr für fremde Personen Gefühle entwickeln dürft? Ich kann das nicht zulassen, dass mich wer mag, kannst du mir helfen? Ich mache einfach die Augen zu beim Sex. Küssen finde ich eklig. Ich mag dich, ich habe dich gern, schau mich nicht so an, bringen wir es hinter uns. Ich lasse mir vorher noch die Pille verschreiben, dann gehe ich auf Nummer sicher. Ich lasse mich wieder ein Stückchen krankmachen. Fühlt sich an wie Fremdbestäubung, weil man immer das Gefühl hat, man würde schwanger. Laktose macht es nicht besser, sie lässt die Hormone verkalken. So, jetzt habe ich jemanden, der hübsch ist, der mir gefällt, und ich bekomme den Mund nicht auf zum Reden. Ich darf schon wieder nichts machen, weil die Eifersucht vom Seelenpartner kommt. Traurig, aber wahr. Der erste Sex war scheiße, hatte kein Gefühl. Ich hatte das Gefühl, ich habe mich doof angestellt. Soll ich das noch mal machen, wie hättest du es denn gern? Ihm hat es gefallen, für mich war das neu. Ich kann mit niemandem darüber reden, weil es heimlich war. Ich habe das Gefühl, ich werde verurteilt im Leben. Na ja, jetzt kommt die Ausbildung, da muss ich sowieso umziehen. Schluss mit ihm gemacht habe ich dann am Telefon, ich wollte ihn nicht mehr sehen. Ich habe mich immer gefragt, was so geil am Sex ist, ich habe es nie verstanden. Die Leute geilen sich immer so auf. Viele brauchen Alkohol, um entspannter auf die Leute zuzugehen beim Fortgehen. Lasse ich mich ansprechen oder quatsche ich die Typen an? Keine Ahnung, mal schauen, was passiert. Schon verloren, Sex ist nicht geil, dich will keiner. Mit der Einstellung hast du kein Glück, es sei denn, du kannst damit umgehen, benutzt zu werden. Wie mache ich das jetzt, wie bekomme ich ein gutes Gefühl beim Sex? Ich hasse es, wenn jemand stöhnt, der schreit mir dann die Ohren voll. Auf was man alles achten muss, um keine Komplexe zu bekommen. Ich weiß, dass Sex Spaß machen soll, den anderen gefällt es ja auch, die sind danach glücklich. Glücklichen Menschen geht es gut. Ich will auch glücklich sein. Scheiße, ich bin geil, aber ich habe keinen Bock, mir einen Typen zu suchen. Der Richtige kommt schon irgendwann, heißt es dann immer. Ich rede mir das dann auch immer selber ein, um an etwas zu glauben. Warum geilen sich die Leute eigentlich auf, wenn die Frau dem Mann einen bläst? Das Sperma gehört nicht in den Magen, das will nicht verdaut werden. Es gehört in den Gebärmutterhals. Warum ist das so wichtig? Die Hormonausschüttung ist anders. Wir riechen, ob wir zufrieden sind. Mag ich dich, darfst du bei mir bleiben. Kann ich dich nicht schmecken, gehst du automatisch fort. Warum willst du bei mir bleiben, bist du krank? Wir sind alle krank, ist doch geil, ich will dich lecken. Hör auf, das sind krankhafte Hormone, die ich entwickeln muss. Uh, der Orgasmus war geil, den will ich wieder. Bleibst du bei mir? Du gefällst mir. Vielleicht, nimmst du die Pille? Nö, noch nicht. Hast du vor, die zu nehmen? Wir müssen über Verhütung sprechen. Ja, ich habe Angst, schwanger zu werden. Misst, jetzt kann ich ihn wieder nicht riechen. Bin gespannt, wie der Sex wird. Wenigstens können wir ohne Kondom Sex haben, das fühlt sich immer besser an als mit dem blöden Ding. Wenn es reißt, muss ich mir Sorgen machen, schwanger zu werden, erst mal will ich genießen. Wenn ich die Pille nicht nehme, habe ich immer Angst, dass das Kondom reißt. Wie soll ich mich denn entspannen, wenn ich geil sein will und immer im Hinterkopf Angst habe, dass das Kondom reißt? Bei der Pille kann ich wenigstens immer denken, ich bekomme ein Kind, ohne dass es passiert. Das ist geil, so kann ich mich selbst belügen. Wie viele Jahre kann ich das denn so machen? Keine Ahnung, Sperma ist zwar gut da unten drin, aber nicht, wenn du kein eigenes Hormonsystem hast. Wieso habe ich denn kein eigenes Hormonsystem? Du bist Fleischesser, du unterdrückst jedes Mal Schmerzen nach dem Essen. Tierische Hormone machen unkontrolliert geil, besonders Eier von Hühnern. Da sind Wachstumshormone drin vom Küken. Die Follikelbildung einer Frau ist krankhaft. Jeder Eisprung einer Frau, aus dem kein Leben entsteht, ist krankhaft. Wir können nur den Schmerz nicht erkennen. Wir müssen aushalten, es wird uns so beigebracht. Wir werden so erzogen, wir können nicht anders. Pornos, Gruppensex, Bondage, das ist alles Aufgeilen, weil wir krank sind. Warum muss sich denn jemand für Sex verkaufen? Einige finden es schön, ihre Gier zu befriedigen, weil sie einsam sind. Selbstbestrafung, ich bekomme sogar Geld dafür. Wie fühlt sich das denn an, wenn einer ständig wechselnde Partner hat? Es fühlt sich perfekt an, ich lasse mich so richtig benutzen, die Männer mögen das, ich bekomme sonst keine Kundschaft. Je mehr ich mich drauf einstelle, desto besser bin ich, nur zu viele Männer darf ich nicht an einem Tag haben. So drei bis vier Männer am Tag sind okay. Ich liebe es, gevögelt zu werden. Blasen kostet extra, ich hoffe, du hast keine Filzläuse. Bist du wenigstens rasiert? Rasierte Schwänze sind schöner. Manchmal haben die Männer ein Piercing oder sind tätowiert. Die lieben den Nervenkitzel ganz besonders. Haare im Mund will keiner, wenn es nicht gut wird beim Blasen, rennen mir die Kunden davon, die können das riechen. Stell dich nicht so blöd an, er ist eh gut gewaschen. Woher weiß ich das? Riechst du nicht, wie er stinkt? Der muss geil sein, sonst steht er nicht. Schon mal was von Körperhygiene gehört? Dafür bist du ja da, du machst mich sonst nicht an. Na toll, Gott sei Dank gibt es Feuchttücher, sonst kommt die Galle hoch, die ich noch habe. Für dich tue ich alles, du gibst mir ja auch den Unterhalt zum Leben. Mein Freier, komm ja nicht wieder, mein Zuhälter darf mich nicht erwischen. Mich macht das geil, wenn alles heimlich ist. Stell dir vor, mein Zuhälter, wenn der zu mir kommt, finde ich den rattenscharf. Ich stelle mich immer extra doof an, der muss mir zeigen, wie ich arbeiten muss. Ich habe kein Geld und keine Kundschaft. Ich lüge dem ins Gesicht, ich hätte Angst, gefickt zu werden. Der Saft, der unten rausläuft, ist nicht gut, das ist zu viel. Die Leute wollen das nicht, die wollen, dass ich trocken bin. Ich kann das nicht beeinflussen, feucht oder nicht feucht. Wenn sie trocken wird, bekomme ich einen Pilz. Der juckt dann übel, da kann ich erst recht keinen ranlassen. Was soll ich machen? Ich will keine Krankheit haben. Kondome sind lästig, die reißen sowieso, wenn es heiß hergeht. Das beste Feeling ist die nackte Haut vom Schwanz, der gut riecht, weil er sauber ist. Ein Penis mit großen Eiern. Frauen stehen drauf, wenn viel Inhalt drin ist. Der Mann kann länger, der hat einen Samenstau, ich muss ihm helfen, dann hilft er mir. Saubere Genitalien riechen gut, ich will noch mehr. Der eine ist gebogen, das kann nicht sein. Habe ich einen Knick in der Optik? Ich will herausfinden, warum das so ist. Es fühlt sich gut an, der macht mich heiß. Der betrügt sicher seine Freundin, weil es Spaß macht. Ich finde es schön, wenn die Männer sich ausweinen, indem sie Sex mit mir haben. Ich bin stolz auf mich. Ich ficke die alle ohne Gummi, ich nehme pflanzliche Hormone, die nicht krank machen. Diese Verhütungsmittel sind die besten. Ich kann riechen, ob die krank sind, und kann denen sagen, ob ich Zeit habe oder nicht. Wenn ich nicht will, bin ich abgeneigt, aus gutem Grund. Bist du schön, bist du hässlich? Bist du gepflegt, bist du zum Anbeißen? Ich will geil sein beim Sex. Ich halte das nicht aus, wenn mich einer nur benutzt. Ich kann's kaum erwarten. Es prickelt in mir, es fängt an geil zu werden. Meine Schamlippen sind erregt. Mach langsam, ich will genießen. Uh, er steht schon, kannst du's noch halten oder kommst du schon? Ich will mich noch draufsetzen, oder willst du ihn reinstecken? Tut das weh, wenn ich zu schnell bin? Mach langsam beim Reinstecken, dann dauert es länger. Du musst dir den Orgasmus selbst verbieten, du darfst nicht stöhnen. Sobald du den Mund aufmachst, bist du unentspannt. Du bekommst Stress in der Atmung. Schau innerlich nach unten, Schreien ist verboten. Rieche ich gut? Findest du meine Muschi schön, ist sie feucht genug? Hey, wart mal, wie soll ich das machen? Warum soll ich mir den Orgasmus verbieten? Das Gefühl ist schöner, probier's mal aus. Du kommst in die Tiefenentspannung. Sex soll Spaß machen, du bist danach nicht fertig. Wenn du das immer wieder so machst, hast du Gefallen daran. Du kannst öfter und bist viel entspannter und lockerer drauf. Die meisten wollen nur einen Orgasmus, um Druck abzuladen, das ist aber falsch. Wir wollen Sex, weil es Spaß macht. Es gehört zum Leben und zum Alltag dazu. Wenn du zu wenig Sex im Alltag hast, bist du unausgeglichen und frustriert und wirst unbewusst aggressiv. Schlechte Laune will keiner. Jeder will glücklich sein in seiner Intimität. Wir wollen Hormone riechen, geile Hormone. Kranken Leuten gehen wir aus dem Weg. Wir können die nicht riechen, weil wir die nicht ertragen wollen. Was machen wir nach dem Sex? Ich bin so nass geschwitzt. Willst du noch was trinken? So kann ich Abschied nehmen von dir. Ich will, dass du wiederkommst. Beim nächsten Mal hatten wir zehn Minuten länger Sex. Es macht ihm Spaß mit mir, das ist gut, die Kundschaft wechselt nicht so oft. Bald habe ich meine Stammkundschaft und brauche mir keine Zukunft zu machen für mein Geld. Noch ein Bonuspunkt für die Kunden, ich kann mich treiben lassen, die merken, dass es mir gefällt. Beim Atmen schön aufpassen, manchmal muss ich die Leute noch ermahnen. Wer stöhnt, äußert Schmerzen beim Sex. Ein geiler Nervenschmerz, ich halte es nicht aus, das Fleisch macht mich krank. Wir schütten immer wieder Jod aus nach dem Essen, weil wir Schmerzen haben an den Geschlechtsorganen. Wir können fast keine eigenen Hormone produzieren, weil die immer vom Tier kommen. Leute, die ehrlich sind, stöhnen beim Sex, weil sie ehrlich sind. Das macht die Situation aber nicht besser. Jedes Mal, wenn Eier vom Huhn gegessen werden, wächst die Krankheit. Wachstumshormone werden auch wieder mit Jod unterdrückt an den Geschlechtsorganen. Wir sind unkontrolliert geil. Wer die Kontrolle hat beim Sex, kann besser und länger, weil er merkt, wo es hakt. Ein kontrollierter Orgasmus tut nicht weh, er ist schön. Wir müssen uns auf den Punkt konzentrieren, wo es am geilsten sein soll, und unsere Reize ausspielen. Wichtig ist auch, dass wir zugeben, dass wir so oft Sex wollen. Gefühle darf keiner unterdrücken, weil, da fängt das Lügen an. Belüge ich mich selbst, belüge ich andere. Warum fange ich das Lügen überhaupt an? Ich halte die Schmerzen nicht aus, wenn ich es zugebe. Ich will ehrlich sein, aber ich habe mich falsch entwickelt, weil ich dachte, es sei geiler. Im Leben finden immer wieder Entwicklungsphasen statt, wenn wir die nicht richtig nutzen, kann das nach hinten losgehen. Ich bin jetzt seit zweieinhalb Jahren vegan und habe mit 30 jetzt die nächste Entwicklungsstufe erreicht. Ich kann die nutzen, um mein Leben aufzubessern. Mit 16 und 21 hatte ich auch eine Entwicklungsstufe, wo ich etwas erreichen konnte. Warum das so war, kann ich nicht sagen. Mein Vorteil war: Ich habe die Dinge erkannt und konnte mir einen Vorteil verschaffen. Was passiert mit mir? Die Pubertät kennt jeder, wir reifen sozusagen heran. Das ist bei jedem unterschiedlich, wir können steuern und bremsen. Wo sind meine Grenzen? Mit 16 habe ich Dinge gesehen, die ich so nicht kannte. Ich habe angefangen, die Leute zu beurteilen. Von dir lasse ich mir das nicht gefallen. Wie muss ich mich verhalten? Ich muss mich neu orientieren. Ich kann Dinge besser in Anspruch nehmen und mich so danach entwickeln. Ich habe die Leute leiden sehen, die jammern. Wie kann ich denen helfen? Die wissen nicht, was mit ihnen gemacht wird. Jeder, der sich falsch entwickelt, bekommt seine Aggressionen nicht in den Griff. Wir wollen, dass es aufhört, machst du mit? Ja, was muss ich dafür tun? Wir müssen dich auf dem Weg begleiten. Mit dir können wir das machen, wir machen das energetisch, das bekommt so keiner mit. Muss ich Schmerzen leiden? Nein, das hört auf bei dir, wir unterstützen dich. Einer mehr in der Runde gibt uns Halt und Kraft, positiver zu denken, die anderen denken viel zu negativ. Was hat das mit Sex zu tun? Genau um das geht's ja, wir wollen dir helfen. Wenn du nicht stark genug bist und deinen eigenen Willen hast, können dir die anderen die Partner aussuchen und machen sich lustig über die falsche Partnerwahl, weil du keine Selbstentscheidung hast. Dein Seelenpartner hilft dir, du kannst ihn nur nicht nehmen, der ist älter als du und hat schon Kinder. Er ist dir aber nicht böse, wenn du einen Freund hast. Wie ist das jetzt genau, wenn die anderen mitentscheiden dürfen, können die sagen, mit wie vielen Typen ich ins Bett gehen muss? Nein, so ist das nicht gemeint. Sie haben ein krankhaftes Verhalten entwickelt, um die Reifeprüfung zu bestehen. Aha, und was soll ich davon halten? Du wirst nach deinem Benehmen beurteilt, die Leute brauchen was zu reden. Sie brauchen den Beweis, dass es sie noch gibt. So fangen Gesprächsthemen an. Wer hat mit wem? Weißt du schon das Neueste …? Ich habe alles heimlich gemacht, um mir so den Ärger zu ersparen. Wenn ich nicht will, brauchen auch die Leute nicht mit mir zu reden. Bei dir kann ich zulassen, dass du mit mir über alles reden kannst, da brauche ich keine Angst zu haben, dass du mich verurteilst, das können die wenigsten. Ich kann das aber nicht zeigen, weil mir selber alles weh tut. Was tut denn genau weh? Das Geilsein, ich kann es nicht ertragen. Die Pilze haben meinen Nerv angefressen, das tut weh. Ich muss den Schmerz zulassen, der mich erdrückt. Was hast du denn für Pilze gegessen? Normale Champignons. Pilze sind lebende Energien. Sie streuen Hormone aus, die uns sofort in der Hand haben. Du kannst mir nicht sagen, ob du mich brauchst, also kannst du mich essen. Nein, darfst du eigentlich auch nicht, du kannst mir nicht antworten mit deinem kaputten Hormonsystem, Fleisch und Eier sind deine Qual. Ich brauche von dir eine Antwort, ich will leben. Wie machst du das, mich zu pflücken? Du bist ein Mensch, ich will leben. Bist du nervengeil? Ja, bist du, du bist ein Mensch. Ich fresse dir die Nerven kaputt, das geht bis ins Hirn. Du darfst das riechen, ich will nicht angefasst werden. Ich gehe kaputt beim Anfassen. Ich bin ein Champignon, jedes Mal, wenn ich dich sehe, werde ich traurig und muss den Kopf einziehen. Du verstehst nicht, was ich meine, wir sind lebende Energien. Du führst einen Krieg mit dir selbst. Wir haben Hunger und Durst. Unter der Kappe ist unser Hormonsystem, wie willst du das beeinflussen? Ihr Menschen esst euch noch irgendwann selbst auf, von dem, was bei euch noch übrigbleibt. Wir brauchen Signale, um zu reagieren, in deinen Kopf will ich nicht beißen, das hältst du nicht aus, du willst geil sein. Wir benutzen immer die Nervenfasern, wir können sonst nicht richtig sterben. Wir müssen verrotten in der Erde. Die Wurzeln sind uns wichtig, die hast du uns abgeschnitten. Jetzt bist du wieder unkontrolliert geil. In den Wurzeln vom Pilz steht drin, wie alt die werden dürfen. Wenn die kein Signal bekommen zum Sterben, leben die in Angst weiter, genau wie du. Wie willst du jetzt weiter Entscheidungen treffen, wenn ständig dein Hormonsystem versagt? Du brauchst Hilfe, aber ordentlich. Dir gehört der Kopf gewaschen, dass du die Dinge besser erkennst. Wenn der Nerv angefressen wird, geht man automatisch in eine Anspannung der inneren Organe, um Befehle zu senden. Das muss aufhören. Zu spät, der Pilz futtert schon alles weg. Wenn das Hormonsystem immer wieder gestört wird durch andere Einflüsse, braucht man sich nicht zu wundern, dass man Krankheiten im Intimbereich bekommt. Der Körper bekommt Stress und sendet an den betroffenen Stellen Histamin aus, weil der Bauch angespannt ist. Wir haben das Falsche gegessen. Es entsteht eine Anspannung im Magen. Histamin wird an den Bereichen ausgeschüttet, wo wir Probleme bekommen. So entsteht zum Beispiel der Scheidenpilz. Der Scheidenpilz ist eine Reaktion auf einen hormonellen Kampf, der stattgefunden hat. Pilze sind Lebendenergien, die wir nicht essen sollten. Ein anderer Einfluss für eine hormonelle Erkrankung mit Entzündungen kann auch der falsche Partner sein. Wenn ich den Partner nicht mag, er aber meinem Typ entspricht, weil ich ein besseres Umfeld bekomme, sollte ich vorher nachdenken, ob das Sinn macht. Es findet wieder eine Anspannung im Magen statt, Histamin wird überproduziert, weil es um das sexuelle Verhalten geht. Manche haben auch zu viel Stress, wenn sie keinen Partner haben. Wenn man keinen Partner hat, sollte man das genießen können, auch wenn es schwerfällt. Die Gesellschaft verlangt immer ein glückliches Familiensystem. Wer glücklich ist mit seinem Partner, soll das genießen können. Reden ist wichtig. Wer zu viel streitet, weil es nicht zur Einigung kommt, ist unglücklich. Der Sex ist wieder nicht gut. Es sei denn, man benutzt den Streit für besseren Sex. Da wäre es aber empfehlenswert, wenn man sich nach dem Sex ausspräche. Wer nach dem Sex keine Zeit hat zum Reden, ist selber schuld. Sex ist keine Ausrede, um Spaß zu haben. Glückliche Menschen kommen besser im Leben voran. Warum braucht eigentlich ein Raucher nach dem Sex eine Zigarette? Stimuliert der seine Atemwege, um sich innerlich auszuweinen? Ich muss mein Hormonsystem ruhigstellen, um besser nachzudenken, dafür brauche ich die Zigarette. Ich habe Sex, wenn ich das will und nicht, wenn du das brauchst. So denkt ein Raucher. Der Partner wird sich freuen, der denkt sich jedes Mal: guter oder schlechter Raucher. Der gute Raucher nimmt eh Rücksicht auf das sexuelle Verlangen. Aber der schlechte Raucher ist rücksichtslos und ungehemmt und denkt jedes Mal an eine Andere, wenn er vögelt. Ob der schlechte Raucher nicht auch noch fremdgeht, weil er sein sexuelles Verhalten befriedigen muss? Weiß nicht. Rauchen ist keine Ausrede, um fremdzugehen. Welche Ausrede nimmt man denn zum Fremdgehen? Ist es der Reiz, erwischt zu werden, der einen so geil macht? Manche stimuliert das unheimlich. Das Lügen steht dabei im Vordergrund. Ich lüge dich an, um meinen Spaß zu haben. Ich finde das geil. Mir kommt es dabei drauf an, ob ich das auch richtig mache. Je besser ich lügen kann, desto schöner der Sex. Am liebsten, wenn es um das Fremdgehen geht, würde ich gleich mit ihr in die Kiste hüpfen. Das geht nur leider nicht immer so, wie ich mir das vorstelle. Bei der einen geht das schon, die ist schüchtern, da reicht ein schönes Lächeln und viel Schmeicheln, wie schön sie doch ist. Fallen lassen kann ich sie dann immer noch, wenn ich sie gehabt habe. Ich muss ihr gefallen, sonst fällt sie nicht drauf rein. Macht ja sonst auch keinen Sinn beim Fremdgehen. Ein schöner Hase fällt ja auch nicht so einfach vom Baum. Wenn ich etwas Längerfristiges haben will zum Fremdvögeln, muss ich mir recht Mühe geben und mich nicht gleich beim ersten Treffen verausgaben. Der Sex soll ja Spaß machen, wenn ich mir die Person aussuche. Ich muss Interesse zeigen! Bist du mir auch wichtig? Bin ich dir wichtig? Welche Stellung magst du am liebsten? Mist, das ist mir grad so rausgerutscht. Ich sage ihr einfach, ich hatte schon lange keinen Sex mehr. Wenn ihr der Sex eh wichtig ist, kann es nicht so schlimm sein. Bei jeder darf mir das aber nicht passieren, sonst komme ich nicht zum Schuss. Wenn man eine Frau flachlegen will, gibt es ja so einige Tricks. Ich muss ihr gleich beibringen, dass ich hin und wieder keine Zeit habe für sie. Arbeiten muss ich sowieso und wenn ich was will, gehe ich dann wieder zu ihr. Bei der anderen nehme ich halt mein sogenanntes Hobby als Ausrede. Doof ist halt, wenn mein Hobby die Regelblutung hat. Ich will sexsüchtig sein, da kann ich das nicht gebrauchen. Wenn ich nicht jeden Tag meinen Sex bekomme, weil die Weiber immer verhindert sind, weil sie launisch sind oder einen Eisprung haben, kann es nicht sein, dass ich auch noch bestraft werde. Mir tut das weh, wenn ich einen Samenstau bekomme. Ich kann nicht ehrlich sein, das spricht sich rum. Du blödes Weib, hör endlich auf zu bluten. Du willst schön sein und nicht hässlich. Wenn du kein Sperma bekommst, wirst du hässlich. Geiler bist du, wenn du regelmäßig kommst, wenn ich reinspritze. Ich hole mir jetzt einen runter, drei Weiber sind mir zu viel. Besser ist es, wenn ich die eine wechsele gegen eine andere, dass ich wieder mehr Sex bekomme. Jetzt hat die wieder dann die Regelblutung, wenn ich Zeit für sie habe. Was soll das Ganze? Kann sich der Herrgott nicht etwas Besseres einfallen lassen als so einen Blödsinn? Warum gehen denn die Leute in die Kirche und himmeln den Jesus an? Und dann heißt es Vergewaltiger, weil man den Sex unterdrücken muss. Jeder Kinderschänder gehört bestraft, weil er nicht erkennt, dass er die richtigen Weiber vögeln muss. Wozu gibt es denn den Puff, wo man bezahlen muss? Ich will ficken. Ich kann nur klar denken, wenn die Eier regelmäßig ausgeleert werden. Am liebsten würde ich jetzt eine benutzen, wo ich einfach bloß Bargeld hinterlegen muss. Nur im Nachhinein will ich kein Kondom benutzen. Das Fühlen ist so wichtig, sonst macht das Ganze ja keinen Spaß. Wenn ich mir aber denke, dass jeder ohne Gummi vögelt, habe ich Angst, Krankheiten zu bekommen. Was mache ich jetzt? Einen runterholen macht keinen Spaß, wenn ich das jedes Mal tun muss. Ich lasse mir nicht sagen, dass ich besessen bin. Wenn du meinst, du hast dich sexuell ausgetobt und willst jetzt nicht mehr so oft, ist das deine Sache, aber lass mich in Ruhe damit. Mir macht der Sex Spaß und ich will das so. Ich brauche eine Neue, sonst werde ich wahnsinnig. So ein Samenstau kann ganz schön weh tun. Ich weiß gar nicht, wie die anderen das aushalten, die nicht mehr wollen. Man braucht sich eh nicht zu wundern, dass der Leistungsdruck so hoch ist. Wir müssen lernen, wir müssen viel arbeiten. Wir müssen viel wissen und erforschen. Aber wir können nicht mehr. Doch, du kannst. Ich habe keine Zeit, ich will Sex. Du bist krank. Nein, bin ich nicht. Jeder, der sein sexuelles Verlangen unterdrückt, weil er keine Zeit hat oder sich keine Zeit nimmt, der ist krank. Krankhaftes Verhalten gegenüber der Sexualität äußert sich in Suchtverhalten. Ich will spielen, also bekomme ich die Spielsucht. Dafür darf ich nicht an Sex denken, sonst kann ich nicht aufpassen. Selbst der Glaube an Gott ist eine Sucht, weil man sein eigenes Denken vernachlässigt. Der Glaube an Gott ist dreimal wichtiger, als die eigene Schönheit zu entdecken. Wer kann heute von sich aus sagen, wenn ich mich anschaue, gefalle ich mir so, wie ich bin? Das können die wenigsten. Die Gesellschaft verlangt viel zu viel. Es wird viel zu oft nur auf das Äußere geschaut. Bei einigen Leuten kann man die eigene Schönheit nicht mehr erkennen, weil manchmal einfach zu viel Make-up im Gesicht ist. Selbst die Fresssucht weist auf sexuelle Unzufriedenheit hin. Ich will einen Partner, der da ist für mich. Ich will nicht krank werden oder krank sein. Die Nonne im Kloster bekommt irgendwann Selbstmordgedanken, weil sie Angst hat, den Glauben zu verlieren. Ja, da kannst du recht haben. Sex ist zwar gut für die Gesundheit, aber wenn man den falschen Partner hat, macht das auf Dauer krank. Dieses falsche Verliebtsein ist nur ein reines Vormachen. Ich will geliebt werden und das für immer. Die Nonnen sind schlau. Die haben ihre eigene Meinung. Ich verzichte auf Sex, ich will aber irgendwann den richtigen Seelenpartner. Warum ist der richtige Seelenpartner denn so wichtig beim Sex, willst du den Teufel an die Wand malen? Nein, will ich nicht. Man kommt besser zurecht im Leben. Leute, die in einer Gruppe kämpfen, haben eine starke Macht gegenüber den anderen. Wer hat denn jetzt nun recht? Ist es der, der den Sex zugibt? Ich habe mich verliebt in ihn, egal, welchen Partner ich nehme. Oder habe ich lieber keinen Sex und schaue dich mit Verachtung an? Du solltest dich was schämen. Ich habe auch Sex mit Partnern, die nicht mir gehören. Ich mache das aber anders, ich führe Kriege. Du glaubst doch nicht wirklich, dass ihr die Einzigen seid, die Macht besitzen? Meine Macht besteht aus dem Willen heraus. Ich will das so. Ja, aber das wollen wir doch alle. Ja, goldrichtig. Ich will euch fertigmachen. Erst mache ich euch fertig, dann schlafe ich mit meiner Partnerin, die einen anderen Seelenpartner hat, und mache die auch noch fertig, weil die das geil findet. Das ist Macht. Ich kann erschießen, wen ich will. Der Sex zählt, den ich habe. Gehörst du mir oder gehorchst du mir? Willst du aufhören, Schatzi, dir gefällt doch das Spiel? Nein, mach weiter. Scheißegal, was die anderen über uns denken, es ist geil. Ich liebe den Sex. Schatzi, du bist die Schönste, die es gibt. Wir führen weiter Krieg. Ich kann machen, was ich will, ich habe immer recht. Und die anderen können nichts tun. So, so … andere führen Krieg. Wer hat jetzt am meisten recht? Ich habe recht. Du hörst zu. Hörst du zu oder sagst du was? Sagst du was oder willst du was sagen? Ich will. Du willst? Warum du willst. Keine Ahnung, gibt es nicht. Die Nonne hat Fleiß. Der Mensch hat den Körper. Du willst die Gier. Der Teufel hat Erbarmen. Wann begreifst du? Nie. Die Antwort kann ich dir geben. Du bist krank, wie wir alle. Du machst dir einen Spaß daraus. Vergisst du mich, vergesse ich dich, aber glaube nicht an den Sex, den gibt es nicht mehr. Ich will Frieden, ich will Fruchtbarkeit, ich will geilen Sex, ohne jedes Mal ans Kinderkriegen zu denken. Die Regelblutung ist krank, der Eisprung ist krank, wenn kein Leben entsteht. Der Wille ist krank, den du hast. Aber du kannst ja gar nicht anders, das ist ja das Problem. Wenn es dir keiner sagen will, weil du das nicht hören kannst, kann dir auch keiner vergeben. Der soll Vergebung bekommen. Nie im Leben. Was glaubt der, wer er ist? Vielleicht ist die Freundin schuld, die braucht einfach einen, der gut abspritzt, dass sie besser kommen kann, und kann mit dem Geilsein gar nicht aufhören. Die weiß schon, was sie tut, die hat nur Angst zuzugeben, dass sie ihn überredet hat. Wem soll ich jetzt glauben? Nur weil es jetzt ums Ficken geht und wir keinen Krieg führen wollen, kann es nicht sein, dass die nicht die richtigen Seelenpartner haben dürfen. Wenn sie die richtigen Partner verdient haben, wird sich das schon zeigen. Warum bestimmst du eigentlich, mit wem ich ins Bett gehen soll? Weil das bis jetzt keiner gemacht hat? Weißt du, was Selbstentscheidung bedeutet? Ja, ich kann über dein Leben bestimmen. Nein, du bist ein Verräter. Ihr seid alle energetisch krank, nur weil ihr Macht besitzen wollt. Manche sind zu geil, die wissen schon gar nicht mehr, was sie tun sollen, weil sie das gar nicht mehr aushalten können, die brauchen einfach nur mehr die Bestätigung, dass sie das richtig machen, indem sie Pornos drehen. Weißt du eigentlich, dass das alles Nervenschmerzen sind, die keiner erkennt? Ich habe da ein Problem und du trampelst auf den Gefühlen rum und lachst den auch noch aus, weil du Gefallen daran hast. Ja, mir macht das Spaß. Ich habe sonst nichts zum Lachen, meine Freunde machen das auch. Wie willst du das Problem lösen? Das ist deine Aufgabe, das wieder geradezubiegen. Ich habe Angst, bestraft zu werden. Du, stell dich nicht so an, geil sein will jeder, da ist es egal, ob der Partner bestimmt wird oder nicht. Sie suchen eh immer wieder was zum Reden, weil ihnen langweilig wird. Bis die wissen, wer ich bin, bin ich schon lange fort, weil der Nächste kommt und den nächsten Partner aussucht. Das wird sogar bezahlt. Geld ist Macht, das weißt du doch. Hm … weiß ich. Das sind nur Ausreden, weil du ein Problem mit dir selbst hast. Du bekommst keine Anerkennung und meinst, du könntest dir alles schönreden. Da denkst du falsch. Schau mal, wie viele Freunde ich habe und wie viele Freunde du hast. Du machst dir jeden zum Feind. Ich mache mir lieber jeden zum Feind, bevor ich dich als Freund habe. Ich bin kein Gegenstand, den man einfach benutzen kann, du bist ein Vergewaltiger. Du nutzt die Lage aus, dass ich hilflos bin gegenüber dem anderen Geschlecht. Ich will keinen Partner oder Sex, der ausgesucht wird, nur, weil du meinst, du könntest das so bestimmen. Ich werde krank bei dem Anblick, benutzt zu werden. Die Stimmung kippt jedes Mal, weil ich weinen muss. Ich muss weinen und weinen und weinen, weil ihr immer schlechte Stimmung verbreitet. Mit schlechter Stimmung kann ich nicht gut umgehen, da ich damit schon immer ein Problem gehabt habe. Wenn man schlechte Stimmung hat, kann das ziemlich schmerzhaft sein. Schmerzen müssen wahrgenommen werden, die darf man nicht verdrängen. Schluckst du Tabletten, um auszuhalten, was andere wollen, ist das keine Lösung für die Stimmung. Die Stimmung kippt wieder und du bekommst keine innere Ruhe. Ich will keine innere Ruhe, ich will davon gar nichts mehr wissen. Was ich schon alles durchgemacht habe, halte ich gar nicht mehr aus. Immer wieder verletze ich mich innerlich selbst dabei, nur um irgendwie dazuzugehören. Die Stimmung halte ich nicht aus, wenn es mir immer wieder hochkommt und ich muss dabei weinen. Wenn ich getröstet werden will, will ich wieder Sex haben, dann geht der ganze Spaß von vorne los. Ich gerate an den falschen Partner, ich rege mich auf, dass der Sex am Anfang so gut war. Und dann will ich einfach nur, dass er geht und mich in Ruhe lässt. Danach muss ich wieder getröstet werden. Ich will eigentlich einfach nur in Ruhe gelassen werden. Bei niemandem darf ich mich wohlfühlen. Jedem geht es immer nur um das Eine. Du meinst, du könntest mit gutem Sex gute Stimmung verbreiten, verbreitest aber nur gute Laune in Krankheit zum falschen Partner. Der falsche Partner kann dir nicht sagen, warum er dich mag. Er besorgt es dir immer wieder und immer wieder, weil er dich gernhat und dich gut leiden kann. Du weinst dich aus beim Sex und machst wieder einen Fehler. Der Sex ist so besser, ich kann besser kommen, ist dann deine Antwort. Der falsche Partner ist mir egal, ich will mich nur ausweinen, ich halte die Gefühlsschmerzen nicht mehr aus. Was er dabei denkt, ist mir auch egal. Er erträgt nur das Geheule von mir nicht mehr. Er will keine Frau leiden sehen beim Sex, ist seine Antwort, und er geht. Ich mache Schluss, es liegt am Sex, der ist nicht geil genug. Er will eine Freundin, die glücklich ist mit ihm, das kann ich auch verstehen. Wenn man immer seinen Partner leiden sehen muss beim Sex, ist das verständlich. Ich würde ja gern eine Therapie machen, nur um zu sehen, ob es mir dabei besser gehen würde. Sextherapeuten gäbe es eh so viele, nur ist das Schamgefühl wieder so groß, darüber zu sprechen. Es ist unangenehm zu weinen, wenn man die Regelblutung hat. Diese Schmerzen sind kaum auszuhalten, weil man den Schmerz so intensiv wahrnimmt. Du musst den Schmerz fühlen, wenn du ihn hast. Einfach eine Pille nehmen und weitermachen, damit ist es nicht getan. Stimmungsschwankungen, die immer wiederkommen, mit denen musst du dich auseinandersetzen, da hilft dir kein Partner zum Ausweinen beim Sex. Der Partner muss wissen, dass du ein Problem hast.

Mein Problem ist die Regelblutung. Jede Frau hat dieses Problem. Männer haben auch Stimmungsschwankungen und wissen nicht, warum. Beide sind an gewissen Tagen launenhaft, bei der Frau ist leider nur die Krankheit sichtbar, indem sie blutet. Männer werden aggressiv, die müssen was machen. Ich muss mein Problem in den Griff bekommen. Bei Frauen ist es einfacher, die müssen den Schmerz aushalten. Bist du nicht stark genug, deine Gefühle in den Griff zu bekommen? Hier will dich keiner leiden sehen, so sieht der Alltag aus. Du musst funktionieren, das kannst du nur, wenn du glücklich bist. Du brauchst Glückshormone, du musst ein Lächeln im Gesicht zeigen. Ich will dieses gestellte Lächeln nicht zeigen, das habe ich noch nie können und du wirst es auch nicht verlangen. Dann zeig halt jedem, wie krank du bist. Du musst nichts sagen, es reicht, wenn du deine Gefühle zulassen kannst, ohne jemanden zu brauchen. Ich fühle nur für mich. Der andere spricht nur schlecht über dich und stellt Erwartungen auf. Wie soll ich dem helfen? Die schlechte Stimmung zieht mich auch runter, jetzt muss ich mir nur wieder unnötig Sorgen machen. Es sind die Gefühle, die betont sind, den Schmerz müssen wir aushalten. Ich kann keine Leistung bringen, wenn ich Schmerzen habe. Du musst dich mit dem Thema auseinandersetzen, sonst bringt es dir nichts. Gefühle, die betont sind, dürfen nicht geschluckt werden. Du machst dich selbst fertig damit. Ich werde schlecht behandelt, wenn ich zu viele Gefühle zeige. Mich regt das selbst auf und ich will, ehrlich gesagt, niemanden nerven. Die Leute sind anspruchsvoll, sie nehmen alles hin, so wie es ist. Für jedes Problem gibt es eine Lösung. Für mein Problem gibt es keine Lösung, den Weg muss ich selber herausfinden. Herausgefunden habe ich, wie ich mich verhalten muss. Heute ist die Stimmung so, die Stimmung ist schmerzhaft und ich muss wieder weinen, da ich die Regelblutung habe. Dieser Tag wird oberflächlich, da ich den meisten Menschen aus dem Weg gehe und in Ruhe gelassen werden will. Gesprochen wird nur das Nötigste, bis der Tag vorbei ist. Heute bin ich besser gelaunt, die Regelblutung ist vorbei, die Stimmung ist noch gekippt, weil da was war. Die Wahrnehmung der Lichtreflexion ist anders als vorher. Gesprochen wird wieder nur das Nötigste, bis der Tag vorbei ist, da ich Hell und Dunkel in den Vordergrund stelle. Eine Woche nach der Regelblutung nehme ich wieder deine Stimmung wahr. Deine Stimmung ist heute nicht gut, ich muss Rücksicht nehmen, sonst geht es dir schlechter als vorher. Gesprochen wird oberflächlich, da es dir nicht gut geht, den ganzen Tag. Intimitäten kannst du schon ansprechen, aber so, dass du keine Gefühle überreizt. Schlechte Stimmung will keiner, aber wir wollen darüber sprechen. Zwei Wochen nach der Regelblutung wird es wieder interessant. Die Stimmung ist gestiegen und ist bald wieder im Keller. Was ist los? Verstehst du Spaß oder belächelst du mich? Männer freuen sich, wenn sie mal was zum Lachen haben. Heute wird gute Stimmung verbreitet, aber nur, weil ich nicht anders kann. Ich kann nicht darüber lachen, ich muss wieder weinen, weil ich unnötig geil werde. Dieses Geilwerden ist wieder mit Schmerzen verbunden. Ich habe keinen Grund, einfach so geil zu werden, ohne dass ich einen Mann attraktiv oder anziehend finde, und muss es doch sein. Gefühlsschwankungen, die jeden Monat wiederkehren. Wenn ein Mann im Raum wäre, der mein Partner sein könnte, wäre es verständlich, diesen Mann erotisch zu finden. Es ist aber kein Mann da und ich habe ein sinnloses Lustgefühl und kann nichts machen. Ich bin eine Frau, das weiß ich. Um Sex zu haben, brauche ich einen Mann. Wenn ich Kinder bekommen würde, wäre es okay, wenn dieses Lustgefühl da wäre. Da ist niemand, weder ein Kind noch ein Mann. Bin ich normal, habt ihr euch das schon mal gefragt? Habe ich meinen Körper falsch programmiert, weil ich keinen Mann haben will? Stell dir vor, wenn der Richtige vor mir stehen würde und ich würde nicht geil, weil mein Körper nicht funktionierte, wäre das ziemlich doof. Er wäre der Meinung, ich wäre abgeneigt, weil ich keine Reaktion von mir gäbe, und ich hätte das Gefühl, ich würde was verpassen. Ich habe keine Lust, den falschen Mann zu nehmen, das ist mir schon so oft passiert. Wie mache ich das jetzt richtig? Du brauchst den falschen Mann nicht zu nehmen, der kommt eh nicht zu dir. Du musst einfach irgendeinen nehmen und den machst du dann scharf. Ich will nicht irgendeinen, ich will schon den richtigen Mann als Frau. Vielleicht will der dich nicht als Frau, weil er kein Mann sein will. Meinst du, Männer können zugeben, dass sie Schwächen haben, und diese zeigen? Ich würde gern mal die Schwächen sehen, die so einige von sich geben, ohne falsche Tatsachen zu erkennen. Falsche Tatsachen sind keine Schwächen, die gern gesehen werden. Sie sind nur ein Mittel zum Zweck, damit man Fehler nicht anspielt, die man gemacht haben könnte. Der richtige Mann, der wird es dir schon besorgen, so wie du es für dich brauchst und wie er es mag. Wenn die Stimmung passt und ihr gut harmoniert, wird es der Richtige sein. Ich habe keine Lust, ewig zu warten, mir wird wohl nichts anderes übrig bleiben, als geduldig zu sein. Geduld ist keine Schwäche. Geduld ist eine Hingabe, auf die man warten kann. Ich kann warten auf dich, bis du soweit bist. Das ist ehrlich. Doch du willst nicht ehrlich zu dir selbst sein. Ich habe heute keine Lust, weil ich wieder warten muss, bis du soweit bist. Du hast immer etwas auszusetzen an dem, der ich bin. Dir passt das schon wieder nicht, weil du nicht in Stimmung kommen kannst. Ich kann nicht in Stimmung kommen, weil die Umgebung nicht passt. Mir macht das keinen Spaß, wenn du nicht kommen kannst. Ich will nicht kommen, ich habe ein Spermaproblem. Mein Immunsystem macht schlapp, wenn ich dich als weibliche Person wahrnehmen muss. Bei einem Mann muss ich mich messen, wie stark ich sein muss. Ich muss mich messen, indem ich dir gefalle. Wenn ich Schwäche zeigen würde, würdest du mich als Mann nicht ernst nehmen. Ich bin ein Mann, den nicht jede haben kann, nur bestimmte Frauen. Eine Frau ist mir zu wenig, ich muss stärker sein. Die richtige Frau, die ist nicht für mich bestimmt. Die würde Höhen und Tiefen mit mir vertragen und auch durch dick und dünn gehen mit mir. Wer will schon mit mir durch dick und dünn gehen? Hier kommt es nicht darauf an, ob man verliebt ist, hier bezieht sich alles auf das rein sexuelle Verhalten zweier Menschen, die Seelenpartner heißen. Ich habe keine Weiblichkeit in mir, ich brauche die Erfahrung. Du kannst als Mann deine weibliche Seite nicht zeigen, da du ein Problem hast. Dein Problem ist es, eine Frau zu haben. Ich bin ein Mann, ich kann jede Frau haben, nur nicht die richtige. Warum ist das so? Ich bin so überzeugt, dass ich alles richtig mache. Die richtige Frau sieht das Problem anders. Sie würde sagen, ich habe alles falsch gemacht. Ich sage, ich habe alles richtig gemacht. Meine Seelenpartnerin war nie da, als ich das Verlangen nach Sex hatte, also musste ich eine andere Frau nehmen. Mir war deren Seelenpartner egal, weil der auch nie das Verlangen nach ihr hatte, sondern immer mit einer anderen Frau rumgemacht hat. Ich habe sogar noch eine zweite Frau, der es genauso ging. Meine Seelenpartnerin war mir egal, auch wenn ich sie gesehen habe. Ich bin so krank und gab ihr einfach die Schuld. Sie hat Schamgefühl, mit dem kann ich sie beleidigen. Die eigene Frau mache ich krank, damit ich meinen Spaß haben kann. Die anderen dürfen Sex haben, warum soll es mir nicht gut gehen? Ich mache das auf jeden Fall, es ist mir egal, welchen Preis die anderen zahlen. Es geht hier nicht um Geld, es geht hier um Misstrauen. Du bist diejenige, die ich nicht mag, das ist mein Mann. Ich brauche eine andere, von dir bekomme ich keine Befriedigung. Du kannst es dir selber machen, aber dafür bekomme ich die Zweite nicht. Die Zweite muss ich trösten, sonst bekommt die keinen Sex. Du darfst es dir nicht selber machen, sonst bekomme ich die Erste nicht ins Bett. Mein Seelenpartner ist ein Arsch. Er gibt mir die Strafe für sein Vergehen. Ihm gefällt es, seinen Spaß zu haben. Ich muss darunter leiden, er macht mich richtig krank damit. Es ist jeder so. Jeder will seinen Spaß, aber sobald die Diagnose kommt, sie hätten ein Problem mit ihrem Immunsystem, kommt keiner darauf, dass man den falschen Partner haben könnte. Ich halte den Schnupfen nicht mehr aus, was kann ich machen? Ich will nicht schon wieder den falschen Sex. Ich bekomme Beklemmungsgefühle. Ich finde mich nicht geil oder attraktiv in meiner Nacktheit, wenn ich mich vor dir ausziehen muss. Ich habe Schamgefühle dir gegenüber. Du bist eine Frau, ich bin aber der Mann. Du brauchst nicht geil zu sein, es reicht, wenn ich es dir besorge. Ich brauche dich bloß geil zu machen, dann steht er schon. Mein Mann darf fremdgehen und ich muss zuschauen, wie ich für sein Geilsein beschämt werde. Er geilt sich auf, indem er mir auch noch zeigt, wie es geht. Schau mal, Schatzi, du wirst nie so geil sein. Dich will nie einer haben. Mir macht es Spaß, wenn ich dich foltern kann. Es ist schön, geil zu sein. Ich habe Lust, dich wieder zu benutzen. Den richtigen Seelenpartner will sowieso keiner. Die erste Frau habe ich schon, die zweite werde ich auch noch bekommen. Die gefällt mir, so soll es sein. Warte mal, das darf ich mir nicht gefallen lassen. Ich will Sex, der muss gut sein, mir schaut keiner zu. Die richtige Partnerin darf ich nicht nehmen, die will ich behalten, die muss machen, was ich sage, die wird mir Gehorsam leisten, sonst bekomme ich keinen guten Sex hin. Gesagt, getan, mein Seelenpartner wird weiterhin Sex haben und mich wie Abfall benutzen. Ich habe keine Lust, mich so behandeln zu lassen. Er begeht einen schweren Fehler damit, er macht mich fertig damit. Dem ist das mittlerweile egal. Bei der ersten hätte er schon merken müssen, dass das nicht richtig war. Er hat keine Schmerzen, wahrscheinlich hat er das schon öfter so gemacht. Er hat keine Schmerzen, aber die anderen müssen ertragen, was er getan hat. Er hat seine Frau betrogen und sie kann sich nicht helfen, weil die jetzt krank ist. Sie hat keinen Mann und darf auch nie einen bekommen. Das Ganze wird unterstützt von einigen anderen, die zugesehen haben. Die haben die Eifersucht bekommen und wollen auch Sex haben mit einer anderen Person, was nicht der Seelenpartnerin entspricht. Mein Seelenpartner hat mich krankgemacht und findet das geil, ist das normal? Jeder findet das normal, doch ich will nicht leiden. Ich habe Angst, vergewaltigt zu werden, nur weil er meint, ich darf jetzt auch mal einen haben. Schließlich muss ich geil sein und darf aber keinen Orgasmus haben. Er will seine Frauen und dafür muss er mich benutzen. Ich habe keine Lust, beschämt zu werden, ich habe jedes Mal Angst, es passiert nur noch mehr. Wenn ich nicht geil werden kann, wenn er das so will, dann ist das normal. Er kann das Geschehene nicht einfach rückgängig machen, nur weil er sich das so vorstellt. Ich kann nicht mehr, ich bin nervlich am Ende. Wie soll es weitergehen mit mir? Ich halte das nicht mehr aus. Ich fühle mich schlecht als Frau. Ich gebe mir sogar selbst die Schuld dafür, dass ich nicht geil sein kann. Ich fühle mich nicht weiblich, da ich mich zu keinem Mann hingezogen fühle. Den eigenen Seelenpartner will ich nicht haben, weil der mich nur benutzt. Er hat das Benutzen nicht verstanden, er hat mich in den Dreck gezogen. Er weiß nicht, was gesunder Sex ist, er macht ihn nur krank. Mir tut das weh da unten, weil ich seine Krankheit aushalten muss. Er will der Stärkste sein und braucht jemand Schwächeren dafür. Jeder will sich rächen, weil der andere fremdgegangen ist, und er macht sich einen Spaß daraus, indem er mich fertig macht. Ich hoffe, dem fällt der Schwanz ab. Ich habe keine Lust mehr auf Sex. Der verbrauchte Schwanz, den will niemand mehr sehen. Du bist ekelerregend. Du weißt nicht einmal, was Hygiene ist. Das kannst du auch gar nicht wissen, da du auch keine richtige Partnerin hast. Hoffentlich faulen dir die Zähne aus dem Mund heraus. Vielleicht geht dir ja ein Licht auf, warum du immer zum Zahnarzt gehen musst. Mangelnde Mundhygiene nennt man sowas. Ja, der eigene Hygienehaushalt geht flöten, weil die Menschheit denkt, es sei zu erwarten, dass jeder Sex haben darf. Es darf auch jeder Sex haben, nur muss es der richtige Seelenpartner sein. Ich rieche Hormone, warum stimmt etwas nicht mit mir? Wenn du dir nicht sicher bist, ob es der richtige Partner ist, dann lass einfach die Finger von ihm. Du tust dir einen Gefallen und du tust ihm einen Gefallen. Ihr macht euch beide krank und habt irgendwann gar keine Immunabwehr mehr. Was machst du, wenn du keine Immunabwehr mehr hast? Du bist angreifbar. Wer darf dich denn alles angreifen? Jeder kann dich angreifen. Wie willst du dich wehren? Du brauchst eine Immunabwehr, um danach zu handeln. Ich kann nicht Nein sagen, wenn ich heute mal nicht will. Ich muss immer Ja sagen, wenn der Nächste kommt und ihn reinstecken muss, weil ihm die Hoden platzen vor Aufregung. Wir werden benutzt, jeder wird benutzt. Jeder braucht eine Schutzimpfung, weil es kein Immunsystem mehr gibt. Wie soll es weitergehen? Organe werden auch schon benutzt. Entweder musst du die anderen aushalten oder die anderen halten dich aus. Wie willst du es nennen? Ich habe Angst vor jedem, so schlecht ist mein Immunsystem. Ich habe Berührungsängste, kennst du so etwas? Wie willst du es nennen? Ich bin krank, weil du mich krank machst. Ich muss aushalten, was ich nicht aushalten will. Und du nennst es gesunden Sex. Ich will keinen Sex und ich will auch keinen Partner mehr. Mein Partner ist mir zu krank. Lieber möchte ich allein sein und meine gesunden Zähne behalten. Du bist nicht zum Aushalten, deine Krankheit ist dein Problem. Hast du einmal den falschen Partner, wirst du immer den falschen Partner haben. Die Eifersucht kennt keine Gnade. Du wirst Sehnsucht bekommen, doch die Liebe ist keine Sehnsucht. Sie ist der Schmerz, den du in dir trägst, weil du nicht zugeben kannst, was du getan hast. Ich war nie verliebt und werde es auch nie sein. Je öfter du dich in jemanden verliebst, desto mehr Sorge wirst du tragen. Der falsche Partner und der falsche Sex machen dich wieder krank. Deine Umgebung wird wieder darunter leiden. Sie leiden nicht, sondern sie machen den gleichen Fehler und nennen es Gruppenzwang für die Ewigkeit. Ich will keinen Gruppenzwang, wenn ich ständig daran denken muss, dass ich krank werden könnte. Lieber mache ich es mir selbst, wenn mir danach ist. Es fühlt sich besser an, als es dir zu besorgen. Ich möchte Frau sein, darf ich das überhaupt? Willst du ein Mann sein? Oder bist du lieber nur ein halber Mann, der sich gern benutzen lässt?

Die Farbe Weiß

Die Farbe Weiß dient dem Göttlichen. Wir bekennen uns dem Sexuellen mit Hingabe, uns zu verlieren. Wir sehen die Farbe mit Verstand und wissen, wir brauchen sie. Sehe ich die Farbe zu oft an, erkenne ich nicht den Hintergrund. Wird die Farbe zu wenig gesehen, verstehen wir keinen Spaß. Ich sehe, kann aber nicht erkennen. Du fühlst, weißt aber nicht, wie du die Dinge deuten sollst. Die Farbe Weiß wird heiliggesprochen, als einseitiger Ton. Ich will ein Engel sein, also muss ich weiße Sachen anziehen. Der Verstand setzt schon wieder aus, weiße Wände sind doch normal. Warum sagt ihr, sie seien langweilig? Ich liebe weiße Wände, man wird nicht verrückt. Warum werden andere verrückt, wenn sie zu lange weiße Wände sehen? Sie bekommen keinen Sex oder haben den falschen Partner. Sie haben Angst und sind verzweifelt und denken, es werde nie aufhören. Der Verstand setzt ein in dem Moment, wo wir merken, es hat kein Ziel. Wir müssen uns auf unser Geschlechtsorgan konzentrieren, wenn wir merken, es macht uns wahnsinnig. Wir kommen damit besser zurecht. Die Kanäle lassen sich so besser öffnen für unser weiteres Denken. Wir verstehen, können aber es nicht umsetzen. Wir haben Blockaden und müssen darauf hingewiesen werden. Eine Blockade nach der anderen löst sich. Wir brauchen Zeit, wir müssen uns öfters mit dem Thema auseinandersetzen. Allein schon, wenn ich die schwarze Schrift lese auf dem weißen Papier, muss ich jedes Mal an mein Geschlechtsorgan denken, ob noch alles in Ordnung ist. Das ist gut für meine Nervenbahn. Das ist wichtig, dass die Kanäle offen bleiben, wenn ich Weiß sehe. Wenn sie wieder zugehen, kann es sein, dass ich anfangen muss, über Sex zu lügen. Manche meinen, das sei okay. Das ist aber nicht in Ordnung, weil wir dann wieder krank werden. Wir dürfen nicht über Sex lügen. Sobald die Kanäle wieder zugehen für Synapsen und Nervenbahnen, habe ich ein Problem. Du meinst, du hilfst mir, indem du mich lügen lässt, machst mich aber fertig damit und dich genauso. Was meinst du, wie Krebs entsteht? Einfach an was anderes denken und nicht an die Normalität, damit ist es nicht getan. Setz dich mit dem Thema auseinander, wir wollen gesund werden.

Die Geschlechtsorgane

Die Geschlechtsorgane dienen nur für die Sexualität. Wir wollen den Nervenkitzel. Wir brauchen den Nervenkitzel. Wenn wir aufs Klo müssen, dann müssen wir gehen. Wir brauchen keine Schmerzen zu unterdrücken. Wenn wir die Sexualität unterdrücken, unterdrücken wir den Spaß und die Lebensfreude. Wenn ich keinen Sex bekomme, bin ich immer frustriert und halte mich fest an Dingen, die mir nichts bedeuten. Bedeutungslos wird das Leben. Ich habe Angst, mich zu verlieren. Der Glaube an den Sex ist gut, wenn ich ihn bekomme. Bekomme ich keinen Sex, wird ein anderes Chakra dominanter. Dein Sexualchakra.

Probleme, die auftreten können:
Die Frau bekommt meistens Komplexe beim Essen. Entweder bekommt sie die Fresssucht oder die Magersucht.
Der Mann bekommt meistens die Spielsucht. Ich spiele mit Waffen oder mit Karten.

Wenn es nicht zur Erektion kommt oder nicht zum Orgasmus kommt, steckt meistens wieder eine Lüge dahinter.

Die dritte Pforte

Ich will verreisen. Ich will glücklich sein. Ich mache den Monat blau. Ich habe die Schnauze voll vom Leben. Also, ich packe meine Sachen und nehme mit: als Erstes mein Wurzelchakra. Dann überlege ich mir, ob ich einen Mann haben will. Ja, nein, vielleicht? Vielleicht hat der noch Probleme und andere Sorgen, der will mich nicht. Nein, der hat noch eine andere, der will lieber lügen und mich und sich selbst bescheißen. So ein Mann wäre aber wichtig, sonst kann man keine Familie gründen. Ich weiß, dann fahre ich lieber ohne ihn. Wohin geht denn die Reise? Ich will nach Hause. Ich habe Heimweh. Wo ist denn dein Zuhause? Bist du nicht von da? Nein, eigentlich nicht. Weißt du, was eine Seelenfamilie ist? Ja, ich kann es mir so ein bisschen vorstellen. Es gibt eine Seelenmutter und einen Seelenvater. Und alles auf der Erde. Naja, nicht ganz. Zu einer Seelenfamilie gehört auch eine Anzahl von Planeten, das ist wie eine Seelengruppe, die für sich bestimmt ist. Auf der Erde herrscht sozusagen reines Chaos. Ja, weil die meisten der Meinung sind, es müsste so sein. Jeder will seine Meinung durchdrücken. Ich weiß es besser. Ich zeige dir den Weg. Ich begleite dich sogar ein Stück, um dir zu beweisen, dass ich recht habe. Der macht sich schon wieder einen Gefallen daraus und merkt gar nicht, dass ich das gar nicht will. Warum machst du das mit mir? Ich will das nicht. Ich will mein eigenes Leben führen. Ich weiß, aber dein Partner will, dass ich das mache mit dir. Kannst du das nicht abschätzen, was ich will und was du willst? Bist du schon wieder zu doof und verschwendest deine Zeit, weil du kein eigenes Leben willst? Was sind denn deine Interessen? Eigentlich wollte ich verreisen, jetzt muss ich erst mal den überzeugen, dass er mich nicht mehr braucht. Hast du eine Freundin? Das geht dich nichts an. Gute Antwort. Hoffentlich lässt er mich in Ruhe. Jetzt ist er schon wieder da. Ich muss dich behindern in deiner Laufbahn, der andere meint, er komme so besser zurecht. Der andere ist mein Seelenpartner. Na toll, der Depp. Sag ihm einen schönen Gruß, ich hoffe, sein Schwanz fällt ab. Wegen dem bekomme ich Komplexe, weil der meint, er könnte eine andere vögeln. Ich hätte so gern einen Kinderwunsch. Ich weiß nicht, wie ich weitermachen soll. Lügen will ich nicht. Ich muss wieder Schmerzen aushalten, weil es die Gesellschaft so verlangt. Was braucht man denn alles zum Kinderkriegen? Ich brauche eine größere Wohnung, weil ich mehr in Anspruch nehmen würde. Wir brauchen leider Geld, weil die Leute das Geben und Nehmen nicht verstehen. Wir brauchen einen besseren Lohn, da wir nicht vom Staat abhängig sein dürfen. Wie macht man denn ein Kind? Ach nö, dafür brauche ich wieder einen Mann. Auf der einen Seite werde ich eifersüchtig, weil das Familiensystem so hoch angesprochen wird, auf der anderen Seite denke ich mir jedes Mal: Warum könnt ihr nicht ehrlich sein und sagen, das es euch allen scheiße geht? Zum Kindermachen gehören immer drei Personen. Der Mann, die Frau und das Kind. Der Mann bringt Probleme mit, die ich nicht lösen kann, die Frau ist unfruchtbar und das Kind soll entscheiden, wie es weitergehen soll. Das geht so nicht. Kinder sollen mit Genuss ins Leben gehen. Frauen haben Blutungen. Bei jeder Blutung kann das Kind verlorengehen. Ich habe Angst, dass ich das Kind verliere. Mama, warum weinst du? Ich bin doch da. Wenn ihr vorher eure Probleme löst, sind die Dinge nur noch halb so schlimm. Wie soll ich denn Probleme lösen, wenn ich nicht einmal die Lage einschätzen kann? Meint er es ehrlich mit mir oder nutzt er mich wieder nur aus? Ich kenne ihn schon so gut, der verarscht mich immer nur. Weißt du was, der soll seine Zeugung erledigen und mir dann Unterhalt zahlen. Ich sehe das gar nicht ein. Auf der einen Seite freue ich mich auf das Kind, auf der anderen Seite darf ich den Vater gar nicht kennen lernen und bin schon wieder nur als Mittel zum Zweck gedacht, um Leben in die Welt zu setzen. Was lässt sich eigentlich der Kosmos einfallen? Da wird man wieder nur verarscht, so in der Art: Was Besseres habe ich nicht verdient. Ich fühle mich ausgenutzt in meiner Position. Jetzt kommt nur noch, dass sie mich als Schlampe bezeichnen, weil ich es darauf angelegt hätte, Sex zu bekommen. Eine Schwangerschaft entsteht nicht von heute auf morgen, das Kind braucht mindestens drei Monate Vorbereitungszeit, um sich durch die Osmose ein Nest zu bauen, für die Hormone, die es braucht, um einen Eisprung zu produzieren. Wenn der Mann glaubt, ich hätte es ihm angehängt, soll der meinen, was er will. Der hat keine Ahnung vom Leben, meint, er könnte der Größte sein, weil er schon so viel erreicht hat im Leben, und will jetzt den Chef raushängen lassen. Das machen sie immer so bei den Männern, die meinen, die könnten einfach so den Schwanz reinstecken und alles wäre geil drumherum. Die sind dann nur noch fürs Ficken aufgelegt und sagen, die Frau hätte ihnen dann das Kind angehängt. Frauen sind immer schuld, wenn sie schwanger werden, weil sie nicht verhüten. Männer haben es einfach, die brauchen nur abzuspritzen. Als Frau wirst du immer wie Dreck behandelt. Und wehe, du sagst, das Kind ist von mir, dann werde ich dich schlagen und vergewaltigen. Dann muss ich ja wieder lügen. Ich fick dich bis zum Gehtnichtmehr, weil ich geil sein will, und dann lass ich dich eiskalt fallen. Du Drecksau hast es nicht verdient, Vater zu werden. Ich weiß, deswegen werde ich auch das Kind abtreiben lassen. Ich werde sie zwingen, es zu tun. Ich kann selbst über Leben und Tod entscheiden und ich entscheide, dass ich geil sein will und keine Kinder bekommen kann. Na gut, dann bekommst du keine Kinder. Wie oft soll ich das machen? Wie viele Frauen willst du noch haben, bei denen du das tun kannst? Die eine Frau kannst du zumindest wie ein Waschlappen behandeln. Du bist ein Seelenvater, du entscheidest selbst, wie deine Kinder leben dürfen. Deine Kinder sind im Vorteil, wenn du sie nicht haben kannst. Du bereitest sie vor für eine Einbildung. Jedes Kind, das nur für den geilen Sex gedacht ist, wird gutmütig missbraucht. Jede Abtreibung bringt Fehler in das Leben. Willst du so weitermachen? Ja, wir können nicht anders, wir wollen so geil sein. Was meinst du, wie viele Menschen dafür kämpfen, dass so etwas mit ihnen nicht passiert? Und ihr nutzt eure Lage aus. Weißt du, wie es sich anfühlt, ein abgetriebenes Kind zu sein? Du fühlst dich wie ein Wegwerfprodukt. Mama,

Papa, bin ich euch denn gar nichts wert? Das hat der Seelenvater zu entscheiden. Ja, aber du bist der Urvater, meine Eltern wollen mich und dürfen mich nicht kriegen, weil ihr streitet. Warum lasst ihr das Ganze an uns aus? Wir müssen das so machen, wir müssen das selbst entscheiden. Die wissen nicht, was eine Selbstentscheidung ist. Ich erkläre die jetzt alle für komplett bescheuert. Die meinen, sie könnten ihre Position missbrauchen. Hier, gib denen das ins Leben mit. Ich stelle mich zur Vertretung. Du darfst leben, ohne dass jemand eingreift und das verhindert. Ist das ein Seelenvertrag? Ja, den wirst du brauchen. Der darf nicht über dein Leben entscheiden. Deine Eltern dürfen nicht leiden. Wenn ein Kind abgetrieben wird, leiden beide Elternteile Schmerzen, den Verlust nicht zu bekommen. Wenn das gewollt wird von einer anderen Person, die nicht im Leben steht und somit auch nicht handlungsfähig ist, macht die sich unbemerkt strafbar. Wie willst du sowas verhindern? Ich lasse den jetzt leben, so wie er es verdient hat, du musst nur da unterschreiben, dann bist du auch einverstanden, dass er gequält wird. Du bekommst so besseren Sex. Ah, er kann gar nicht nachdenken über diese Situation, ihm fehlt etwas zur Entscheidung. Warte, ich gebe dir etwas mit, das ist für dich, weil du so schön bist, du musst darauf aufpassen, sonst kommt er nicht wieder. Warum muss ich darauf aufpassen? Du musst erst da unterschreiben, dann sage ich dir, worum es geht, dann darfst du weitermachen. Er unterschreibt. Tatsache. Ich würde gern seinen Namen lesen, bist du auch der, den ich meine? Wird das ein Geständnis? Nein, eine Verteidigung, du bist nicht handlungsfähig, er ist der Chef. Er ist der Chef und du lässt ihn gehen? Ja, er ist viel besser als du. Wieso lässt du ihn gehen und handeln? Er ist dein Sohn, aber er sucht sich jetzt eine Familie aus, wo er erwünscht ist. Bei uns ist er doch auch erwünscht. Nein, er ist bei uns willkommen. Sag ihm schöne Grüße, es gibt noch andere Mütter und Väter, die Kinder haben wollen. Der Kleine spricht: Du bist jetzt die Urmutter und du bist jetzt der Urvater und ich darf mir jetzt zwei Leute raussuchen, die mich haben dürfen. Ja, aber frag erst nach, ob die das auch wollen. Manchmal kann es sein, dass die noch nicht bereit dafür sind. Wieso muss ich denn nachfragen? Kann ich nicht einfach bestimmen wie die anderen, weil ich jetzt der Chef bin? Nein, so sollte das Leben nicht funktionieren. Wir machen Verträge, weil was nicht richtig läuft, um die Leute auf den richtigen Weg hinzuweisen. Die meisten missbrauchen ihre Position mit Verträgen. Der Ursprung will keinen Vertrag, wir müssen aber einen Vertrag abschließen, weil die Leistung zu stark ist, die die anderen verlangen. Was verlangen denn die anderen? Ihr Mitbestimmungsrecht. Das heißt, die können alles mitbestimmen, was mich betrifft als Einzelner? Ja, genau. Sie können bestimmen, wer dich ins Leben schickt, sie können bestimmen, wie oft du Sex haben darfst, sie können bestimmen, ob du selbst Kinder bekommen darfst. Sie können bestimmen, wie handlungsfähig du sein kannst. Sie können nach dem Recht bestimmen, ob sie dir die Fehler zeigen oder ob du belohnt wirst für deine Lügen und Intrigen. Sie können über deine Arbeit bestimmen oder wieviel Spaß du in deiner Kindheit haben darfst. Sie können sogar über dein Lachen bestimmen. Darfst du jetzt lachen oder musst du alles lächerlich finden? Sie entscheiden über dein Essen. Sie entscheiden über dein Sprechverhalten, wie du dich zu benehmen hast. Gesetze über Gesetze. Aber frag ja nicht nach, ob du dir das überlegen kannst, wir haben keine Zeit. Du musst hier handeln. Wie mache ich das? Du stehst im Leben, kannst alles machen, indem du dich richtig anständig für deine Verhältnisse entwickelst und nicht nachfragst, wer du bist. Sobald du nachfragst, nach dem richtigen Weg, hast du keine Erlaubnis mehr. Die Zeit wird sich so verändern, sie wollen wissen, wer du bist. Sie können nicht verstehen, sie dürfen nicht nachfragen, wer du sein kannst. Es wird sich nochmals zum Positiven wenden, weil sie die Fehler immer noch nicht erkennen. Mach dir nichts draus. Für dich wird es dann leichter, du erkennst die Leute, die dir helfen wollen, aber lass dir nicht helfen, bleib bei deiner eigenen Meinung. Urteile immer zum Schluss. Manchmal reicht nur ein Lächeln im Gesicht, um zu erkennen, wer du bist. Hüte dich vor dem Wort des Bösen, wir sind alle ganz gemein. Die Mitmenschen, die dich fühlen lassen, wer sie sind, denen darfst du Vertrauen schenken. Deine Partnerin wird dir helfen, gemeinsam werdet ihr durch das Leben gehen. Deine Eltern haben dich schon ausgesucht, bist du mit ihnen zufrieden? Vom

Gefühl her ist es okay. Wann werde ich sie kennen lernen? Sie stehen neben dir, du wirst dann abgeholt. Es geht dann auf die Reise. Aha, die dürfen mich einfach mitnehmen. Ja, sie sind noch nicht so gut wie wir, du wirst Rücksicht nehmen müssen und kein Theater machen. Das erste Leben ist immer eine Entdeckungsreise, halt dich einfach an das. Deine Eltern haben Lust, die Erfahrung zu machen, dich zu entdecken. Bring ihnen einfach die Neugier bei, indem du die Geheimnisse für dich bewahrst, dann passen sie besser auf dich auf. Was soll ich denn für Geheimnisse für mich behalten? Nur den Vertrag, den dürfen sie nicht herausfinden. Die Seelenfamilie ist die richtige, das Essen ist auch das richtige, aber die anderen Familien müssen noch lernen, den richtigen Weg zu finden. Es sind zu viele missbraucht worden, indem man ihnen das Gefühl gegeben hat, es wäre normal, alles zu vermischen. Wir wollen das nicht mehr. Es geht immer nur alles in die Krankheit, wir wollen aber gesund sein. Was geht denn noch alles in die Krankheit? Naja, anfangen tut es immer bei den Eltern. Wir brauchen eine Frau, der wird das Kind gegeben. Ups, da haben wir schon den ersten Fehler. Die beiden sind nicht energiegleich. Damit es nicht auffällt, wird noch ein Mann ausgesucht für den Ausgleich, weil du nicht wissen sollst, was mit ihnen passiert. Was passiert denn mit ihnen? Sie gründen eine Kolonie, ohne es zu ahnen. Ist das vielleicht so schlimm? Ja, die Partner mögen sich nicht, müssen sich was vormachen, das Kind leidet unter Liebeskummer, weil es nicht wirklich ein Familiensystem gibt. Der Mann hat eine Seelenpartnerin, die er nicht nehmen kann, ihm wird das Leben vorgeschrieben. Die Frau leidet unter Vertrauensbruch. Das Kind sucht die ganze Zeit Anerkennung von den Eltern, weil es nicht gesehen wird. Was macht denn ein Kind, das nicht gesehen wird, weil es auch noch Liebeskummer hat? Die Frau kannst du wieder wegschmeißen, die ist missbraucht worden für ihre Zwecke. Ein Kind wird traurig nach einer Zeit, wenn wir ehrlich sind. Wenn wir nicht ehrlich sein müssen, weil das wieder mal so gewollt wurde, fängt das Kind an zu schreien, den ganzen Tag. Es übertönt die ganze Zeit die Familie. Wenn ihr machen könnt, was ihr wollt, dann mache ich das auch. Hör auf zu schreien, kommt es dann vom Vater. Nö, ich singe bloß laut.

Die Mama hat mir das Spielen beigebracht, das nutze ich jetzt für dich aus. Hehe, ich hab 'ne coole Mama. Die irdische ist super und die kosmische hält ihr den Rücken frei, dass ich alles machen kann. Der Vater ist so doof und merkt das gar nicht. Männer erlauben sich manchmal zu viel, du wirst der Erste sein, der das erkennt. Nicht jeder hat das Glück, die richtige Partnerin zu haben. Woran liegt das? Am Erkennen an sich. Der Anfang ist schwer im Kosmos. Wer erlaubt und wer hat die Erlaubnis? Bist du gut im Erklären oder hast du die Berechtigung? Beides wird meistens hintergangen. Warum gibt es so viele Missverständnisse? Die kommen nicht von irgendwo. Verträge werden auch missbraucht. Dagegen kann ich nichts tun. Leider, ich kann nur schauen, dass ich da den richtigen Anfang mache. Vertreter und Handlungsberechtigte führen sich auf wie kleine Kinder. Warum darf der eine das so machen und der andere das so? Wenn man einen Vertrag macht, hat man einen Hintergedanken, weil man etwas erreichen will. Was will man denn alles erreichen? Das ist das Problem. Viele nehmen sich das Recht heraus und meinen, es sei was Gutes für die Gesellschaft. Sie sagen es so, meinen es aber anders. Sie wollen dir eins reinwürgen. Wenn man sich die heutige Gesellschaft anschaut, kann man sagen, wir sind verarscht worden. Alles ist in die Krankheit gegangen, wir führen Krieg. Uns hat keiner gefragt, ob wir das wollen oder nicht. Es ist einfach gehandelt worden. Was hat denn Krieg mit Familie zu tun? Wir handeln immer im Unterbewusstsein. Wir wissen nicht, was wir wollen, aber wir müssen so handeln, weil jemand so gut Verträge macht. Verträge, die in Vergessenheit geraten, wo ganz genau drinsteht, sie dürfen das Familiensystem nicht kaputtmachen. Wie ist denn die Handlung abgelaufen? Meistens ist der Vertrag ungültig, wenn die Handlung nicht richtig war. Seelenfamilien untereinander dürfen keine Verträge abschließen. Wie ist das gemeint?

Meinst du jetzt von den Ureltern aus gesehen oder von intern auf extern? Beides. Die Norm ist es, keine Verträge zu haben. Überall, wo ein Vertrag stadtfindet, weil jemand nicht handlungsfähig ist, macht sich das mit Aufmerksamkeit bemerkbar. Ich muss aufpassen, der hat was verbrochen. Was hat er denn verbrochen? Eben, so stellen sich die Leute in den Mittelpunkt. Ich will wissen, was du spricht, wie handelst du? Ich gebe dir alle Möglichkeiten, um dich kennen zu lernen. Du bist etwas Besonderes. Kannst du mir sagen, wer ich bin? Nein, kannst du nicht. Du hast nur noch Augen für den anderen, weil er einen schlechten Vertrag hat, und auf mich willst du nicht hören, weil ich nicht handlungsfähig bin. Du vergisst mich und die anderen. Die anderen sind aber wichtiger als er. Sie wissen nicht mehr, was sie essen dürfen, er hat es ihnen durch den Vertrag verboten. Er hat doch gar nichts gemacht, wichtig ist nur der andere. Doch, er hat was gemacht, du kannst es nur nicht erkennen, weil du es nicht richtig machen kannst. Der eine ist so schön, wenn es nach mir ginge, könnte er alles haben. Du bist seine Partnerin, du bist nicht so wichtig. Er bekommt eine neue, die er sich aussuchen kann. Er bekommt sogar eine zweite, in die er sich verlieben wird. Warum machst du das? Du zerstörst mich damit. Ist mir egal, du bekommst die Selbstzerstörung, du wirst richtig darunter leiden. Kinder hast du keine verdient, die wird er bekommen. Pro Kind eine Frau. Lässt du mich dann trotzdem leben? Nö, dich bekommen die anderen. Ich will wissen, was passiert, wenn du dich deinem Schicksal überlässt. Bin ich dir denn gar nichts wert? Jetzt hast du den anderen die Wertschätzung genommen. Ich bin ein Fehler im System. Nein, du bist nicht wichtig. Dieses Nein ist meine Rettung. Er merkt nicht, was passiert. Ich muss die anderen warnen, Scheiße, es ist schon zu spät. Da hängt schon zu viel dran. Er hat gemerkt, dass ich gedacht habe und handeln wollte, jetzt ist er selbst unterwegs und versucht noch was zu retten. Wer ist jetzt er? Ein Wesen zur Gattung eines Planeten. Wir Menschen haben auch Wesen und können energetisch kommunizieren, wenn es so nicht machbar ist. Ist was nicht in Ordnung oder tritt ein Fall ein, wo Handlungsbedarf ist, zeigen sich die Wesen. Ich bin nicht da, aber ich habe gesehen, was passiert ist zu dem Zeitpunkt. Ich bin dein Zeuge. Dieses Wesen stand aber direkt vor mir und hat mich angeschaut. Mach dir nichts draus. Du brauchst da keine Angst zu haben. Dieses Wesen steckt noch in der Entwicklung. Es hat sich von dem richtigen Planeten abgespalten, um nachzuschauen, was passiert. Die Probleme hat es vorher schon gegeben. Wir sind bei einer Situation dabeigewesen, die keiner wollte. Das Einzige, was wir tun können, ist, dass wir das Ganze aufklären. Eine Entwicklung durchzumachen ist nicht einfach. Wir müssen uns jetzt so verhalten, wie es uns vorgegeben wird. Der eine hat den Vertrag, da kann ich nichts machen. Der andere hat den Vertrag, da kann ich nichts machen. Da will ich nicht hingehen, da gibt es zu viel Gewalt und Missbrauch. Und irgendwie ist alles miteinander verbunden. Die entscheidet jetzt, wann der leben darf. Und der hat die höhere Gewalt, weil keiner mehr selbst entscheiden will, was der andere tut. Hm, bemerkst du was? Nö, was denn? Die Farbe ist gelb, die Farbe ist grün, die Farbe ist rot und die Farbe magst du nicht, gell? Ja, wieso, ist das schlimm? Gib mir die Farbe, du willst die sowieso nicht. Ich habe keinen Bedarf, dir etwas zu geben. Wie kommst du darauf, mir etwas wegzunehmen? Wir wollten wissen, was Farben sind und was man damit machen kann. Das ist eine gute Idee, aber du musst vorher fragen. Ich habe doch gefragt. Ja, aber nicht, ob du sie nehmen darfst. Du wolltest sie gleich besitzen. Bin ich dann besitzergreifend? Ja, bist du. Das ist der Anteil, den du abgespalten hast. Oh, das ist super. Jetzt sind die anderen besitzergreifend mir gegenüber. Die denken, die könnten alles mit mir machen. Schön, dann fällt es nicht so auf. Ich misch mich einfach mit unter die Menge und guck mal, was passiert. Vorgesorgt habe ja schon. Es ist nämlich wichtig, dass man sich Bausteinchen legt, die man wiederfindet, ohne gewollt jemandem zu schaden. Geschadet hat sich ja noch nie jemand selbst, jetzt weißt du, was der Anteil macht, wenn man besitzergreifend ist. Ja, wann bekomme ich denn Kinder? Wenn du diesen Weg gehst. Der Weg geht nicht mehr, der ist schon verbaut. Alles klar. Haben die anderen auch so einen Blödsinn gemacht wie ich oder wollten die einfach nur die Neugier erwecken, was es noch so gibt? Es haben viele genauso gedacht, nur mit einem anderen Aspekt. Gruppenbildung macht Sinn, wenn man was erreichen will. Die meisten hatten nach einer gewissen Zeit Angst vor Verträgen, weil sie einem förmlich angeboten wurden. Manche sagen auch, sie wurden einem untergejubelt. Das sind sicher Verträge, die keiner mag, eine sogenannte Modeerscheinung, die es damals gab. Doof ist nur, dass sie nach einer Zeit zur Normalität gehörten und keiner mehr wusste, wie er zurechtkommen sollte im Leben. Naja, dann schließen wir halt mal einen Vertrag ab. Wenn du meinst, du könntest die ganze Zeit auf mich aufpassen und selbst nicht mehr im Leben für dich sorgen, ist das dein Problem. Vergiss nicht, wer du bist. Deine Handlanger können irgendwann nicht mehr. Das geht nicht, ich brauche den, der muss alles geradebiegen, was ich verbockt habe. Ich habe dem die ganze Seelenfamilie zerstört, du musst den auch noch fertigmachen. Der weiß nicht, was ich für einen Hintergedanken habe oder mit wem ich schon Verträge abgeschlossen habe. Du machst das nicht gut. Den Vertrag, den du mit dem anderen abgeschlossen hast, wird der eine mitfühlen, obwohl der Handlungsverlauf anders ist als ausgemacht. Das ist kein Vertrag, das ist Missbrauch. Bei einem Vertrag, der ungültig ist, gibst du immer deine eigene Seelenenergie mit. Du schreibst rein, wer du bist und darfst den Namen nicht verraten. Ich bestimme dann deine Eltern. Muss ich dann Mama zu dir sagen? Nein, ich gebe dir deine Eltern. Ob du misshandelt wirst, kann ich nicht sagen, du hast jede Entscheidung abgegeben. Du kannst froh sein, dass du die Erlaubnis von mir bekommst, dass ich dich leben lasse. Hast du das gerade mit deinem Partner gemacht? Kann sein. Der Depp lässt mich nicht erkennen, wer er ist. Sei doch froh, bei ihm ist alles geregelt. Bei mir macht das wieder keiner. Ich darf nichts haben, mich mag wieder keiner. Jetzt habe ich wieder Liebeskummer und ich weiß nicht, warum. Schatzi, wie müssen wir denn jetzt leben? Keine Ahnung, du hast keinen Vertrag, du darfst nicht leben. Scheiße, ich habe wieder was falsch gemacht. Wieso sind die anderen immer besser als ich? Was darf ich denn überhaupt noch machen, wenn ich nicht leben darf? Ach, keine Ahnung. Ich habe halt keine Mutti und keinen Vati. Ich schaue halt den anderen beim Leben zu, in der Hoffnung, dass alles langweilig wird. Bin gespannt, ob er mich vergisst. Mögen tut er mich ja auch nicht. Oh, der hat mein Denken gehört, der hat jetzt Angst, dass sein Leben langweilig wird. Er will nicht, dass sein Leben langweilig wird, er will auch nicht, dass ich ihm zuschaue. Er will Liebe, aber von jemand anderem. Na gut, das kann er auch haben, dann gehe ich ihm aus dem Weg. Der Mann meint, er könne alles haben. Mir zerbricht es das Herz. Was hat er nur, dass ich mich nicht wehren kann? Er darf wieder alles machen und ich darf ihm den Weg freiräumen. Er darf Kinder bekommen, er darf eine Familie haben. Warum ist er so undankbar? Soll ich dir mal ein Geheimnis verraten? Er kommt sogar zu mir und stellt mich zur Rede, wie arm ich doch sei. Er sagt, ich solle auf sein Niveau kommen. Er hat das alles und ich bin nichts wert. Er ist auf dem Trip, immer mehr zu wollen. Die Gier ist sein Problem. Tja, ich habe aber nichts mehr, was ich dir geben kann. Dir gehört schon alles, ich will auch noch leben, geh mir aus dem Weg. Er behandelt mich wie Dreck und es ist ihm scheißegal. Ich mache einfach das, was ich immer mache. Gefühle schlucken. Mir glaubt ja keiner. Wenn ich mit jemandem über sowas sprechen würde, würde mir jeder einen Vogel zeigen. Ich bin froh, dass ich keine Mutter zu sein brauche, ich hätte Angst, das Kind zu verlieren. Als alleinstehende Mutter steht man immer schlecht da. Ich möchte es nicht verantworten, ein krankes Kind zur Welt zu bringen. Die Nährstoffe sind wichtig. Mehr brauchst du nicht. Hm … du brauchst noch die richtige Seelenfamilie. Die Familie, wo du aufwachsen wirst, opfert ihr Leben für dich, weil die andere Nährstoffe brauchen als wir. Wir unterscheiden uns in dem Punkt. Wie unterscheiden wir uns noch? Die Energie ist nicht die gleiche. Die Wesen in uns sind anders. Du kannst dich nicht so verhalten wie bei deiner richtigen Familie. Wieso hast du das gemacht mit mir? Du hast mir keine andere Möglichkeit gegeben zu handeln, weil du einen alten Vertrag hast, der noch gültig ist. Du musst dich um die Dinge kümmern, wenn du sowas machst. Dir ist das aber scheinbar egal, darum muss ich auch so handeln. Ich weiß sonst keine andere Lösung in der Situation. Ich kann jetzt nicht ändern, wie es abgelaufen ist. Du lässt mir keine Wahl, solange das Problem nicht gelöst wurde mit dem Vertrag, den du da hast, gehe ich dir lieber aus dem Weg. Die anderen werden sicher auch danach entscheiden, wie sie leben müssen. Oh je, das ist nicht gut, wenn immer über die Familie hinaus entschieden wird. Ich will nicht, dass es mir genauso geht. Zu spät, eine andere Familie hat sich schon angeboten, mich zu nehmen. Mir wird jetzt nichts anderes übrigbleiben, als Ja zu sagen. Mein Seelenpartner sagt Nein, beim nächsten Mal, er hat gemerkt, dass es mir nicht gut dabei geht.

Die Dinge dürfen entstehen, wie sie sind, sie sind noch nicht soweit. Die Energien waren noch in ihrer Entwicklung. Wie gibt's das, dass er so handeln kann, einfach über meinen Kopf hinweg entscheiden? Aber schön, dass wir noch Zeit haben, vielleicht machen wir einen Gewinn. Gewinn machen wir keinen, wir machen den nächsten Fehler. Er hat dich gefragt, ob er dich haben kann, er ist noch in seiner Entstehung. Entstehung ist gut, Entwicklung ist auch gut, vielleicht merken die, dass wir ein Problem haben? Er ist ein Mann, wo ist die Frau, die dich bekommen soll? Ich suche deine Familie aus. Du sollst es besser haben als ich. Du musst mir dann helfen. Ich glaube, das geht alles nach hinten los, mit seinem depperten Vertrag habe ich einfach ein Problem. Er nimmt sicher eine Andere in seinem Leben. Ja, das wird es sein, und mir bringt er die Eifersucht bei, damit ich ihn nicht haben kann. Du, pass auf, deine Frau kommt dahinter, was wir für einen Vertrag abgemacht haben. Du musst ihr aus dem Weg gehen. Aber vorher machst du sie noch fertig, wir wollen sehen, wie sie leidet. Die muss richtig schlecht sein, deine Frau, die darf keiner haben. Wenn du sie nicht willst, nehmen wir sie. Die braucht jemanden, der sie fertigmacht. Super, da kommen die nächsten. Ich habe da keine Chance. Wie willst du es haben? Sollen wir dich zerstückeln oder in einzelne Teile aufspalten? Mir egal, ihr könnt machen, was ihr wollt. Ihr macht nur das, was die anderen nicht dürfen. Wieso? Uns würde es Spaß machen, du willst bloß nicht. Was würdest du denn machen? Also, ich würde deine Hand abschneiden und denen zum Fraß vorwerfen. Super, wieso müssen wir denn so viel Gewalt anwenden? Ich will das nicht. Ach, du willst immer alles, du wirst hier nichts bekommen. Wie wird das wohl im richtigen Leben, wenn hier schon so viel Gewalt entsteht? Ich habe keine Lust mehr, jeder Schritt, den ich gehe, ist wie eine Hinrichtung, die nie aufhört. Jedes Leid, jedes Gefühl, jede Fehlentwicklung, alles wurde geplant. Wer macht sowas? Das gibt es doch nicht, dass wir so sein müssen. Wer bestimmt unser Leben? Kannst du dir wenigstens helfen, dass du dem anderen nichts tun musst? Wir dürfen keine Gewalt anwenden. Die anderen machen sich untereinander fertig, wer besser sein könnte. Ich will nicht, dass alles im Elend endet. Sie machen Unsinn in ihrer

Langeweile. Kinder, die nicht erwachsen werden wollen, nennen sich Personen, die nichts dafürkönnen, weil sie so sein wollen. Wenn du Kind sein willst, darfst du dich auch so benehmen, aber mach das nicht auf Erwachsenenebene. Warum darf man als Erwachsener kein Kind sein? Kannst du eh immer wieder, wenn es dir Spaß macht. Es artet aus, sie benutzen sich selbst, um kreativ zu sein in ihrem Handeln. Das innere Kind will entdecken, wenn es klein ist, es will die Welt erforschen. Mama, bist du da? Ich will Blödsinn machen auf allen Ebenen. Ein normales Kind hat seinen Rappel, wo es einfach seinen Spieltrieb entwickelt, um Spaß zu haben. Wenn das Kind nervig wird, liegt das immer an uns. Wir sind keine guten Eltern, um das Kind oder Kinder zu ertragen. Wenn wir mitlachen können, macht es Spaß, bis die Tränen fließen. Ich will keine Ausrede hören, ich habe doch keine Zeit für mein Kind. Die nächste Ausrede ist: Ich habe kein Geld. Noch 'ne Ausrede ist Is ist alles zu teuer. Wie viele Ausreden braucht man denn als Mensch, um ein Kind zu bekommen? Menschen, die keine Kinder bekommen, haben Schmerzen auf der Gefühlsebene. Menschen, die Kinder bekommen, benutzen Ausreden für die Umgebung. Ein Kind braucht nicht tausend Sachen, um glücklich zu sein. Drei bis vier Sachen zum Spielen für eine Zeit reichen vollkommen. Den Schnuller, um stillzuhalten, braucht normalerweise auch kein Kind. Ist euch das schon mal aufgefallen? Wie dürfen wir uns normal entwickeln? Um den Kiefer richtig zu entwickeln, brauche ich die Energie als Ganzes, um Entscheidungen zu treffen, wie ich essen sollte, wie ich schlucken sollte. Der Schnuller ist wie ein Spielzeug im Mund. Ich muss die Aufmerksamkeit entwickeln, sonst habe ich nichts zu sagen. Ich schreie, wenn ich nichts im Mund habe, ich will nicht behindert werden, nur, weil mir die Energie fehlt, dass ich mich entwickeln kann im Leben. Es ist anstrengend zu atmen, jeder ist krankhaft energetisch, wenn er sein Kind anschaut und anschauen lässt. Jeder Fleischesser ist eine Belastung für seine Umgebung. Die Kinder leiden darunter, werdet endlich erwachsen. Wir dürfen uns so nicht normal entwickeln. Fällt euch das nicht auf? Ja, was sollen wir denn machen? Wir müssen so leben. Eben. Euch fehlt die Intelligenz zu beweisen, dass ihr nicht mehr könnt. Ihr macht immer weiter so. Ab wann wird Gewalt angewendet? Bist du brav, wirst du Gehorsam leisten … so wie immer. Hast du Angst, weil es so nicht mehr weitergeht, dann wende ich Gewalt an, um noch mal eins draufzusetzen. Das ist auch ein Entwicklungsprozess, der stattfindet, den wir nicht steuern können, weil wir blöd sind. Warum müssen wir denn Gewalt anwenden? Um zu zeigen, wer der Stärkere ist. Dumm ist nur, wenn Gewalt aus lauter Langeweile stattfindet, weil ein weiterer Prozess fehlt, um die Situation in die richtige Bahn zu lenken. Wie meinst du denn das? Wende ich Gewalt an, um den einen zu verletzen, mache ich das mit Absicht. Benutze ich aber die Absicht für die Gewalt, entsteht die Unabsicht, die Kurve zu kriegen, weil man die Neugier anderer nicht verletzen will. Wie will ich denn fangen spielen, Mama? Ich will nicht, dass du mich fängst, aber ich will auch nicht loslaufen, dich zu suchen. Hm, liebes Kind, wie willst du denn spielen? Eine Beschäftigung wirst du doch brauchen? Ja, ich will naschen, weil du Kuchen bäckst. Na gut, dann backe ich einen Kuchen, willst du mir helfen? Ja, liebe Mama, der Papa macht den Aufwasch, damit wir mehr Spaß haben dürfen. Mama? Ja? Wie bin ich denn entstanden? Ich will alles ganz genau wissen. Hihihi, da ist aber einer ganz neugierig. Irgendwie kenne ich das schon. Wie erklären das denn die anderen? Ich bin noch nicht so gut in den Dingen, einem dreijährigen Kind zu sagen, wie Sex geht. Liebes Kind, du hast da einen Löffel … Oh Mann, das Schamgefühl ist so groß … Ich muss die ganze Zeit grinsen, weil das so witzig ist … Diesen Löffel nimmt der Papa mit. Der Papa hat jetzt den Löffel und die Mama muss den suchen. Die Mama wird aber den Löffel nicht finden, weil der Papa den so gut versteckt hat, dass man den nicht auspacken kann. Wieso muss die Mama den Löffel auspacken, den der Papa versteckt hat? Der Papa macht Schokolade an den Löffel dran, die die Mama naschen kann. Wenn die Mama nicht naschen kann, geht's ihr nicht gut. Frag mal den Papa, ob wir noch Schokolade haben, wir wollen den Kuchen backen. Papa? Mama hat Hunger, die will Babys machen. Pst, nicht verraten, worum es geht. Der kommt und fragt ganz entsetzt nach, was los ist. Schatzi, hast du die Schokolade mitgebracht? Wir wollen Kuchen backen. Oh je, der denkt ans Bettgehen. Was macht denn der Kleine da unten? Meinst du jetzt mich oder das Kind? Das Kind ... so wird das nix. Wir verhungern und es gibt heute wieder keinen Sex. Mama, ich habe Hunger, der Papa hat den Löffel. So, lieber Mann, jetzt passt du mal eine halbe Stunde auf den Kleinen auf, dann gibt es den Kuchen. Okay, bis dann. Die Zutaten habe ich schon alle verrührt, der Kuchen muss nur noch backen. Eine halbe Stunde ist um. Der Kleine darf den Kuchen anschauen, der ist noch heiß. Der Papa gibt ihm den Löffel. So, kleiner Mann, weißt du jetzt, wie Mami und Papi Babys machen? Ja, Kuchen backen. Und wann darf ich Babys essen? Wenn du groß und stark bist. Der Papa hilft dir dann beim Essen, der hat noch den Löffel in der Hand. Nee, den hat er dem Kleinen gegeben. Dann nimmt der Papa einen kleinen Löffel, weil der Kleine groß werden soll. Liebe Frau, was soll das werden? Wir essen jetzt den Kuchen, den Sex gibt es später, der Kleine hat Hunger. Weißt du auch, wie die Babys oder das Baby in den Bauch kommen? Ja, wenn du willst, erzähle ich dir was, aber bring erst den Kleinen zur Mittagsruhe. Der Kleine ist nicht mehr da und ich kann schon wieder über Aufklärung sprechen, ohne an Sex zu denken. Mein Mann ist wieder da. Also, wir Frauen haben einen Reißverschluss im Unterbauch. Meiner geht geradlinig unterhalb des Bauchnabels nach unten zum Aufziehen, wenn er aufgemacht wird. Wenn er zugemacht wird, wird er von unten nach oben zugemacht. Der Energiekörper lässt sich so öffnen, ohne dass der fleischige Körper aufgemacht wird. Bei manchen Frauen ist der kaputt, deswegen gibt es auch so oft Kaiserschnitte bei den Frauen. Den Reißverschluss haben nur die Frauen und der darf nur dann aufgemacht werden, wenn der richtige Nachwuchs von der richtigen Familie kommt. Der Vater muss einverstanden sein, wenn es Nachwuchs gibt, sonst gibt es wieder Probleme. Die Zustimmung, den Reißverschluss zu öffnen, hat nur die Frau, wenn sie auch damit einverstanden ist. Wenn man da keine Berechtigung hat für sich selbst oder für den anderen, wird man schnell missbraucht. Frauen sind nur da zum Kinderkriegen. Falsch, wir dürfen auch arbeiten. Dein Reißverschluss ist zu, du hast kein Kind verdient. Auch nicht richtig. Wenn er immer offen ist oder halb offen, wird man zum Kinderkriegen missbraucht, der Vater kann auch bestimmt werden. Wie mache ich das jetzt richtig, Kinder kriegen will doch jeder? Ja, es ist wichtig, dass du dich aufarbeitest. Du sparst dir die falsche Ernährung und den falschen Partner. Und du sparst dir die Schmerzen, die du leiden wirst, als Frau ein Kind zu bekommen. Eine Geburt kann so schön sein, wenn man alle Energieanteile hat und die richtige Ernährung bekommt. Die richtigen Seelenverträge wären auch sehr vorteilhaft. Wenn du die falschen Leute erwischt hast, wo jeder meint, der wäre gut, wirst du immer auf deine Fehler hingewiesen. Du musst fühlen, du darfst nicht wissen, was wir wollen. Schmerzen und Elend sind dein Erfolg. Jede Wehe ist ein Schmerz, jede Blutung ist ein Verlust. Jede Qual ist schrecklich anzuschauen, in der Hoffnung, es werde gleich vorbeigehen. Zehn Stunden, eine Geburt. Ich flenne Rotz und Wasser, wenn das vorbei ist. Wie schaffst du das, glücklich zu sein, wenn das Kind da ist? Wahrscheinlich bist du einfach nur erleichtert, dass der Braten aus der Röhre ist, und hast dann ein Lächeln im Gesicht, was zehn Tage Regenwetter ersetzt. Der Sonnenstrahl, er hat die Welt erblickt. Noch blau im Gesicht, weil es keine Luft bekommen hat. Bist eh nicht erstickt, weil die Luft schlecht war. Bei den Schwangerschaftsvorbereitungen bringen sie ihnen nämlich die falsche Atmung auch noch bei. Die Atmung ist wichtig, aber keine schnelle Atmung. Wenn die Mütter entspannter wären, wäre es nicht so hektisch. Die schnelle laute Atmung bringt ihnen Stress bei. Stress ist bei einer Geburt ganz schlecht für die Hormonüberbelastung. Der Geburtskanal verengt sich sogar und das Kind kann nicht raus. Es kommt zu einer Muskelverspannung im Konzept. Was fünf Minuten dauern könnte, dauert zehn Stunden. Die Lunge ist beleidigt, die Gebärmutter ist beleidigt. Durch die Anspannung können sich nicht die richtigen Hormone bilden. Für die Wehen in der Gebärmutter kann die Frau ein Relaxans bilden, was gut für das Kind wäre. Wehen sind wichtig, sie sind für die Austreibungsphase zuständig. Nur beides kann gut harmonieren. Jede Wehe bringt das Kind ein Stück nach vorne. Das Relaxans von der eigenen Hormonbildung lässt die Gebärmutter entspannen. Das Kind bekommt besser Sauerstoff, die Schmerzen der Mutter sind nicht so stark, die Atmung bei der Mutter ist entspannt, der Geburtskanal reißt nicht ein und das Baby kann entspannt zur Welt kommen. Das Baby kommt zur Welt und kann sein eigenes Atmungssystem in Gang setzen, ohne Angst zu haben. Babys, die schreien, haben Angst, keine Luft zu bekommen. Entspannte Geburten sind die schönsten. Wenn beide gesund sind, ist auch der Blutverlust bei der Mutter nicht so stark, weil sie sich von der Gebärmutter her keine Sorgen machen muss. Die Bindung von elterlicher Seite zum Kind wird dadurch verstärkt. Das Vertrauen in die Welt ist vorhanden, da das Kind keine Angst hat, zu ersticken durch die Knappheit der Sauerstoffmoleküle in der Blutbahn. Sauerstoff ist so wichtig für das Neugeborene, die Mutter zeigt dem Kind somit, wie es ist, für sein Leben. Ist die Geburt zu anstrengend, ist ein Vertrauensbruch da. Das Kind muss die Mutter neu kennen lernen. Mama, du hast mich im Stich gelassen, warum tust du das? Der Weg nach einer gestressten Geburt ist anstrengender, das Kind neu kennen zu lernen. Die Reserven nach der Geburt eines Kindes sind erschöpft. Die Seele muss sich auf die Atmung konzentrieren, dass es nicht erstickt. Wenn der Sauerstoffgehalt zu niedrig ist, weil die Zeit im Geburtskanal zu lange dauert oder die Mutter zu angespannt ist und dem Kind den Platz wegnimmt, mit welcher Kraft soll das Kind Luft holen? Nimm doch die Fettreserven, mit denen kannst du noch was anfangen. Ich habe keine Lust zu leben, die sind alle doof. So fängt das Leben an. Aber wir können es besser, wir müssen nur nachdenken und erst dann handeln. Wie fühlt sich das jetzt an, wenn man eine Familie hat? Es ist jemand da. Es ist jemand da, der schon vorher da war, nur wird er jetzt anders wahrgenommen, weil er sichtbar ist. Ich sehe dich, du hast jetzt einen Platz, auf dich muss Rücksicht genommen werden. Ich kann nicht einfach zu dir hingehen, etwas verlangen und dich einfach umschubsen, nur weil ich dich nicht wahrnehmen will. Ich brauche nicht viel zu machen, du kannst mich erkennen. Wenn ich gemein zu dir wäre, müsstest du für mich auf die Seite gehen, der Platz würde dann mir gehören und ich würde dich dann unterdrücken. Ich bin aber nicht gemein. Das Kind kann vorher schon erkennen, wie es sich verhalten muss. Ich muss mich so verhalten, dass es für uns beide in Ordnung ist. Mama hat genug Platz für mich gelassen, um mich zu bewegen. Der Papa ist da und passt auf mich auf. Wenn ich Hunger habe, merken die das schon. Ich will mich bewegen, ich bin jetzt zwei Jahre alt. Muss ich wegrennen, wenn ich Angst haben muss? Ich habe oft Angst, ich zeige das gern. Mir ist es lieber, wenn ich langsam die Schritte angehe. Nicht zu langsam, um sicher unsicher zu wirken, aber vormachen will ich dir auch nichts. Ich muss überlegen, was ich mache, und gleichzeitig handeln. Du bist ängstlich, wenn es heißt, du gehst zu langsam. Ich bin nicht ängstlich, wenn ich aufpassen muss, was du machst, wenn ich keine Angst habe. Du bist derjenige, der unsicher ist, weil ich nicht ständig hyperaktiv sein muss. Ich freue mich, wenn es auch mal entspannte Kinder gibt, die keinen Entwicklungsstress haben müssen. Bin ich dann ein Außenseiter, weil ich nicht so rumschreie und rumstresse, wenn ich mal etwas nicht bekomme? Nein, bist du nicht, eher im Gegenteil. Ich bekomme als Elternteil sogar deine Aufmerksamkeit, du brauchst ja auch jemanden, dem du vertrauen kannst. Ich will niemandem vertrauen, die sind alle so gemein zu mir. Wer ist so gemein zu dir? DU, du und er. Ihr wollt immer dann Zeit haben für mich, wenn es euch passt. Ständig ist euch was anderes wichtiger. Ich spüre das als Kind, weil ich immer wissen will, was ihr macht, damit ich auch was machen kann. Eltern, wo seid ihr? Ich will spielen! Spielst du mit mir ein Spiel, ich habe Zeit, du auch? Ich habe immer dann Zeit, wenn du keine Lust hast zum Spielen. Wenn ich immer Zeit haben würde für dich, damit du mich nerven könntest, würdest du mir keine Beachtung schenken. Ich schenke dir Beachtung, Mama, aber ich will nicht abhängig sein von dir. Du meinst, du müsstest dich in den Vordergrund stellen, indem du mir keine Beachtung schenkst, weil du meinst, ich müsste dich jedes Mal beobachten und warten, bis ich drankomme. Du forderst deine Zeit und verlangst meine Zeit als Wiedergutmachung. Mama, der Papa ist nicht da, mit dem will ich auch spielen. Bin ich denn gar nicht wichtig für euch? Liebes Kind, ich weiß nicht, was ich mit dir machen soll, was willst du denn spielen? Der Papa ist jetzt nicht da, dem sind jetzt mal seine Freunde viel wichtiger als du, weil er was braucht von ihnen. Was braucht denn der Papa von seinen Freunden? Der besorgt uns was für die Familie. Was ist eine Familie? Das bist du, ich und der Papa. Haben die Freunde vom

Papa auch Kinder oder muss ich dir auf den Keks gehen, weil du die Mama bist? Ich spiele schon mit dir, keine Sorge, ich muss selbst noch ein paar Dinge erledigen. Wenn du magst, kannst du gern zusehen. Was sind das für Dinge, kann ich da auch was machen? Nein, du darfst den Papa fragen, was er gemacht hat, wenn er wieder da ist. Die Dinge, die ich erledigen muss, muss ich allein erledigen, dabei kannst du mir nicht helfen. Was soll ich denn solange machen, wenn du keine Zeit hast für mich? Ich bin dein Kind, du wolltest mich unbedingt haben. Geh in den Garten und spiel mit dir selbst. Na toll, mich gibt es und ich bin unerwünscht, weil ich ein Kind bin. Meine Eltern sind alle beide bescheuert. Sie wollten mich unbedingt und behandeln mich, als wäre ich Luft. Ich muss immer machen, was sie sagen, nie kann ich die Dinge mal für mich in Angriff nehmen. Ich will auch mal erwachsen sein, ich kann nicht immer nur so sein, wie sie wollen. Wie willst du denn Kind sein? Ich bin Kind, wie soll ich mich deiner Meinung nach verhalten? Du willst Spaß mit anderen Personen, mich lässt du im Hintergrund und schiebst die Arbeit in den Vordergrund und schiebst mich ab, du willst keine Zeit für mich haben. Was soll das? Ich bin da, kannst du mich sehen? Ich brauche mehr Zeit mit euch. Wir können nicht anders, wir sind so. Was soll ich machen? Wir sind deine Eltern. Wir wollten dich, weil wir dachten, du seiest unser Kind und es gehöre sich so, anderen zu beweisen, dass wir alles machen können. Wir können dich zwingen, in den Kindergarten zu gehen, wir können dich zwingen, in die Schule zu gehen. Die Verantwortung haben wir und du wirst dich so benehmen, weil es das Gesetz so verlangt. Warum muss ich denn in den Kindergarten gehen? Damit du lernst, mit anderen Kindern zu spielen. Ich will nicht mit anderen Kindern spielen, ich habe da Angst, auf das Klo zu gehen. Du musst den Umgang lernen, wie man sich zu verhalten hat. Die anderen Kinder müssen das auch machen, wir wollen das so. Ich habe Angst, neue Menschen kennen zu lernen, ist das normal? Mama, du bist dann nicht da und der Papa dann auch nicht. Ich fühle mich vergessen und habe wieder Angst ohne euch. Wenn ich meine Angst zeige, bin ich nicht stark genug und werde als Außenseiter angesehen. Die anderen haben auch alle Angst, sich zu zeigen. Wenn es nach mir ginge, würdest du eh daheimbleiben, du könntest mir beim Backen helfen und Kekse naschen. Ich will in den Kindergarten, ich will andere Kinder sehen. In der Schule kann ich dann lernen, was Lesen und Schreiben ist. Und wenn ich groß bin, dann möchte ich selber auch mal Kinder haben. Ich will nicht erwachsen sein als Kind, aber ich will voraussenden und überlegen, welchen Weg ich gehen will. Das ist wichtig für mich, da es mein Verhalten ändert. Die Eltern zeigen mir mit ihrem Verhalten: Wir wollen den Weg gehen, wir lernen voneinander. Wenn wir energiegleich sind, brauche ich keine Angst zu haben, den Willen einzuschätzen. Was will der eine jetzt von mir? Eltern sind nervig, sie geben mir immer das Gefühl, ich müsse was machen, aber ich weiß nicht, was. Wie sind denn die anderen Erwachsenen unterwegs? Muss ich mich verbessern oder muss ich mich verschlechtern, um zu zeigen, wir haben zu viel oder zu wenig von dem, was wir schon machen? Kinder zu beobachten ist einfach. Sie zeigen die Willenskraft, wir haben schon zu viel. Lieber Erwachsener, warum glaubst du mir nicht? Du bist so krank und festgefroren in deinem System, du weißt nicht, wann es genug ist. Als Erwachsener willst du auch noch Kind sein und schreist: Hallo, ich bin Erster und komme vor dem Kind dran. Das Kind hat zu warten, ich muss mich im Beruf verbessern. Das Kind hat eben nicht zu warten, es ist da und hat das Recht zu bestimmen, wie es weitergeht, was du nicht hast. Das ist das, was du nie verstehen wirst. Du musst das Kind beobachten und dich nach dem richten, wie es sich verhält. Du darfst dich nicht als Erwachsener immer wie ein Kind benehmen, nur dann, wenn es nur für dich bestimmt ist. Ich will als Erwachsener auch mal meinen Spaß haben, nimm du das Kind und pass darauf auf. Aha, siehst du, das Kind will in den Kindergarten. Hat der Kindergarten auch einen Spielplatz? Da dürfen keine Erwachsenen hin. Wer soll denn da auf dich aufpassen? Im Kindergarten wirst du erzogen für die Schule, damit du nicht dumm bist. Wieso muss ich dumm sein, wenn ich was lernen will? Damit du zuhören kannst und dir etwas beigebracht wird. Lesen und Schreiben sind wichtig, aber vorher lernst du verspielt das Grundwissen, was es so gibt, zum Beispiel in der Natur. Lernt man im Kindergarten kochen oder darf ich nur den Teller auslöffeln?

Keine Ahnung, warum schaust du nicht einfach nach? Bist du am Anfang dabei und gehst dann, wenn ich das so will? Das ist kein Problem. Ein Problem wird es dann, wenn du etwas machen musst, was andere wollen, dir aber nicht vorgegeben ist. Was ist das zum Beispiel? Ich will als Kind alles ausprobieren, ich habe keine Probleme damit. Ich will auch wissen, wie es sich anfühlt, ein Erwachsener zu sein. Nur will ich als Erwachsener kein Kind sein wollen, um zu zeigen, dass ich das kann. Ich muss es niemandem heimzahlen, auch nicht als Kind. Als Kind will ich freundlich sein und höflich. Ich schreie, wenn ich etwas nicht bekomme, weil du Erwachsener mich kein Kind sein lässt. Schreie ich als Kind zu viel oder verlange zu viel, macht sich das in der Entwicklung bemerkbar. Werden die Schreie nicht gehört, werde ich irgendwann unterdrückt. Ich will nicht unterdrückt werden. Erwachsene haben immer recht, sie fordern. Meine Eltern müssen immer das machen, was der Staat will. Ich bin das Kind und soll mich für die Zukunft entwickeln. Du schreibst mir schon als Kind vor, wie ich sein soll. Und später soll ich alles besser machen als du, weil du versagt hast? Später kommen meine Kinder, die bekommen dann das Recht, was du nie wolltest. Was wollen denn deine Kinder? Du schreibst ihnen doch auch wieder nur vor, was sie wollen. Meine Kinder dürfen sich entwickeln, wie sie wollen. Sie müssen damit zurechtkommen, wer sie sind. Das ist die Natur. Kommen sie nicht zurecht, haben sie ein Problem damit, wer sie sind. Das zeigt sich dann an ihrem Verhalten in der Umgebung und mit den Mitmenschen. Kannst du als Erwachsener auch Rücksicht nehmen auf die Kinder oder wird dir das alles zu viel? Als Erwachsener, wenn du deine Kindheit gut ausgelebt hast, willst du, dass sich dein Kind gut entwickelt. Du würdest alles für deine Kinder machen. Deine Kinder sind dein Reichtum, wenn es die eigenen sind. Wenn es nicht die eigenen Kinder sind, so hast du auch keinen Erben, dem du etwas hinterlassen kannst. Du führst wieder Krieg mit dir selbst. Ein Haustier ist kein Ersatz für eine Familie. Wenn du kinderlos bist und keine Kinder bekommen kannst, ist ein Haustier keine schlechte Lösung, um sich Trost zu suchen. Ich habe ja nichts anderes, da ich mir das Leben so ausgesucht habe. Ich warte auf die kosmischen Kinder, bis ich sie gefunden habe oder sie mich gefunden haben. Ich begehe keine Fehler und ich bekomme auch keine Eifersucht dem Partner gegenüber. Der Wunsch nach einem Kind ist da, auch wenn ich es nicht zugeben kann. Es ist eine große Traurigkeit da, da man nie weiß, wo die eigentlichen Kinder sind. Die Sorge ist groß, da man immer auf der Suche ist. Jetzt habe ich ein Haustier und bin immer noch nicht glücklich. Ich kann mich trösten, aber die Erwartungen sind hoch. Von den anderen kann man sich dann sagen lassen, du weißt ja nicht, wie es ist, Mutter zu sein oder Vater zu sein. Du brauchst keine Verantwortung zu zeigen, da du auch nicht auf jemanden aufpassen musst. Der Kosmos ist groß und der Anfang ist schwer. Ich habe keine Kinder und ich sehe, wieviel Stress du dir machst. Ich beobachte und lerne daraus. Meinen Kindern soll es besser ergehen als deinen. Deine Kinder dürfen ja gar nichts bei dir. Stell dir vor, du hast die falschen kosmischen Kinder und weißt es nicht einmal. Trägst du Sorge für die eigenen Kinder oder ist es dir egal, weil du deine Achtsamkeit vernachlässigst? Ich muss da aufpassen und da aufpassen, dort habe ich so viel Stress, ich schaffe das nicht. In der Gesellschaft möchte ich gut dastehen, dafür muss ich ausreichend sorgen. Die Kinder müssen versorgt werden und zufriedengestellt werden. Mama, hast du ein Problem damit, dass es mich gibt? Nein, Kind, ich habe kein Problem damit, dass es dich gibt. Ich habe Angst, eine schlechte Mutter zu sein. Mein Gefühl ist es, dich zu befriedigen, wonach du Lust hast, etwas zu machen. Mama, ich habe heute keine Lust, etwas zu machen, die anderen Kinder machen mich immer eifersüchtig, sie sind richtige Angeber. Schau mal, der hat gerade ein Eis bekommen, warum willst du kein Eis essen? Ich darf kein Eis essen, ich bekomme Durchfall davon. Schau, wenn ich den Leuten erzählen würde, dass ein Kind in deinem Alter schon über sich urteilt, würden die anderen Leute, auf sich bezogen, nicht ernstgenommen. Die Leute sind alle erzogen worden, die kommen ganz schwer weg von ihrer Selbstdisziplin durchzuhalten. Wir müssen zusammenhalten, damit sind die Leute großgeworden. Mama, ich muss zum Papa halten, du bist ja immer da. Und wenn der Papa da ist, halte ich dann zu dir, so kann ich euch beide überzeugen, dass es mich gibt. Dich gibt es und dich wird es immer geben, du hast deinen Platz bei uns. Wir sind deine Eltern. Wenn du alt genug bist, lernst du deine Partnerin kennen und ihr habt Spaß miteinander. Spielen kannst du mit deinen Geschwistern, wenn du welche hast. Beobachtest du gern die Leute? Ja, ich beobachte fast jeden. Mein Bauchgefühl sagt mir, dass mit ihnen etwas nicht stimmt. Du hast recht, nur, wenn du zu ihnen hingehst und ihnen sagst: »Mit euch stimmt etwas nicht«, wird dir keiner glauben. Die Leute haben alle einen dicken Bauch. Und die, die keinen dicken Bauch haben, die gehen ins Fitnessstudio. Nur die wenigsten Menschen haben von Natur aus richtige Bauchmuskeln. Was sagt uns denn ein richtiges Bauchgefühl? Der Wohlstand ist ausgebrochen. Nur die Menschen, die einen dicken Bauch haben oder ins Fitnessstudio gehen, haben keinen Wohlstand. Hier gibt es nichts, worüber man sich freuen kann. Wir stehen da und zeigen uns, wie wir uns gemacht haben. Das können die Leute noch von sich geben. Was bedeutet Wohlstand in der Umgebung? Ich will keinen Spielplatz für jedes einzelne Kind, ich will einen Spielplatz für alle. Alte Leute sind alt, die beobachten die jungen Leute und urteilen nach ihrem Verhalten. Das dürfen sie auch. Alte Menschen haben einen Rollator, die brauchen Zeit für ihre Bedürfnisse. Kinder brauchen Zeit zum Entdecken. Die Oma hat eine Windelhose an und schafft es nicht mehr rechtzeitig aufs Klo. Der alte Mensch entwickelt sich zurück in ein Babyverhalten, da er den Wohlstand nicht entdecken kann. Alte Menschen müssen gewickelt werden, da sie so krank werden, dass sie das Bett nicht mehr verlassen können. Ich sehe keinen Wohlstand. Mein Bauchgefühl sagt mir, hier wurde jeder in der Gesellschaft verlassen. Du wurdest verlassen, er wurde verlassen, wir wurden verlassen. Nach der Geburt verlässt du den Körper deiner Mutter, um die Welt zu erblicken. Ein alter Mensch, der alt ist und verlassen wurde, braucht kein Kind mehr zu werden, um zu altern. Deine Mutter wird dich nicht abholen, und auch dein Vater nicht. Auf was wartest du? Du wartest auf jemanden, der dich auf Händen und Füßen trägt. Du willst nicht mehr gehen, aber du willst immer älter werden. Dein Weg ist es, nach Hause zu gehen, dort darfst du ankommen. Ich komme nach Hause und kann den Wohlstand genießen. Zu Hause kann ich entspannen, da lege ich die

Füße hoch. Die Beine tun mir weh, ich kann nicht mehr stehen und ich kann nicht mehr sitzen. Sitze ich zu lange, tut mir der Hintern weh. Stehe ich zu lange, tun mir die Beine weh. Ich habe niemanden, der sich um mich kümmert, ich muss mich selbst um mich kümmern. Ich will mich um mich selbst kümmern, auch als alter Mensch. Bei Neugeborenen ist es normal, die brauchen Fürsorge und Geborgenheit von den Eltern sowie Vertrauen für die Sicherheit. Welche Sicherheit hast du als alter Mensch? Da reichen dir nicht Versicherungen aus, die du abgeschlossen hast oder die Pension, die du bekommst. Die Sicherheit ist dein Zuhause, du musst wissen, wo du hingehörst. Ich gehöre zu dem, der ist mit mir seelenverwandt. Ein Seelenverwandter soll dir den Hintern putzen? Nein, das will ich nicht. Ich trage eine Unterhose aus Baumwolle, da mein Bauchgefühl nicht passt. Mir ist die Umgebung fremd. Mir sind die Leute fremd. Ich habe Angst, mich zu zeigen. Zeige ich zu viel, geht schon etwas in die Hose. Als Neugeborener hat man das gleiche Problem. Es wird nur nicht so gesehen. Schwitzen ist ein Anzeichen dafür, wenn das Bauchgefühl nicht passt. Im Alter machen sich die Dinge nochmals bemerkbar. Ich habe als Kind immer Angst gehabt, auf die Toilette zu gehen. Auf fremde Toiletten geht man nicht gern. Mein Bauchgefühl sagt mir noch etwas. Du gehst gern irgendwohin, um gesehen zu werden, willst aber keine Kompromisse eingehen. Was erwartest du denn von mir? Deine Erwartungen sind immer hoch und ich soll Rücksicht nehmen auf dich. Geh mal auf die Seite, ich muss da langgehen. Das ist keine Rücksichtnahme. Stell dich mal da hin, hier will ich stehen, du gehörst da nicht hin. Kinder werden genauso behandelt. Geh mal dahin, ich will jetzt da hingehen. Ab einem gewissen Alter ist das in Ordnung. Wenn man immer Rücksicht nimmt auf den anderen, hat man irgendwann keine Lust, Rücksicht zu nehmen. Du forderst irgendwann ein, was du nie bekommen hast. Ich gehe jetzt nicht auf die Seite, du kannst außenrum gehen. Wie soll ich außenrum gehen, wenn ihr eine Gruppe seid? Du würdest mich sogar als Einzelner auf die Seite jagen. Ich geh jetzt nicht weg, ich bleibe hier stehen. Wir bleiben hier auch stehen. Selbst wenn wir gehen würden, dürftest du außenrum gehen. Viele machen das mit Absicht, die fordern ihre Aufmerksamkeit. Geh weg, hier komme ich. Mir bringt das Unsicherheit. Warum muss ich für den Platz machen? Ich mache gern Platz, aber nicht immer, weil keine Gegenleistung kommt. Ich will, dass du da lang gehst, damit ich da lang gehen kann. Ich brauche Sicherheit in meiner Umgebung, du bringst mich vom Weg ab. Du meinst, du könntest mich anrempeln, du bist ein Angeber. Ich will nicht angerempelt werden, auch nicht, wenn ich irgendwo in einer Gesellschaft bin. So viele Menschen in einer Masse mag ich sowieso nicht, damit komme ich nicht zurecht. Ich mag es auch nicht, wenn ich mit jemandem unterwegs bin und ich immer auf die Seite gehen muss, wenn uns jemand entgegenkommt. Es strengt unheimlich an, wenn die Menschen immer Unsicherheit verbreiten. Mir ist das auf Dauer zu anstrengend und ich denke mir manchmal, lieber würde ich mal dich auf die Seite schubsen. Das ist aber auch nicht richtig, du verstehst den Hintergrund nicht. Du willst immer so bleiben. Du brauchst aber den Platz um dich herum, auch wenn die anderen deinetwegen auf die Seite gehen müssen und du der Rempler bist. Geh lieber selbst auf die Seite und nimm Rücksicht auf den anderen, du tust dir sonst selber weh. Wenn du das nicht machst, trägst du einen Schaden und richtest Schaden an. Ein arroganter Mensch, der immer Rücksicht von den anderen verlangt, ist stark in seiner Sicherheit. Er wird es weiterhin verlangen. Wenn du Sicherheit üben willst, kannst du clever sein. Gib acht, ohne auf den Gang zu achten, und übe an dir selbst. Ich gehe und der andere schaut, was ich mache. Ich schaue, wie sich der andere verhält, und übe Rücksichtnahme. Nimmt der andere mich wahr, wird er auch wahrgenommen. Nimmt der andere mich nicht wahr, so kann ich ihn ernst nehmen und auf die Probe stellen. Ich gehe und bleibe stehen. Wenn ich stehe, will ich nicht auf die Seite gehen. Wenn ich gehe und dich nicht sehe und angerempelt werde, weil ich gerade etwas anderes im Kopf habe, ist das keine Beleidigung. Ich werde sicherer, wenn ich übe.

Das Wurzelchakra

Das Wurzelchakra öffnet dir alle Türen. Wer darf in mein Haus? Das bestimme ich. Ich lasse dich rein ohne ein Bedürfnis. Wenn du ein Bedürfnis hast, mich kennen zu lernen, musst du wahrscheinlich aufs Klo, die Toilette ist da vorne gleich links, wenn du erst geradeaus gehst. In einer fremden Umgebung, wenn wir die Leute nicht kennen, bekommen wir Verstopfung. Der Angstschiss löst sich erst dann in einer gewohnten Umgebung, die wir Zuhause nennen. Habe ich kein richtiges Zuhause, fühle ich mich nicht wohl. Die fremde Umgebung macht sich bemerkbar. Ich bin froh, nicht zu Hause zu sein. Verstopfung und Verdauungsprobleme hat man dann, wenn man sich in einer fremden Familie nicht wohl fühlt. In einer fremden Familie, wo wir nicht seelengleich sind, ist das normal, dagegen können wir nichts machen. Wir werden krank, wenn wir an Verstopfung leiden. Diese Anspannung lässt sich nur dann lösen, wenn wir in einer Umgebung sind, wo energiegleiche Menschen sind. Warum ist das so wichtig? Na ja, wenn der Stuhlgang sich staut, tut das weh. Es ist nicht nur der Stuhlgang, sondern auch die Blase, die darunter leidet. Es baut sich eine Blockade auf. Wenn sich immer alles staut, sind wir vorsichtig beim Essen und Trinken. Wir achten auf die Menge. Frustesser essen bewusst immer das Falsche. Die Sachen, die ich nicht richtig aufnehmen kann, gegen die kann ich schneller und einfacher was machen. Der Darm wird sie schneller los, aber der Körper leidet darunter, weil es die falschen Sachen sind. Es geht wieder in die Krankheit. Der Liebeskummer baut sich hier zum ersten Mal auf, weil die Umgebung falsch ist. Die richtige Lösung wäre ganz einfach. Fettleibigen Menschen ist das Frustessen egal. Wir suchen uns einen Grund, um in die Gesellschaft zu passen. Ich will nicht in die Gesellschaft passen, ich will gesund sein. Mir tut das weh, wenn ich die Menschheit leiden sehe. Das Wurzelchakra versorgt den Dünndarm und den Dickdarm. Die Niere sorgt für die Diffusion im Mengenhaushalt des Körpers. Sparen wir an der Trinkmenge, sparen wir an der Harnausscheidung. Trinken wir dennoch ausreichend Wasser in einer fremden Umgebung, können Verluste auftreten. Der Körper fängt an zu schwitzen, der Harn wird konzentrierter. Es kann auch sein, dass wir wieder vermehrt Stuhlgang haben, ohne dass wir merken, woran das liegt. Es reicht, wenn uns gesagt wird, wir müssten die Trinkmenge bestimmen, ohne selbst zu urteilen.

Die Farbe Beige-Braun

Die Farbe ist in der Natur mit Holz zu vergleichen. Sie ist eher eine erdige Farbe. Wenn ich jetzt einen beige-braunen Ledersessel ansehe oder ansehen muss, kommt mir der Ekel. Ich mache einen großen Bogen um den Sessel, nur um ihn nicht anzusehen. Schuld ist nicht die Farbe, die mir gegeben wird, sondern das Material. Farben wirken sich auf unser Nervensystem aus. Der Hintergedanke ist gut, aber er bleibt. Er macht mich darauf aufmerksam, dass ich damit ein Problem habe. Was mache ich nur mit diesem Sessel? Er gehört mir nicht. Wegschmeißen darf ich ihn nicht, dem Besitzer gefällt der Sessel. Hm, was mache ich? Da kann ich leider nichts tun. Wir haben beide ein Problem mit unserem Partner, ich weiß es. Ich studiere diesen Menschen noch nicht lange, aber ich kann sein Frustessen beobachten. Es ähnelt meinem. Wenn er reinkommt in sein Geschäft, ist er weniger motiviert. Frühstücken tut er gar nicht, dafür isst er zu Mittag und zu Abend. Sein Genuss ist die Zigarette. Wollt ihr wissen, wie mein Frustessen ist? Ich habe immer Hunger. Ich zwinge mich selbst, die Mahlzeiten einzuhalten. Ich will nichts wissen, wenn ich esse. Ich esse immer, weil ich mich selbst belüge. Wie gehst du in einer fremden Umgebung aufs Klo, wenn du Angst hast, in die Hosen zu machen?

Die vierte Pforte

Bist du von deiner Reise wieder zurück? Ja, ich packe gerade meine Koffer aus. Der Kosmos hat einen Schaden, der weiß nicht, wie das geht. Ich habe immer schlechte Unterstützung. Jedes Mal denke ich, ich habe das alles nicht verdient. Vielleicht musst du dir erst mal alles erarbeiten. Die anderen sagen immer, sie haben sich alles erarbeitet, ich soll ihnen nicht dazwischenfunken. Toll, danke, jetzt werde ich wieder wie ein Fußabtreter benutzt. Was sagen denn die Sterne? Ich soll mich so und so benehmen. Aha, momentan ist der Merkur rückläufig, da heißt es, man solle keine Verträge abschließen. Die Verträge werden alle schlecht. Was macht denn der Merkur genau? Der will spielen. Der guckt, ob du brav bist in der Arbeit. Hallo, Merkur, ich habe wieder Scheiße gebaut. Und schon ist er da. Was hast du denn angestellt? Ich will faul sein, ich habe heute keine Lust, in die Arbeit zu gehen. Ich denke die ganze Zeit nur an Regenwetter. Jetzt muss ich dieses Wochenende die Wände streichen in der Arbeit, weil der das so will. Er meint ja, er könnte mir Aufgaben erteilen, weil ihm langweilig ist. Farbe habe ich schon gekauft, bin gespannt, ob das was wird oder ob das nur ein Ablenkungsmanöver ist, um an die anderen ranzukommen. Der Merkur hat immer einen Hintergedanken, wenn er handelt. Er sucht sich eine Person, meistens die, die am stärksten ist, aber nicht gesehen wird. Die benutzt er dann, damit er ein Spielzeug hat für die anderen. Bei den anderen schaut er dann, was er verbessern könnte, um seine Spielperson zu behandeln. Wie wird die dann behandelt? Personen, die nicht gesehen werden oder gesehen werden wollen, könnten ein Hindernis für die Gesellschaft sein. Ein Hindernis, was bekämpft werden könnte. So nicht, liebe Leute. Ihr braucht eine Beschäftigung, dann hört das auch auf mit dem Rumgestreite. Tja, wer nicht mitzieht, hat Pech gehabt. Ich bin jetzt der Anführer im Streichen. Ich streiche so, du streichst so. Wenn du so streichen willst, kannst du auch so streichen. Meine Farbe ist nicht deine Farbe. Nur weil meine Farbe nicht die gleiche Farbe ist wie deine, heißt das nicht, dass wir die gleiche Farbe nehmen dürfen. Meine Farbe ist weiß. Ist deine Farbe auch weiß? Deine Farbe ist doch weiß und meine auch, wieso dürfen wir dann nicht die gleiche Farbe benutzen? Weil ich das so will. Dein Weiß hast du da gekauft, das ist dein Kübel, und die Sandra hat diesen Kübel gekauft. Du willst immer den Kübel von der Sandra haben, obwohl du selber malen könntest. Du redest dir ein, du bräuchtest das nicht zu tun. Das Weiß von der Sandra will gestrichen werden. Du weißt nicht einmal, was eine Farbe ist. Du willst einfach nur. Du willst die Sandra in ihrem Unternehmen behindern, weil du meinst, du könntest besser sein. Die will das allein machen, die braucht dich nicht dafür. Weil du meinst, du könntest das machen, was die Sandra tut, richtest du ihr Schaden an. Du machst in dem Moment etwas anderes, weil dich das Streichen eigentlich gar nicht interessiert. Dich interessieren nur deine Interessen, du machst dir keinen Erfolg, indem du jedes Mal gut dastehst. Wer streicht denn bei dir zu Hause? Niemand. Du holst dir jemanden, den du bezahlen kannst, weil du zu faul bist. Faulheit wird nicht bezahlt, die wird bestraft. Indem du andere krankhaft im Leben behinderst, hast du nicht einmal eigene Interessen. Du machst nur, was die anderen sagen. Ich will streichen, darf ich das überhaupt? Du wirst streichen, deine Wände. Die Farbe suche ich dir raus. Die darf auch weiß sein. Du bist krankhaft energetisch und führst mir Schmerzen zu. Ich will keine Schmerzen, ich will eigenständig handeln. Der greift jedes Mal in meinen Energiekörper rein und zeigt mir, was die anderen essen sollen. Ich will das nicht. Der gibt Befehle über meinen Körper und sagt, ich sei das gewesen, was soll das Ganze? Vielleicht wird er versklavt oder hat mit jemanden ausgemacht, dass er das tun soll? Ich will nicht darunter leiden, mich behindert das im Leben, ich komme beruflich nicht vorwärts. Wie äußert sich das bei dir? Na ja, ich muss mir immer alles sagen lassen, weil er im Hintergrund steht und mich fertigmacht. Die anderen fühlen das und meinen, ich sei nicht handlungsfähig. Ich kann manchmal nicht richtig aufpassen, weil er mich ablenkt. Ihm macht das Spaß, ich weiß nicht, warum. Was kannst du denn überhaupt in der Arbeit? Für was bist du denn zu gebrauchen? Ich muss den ja jedes Mal fragen, was du machen kannst. Deswegen geht bei dir auch nichts weiter. Mir ist das zu anstrengend, mit dir zu arbeiten, du gehst mir auf den Keks. Hey, kündigst du mir jetzt? Nein, du gehst von selbst, damit du wenigstens eine Chance hast, dich selbstständig zu machen. Such dir was, was geht. Wie werde ich denn das Problem los, der macht mich immer nur in der Arbeit fertig? Zu Hause werde ich auch immer fertiggemacht, sobald ich was umsetzen muss. Such dir energetische Hilfe, oder macht dir das Spaß, wenn dich immer die Leute dominieren müssen, weil er das so will? Nein, mir macht das keinen Spaß. Gut, uns auch nicht. Uns ist das zu anstrengend, ich kann von dir nichts verlangen, ich müsste dir immer alles sagen, weil bei dir alles auf Befehl geht. Weißt du? Sandra, mach dies, Sandra, mach das, Sandra, mach jenes. Wie hat das denn vorher bei dir funktioniert? Ich habe meine Arbeit gemacht, mit Unterstützung, habe mich immer klein gemacht und habe halt wenig geredet. Hat bisher immer gut funktioniert. Ich bin gut zurechtgekommen. Sind sie auch immer zurechtgekommen mit dir? Ja, soweit schon. Früher haben sie immer nach Fehlern gesucht, anstatt auf ihre eigenen Fehler aufzupassen. Ihre Aufgaben hast du aber nicht erledigen müssen? Nö, nur meine. Ich war halt schüchtern, so ist es mir vorgekommen. Unterdrückt, und alles gefallen lassen habe ich mir immer, von daher ist das kein Problem gewesen. Ich kenne das nicht anders. Ich suche mir auch immer so Sachen aus, wo ich unterdrückt werden kann, damit ich unter Leute komme. Ich weiß schon gar nicht, wie ich das sonst machen soll. Die Arbeit hat mir Spaß gemacht, deswegen habe ich mir auch Mühe gegeben. Als Einzelner reden, nur mit einer Person, ist immer gut gegangen in der Arbeit. Nur in der Gruppe habe ich mich schwergetan, da bin ich immer Außenseiter. Kannst du das verstehen? Die Leute lieben Außenseiter. Ich habe das Gefühl, ich hätte mich in der Arbeit beliebt gemacht, sie hätten gern auf meinen Gefühlen herumgetrampelt. Aha, wie hat sich das geäußert? Sie haben mir das Gefühl gegeben, ich sei nicht da. So war ich anwesend. Was hast du für einen Beruf ausgeübt? Krankenschwester. Aha, Krankenschwester ... ist nicht jedermanns Sache. Da bekommt man sicher einiges mit, was den Leuten so passiert. Ja, war manchmal nicht so einfach, habe den Beruf aber gern gemacht. Wie ist das so als Seelenvertreter, wenn man nichts zu sagen hat? Ich habe ehrlich gesagt nicht gewusst, dass ich so eine Aufgabe habe. Mir sind nur manchmal so die Dinge komisch vorgekommen, weil sie mich immer wieder energetisch gefragt haben, was sie tun sollen. Gerade wenn es um eine Pilzvergiftung ging. Manchmal haben sie mich auch gefragt, ob ich für den und den zuständig sei. Ich habe es mir aber nicht anmerken lassen. Woher soll ich die Leute kennen? Bei mir ist es so, ich stelle mich gern zur Verfügung und helfe. Meine Position wird aber ausgenutzt, sie geben mir die Schuld, damit sie kein schlechtes Gewissen haben. Ich habe mich viel zu oft gefragt, wie die Leute so einen Weg wählen können. Wenn man sich überlegt, was bei einer Operation alles passiert?! Du brauchst einen Verantwortlichen, der dich fügt, du musst da hingehen. Von allein würde sich nie einer operieren lassen. Dann brauchst du einen Schuldigen, der bestimmt, ob es dir bessergeht oder deine Krankheit sich weiterhin verschlechtert. Das Energetische mit den Abkommen oder Verträgen sieht hier keiner. Der Mensch hat keine Selbstbestimmung mehr. Es wird alles nur noch am Leben gehalten. Medikamente sind eine Übergangslösung, aber keine Dauerlösung. Die Menschen schlucken ihren Frust in sich rein und jammern, dass es nicht besser wird. Was soll denn besser werden? Willst du keine Selbstheilung erfahren und schauen, dass du keine Schmerzen mehr leidest? Doch, aber ihr Scharlatane habt doch nichts auf dem Kasten. Wenn du meinst, ich sei ein Scharlatan, dann hör auf zu jammern. Du jammerst, weil du Schmerzen hast und keine Veränderung willst. Organspender müssten keine Organe spenden, wenn die Kranken nicht zu krank wären. Wer erlaubt dir denn überhaupt, so in Krankheit zu leben? Du ziehst andere Personen in Mitleidenschaft, weil es dir nicht gut geht. Wenn du ein Organ brauchst, müssen andere, die deine Vertreter sind, dir ein Organ organisieren, um den Vertrag einzuhalten. Bist du gut genug und nicht zu wehleidig, helfe ich dir. Ob ich dir wirklich helfe, mache ich nochmals von der Stimmung abhängig, ob schönes Wetter ist. Bei schlechtem Wetter passieren mehr Unfälle. Ah, da drüben ist ein Motorradfahrer, den programmiere ich vor, dann schaffen wir es noch rechtzeitig. Die anderen Vertreter mache ich unabhängig, die wissen sowieso nicht, wie er sterben soll. So, jetzt hat er einen Unfall. Einen Hirnschaden, na sowas, wie zufällig. Aufpassen, nur den Kopf kaputtmachen, erste Hilfe müssen wir noch leisten. In Österreich ist man automatisch Organspender, da fällt das nicht so auf. Der Kosmos steht dir bei, lieber Herzkranker. Hast Glück, dass der Motorradfahrer nicht so versoffen war, da ist das Herz nicht so beschädigt und die anderen Organe wie Leber und Niere kann er auch noch spenden. Motorradfahrer sind glücklicher, die gehen ihrem Hobby nach. So, jetzt wird die Herz-Lungen-Maschine ausgeschaltet, es ist eh nur der Körper noch da. Der Mensch wird ermordet mit Abklärung aller Mitmenschen seiner Familie. Ja, so sind die Gesetze. Am Anfang habe ich gedacht, als Krankenschwester mache man einen guten Beruf. Man beruhigt die eigene Seele, weil man was für die Mitmenschen tut, um die Gesellschaft zu verbessern. Tja, falsch gedacht, meine Liebe, hier kann dir keiner helfen. Du musst helfen, um zu helfen, wir müssen Geld verdienen. Wie meinst denn du das? Ist Krankenschwester jetzt der richtige Beruf für mich oder muss ich mir einen anderen Beruf suchen? Den Beruf darfst du machen, du musst wissen, was du tust. Okay, geile Antwort. Nach zwölf Jahren Beruf war ich ein Jahr arbeitslos. Der Beruf hat mich unbewusst fertiggemacht. Das liegt aber nicht am Beruf, sondern am System, in dem wir leben. Wir wissen nicht, was Geld macht. Mit Geld wird verhandelt. Du arbeitest und bekommst dein Geld. Mit dem Geld, was du verdienst, solltest du deinen Unterhalt bezahlen, was dein Leben bestimmt. Du bezahlst deine Miete, du bezahlst dein Essen, weil du Leistungen erbracht hast. Warum bist du krank? Kann ein kranker Mensch überhaupt Leistungen erbringen, wenn er arbeitet? Die Themen Arbeit und Geld müssen wir trennen. Sonst erkennen wir die Leistungen nicht, die wir brauchen. Die Arbeit findet nur im Sakralchakra statt. Das Thema Geld findet im Stirnchakra statt. Über das Thema Geld schreibe ich später weiter, es hat seinen Platz, wo es hingehört. Das Thema

Arbeit: Ich arbeite für mich in erster Linie, um zu erkennen, was ich will. Die Arbeit soll mir Spaß machen. Die Arbeit lässt sich in zwei Gruppen aufteilen. In der ersten Gruppe will ich essen. Ein Garten gehört her. In dem Garten ist ein großes Gemüsebeet, wo ich regelmäßig meine Ernte habe. Dazu gehört ein Haus, in dem ich wohne, und mein Haushalt, den ich verrichte. Die zweite Gruppe Arbeit ist für die Umgebung gedacht. Die Herstellung von Möbeln, Kleidung und Hygieneartikeln wird somit gewährleistet. Hier wird kein Geld gezahlt, die Arbeit macht Spaß und ich habe keine Gefahrgüter für den Transport. Aha, Gefahrgüter für den Transport muss ich dann schon wieder bezahlen. Ja. Warum? Wenn ein Schiff oder ein Zug eine undichte Stelle hat und ich einen Verlust habe an Treibstoff, kann ich meine Zeit nicht einhalten. Ein Schiff braucht keine Zeit, wenn schlechtes Wetter ist, kannst du sowieso nicht ablegen. Super, so denkst du über mich, danke. Ja, schau dir doch mal die ganzen Umweltkatastrophen an, du musst eine Katastrophe nach der anderen abwarten. Ja, und genauso ist es mit der Organspende. Drei Motorradfahrer sind Matsch, dass ich den einen bekommen habe, dafür zahlst du Krankenversicherung. Genauso ist es mit den Versicherungen. Weißt du, wofür ein Gesetz da ist, wenn ich nicht weiß, wofür ich Versicherung zahle? Umweltkatastrophen passieren immer wieder, genauso wie Unfälle, das kannst du nicht verhindern. Wofür soll ich dann Versicherung zahlen, dankst du mir für deinen guten Lohn? Wofür soll ich dir danken? Auf dich braucht keiner aufzupassen. Ich brauche keine Versicherung, wenn ich auf mich selbst aufpassen kann. Ich zeige dir, dass du eine brauchst, ich mache dich auch kaputt dafür. Du willst spielen, ich will verhandeln. Du kannst nicht verhandeln, du hast kein Recht dazu. Mein Leben gehört mir und dein Leben gehört dir. Du fügst dir selbst Schaden zu, wenn du nicht ehrlich bist. Ich gehe arbeiten für mich, ich gehe arbeiten für dich. Wir sind füreinander da. Die Stunden, die wir am Tag arbeiten, machen wir uns aus. Wir arbeiten so, dass wir zu Hause arbeiten können und im Beruf. Der Haushalt ist wichtig und das Essen an sich. Jeder darf sein Hobby zum Beruf machen. Wenn ich jetzt nur Möbel herstellen will, geht das nicht so einfach. Wer macht mir was zu essen? Ich brauche jemanden.

Hast du mit den anderen besprochen, dass du kein Essen hast? Wie willst du zurechtkommen? Ein Bäcker macht Brötchen, frag doch mal den, ob du welche haben kannst. Ich komme mir so doof vor. Das kann ich fast nicht machen. Der hat eine fast ganz andere Leistung, als wenn ich nur ein Kleidungsstück für ihn herstelle. Nö, nicht ganz, das geht sogar von der Qualität her. Er macht die Ernte vom Getreide und bäckt Brot und Brötchen. Du machst Kleidungsstücke, dafür brauchst du Material. Das Material muss auch hergestellt werden, damit du ein Kleidungsstück daraus machen kannst. Wo hast du das Material her? Wächst bei dir die Baumwolle im Garten? Ja, ich habe dafür ein Feld, das ist mein Garten. Wir machen das alle so in der Umgebung, da drüben ist unser Gemüsehändler. Er kocht auch für uns. Meine Güte, ist das herrlich. Ich will bei euch leben. Hier sind lauter Kranke, die nicht aufpassen können, was sie machen, weil die sich das gegenseitig verbieten. Warum machen die das? Sie wissen nicht, wie man richtig arbeitet. Sie lernen untereinander und kommen nicht weiter. Mit allem wird ein Geschäft gemacht. Wo ist da jetzt das Problem? Ich mache auch mit jedem ein Geschäft. Ja, aber sie bezahlen für alles. Wir wollen kein Geld in unserer Gemeinde. Für außerhalb schon, aber nicht da. Wir arbeiten gern, das soll auch so bleiben. Wie ist das eigentlich, wenn Baumwolle hergestellt wird? Der Eine da in eurem Dorf macht das ja. Macht der die Ernte allein oder hat er da Erntehelfer? Für die Ernte gibt es eigentlich eine Maschine. Überall da, wo ein Feld ist, wird mit Traktoren gearbeitet, um den Boden zu lockern und Saat anzusäen. Wenn die Ernte reif ist, benutzen wir einen anderen Traktor für das Feld. Das kommt dann alles auf den Hänger von dem dritten Traktor und in unsere Scheune. Wenn Erntezeit ist, helfen wir alle mit. Die Wolle wird von der Pflanze getrennt und aufgearbeitet. Wie ist das dann, wenn alle mithelfen? Wer gibt dann den Ton an, wie was passiert? Der Bauer selbst. Wir sind zu zweit, die Kinder dürfen zusehen. Warum gibt es keine Kinderarbeit? Bei uns wird das so gemacht. Wir wollen das so. Die Kinder dürfen dann beim Aussortieren mithelfen, weil es Spaß macht, in der Gruppe spielerisch die Arbeit kennen zu lernen. Die brauchen nicht alles zu machen, wir sind froh, wenn sich die Kinder damit auseinandersetzen, was wir machen. Sie fragen nach und spielen damit. Und sie basteln auch damit. Wenn wir Stoffe herstellen, sind die Kinder meistens auch dabei. Sie helfen uns und machen sogar selbst ein paar Kleidungsstücke. Meistens aber nur eine Stunde am Tag, wenn sie Lust haben zum Spielen. So viel Zeit habt ihr für eure Kinder? Die dürfen spielen und nachfragen in der Arbeit? Bei uns kommt jedes Kind in den Kindergarten. Mama und Papa haben keine Zeit, da gibt es strenge Regeln vom Staat, die müssen arbeiten gehen und Geld verdienen. Geld braucht man doch nur, um zu verhandeln. Ja, so was habe ich mir schon gedacht. Mir ist im Hinterkopf noch der Gedanke gekommen, dass man nur die Unsicherheit bezahlt, wenn der Schutz unter dem Boden nicht da ist. Sex wird ja auch bezahlt in der heutigen Zeit. Die Leute sind unsicher und wollen das zeigen, weil das geil macht. Kann schon sein, ich glaube dir sogar. Wenn ein Haus gebaut wird, muss ich das auch bezahlen? Jetzt reden wir über Arbeit und nicht über das Geld. Was willst du denn arbeiten? Ich will Leuten helfen, denen es nicht gut geht, und weiß nicht, wie ich mich verhalten soll. Da schau, da hast du die Unsicherheit, die muss jemand anschauen, dass dir jemand sagen kann, was du besser machen kannst. Da bin ich ja noch unsicherer als vorher. Nö, du musst erst lernen, damit umzugehen. Dafür ist das Geld gedacht. Mach das mal eine Zeitlang. Du musst dich in der Unsicherheit ausleben, erst dann kannst du sagen, wenn du wirklich sicher bist, du kannst das jetzt ohne Geld, weil du sicher genug bist. Oh je, ich bin total unsicher. Ich muss Geld verdienen, wenn ich arbeiten gehe. Ich stehe sonst ohne da, habe keine Wohnung und lande noch auf der Straße. Das heißt eigentlich, selbst wenn ich Transportgüter habe und die bezahlt werden, brauche ich die eigentlich irgendwann nicht mehr zu bezahlen, wenn ich die Unsicherheit ausgelebt habe. Du musst dir wirklich sicher sein, sonst hast du kein Vertrauen. Du brauchst die Güter nicht zu bezahlen, den Treibstoff auch nicht und auch nicht die Mannschaft oder Schiffskosten. Okay, jeder, der sicher ist, darf das tun. Ist das schlimm, wenn die Unsicherheit wieder bestimmt wird? Nö, nur dann, wenn alle gleichzeitig unsicher sind. Ein paar sollten immer aufpassen, dass nichts aus dem Ruder gerät. Da gibt es leider nicht so viele, sonst hätten wir nicht so ein krankes System. Energetisches Aufarbeiten muss man leider bezahlen, da kommt keiner drumherum, das geht nur mit Bezahlung, sonst passiert nichts. Wie machst du eigentlich den Arbeitsausgleich? Hast du irgendwelche Hobbys? Viele gehen noch in das Fitnessstudio, um zu zeigen, dass sie nicht faul sein können. Wer macht denen den Haushalt, sie selbst? Bei manchen geht das. Die meisten Reichen und Politiker haben eine Putzfrau daheim und meinen, sie könnten einen Haushaltsplan führen. Wie soll das gehen? Erklär mir das mal. Sie bestimmen die Ordnung in der Stadt und in der Gemeinde, wer zum Beispiel den Müll abtransportiert in den Mülleimern. Oder sie sorgen dafür, dass im Winter die Straßen geräumt sind. Bei uns entsteht so viel Müll, weil es so viele Extrawünsche gibt. Extrawünsche, die eigentlich keiner will, weil sie eine Belastung für die Gesellschaft sind. Auf der einen Seite gut, auf der anderen Seite weniger gut. Der Müllberg steigt, wird einigermaßen gut entsorgt. Dafür gibt es mehr Arbeiter, die sich freuen, eine Arbeit zu haben. Hilfst du eigentlich nach der Baumwollernte den anderen bei der Ernte? Ja, wir machen eine Ernte immer komplett fertig und dann gehen wir zu den Nächsten, wenn die Hilfe brauchen. Das meiste machen eh die Maschinen. Siehst du, das Miteinander ist so wichtig. Der, der den Acker hat, ist der Chef, weil der sich um sein Feld kümmern muss. Der Chef muss sich um die Dinge kümmern, wie was vonstattengeht. Der richtige Zeitpunkt muss bestimmt werden, der richtige Ort und das Verhältnis zum Staat. Wie viele Mitarbeiter brauche ich für die Ernte, ohne dass jemand überfordert wird oder zu wenig Arbeit hat? Für die Ernte brauche ich keine Talente oder Kreativität. Das kommt erst danach, wenn bestimmt wird, was daraus gemacht wird. Das bestimmt der Bauer selber, wem er seine Ernte gibt. Der Bauer muss in der Lage sein, einen Vergleich anzustellen, wie viele Anteile der Staat bekommt, ohne dass er seine Mitstreiter verletzt. Erfolgreich sollte jede Ernte sein. Unwetter sind krankhaft im Verhältnis zur Natur. Jeder kann etwas beitragen in seinem Umfeld, dass wir keine Naturkatastrophen haben, dann haben wir auch keine Probleme mit der Umwelt. So, einen Teil bekommt der Staat. Dieser Teil, den der Staat bekommt, muss bezahlt werden. Der

Staat muss dafür sorgen, dass andere Länder etwas abbekommen. So wird verhandelt. Warum bekommt der Bauer für seine Leistung Geld vom Staat und der Geschäftspartner des Bauern nicht? Der Geschäftspartner des Bauern, der Baumwolle herstellt, hat keine Vergütung in andere Länder so wie der Staat. Sein Händler hat einen Modeladen in einer Kleinstadt in Südamerika. Wenn wir in Österreich jetzt Baumwolle bekommen, bezahlt immer der eine Staat den anderen Staat für seine Vergütung. Der Bauer muss ja reich werden, der bekommt die geile Kohle und der Staat geht pleite, der hat die Fixkosten dabei. Ja, so ist es. Wenn der Staat Österreich jetzt nur Baumwolle bekommt, weil wir das Geben und Nehmen nicht verstehen, sind wir dumm. Wer verhandelt weiter? Beide haben etwas bekommen, es fehlt aber eine Folgeleistung. Ich will mehr. Was willst du mehr? Ich habe andere Rohstoffe. Der Staat sorgt für die Sicherheit, die er bekommt. Der Bauer kann erst in einem halben Jahr wieder ernten, so lange bekommt er kein Geld. Wie soll er sich denn versorgen, wenn er keines bekommt? Eben, er bekommt so viel Geld vom Staat, dass es für ein halbes Jahr reicht. Was hat denn der Bauer für einen Händler in seiner Kleinstadt? Der Händler hat einen kleinen Laden, wo er Mode herstellt. Und wer macht die Wolle? Die Wolle verarbeitet schon der Bauer zu einem Faden, allein schon, damit sie transportfähiger ist. Der Bauer hat selbst einen kleinen Laden mit Mode. Der Verkäufer und der, der verhandelt, müssen wissen, wie die Qualität des Produkts ist. Die Qualität wird geprüft, indem man selbst die Wolle einfärbt und ein Garn oder einen dünneren Faden herstellt. Wie wird die Wolle verarbeitet, wie wird eingefärbt, wie wird der Faden produziert, das darf alles der Bauer wissen. Passt das Handling nicht bei der Verarbeitung oder lassen sich die Stoffe nicht richtig herstellen, so muss der Bauer Sorge tragen. Er muss nachdenken, woran das liegt. Der Bauer hat immer einen Händler dabei, der auch Mode herstellt, um sich auszutauschen, wie die Vermarktung ist. Lässt sich die Mode gut verkaufen oder weniger gut? Der Bauer in seinem Dorf hat einen kleinen Laden, er betreibt einen Tauschhandel. Sein Händler in der Kleinstadt, der Laden ist etwas größer, weil der Bedarf höher ist, hat außerdem noch eine Werkstatt. In dieser Werkstatt werden die

Stoffe verarbeitet und genäht, so wie es der Verkäufer in dem Laden braucht. Was braucht der Modeverkäufer noch, bevor er eine Nähmaschine bedient? Die Stoffe brauchen Farbe. Aha, also erst einfärben, dann verarbeiten und dann anziehen. Ja, so will es der Modemacher, seine eigene Fabrik. Er weiß, wie alles gemacht wird, er kennt sich mit den Stoffen so am besten aus und kann somit den Kunden keinen Scheiß andrehen. Wenn der Kunde zufrieden ist, erst dann wird über das Betriebsklima bestimmt. Mobbe ich meine Mitarbeiter? Ist der Leistungsdruck zu stark? Ist die Qualität zu gut? Oder bin ich einfach nur geil, weil ich kein Versager bin und alles gut im Griff habe? Sind die Kunden zufrieden, steigt die Stimmung. Wir brauchen keinen Alkohol, um uns den Verstand zu rauben, ob das jetzt Realität ist, oder um uns die Wahrnehmung zu trüben, weil wir den Ernst nicht verstehen. Der Chef muss seine Mitarbeiter loben. Mitarbeiter, ihr seid geil, hier wird keinem gekündigt. So, jetzt haben sie Lust weiterzuarbeiten. Ach, voll langweilig, jeden Tag dasselbe. Maschinenarbeiter in einer Fabrik. Hä, ihr habt doch alles, was fehlt euch denn? Der Chef bin ich. Die Mitarbeiter jammern voll, dass sie genug Arbeit hätten, es ihnen aber dreckig ginge. Ich will auch mal im Laden stehen und den Kunden beim Anziehen helfen. Chef, weißt du eigentlich, wie man die Farbe anrührt, die nicht an die Wand kommt? Da gibt es ein neues System, ich will das von dir wissen, dass es geht, ohne dass ich selbst dazulerne. Die alte Farbe ist aus, ich habe neue bestellt, die kommt demnächst. Ich habe keine Ahnung, wie das geht, ich habe mit Absicht nicht zugehört, weil ich nur noch die Kunden im Kopf habe. Der Chef nimmt die Hände über den Kopf und schimpft vor sich hin. Jetzt hat der alle Mitarbeiter übergangen mit der neuen Farbe, nur weil er in den Laden will, um die Mode zu verändern, weil er eigene Ideen hat. Wo hast denn du dein Handwerk gelernt? An der Nähmaschine. Wir haben Verstecken gespielt. Der Farbtopf ist in den Eimer gefallen und die Nähmaschine ist schuld. Und die Nähmaschine lebt aber noch, weil die jetzt einen neuen Chef hat. Ja, es hat jeder in der Gruppe den Posten gewechselt. Der Chef ist schuld, das ist diesmal nicht die Nähmaschine. Am Anfang hat der uns alle ins kalte Wasser geschmissen und jeder hat gefragt, wie geht denn das? Und jeder sagt, ich habe keine Ahnung. Rühr du mal die Farbe, ich gucke mal, was die neue Nähmaschine macht. Wo hast denn du deine Ausbildung gemacht? Na, beim Chef. Und wer bist du? Keine Ahnung, wer bist du? Neuer Mitarbeiter, bin der alte Chef. Aha, so geht das nicht. Wer sagt das, wo ist der alte Chef? Ich bin der alte Chef, aber neuer Mitarbeiter bei dir. Ich mache jetzt Ausbildung mit der Farbe. Die Farbe bringt mir bei, wie ich mich zu benehmen habe. Schwarz ist so ernst, da denkt jeder an die Arbeit. Bei Weiß hört jeder auf zu lachen, weil es keine Lügen mehr gibt. Bei Beige-Braun müssen wir alle regelmäßig aufs Klo rennen, weil wir eine gute Harmonie haben und alle seelengleich sind. Bei Rosa fangen wir an Lieder zu singen, weil wir uns alle mögen. Bei Blau denken wir an die schöne Zeit, die wir miteinander verbringen, und fangen an, an unsere vorgegebene Freizeitgestaltung zu denken. Bei Gelb bekommt jeder die Spielsucht. Wie spiele ich dich aus, um an den anderen ranzukommen? Bei Rot sagt jeder seine Meinung, ob du willst oder nicht. Die Farbe Grün lenkt uns alle wieder in die richtige Richtung, hier können wir Entscheidungen treffen. Die Farbe Lila mag ich am meisten, da bekomme ich Sehnsucht. Ich will gesehen werden, sonst kann ich nicht fühlen, dass ich da bin. Weißt du, warum das so geht? Wir haben alle weiße Wände im Hintergrund. Wären die Wände in einer anderen Farbe, wäre uns das nicht aufgefallen. Wir haben sogar mal ausprobiert und haben eine Wand in einer anderen Farbe gestrichen. Bei einer weißen Wand bin ich mir persönlicher vorgekommen. Ich habe den Menschen, der davorstand, besser wahrgenommen. Du bist eine Persönlichkeit für mich. Bei einer bunten Wand, wo kein Weiß vorhanden war, habe ich dich zwar gesehen und auch wahrgenommen, aber ich habe deinen Hintergrund nicht verstanden. Was hast du vor mit mir? Nimmst du mich überhaupt ernst, wenn ich mit dir rede? Sicher würdest du Ja sagen, aber du lockst mich jedes Mal in den Hinterhalt damit und ich fühle mich ausgenutzt dabei. Zu viel Farbe ist auch nicht gut, wenn alles bunt ist. Weiß sollte immer irgendwo vorhanden sein. So, was ist jetzt eine vorgegebene Freizeitgestaltung, von der du da redest? Na ja, jeder hat ja seinen Arbeitslohn, den er bekommt. Der Arbeitslohn wird mit dem Dienstverhältnis ausgemacht, je nachdem, wie viele Stunden man arbeitet. Gibt es dabei einen Vertrag oder geht das auch ohne? Bei uns hat jeder einen Vertrag bei dem Chef. Was der Chef mit dem Staat macht, geht uns nichts an und er darf uns dabei auch nicht belasten. Wir sind hier in einer Kleinstadt, unsere Firma ist nicht so groß, also hat der Staat auch gar kein Bedürfnis, in unserer Firma oder unserem Betrieb zu verhandeln. In einer Großstadt wäre das etwas anderes, da sind mehr Leute, die mehr Arbeit haben. Mehr Leute, mehr Arbeit, damit das Größenverhältnis passt. Was machst du in deiner Freizeitgestaltung? Meistens verreisen wir. Im Jahr haben wir fünf Wochen zur Verfügung. Die Kinder freuen sich, wenn sie mal was anderes sehen. Ist das so was wie Urlaub? Nein, Urlaub ist wieder was anderes. Urlaub machen wir zwar auch, der wird aber bezahlt und abgesichert vom Chef, weil wir da mit dem Auto unterwegs sind. In der Freizeitgestaltung, die uns vorgegeben wird, nehmen wir nur unser Erspartes her, für das wir arbeiten. Wenn ich Urlaub machen muss, muss ich mit den Kollegen oder mit dem Chef in Verbindung bleiben, weil ich auswärts etwas für die Arbeit erledige. Meistens muss einer neue Wolle holen, vom Bauern. Oder wir fahren zu dem Kunden, wenn er es auf Wunsch verlangt, weil eine Dringlichkeit aufgetreten ist. Die Stunden, die wir dann nicht in der Arbeit sind, aber für die Arbeit etwas machen, die müssen wir dann als Urlaub eintragen, weil wir das bezahlt bekommen. Bei der Freizeitgestaltung suche ich mir einen Erholungsort, um von der Arbeit abzuschalten, die darf nie bezahlt werden. Wenn die Freizeitgestaltung bezahlt wird, steckt immer die Arbeit dahinter. Bei uns nehmen sie alle Urlaub und fliegen mit ihren Familien alle weg, der wird dann von dem Arbeitgeber bezahlt, laut Gesetz. Das ist aber falsch, wir produzieren so mehr Unfälle, weil wir uns selbst belügen. Der Staat bescheißt sich selbst mit den Gesetzen, genauso wie der Arbeitgeber. Wir müssen uns doppelt absichern, für nichts und wieder nichts. Wenn wir einen Unfall haben, haben wir ein Defizit in unserer Aufmerksamkeit. Ich passe nicht auf und schon ist etwas passiert. Das sind die Folgen des Systems. Wir bestrafen uns sozusagen selbst. Wer ist schuld an dem Unfall, weil ich nicht aufgepasst habe? Der Staat oder der Arbeitgeber? Der Urlaub ist bezahlt. Wenn mir im Urlaub etwas passiert, bekomme ich laut Gesetz die Urlaubstage gutgeschrieben, ich bin abgesichert und kann meine Selbstheilung oder meinen Heilungsprozess gut fördern. Bei manchen fällt der Unfall etwas schlimmer aus, die müssen operiert werden und haben jedes Mal die Arbeit im Hinterkopf: Hoffentlich werde ich nicht gekündigt. Der Chef hat keine Leistung von mir und wird unzufrieden. Die meisten Unfallopfer haben Glück, die im Urlaub einen Unfall hatten. Die denken nur an die Arbeit, da sind die Heilungschancen besser. Unfälle, die außerhalb der Arbeitszeiten oder Urlaubszeiten sind, sind weniger gut, weil der Staat nicht dahintersteht und auch nicht der Arbeitgeber. Der Heilungsprozess dauert meistens immer etwas länger. Die Angst ist zwar größer, man könnte eingeschränkt werden, sie ist aber auch berechtigt. Hättest du mal lieber eine Zusatzversicherung abgeschlossen, heißt es dann immer wieder. Bringt in dem Falle nichts. Das Geld ist Geld. Schuld ist das Defizit, das hier nicht erkannt wird. Warum passieren immer wieder und immer wieder dieselben Fehler? Warum darf ich nicht auf mich selbst achtgeben? Ist der Leistungsdruck zu hoch? Gibt es private Angelegenheiten, wo ich die Probleme nicht lösen kann? Wenn Reden nicht mehr hilft, wie komme ich dann weiter? Der eine hat recht und ich stehe im Unrecht und darf verhandeln. Wofür braucht der Mensch eigentlich eine Pension? Ich arbeite jahrelang, mein Körper geht kaputt, ich werde alt und gebrechlich. Ich will leben, bevor ich sterbe. Lieber alter Mensch, sei nicht dumm, lebe im Hier und Jetzt. Genieße jeden Tag, der dich glücklich macht. Die normale Pension dauert maximal zwei Jahre. Nach den zwei Jahren kommt der Tod, du wirst wiedergeboren. Du verlässt den ätherischen Körper, also den fleischlichen Körper, und gehst in einer anderen Ebene von uns. Da ist nur dein Körper, den wir anschauen ohne dich. Du leidest keine Schmerzen beim Tod, du kannst das alles mit deinem Hormonsystem steuern. Du brauchst nur das Adrenalin mit dem Noradrenalin von der Nebenniere zu steuern. Du schläfst ein und deine Seele nimmt den Lichtkörper mit, mit dem du verbunden bist. Die zwei Jahre Pension, die du gehabt hast, die nimmst du, um deine Dinge zu regeln. Dein Geschäft braucht einen Nachfolger, wer kümmert sich darum? Wer bekommt das Haus, in dem du wohnst? Nebenher kannst du dir überlegen, was du im nächsten Leben machst. Du musst dir wieder eine Familie aussuchen. Für die Verwandtschaft sollte es kein Problem sein, dich loszulassen. Wer erlaubt dir eigentlich, wann du sterben darfst? Schau, das nächste Defizit, was hier auftritt. Du darfst nicht einmal nachfragen, das habe nur ich zu bestimmen. In der Seelenenergie ist alles ganz genau beschrieben. Die beinhaltet einen Sterbeprozess. Ich muss so sterben, dass es für niemanden ein Problem ist. Nicht einmal für den Partner darf es ein Problem sein. Bei Seelenpartnern gibt es ein Gesetz. Die müssen sich im nächsten Leben sowieso wiedersehen. Wenn man stirbt, reicht es, wenn man kurz dem anderen ein Gefühl gibt, das macht aber die Seele unabhängig vom Geist. Der Geist weiß nicht einmal wirklich, was passiert und braucht auch keine Ahnung zu haben. Man hat eigentlich nur Angst beim Sterben oder kann den Prozess nicht ausführen, wenn gewisse Informationen im Körper fehlen, wie ich den Prozess ausführe. Was fehlt denn? Der richtige Seelenanteil. Der Energiekörper wurde im Universum gespalten. Hier ein Anteil, da ein Anteil, dort ein Anteil und da stehe ich. Du bestimmst meinen Tod, denn von dir bin ich ins Leben geschickt worden. Das höhere Ich, wer ist das? Ich bin du, du bist ich, zusammen sind wir gemeinsam. Nur gemeinsam können wir als Ganzes leben. Ohne das machen wir Fehler. Man sagt, das Sakralchakra wäre für die Lebensfreude zuständig. Das ist so nicht ganz richtig. Wer bestimmt die Lebensfreude, wenn wir so keine Lust mehr haben? Menschen, die einsam sind, denken viel nach über ihr Leben, was sie besser machen könnten. Tag für Tag. Menschen, die nicht einsam sind, sind meistens glückliche Menschen auf ihre Weise. Sie gehen gern fort, sie trinken gern mal etwas Alkohol. Oder es sind Menschen, die gern in der Gesellschaft leben. Die sind glücklich und zufrieden, die haben was. Was haben sie denn? Den Liebeskummer, den sie gern wegstecken. Die Arbeit macht mir Spaß, ja ... dir doch auch?! Warum macht dir jetzt die Arbeit Spaß und dem einen da nicht? Vielleicht hat er den falschen Beruf gewählt. Das kann sein. Was habt ihr denn für einen Beruf gewählt? Wir sind Bäckerhandmeister. Wie arbeitet ihr da? Wir haben einen kleinen Betrieb in einem Großhandel auf dem

Schwarzmarkt. Oh, ihr macht was richtig, das kann ich sehen. Der eine tut nur so, der will mehr Geld oder einen Aufstieg oder etwas verändern. Das Sakralchakra ist bei mir schwarz, da brauche ich mir nichts zu denken. Was bedeutet eigentlich Schwarzmarkt? Wir kennen viel, aber manchmal sind die Dinge bedeutungslos, weil wir nicht wissen, wie wir damit umgehen sollen. Der Schwarzmarkt ist ein freier Handel. Wir dürfen wissen, was wir machen, wir dürfen aber selbst entscheiden, was wir tun. Du bestimmst mit, wie es weitergeht. Du bist der Käufer, der hier zufrieden sein soll. Wie bemerke ich die Unzufriedenheit? Indem ich ehrlich bin. Den Grünmarkt gibt es ja auch in Salzburg, da werden Lebensmittel verkauft. Den Preis bestimmt der Händler, der verkauft. Ist die Ware neuwertig, ist der Preis höher. Gekautes Essen will keiner. Essen sollte immer frisch sein oder bei Weiterverarbeitung gut haltbar sein. Was darf der Schwarzmarkt verkaufen? Alles. Warum alles? Bei meiner Seelengruppe ist das so. Der Staat kann und muss auch über den Schwarzmarkt verhandeln, wenn über die Arbeit regiert wird. Wie der Staat regiert, macht er abhängig von der Entwicklung. Wenn es nach mir ginge … ich würde so gern über das Essen regieren und verhandeln. Ich würde arbeiten für das Essen. Ich würde auf dem Acker schuften bis zum Umfallen, weil mir das sicher Spaß machen würde. Warum machst du das dann nicht? Ich bin Krankenschwester und habe das leider nicht gelernt. Ich sitze im Energ-Ethik Studio in Freilassing und arbeite mit medizinischen Geräten. Was sind das für Geräte? Papimi-Geräte. Wir machen Elektro-Ionen-Therapie mit Frequenzmischungen, die durch Impulsationen auf die Zelle wirken. Nebenher mache ich noch Energetisches Aufarbeiten mit den Chakren. Das Aufarbeiten wäre so wichtig, da wir unseren Alltag besser bestimmen könnten. Was macht dir dabei Spaß an der Arbeit? Den Leuten helfen zu können. Ich bin froh, dass ich was gefunden habe, wo ich keinen Eingriff in den Körper tätigen muss. Damals war mir das nicht so bewusst. Im Krankenhaus ist das Normalität, dass Blut abgenommen wird, um die Werte zu bestimmen. Die inneren Werte sind schon wichtig, aber es gehen jedes Mal Informationen verloren, die für die Versorgung wichtiger Zellen richtig wären. Was wäre denn so wichtig, was nach einer Blutabnahme nicht mehr stattfinden kann? Wie viele Zellen braucht der Mensch, um ein Mensch zu sein? Diese Fragen stellen wir uns jeden Tag, um einen Mengenvergleich herzustellen. Wie der genaue Prozess stattfindet, kann ich schon sagen, mache ich aber nicht. Ich mache das erst dann, wenn der Richtige fragt. Und der bekommt dann auch die richtige Antwort, schriftlich, mit Bezahlung. Warum ist in der heutigen Zeit die Arbeit wichtiger als die Familie? Woran liegt das? 40 Stunden die Woche sind schon viel. Die Menschheit glaubt an den Leistungsdruck, um sich selbst zu vergessen. Wir wollen wissen, wir wollen verstehen. Wir wollen entdecken, wir wollen handeln, wir wollen, wir wollen, wir wollen das so. Lieber Mensch, hör mir genau zu. Vergiss nicht, dass du ein Mensch bist und keine Maschine. Mehr Leistung kann ich dir nicht geben, als ich dir zeigen kann. Wie viel willst du mir denn zeigen? Ich kann dir alles geben. Ich gebe dir ein Haus, ich gebe dir einen Pool, ich gebe dir ein Auto. Kannst du damit etwas umsetzen oder behältst du alles für dich? Du darfst so leben, wie es für dich gedacht ist. Jeder Staat darf anders regieren. Wir müssen nicht alle nach der Arbeit gehen, um zu handeln. Handelst du oder lässt du handeln? Verhandelst du oder lässt du verhandeln? Das sind zwei verschiedene Dinge. Der Handel betreibt die Dinge. Verhandeln tun der Käufer und der Verkäufer. Sie einigen sich auf einen Preis, der der Norm entspricht und sich der Umgebung anpasst. Was ist eine Mehrwertsteuer? Warum bist du oder du ein Steuerzahler? Der da braucht keine Steuern zu zahlen, der ist arbeitslos. Wie viel Wert darf jeder Mensch haben, um im Leben bestimmt zu sein? Die Mehrwertsteuer stuft den Menschen in eine Klasse ein. Klasse A, B, C. Klasse A darf den Preis bestimmen im Leben. Klasse B darf versuchen zu handeln, ohne Widerwillen. Klasse C muss den Mund halten und darf nichts sagen. Du musst selbst drauf kommen, was passiert. Aha, alle Steuern kommen in den Topf und kassieren tut der Staat. Ist richtig so, aber nicht wenn wir in Krankheit leben müssen. Wenn wir in Krankheit leben, müssen wir den Topf vom Staat umbenennen. Wir müssen dir sagen, du darfst handeln ohne Widerwillen, der andere passt schon drauf auf. Da ist wieder ein Fehler im System. Es passt hier keiner auf den anderen auf. Die

Menschheit kann nicht weiterdenken. Sie vergisst hier, dass sie jedes Mal einen Fehler macht. Und dann heißt es, wir seien nicht genug abgesichert. Wir bescheißen uns doppelt und dreifach in diesem System. Wie viele Versicherungen wollt ihr denn noch abschließen im Leben? Was muss ich denn überhaupt versichern? Gar nichts. Du trägst Sorge, weil du nicht aufpassen willst auf deine Gesundheit. Jeder muss sich selbst absichern, dass er keinen Scheiß baut in der Arbeit, zu Hause im Haushalt und auch in der Freizeit. Es geht. Selbst die krankhafte Planetenenergie trägt Sorge, dass sie uns keinen Schutz gibt. Die Planetenenergie hat auch ein Gehirn, das sie einschalten muss, sie kann das Wetter steuern. Es kann einfach nicht funktionieren, wenn alle Seelenfamilien auf einem Planeten harmonieren sollen. Es gibt jedes Mal Streitereien, weil jeder immer was anderes will. Der eine will schönes Wetter, der andere braucht Regen für seine Felder. Nach wem soll sich der eine richten, wenn der Dritte bestimmt, wer den Mund halten soll? Keine Ahnung, ich bin froh, dass ich nicht über das Wetter bestimmen muss, ich will meine Freiheit. Wenn man die Mehrwertsteuer richtig anwenden kann, macht sie Sinn. Was macht denn der Vierte, der die anderen drei Personen beobachten muss, wie sie handeln? Wie, alle drei handeln jetzt? Nein, nicht ganz. Hier ist eine Gruppe mit drei Personen, die handelt. Nach der Mehrwertsteuer wird bezahlt. Der, der beobachtet, ist der Hintermann. Was wird denn gehandelt? Wir handeln über die Arbeit, wer die Drecksarbeit macht. Wir handeln über die Arbeit, wie gesprochen wird. Wir handeln über die Arbeit, ob aussortiert wird. Wir werden alle von der Mehrwertsteuer bezahlt. Wir sind der Staat. Das darf auch nur der Staat. Alle anderen bekommen eine Vergütung, einen Leistungsanspruch. Wer muss alles an den Staat zahlen, dass genug Mehrwehrsteuer vorhanden ist? Wenn ich sage, jeder, ist der Staat zu reich, das Verhältnis stimmt nicht gegenüber dem Bürger. Der normale Bürger zahlt keine Mehrwertsteuer ein, das macht nur jemand, der verhandelt. Der, der zum Beispiel Baumwolle dem Staat verkauft für den Export, bekommt vom Bauern eine Mehrwertsteuer als Lohn. Der Staat darf hier nicht bescheißen und sich Geldscheinchen drucken, das darf nur die Bank. Wie werden denn die Städte sauber gehalten, darum muss sich der Staat ja auch kümmern? Nicht ganz. Der Staat hat seine Bereiche. Wie werden unsere Ein- und Ausgaben bestimmt? Eigentlich bekommt jeder das Gleiche als Person. Dann wird bestimmt. Was wird denn bestimmt? Der Bauer muss seine Geräte instandhalten und sie regelmäßig untersuchen, auf Fehler, die entstehen könnten. Der Chef in der Stofffabrik muss auch seine Geräte regelmäßig prüfen und Instandhaltungskosten zahlen, wenn Reparaturen fällig sind. Anders ist es in einem Kleinbetrieb. In einem Kleinbetrieb, wo keine Geräte vorhanden sind und nur handwerklich gearbeitet wird, bekommt man das Personengehalt ohne Zulagen für andere Zwecke. Eine Person, die nur das Personengehalt bekommt, braucht auch keine Mehrwertsteuer an den Staat zu zahlen, weil sie vom Staat nichts braucht. Sie braucht keine Rückversicherung oder Bestätigung für weiteres Interesse an Verhandlungsideen. Der Staat muss immer schauen, was intern und extern benötigt wird, um einen Ausgleich zu schaffen. So, extern wird geliefert. Wie ist es, wenn wir etwas bekommen, von einem anderen Staat? Wer bestimmt den Marktwert? Niemand. Für wen willst du denn handeln? Oder willst du uns was andrehen? Willst du uns versklaven? Zu welchem Preis? Bestimmt der Preis den Hungerlohn? Du bekommst etwas von einem Staat, bezahlt wird nur der Staat intern, nach extern wird nur geliefert. Geld ist die Absicherung, dass etwas bestimmt wird. Der Wille setzt aus und es kann gehandelt werden. Bestimmst du mit einer Bezahlung bei einem anderen Staat, machst du einen Fehler. Der andere Staat kennt sich nicht aus und muss unfreiwillig handeln für seine Bürger. Jeder eigene Staatschef macht sich unbemerkt strafbar. Er bestimmt die Norm der Unklarheit im Verlauf. Der Staat, der die Ware bekommt, muss sich etwas anderes einfallen lassen. Die Bürger werden immer mitbestraft und können sich nicht wehren. Wir müssen so sein, wie uns das Gesetz es vorschreibt. Wen sollen wir bei der nächsten Wahl wählen? Wer kann etwas verändern, was in unserem Sinne ist? Der Marktpreis bestimmt die Mehrwertsteuer der Bürger, unbemerkt vom Handeln. Wer sich in der heutigen Zeit nicht aufregt, dass er sich jedes Mal unbemerkt beschissen fühlt, weil er nicht weiß, woher das kommt, ist selber schuld.

Ich würde ja so gern mal gegen die Mehrwertsteuer protestieren, aber als einzelne Person habe ich da einfach keine Chance. Wir brauchen die Mehrwertsteuer, sie wird aber falsch genutzt. Wie wird jetzt das Kindergeld bestimmt, nachdem der Staat bei jedem guten Import belohnt wird? Die Kinder in Südamerika haben Glück, die werden nicht so versklavt wie in Afrika oder anderen Ländern. Die EU hat vorgesorgt. Sie beinhaltet etwas, wo sie sich schützen kann. Was genau, kann ich nicht sagen, so genau kenne ich mich da auch nicht aus. Hier müssen die Eltern mehr Leistung bringen. In den anderen Ländern, die ärmer sind, müssen die Kinder mitarbeiten. Wir geben denen keine Chance, sich höher zu entwickeln. Wenn Geduld keine Lösung ist, wird wieder mit Waffen gehandelt. Der darf mitbestimmen, wie wir arbeiten. Ja, nein, vielleicht. Wie darf man denn mit einem Entwicklungsland reden? Wie willst du denn angesprochen werden? Die Waffe brauchst du mir nicht ins Gesicht zu halten. Ich habe Angst, in solche Länder zu fliegen. Gerade wo in den USA die Waffengesetze gelockert wurden. Da darf jetzt jeder eine Waffe haben. Für wen muss ich denn arbeiten, wenn du mir mit einer Waffe drohst? Ich bin kein Baumfäller, oder soll ich einer werden? Vielleicht verstehst du die Übergabe deiner Arbeitsmaterialien nicht und bietest mir so einen Job an. Na ja, Holz kann jeder gebrauchen. Ich habe Angst, verletzt zu werden in dieser Tätigkeit, kannst du auf mich aufpassen am Anfang? Bei einer Axt brauchst du nicht aufzupassen, wenn du allein bist. Nur liegenlassen solltest du sie nicht, kleine Kinder brauchen nicht damit zu spielen, wenn sie in den Wald gehen und die Welt entdecken. Bei Verletzungsgefahr gibt es eine Regel, kein Gesetz. Wir müssen immer aufpassen, dass die Kinder alt genug sind und selbst richtig aufpassen können, um ihr Handwerk zu lernen. Erwachsene Kinder, die mit Waffen einen Handel betreiben, sind im Kopf in ihrer Entwicklung hängengeblieben und können den nächsten Schritt nicht ausführen oder umsetzen, dass man niemanden verletzen darf. Eine Axt ist eine Waffe, sie hat nur keine Kugeln. Der Arbeitslose, der versucht, Arbeit zu bekommen, hat hoffentlich nicht irgendwann den Geist aufgegeben. Wir wollen alle arbeiten, nur ist es manchmal schwer, den richtigen Beruf zu finden, der uns Spaß macht.

Wie lange darf denn ein Arbeitsloser arbeitslos sein? Ist die Arbeitslosigkeit eine Bestrafung oder ist sie freiwillig? Wenn du krank bist, darfst du Arbeitslosigkeit anmelden. Dann bekommst du Unterstützung vom Staat, nicht umgedreht. Wie krank bist du, wer muss dir helfen? Wie wird deine Krankheit bestimmt, was hast du für Krankheiten? Wenn du erst zum Arzt gehst und alles schlimmer wird, wie soll der Staat dir helfen? Der Staat denkt sich nur jedes Mal, ich brauche neue Wähler, weil ich so klasse bin. Wir haben eh so viel Arbeit. So macht man sich aber noch mehr Arbeit. Es gibt so viele Menschen hier, wir müssen keine 40 Stunden die Woche arbeiten. Teilzeit als Vollzeit würde auch genügen. Es müssen keine 50 % als 20-Stunden-Woche sein. 30 Stunden die Woche als 100 % wäre ausreichend. Jetzt denkt sicher wieder jeder, ich hätte Angst, kein Geld zu bekommen. Die Angst darf hier bestehen bleiben. Wir müssen nur unsere Grundbedürfnisse decken, dann brauchen wir auch nicht so viel Geld auszugeben. Sparen sollte jeder noch können, um einmal im Jahr zu verreisen. So viel brauchen wir gar nicht im Leben. Die Gier frisst jeden auf. Ich brauche kein Geld zum Fenster rauszuwerfen, um mir neue Dinge zu leisten. Geld bestimmt immer dein Leben, vergiss das nicht. Geld bestimmt die Habgier, die keiner will. Ich will mehr und immer mehr. Da ich mehr Arbeit will, kann ich auch mehr Arbeit bekommen. Die Arbeit, die ich will, die mache ich mir zur Aufgabe. Ich will die Dinge gern machen, die ich mache. Ich arbeite für dich und ich arbeite für mich. Ich mache dir eine Freude, indem ich dir etwas vorbereite. Du bekommst etwas ohne Lohn. Dein Lohn ist mein Verdienst. Kannst du dir vorstellen, so zu arbeiten? Nein, kannst du nicht. Du brauchst immer den Arbeitgeber, der dir dein Geld auszahlt, als Lohn. Der Lohn, den du nicht bekommen wirst, den wirst du nie bekommen. Ich verdiene das, was ich von dir bekomme. Ich bekomme wenig von dir und kann gut damit lernen. Ich lerne viel, weil ich damit etwas anfangen muss. Viel hat nicht mit wenig zu tun, du bringst mir etwas bei, indem du mir zeigst, was du gemacht hast. Ich mag solche Arbeit, weil ich so am besten zurechtkomme. Du willst sehen, was ich gemacht habe, du darfst bekommen, soviel du willst. Mach deine eigenen Erfahrungen. Du machst deine Erfahrungen, indem du lernst, was ich gemacht habe. Du kannst somit zeigen, dass du etwas gelernt hast. Hier wird nicht wie in der Schule gelernt. Lesen und Schreiben sind ja in Ordnung. Deine Berufung solltest du lernen, indem du dir selbst etwas erarbeitest. Den Lohn bekommt dann jemand. Der hat das dann verdient. Du erarbeitest dir etwas und machst den anderen eine Freude damit. Es gibt keine Bezahlung, weil wir das nicht wollen. Du machst dich abhängig vom Geld. Ich will nicht wissen, wie es dir geht. Ich möchte deine Arbeit. Du bekommst meine Arbeit, die ich gemacht habe. Du hast etwas verdient und ich habe etwas verdient. Wir streiten uns nicht, da wir gut miteinander zurechtkommen. Wir müssen die Arbeitswege einhalten, sonst bekommen wir Unruhe hinein. Ich kann keine Ruhe geben, bevor ich bewiesen habe, dass ich so arbeiten muss. Ich muss nicht immer einen Tauschhandel betreiben. Du kannst auch ein Fremder sein, für den ich arbeite. Ein Fremder, der mir nichts gibt, für den bin ich nicht beleidigt. Ich bin erst dann beleidigt, wenn die anderen von mir verdienen und ich nichts verlangen kann. Ich verlange nicht viel, aber ich will auch meinen Lohn. Den Lohn, den ich bekommen soll, den bekomme ich von dir. Es ist keine Absicht, wie mein Verhalten ist. Die Arbeit ist so, wie sie dir gegeben ist. Du machst etwas und nennst es Arbeit. Ein Gegenstand, der ist mit Arbeit verbunden. Ein Haus zu bauen, das ist mit Arbeit verbunden. Ein Brot zu backen, das ist mit Arbeit verbunden. Die Arbeit ist verbunden mit einem Verdienst, den du als Lohn erhalten sollst. Wie ich die Arbeit verrichte, kann dir egal sein. Ich muss für meine eigene Sicherheit sorgen, sonst lerne ich nicht, auf mich achtzugeben. Lerne ich nicht den Umgang mit mir, kann ich auch nicht einschätzen, wie gut ich sein kann. Ich brauche das, um die Erfahrung zu machen, damit ich mich nicht übernehme. Verlange ich zu viel von mir, bekommst du wahrscheinlich einen verminderten Lohn als Verdienst. Verlange ich zu wenig von mir, kann es sein, das dein Lohn höher ist als meiner, als Verdienst. Wie kann es sein? Muss ich dafür Ausgleich schaffen? Ich muss dafür Ausgleich schaffen, da es dir genauso gehen könnte wie mir. Ich schaffe einen Ausgleich, indem ich wieder etwas verlange. Ich verlange von dir deinen Lohn als Verdienst. So kann ich für Ausgleich sorgen. Ich will nicht wissen, wie es dir dabei geht. Du wirst auch nicht wissen wollen, wie es mir dabei geht. Wir wollen das beide so. Du bekommst den Lohn, den du verdienst. Ich schufte und mache mir einen Kopf, was ich du und jedermann gebrauchen könnten. Ich habe Ideen und eine Sammlung an Werken. Sind die Werke gut und brauchbar, darfst du etwas davon haben. Ich muss ausprobieren, ob sie funktionieren. Funktionieren die Werke, die ich gemacht habe, nicht, bekommst du auch keinen Verdienst. Du hast keinen Lohn für die Leistung, die ich nicht erbracht habe. Ich muss selbst lernen, wie ich etwas mache. Der Gruppenzwang, wo ich von dem gelernt habe und du hast von dem gelernt, indem wir in der Schule waren, ist nicht richtig. Dir wurde etwas beigebracht. Du musst dich wieder dem Gehorsam der Dienerschaft unterwerfen. Ich lerne, indem ich ausprobiere, wie etwas geht. Du lernst und bastelst deine Gegenstände zusammen. Wir lernen voneinander, indem wir uns zeigen, wie wir die Sachen produziert haben. Ich bekomme die Sachen als fertiges Produkt. Du bekommst die Sachen als fertiges Produkt. Den Weg der Herstellung, den willst du nicht wissen, sonst hast du keine eigenen Ideen zur Umsetzung. Ich kann den Weg nicht wahrnehmen, den du Arbeit nennst. Bist du mit deinem Lohn zufrieden? Du musst selbst dein Arbeitgeber sein. Du kannst so nicht lernen, achtsam gegenüber dir selbst zu sein. Es passieren Unfälle, da du nicht ausgelastet bist. Wo bist du selbst, wenn es um deine Arbeit geht? Deine eigene Arbeit ist dir nicht wichtig. Der Lohn ist dir nicht wichtig, weil du keinen Verdienst hast. Der Lohn ist der Gegenstand, den du bekommst und der Verdienst ist die Bestätigung, etwas bekommen zu haben. Du brauchst die Bestätigung und auch den Lohn. Nur Arbeitnehmer zu sein ist nicht richtig. Du arbeitest dich zugrunde. Die eigentliche Arbeit darf nie mit Geld bezahlt werden. Geld ist ein Hilfsmittel, um etwas zu bekommen, um sich zu helfen. Ich helfe dir, deinen verspannten Rücken zu massieren. Ich habe geholfen und kann Geld dafür verlangen. Das ist aber nicht mit der eigentlichen Arbeit verbunden. Ich muss lernen, mit der Arbeit umzugehen. Ich weiß nicht, wie man einen Schraubenzieher zusammenbaut. Ich sollte wissen, wie so etwas geht. Ich sollte wissen, wie man Rohmaterialien gewinnt und weiterverarbeitet. Ich will nicht viel von den Materialien, die ich als Werkzeug brauche. Ich brauche Werkzeug für den Bau gewisser Werke. Stell dir vor, ich brauche einen Türrahmen für eine Tür. Hier gibt es Arbeitsverteilung. Die Arbeitsverteilung ist in Ordnung, die darf ich dir nicht nehmen. Wenn ich einen Türrahmen für eine Tür haben will, dann muss ich den von dir verlangen. Ich bekomme deinen Lohn und den Verdienst. Ich habe etwas bekommen und weiß immer noch nicht, was ich selbst machen soll. Hier gibt es schon so viel und ich muss kreativ sein. Es soll etwas sein, womit niemand überfordert ist. Ich habe angefangen zu backen. Backen ist ein Hausgebrauch, was fast jeder kann. Jeder fängt klein an, um den Umgang mit sich selbst zu lernen. Wie ist das Handling, komme ich überhaupt damit zurecht, was ich mache? Meine Rezepte sind anders als deine. Ich habe andere Zutaten, die du wahrscheinlich gar nicht magst. Um die richtigen Zutaten zu besorgen, kann ich leider nicht eben mal raus in die Natur gehen. Hier gibt es strenge Regeln. Geben und Nehmen haben nichts mit der Arbeit zu tun. Hier wird auch nicht zuviel für die Arbeit verlangt. Du machst dir die eigentliche Arbeit kaputt, da du nicht merkst, was Wirtschaft bedeutet. Diese Wirtschaft ist ein Sauhaufen. Den Lohn hat keiner verdient. Du wirst auch keine Arbeit bekommen, da du nicht selbst an dir arbeitest. Ich kann nicht für dich arbeiten, da du es nicht verdient hast. Hier gibt es kein Selbstmitleid, da keiner richtig arbeiten will. Wie soll ich glücklich werden, wenn ich so nicht arbeiten kann? Soll ich den Bauern etwas wegnehmen von ihren Grundstücken? Ich würde gern etwas mit Holz herstellen. Du gibst mir keine Gelegenheit dazu. Deine Vorschrift ist es, einen Beruf nachzuweisen. Ich habe gelernt ... Stempel vom Staat und Unterschrift. Wo ist der Wille, der hier zählt, die eigene Arbeit umzusetzen? Du gibst mir keine Gelegenheit. Es wird immer nur verlangt, du sollst machen, was dir aufgetragen wird. Die Wirtschaft ist überfordert mit solchen Dingen. Es kennt so keiner die Arbeit. Hotel, Krankenhäuser, Reisebüro, Pflegeheim, Rohstoffe. Welcher Arbeitgeber willst du sein? Das sind alles Häuser, die gebaut werden von Firmen und Architekten, die studiert haben. Du lernst von dem, weil der es von dem beigebracht bekam. Das Gelernte wurde weiter gelehrt und ausprobiert. Ich lerne nicht von dir, ich muss mir selbst etwas beibringen. Ich lerne von mir und gebe die Aufgabe weiter, wenn ich noch nicht fertig bin. Ich will fertig werden mit meiner Arbeit. Ich kann dir doch nicht einfach meine Aufgaben hinterlassen. Das ist, als ob du nur die Hälfte von dem machen würdest, was du eigentlich tun sollst. Du bist kreativ in deinem Denken, so hast du angefangen. Das ist alles, was du kannst. Den Rest machen deine Sklaven für dich. Ich backe ein Brot, und du bekommst das ganze Brot. Ich baue ein Haus, und du bekommst das ganze Haus. Für das Brot brauche ich einen Backofen. Den sollte ich mir selber machen. Da die wenigsten wissen, wie man Rohstoffe verarbeitet, um Werkzeug herzustellen, kann man sich Ziele setzen. Wir leben in einer Zeit, wo es viele Kranke gibt und die Krankheiten der Personen im Vordergrund stehen. Das Geben und Nehmen wird mit Helfen verbunden. Für die eigentliche Arbeit bleibt nur wenig Zeit. Die wenige Zeit, die man so noch hat, sollte man für sich nutzen, um an sich selbst zu arbeiten und kreativ zu sein. Du wirst nicht schlau aus dem, was du machst. Du willst von dir selbst lernen und eigene Erfahrung sammeln. Fang mit kleinen Dingen an, die du zu Ende bringen kannst. Bringst du die Dinge nicht zu Ende oder hast nur den halben Arbeitsschritt, bekommt der andere nur den halben Lohn und den halben Verdienst. Wie fühlt sich das an für dich? Für mich ist das nie ein gutes Gefühl. Ich habe nie gewusst, was es heißt, wenn man sagt, man solle an sich arbeiten. Ich arbeite an mir und finde heraus, wer ich bin. Dann überlege ich mir, wie ich meine Arbeit umsetzen kann. Was will ich und was kann der andere gebrauchen?

Der Knochenbau

Der Knochenbau bestimmt, wie die weitere Entwicklung im Leben ist. Ist der Knochenbau stark in der Entwicklung, hat man gute Voraussetzungen. Der Knochenbau bestimmt den Gang, die Beweglichkeit und die Freiheiten. Ist die Freiheit nicht gegeben, kann der Beruf belastet werden durch die Umgebung. Ist der Gang nicht gut genug, bekommen die Leute, die denjenigen beobachten, das Gefühl, derjenige könnte beeinflusst werden. Die Beweglichkeit bestimmt den Preis. Bewege ich mich gut, kann ich mich tarnen. Die anderen zwei Sachen fallen nicht auf, die mir fehlen. Mir fehlt aber nichts. Doch. Ich gehe in die Arbeit. Ich gehe nach Hause. Ich gehe zu Freunden. Ich gehe zu den Eltern. Ich gehe zu den Großeltern. Wie gehe ich dahin? Jeder behandelt mich gleich. Hättest du es gern anders? Ich kann über solche Dinge nicht nachdenken, weil der Knochenbau dominiert. Ist das ein Problem? Ja, der Knochenbau sollte so stark sein, dass wir die Dinge noch erkennen können, bevor es zu spät ist. Pünktlichkeit verlangt jeder. Warum sind wir unpünktlich? Brauchen wir einen Grund dafür oder können wir erkennen, dass was nicht stimmt? Du selbst bestimmst die Zeit, die du noch hast.

Die Farbe Schwarz

Die Farbe Schwarz ist düster, wie die Nacht. Hast du Angst im Dunkeln? Bist du nicht gern allein? Ich bin gern allein, aber nicht in der Nacht. Am Tag sehe ich die Farbe gern an, weil es Tag ist. In der Nacht will ich meine Ruhe oder Zweisamkeit. Ich halte das Nachtleben nicht aus. Ich gehe lieber ausgeschlafen in den Tag, um meine Gedanken zu ordnen. Wie möchte ich den nächsten Schritt machen, der mir guttut? Behindere ich dabei die anderen oder kommt es ihnen zum günstigen Zeitpunkt? Ich sehe Leute in schwarzen Anzügen gern an. Sie schauen immer so wohlhabend aus. Ob die wirklich wissen, was Schuften heißt? Mir kommt es vor, als verdienten sie ihr Geld mit Reden um den heißen Brei. Ich will nicht wissen, was du verdienst. Du gibst mir den billigen Wert, weil du meinst, du seist etwas Besseres. Ich bin froh, dass ich keinen Anzug tragen muss. Angezogen fühle ich mich unwohl dabei, weil ich weiß, ich will nicht so sein wie du. Ein Lächeln im Gesicht reicht und du gehst an mir vorbei. Nicht, dass ich keine Anzugträger mag, ich sehe sie nur gern an und kann nichts damit anfangen. Sie bieten keine Darstellung ihrer Persönlichkeit.

Die fünfte Pforte

Oh, ich habe so Bauchweh. Bei mir ist alles im Eimer. Jeden Tag, wenn ich aufstehe, kann ich mich nicht ansehen. Was tut dir denn weh? Ich sehe mich an und werde durch die vegane Ernährung immer besser. Aber die Leute da draußen sind schrecklich und korrupt. Sie entscheiden über die Tiernahrung. Sie entscheiden über Sauerbraten. Sie entscheiden über Sex. Und alles über den kranken Bauch. Und alles wird mit Geld bezahlt. Es ist so grauenvoll. Ja, der Mensch mischt sich überall ein. Er mischt sich auch bei der Fortpflanzung ein, bei den Tieren. Die Natur kann gar nicht mehr selbst bestimmen, was sie machen soll. Die Natur ist leider der Mensch in seiner Schönheit. Das ist es ja. Der Mensch bewundert die Tiere, die er essen will. Er entstellt sich selbst mit Schönheitsoperationen, um den Selbstwert aufzubessern. Ich muss mir gefallen, nur die inneren Werte zählen. Die schönen Tiere, die wir nicht sehen, mit denen werden Tierversuche gemacht. Wir brauchen Botox für die Falten, weil wir die nicht weglasern lassen wollen. Botox hier, Botox da, ich brauche Gelenkschmiere für meinen Halswirbel, damit ich nicht mehr Ja und Nein sagen muss. Ich kann mit dem Kopf nicht mehr nicken oder ihn zur Seite drehen. Du musst den Fraß jetzt selber machen. Kannst du überhaupt kauen, wenn du Mundfurz hast? Ja, das geht schon irgendwie. Kommt dir schon die Galle hoch, weil es jeden Tag den gleichen Scheiß gibt? Ich muss die Galle immer schlucken, soviel Reflux kann ich mir nicht erlauben. Wie schluckst denn du die Galle runter? Indem ich den Brei vorkaue und den Verräter verlieren lasse. Kaust du oder lässt du vorkauen? Na ja, die doofe Kuh, die auf der Weide steht, kaut für mich mit. Sie kaut, aber sie isst anders als du. Ja, die schluckt die Kotze. Ich schlucke die Galle. Wie schluckst du die Galle runter? Ich habe keine, ich wollte dir nur ins Gesicht scheißen, weil ich furzen muss. Ich war sogar gerade auf dem Klo. Ich habe »groß« gemacht. Ist das so wichtig für den Bauch, was die Galle macht? Ja, das Bauchchakra bestimmt über die Anspannung der Bauchmuskulatur. Wenn der Bauch verkrampft ist, haben wir Magenschmerzen. Wir bekommen keine Bauchmuskeln nur mit Krafttraining hin. Trainieren können wir nur unsere richtige Nahrungsaufnahme. Über den Bauch müssen wir Entscheidungen treffen. Entscheidungen, die nicht nur unser Essen beeinflussen, sondern auch die Energiebahnen. Essen wir das Falsche, müssen wir falsche Verdauungsenzyme bilden. Das tut weh. Die Muskulatur vom Magen spannt sich an und der weitere Bauch leidet darunter. Eigentlich müsste uns schlecht werden und wir müssten kotzen, so wie die Kuh auf der Weide. Wir machen aber weiter so. Wir kennen das nicht anders, so ist der Hausgebrauch. Es gibt einen Arzt, wenn ich zur Vorsorge will, muss ich da hingehen. Den Schlauch zur Darmvorsorge will ich auch nicht schlucken. Da kommt mir erst recht die Galle hoch. Die Kotze von der Kuh willst du auch nicht essen, dafür magst du Fleisch. Ich bin krank, ich brauche den Beweis, dass es mir gut geht. Der muss das Vieh abschlachten, dass ich was zu essen habe. Die Darmvorsorge kommt später, da können sie meine Problemchen wegschneiden. Wenn die Ärzte mir sagen, dass ich Krebs habe. Energetisch kommt dann immer der Schock, der mich zum Weinen bringt. Sie werden bald sterben, der Tumor ist groß. Wir machen aber vorher noch eine Chemo, dass Sie nochmal richtig merken, dass Sie leben wollen. Sie dürfen sich ausscheißen und auskotzen, wie Sie wollen. Das Klo ist da drüben. Nach drei, vier Wochen hat sich dann alles gebessert. Der Bauch funktioniert wieder. Die Verdauungssäfte wurden angeregt. Der Tumor ist kleiner und wir können den doch operieren. Dann können Sie alles so machen wie vorher. Wir geben Ihnen die nötigen Tabletten dann schon mit, aber vorher machen wir den Tumor raus, vielleicht bekommen Sie dann den nächsten. Gut, drei bis vier Wochen sind eine etwas kurze Zeit für den Tumor, dass er zurückgeht. So ähnlich kann man sich aber seinen Krankenhausaufenthalt vorstellen, wenn es einem nicht gut geht. Was sagt denn der Darmspezialist, wenn wir Verstopfung haben? Sie müssen mehr trinken. Aha, auf das wäre ich selbst auch gekommen. Jetzt trinke ich drei Liter am Tag, bis mir das Kotzen kommt und der Schweiß rinnt. Gut, aufs Klo gehe ich besser als vorher. Mir tut nur das Arschloch weh vom Scheißen. Ich weiß nicht, was ich machen soll. Wenn ich mich aufrege, geht der Blutdruck nach oben, mit dem Elektrolythaushalt habe ich auch ein Problem. Das Kalium weiß nicht, wo ich das Salz finde, es fragt immer nach. Hallo, Salz, bist du hier? Ich kann dich nicht finden. Was sagt denn die Leber dazu? Macht sie die Mischung für die Salzsäure? Nein, das macht der Magen höchstpersönlich. Aber der Magen ist doch so verklebt. Der Magen ist nicht verklebt. Die Muskulatur tut nur weh. Ich bekomme Schweißausbrüche in der Hitze. Wenn es warm wird, trinke ich absichtlich einen Liter weniger, um nicht aufs Klo gehen zu müssen. Das tut weh, in fremder Umgebung aufs Klo zu gehen, wenn ich unterwegs bin. Ja, aber zu Hause trinke ich auch nur 1,5 Liter am Tag. Wie geht es dir denn im Winter, wenn du den Sommer schon nicht aushältst? Im Winter brauche ich besonders viel Wärme. Meine Hände sind kalt, meine Füße sind kalt, ich muss immer in Bewegung bleiben, wenn ich draußen in der Kälte bin. Mich nervt das richtig. Manchmal schlafen sogar die Füße ein und tun dann weh, wenn dann die normale Wohnzimmerwärme kommt. Eine halbe Stunde brauche ich mindestens, um die Durchblutung wieder zu regulieren. Ich würde so gern normal sein. Ich weiß gar nicht, wie die anderen das machen. Ob nur mir so kalt ist im Winter. Im Sommer die Wärme ist ja auch so unerträglich. Wie halten die Leute das den ganzen Tag bei 40 Grad aus in der Sonne? Sicher sagen die Leute in Tropengebieten oder auch hier, es sei Gewöhnungssache. Für mich ist das keine Gewöhnungssache. Mir ist das für meinen Körper anstrengend. Die Atmung verändert sich dann auch. Die Luftfeuchtigkeit in der Atmung wird der Umgebung angepasst. Bei zu niedrigen Temperaturen müssen die Lungenkapillaren die Sauerstoffabgabe anders regulieren als im Sommer. Die Gefäße im Sommer sind weiter als im Winter. Das Wärme-Kälte-Verhältnis wird dem Flüssigkeitshaushalt angepasst. Jetzt trinke ich im Winter aber genauso viel wie im Sommer. Warum ist das für mich so schwer, im

Winter nicht zu frieren und im Sommer nicht zu schwitzen? In der Sonne bekommen wir zusätzlich einen Sonnenbrand. Der Mengenhaushalt passt nicht im Körper. Wie soll ich einen Mengenhaushalt bestimmen, wenn nicht genügend vorhanden ist? Was ist denn alles nicht vorhanden? Das können wir nicht bestimmen, weil zu viele andere Sachen dominieren. Die Leber ist unser Vertrauensorgan. Wie gehe ich unter Leute, wenn ich Bauchweh habe? Mir tut der Bauch weh und nicht das Organ. Wem darf ich denn vertrauen? Ich vertraue dem und dem. Der sagt, ich solle das machen, wenn ich Bauchweh habe, der andere sagt, ich solle das machen, wenn ich Bauchweh habe. Und was machst jetzt wirklich? Ich weiß es nicht. Sag du es mir. Hast du Liebeskummer, der dir im Magen liegt? Kann sein, wie merkt man das? Tust du frustessen? Nö, es gibt jeden Tag Hausmannskost, wie bei den anderen. Es gibt Vegetarier und Veganer mit den gleichen Problemen. Wir fressen in uns hinein, wenn wir essen, und bemerken das nicht einmal. Bauchschmerzen bekommen wir erst drei bis vier Wochen später. Ich habe keine Zeit zum Reden, ich bekomme Hunger und muss essen. Die Symptomatik fängt ungefähr eine Woche vor dem Fressen/Essen an. Wir essen ganz normal, sind aber angespannt dabei. Die Bauchmuskeln und Magenmuskeln machen sich dabei bemerkbar. Mich regt etwas auf, ich kann es aber nicht sagen. Ich komme nicht drauf, was es ist. Ich rutsche immer wieder in die gleiche Systematik hinein. Ich muss zugreifen, es muss was anderes sein, was ich essen will. Entscheidungen, die aus dem Bauch heraus entstehen, können gut oder schlecht sein. Ich habe Hunger, was will ich essen? Mir fallen tausend Sachen ein, wenn ich Hunger habe. Gehe ich vor dem Essen oder nach dem Essen einkaufen? Der Kühlschrank ist leer. Ich gehe mittlerweile so oft mit Hunger einkaufen und denke mir jedes Mal, hoffentlich mache ich keinen Fehler. Der Magen muss sich beherrschen, gegessen wird zu Hause. Beim Einkaufen stehe ich im Laden und weiß nicht, wo ich hingreifen soll. Die Gemüsetheke schaut mich jedes Mal an: Was willst denn du hier, hast du gar keinen Hunger? Meine Augen werden immer größer, für was soll ich mich jetzt entscheiden? Ich habe Angst, mir tut der Bauch wieder weh. Ich will nicht zum Arzt gehen. Hm, ich weiß, dass ich das gut vertrage. Das nehme ich heute auch mit. Brot backe ich selber. Zwiebeln habe ich noch zu Hause und Knoblauch auch. Kaufe ich für eine Person ein oder für zwei? Ist heute was im Angebot? Reicht das für die ganze Woche oder nur für ein paar Tage? Wann habe ich wieder Zeit zum Einkaufen? Der Kühlschrank muss erst leer sein. Ich will nichts wegschmeißen. Ich finde es schade, wenn ich Essen wegschmeißen muss, weil es verdorben ist, und ich weiß, es gibt in armen Ländern hungernde Kinder und Leute. In der Stadt sehen mich die Bettler an. Hast du mal einen Euro? Die Bauspeicheldrüse ist für die Fürsorge zuständig, sie ist bei mir etwas stärker veranlagt. Wie wähle ich den Griff zum Gemüse? Essen ist wichtig. Geh sorgsam damit um, dann hält es länger. Bei mir wird nicht alles in den Einkaufskorb geknallt, wie das Toastbrot aus Weizen. Bei mir gibt es daheim Gerstenbrot. Weizen ist gut und lecker und auch gesund. In meiner Seelenenergie steht Buchweizen drin. Buchweizen ist kein Weizen. Der Einkaufskorb im Laden ist nicht zum Schieben, nur zum Tragen. Ein Vorteil für mich. Der Kühlschrank wird nicht so voll und ich brauche nicht zu jammern, ich hätte zu viel gekauft. Habe ich jetzt mit gutem Gewissen eingekauft? Für mich schon. Ich weiß, was ich vertrage. Die anderen wissen es nicht und kaufen, weil sie was zum Essen brauchen. Warum sollte der Kühlschrank nie randvoll sein? Wenn Gäste kommen und viel gekocht wird, ist das in Ordnung. Das ist da eine Ausnahme. Ich habe die Bestätigung, dass ich etwas wegwerfen kann, wenn ich etwas nicht schaffe. Was koche ich, wenn ich Hunger habe, und der Kühlschrank ist voll? Wenn man allein ist, kann man selbst bestimmen. Wenn man in einer Gruppe ist, will jeder sein Lieblingsgericht. Wieviel nehme ich von der Menge? Ich will das Gericht. So viel ist noch übrig für den anderen, der kocht. Der andere, der kocht, hat es schwieriger, er kann jetzt sein Lieblingsgericht nicht mehr kochen und muss sich eine Alternative aussuchen. Er kocht unzufrieden mit Hunger. Den Hunger will ich nicht, den kannst du haben. So wird gegessen. War aber lecker, was dabei rausgekommen ist. Was ist dein Lieblingsgemüse? Sind noch Süßkartoffeln da? Ich will einen Auflauf machen. Nein, die haben wir gar nicht gekauft. Du musst dir einen anderen Auflauf ausdenken. Dann mache ich keinen Auflauf, macht ja sonst keinen Spaß zu kochen. Was hat es gegeben? Etwas Leckeres, darf ich aber nicht sagen. Es haben alle aufgegessen. Was kochen wir morgen? Eine Mahlzeit bleibt noch übrig? Frag mal den da, der hat noch gar nicht gekocht. Ich will nicht kochen, ich muss aber. Ich bin der Faulste von allen. Die anderen wollen es nur nicht zugeben. Es fängt immer der an zu kochen, dem das am meisten Spaß macht, die anderen glotzen bloß und überlegen, wie sie es besser machen könnten. Was hat es gegeben? Die Scheiße, die im Kühlschrank übrigblieb. Wie hat es geschmeckt? Wir sind alle satt geworden. Übrig ist der da. Der geht nächste Woche einkaufen, wir haben vergessen, ihm zu sagen, dass wir gekocht haben. Der war aber eh nicht eingeladen. Daher ist auch keiner übrig. Wer geht dann einkaufen? Du, ich war letztes Mal dran. Wie muss ich denn das nächste Mal beim Essen entscheiden, dass alles stimmt im Kühlschrank? Wir wollen Brot backen. Ich will aber kein Bäcker sein, der sein Handwerk gelernt hat. Wie willst du dann dein Handwerk lernen? Indem ich selber Brot backe. Das Brot vom Bäcker vertrage ich leider nicht so gut. Ich habe bemerkt, dass Weizen nicht gut ist für meinen Körper. Es liegt nicht an der Qualität des Produkts, wie viele behaupten, es liegt an mir selbst. Genauso ist es beim Roggen und auch beim Dinkel. Wenn ich etwas nicht vertrage, liegt mir das im Magen. Die Verdauung leidet darunter. Das Herz bekommt Beschwerden, da sich alles um den Magen dreht. Der Gang zum Klo ist erschwert. Muss ich aufs Klo oder reicht es in einer Stunde? Wir können die Zeit nicht richtig einschätzen und steuern. Ich habe jetzt keine Lust zu diskutieren, ich will meine Ruhe. Der Griff zur Zigarette hilft mir, ich habe schon wieder Verstopfung. Wie merkt man denn überhaupt, dass man falsche Entscheidungen trifft? Bei uns ist alles immer so selbstverständlich. Der Magen trifft die Entscheidungen. Entscheide ich nach Vertrauen oder nach der Fürsorge? Ich habe Angst aufzufallen. Ich habe Angst zu versagen. Ich will nicht unter Leute gehen. Ich habe keine Lust, sauber zu machen nach dem Essen, mir tut der Bauch weh. Wie soll ich denn handeln? Die meisten erfolgreichen Personen haben eine Putzfrau. Der größte Fehler, den es gibt. Sich selbst die Zeit zu nehmen, um noch mehr Zeit zu haben, um Stress zu bekommen. Ich bekomme Stress, wenn ich nicht über das Essen entscheiden kann. Stress macht eine Übersäuerung des Magens. Die Schmerztabletten werden nur die Schmerzen bekämpfen, aber nicht die Ursache. Für den Magen muss man sich auseinandersetzen. Wo kommen die Probleme her? Jeder sagt, es liege am falschen Essen. Es ist nicht ganz richtig. Warum ist es das falsche Essen? Vegetarier und Veganer haben auch Bauchschmerzen. Was sagst du, wenn es um das Thema Vertrauen geht? Wem kannst du vertrauen? Kannst du deinen Freunden vertrauen? Kannst du deinen Eltern vertrauen? Reden die schlecht über dich, und du weißt das auch noch? Machst du dir Sorgen, nicht dazuzugehören? Wo gehöre ich denn hin, wenn ich nicht nach Hause fahren kann zu meinen Eltern? Zu wem kann ich gehen, wenn ich Probleme habe und mir keiner zuhören will? Meine Probleme will immer keiner wissen. Die anderen sagen immer nur oder beschweren sich: Warum fragst du denn nicht, wie es uns geht? Danke der Nachfrage, dir habe ich mal vertraut. So viel Fürsorge mit Vertrauen kann man nicht verbinden. Wie soll ich dir denn glauben, wenn du nichts zu sagen hast? Gegessen wird, was auf den Tisch kommt. So will ich bei dir nicht sein. Wie hättest du es denn gern? Ich will einfach nehmen und nicht geben. Ich zahle einfach nicht, ich bin bei dir nicht zu Hause. Du bist glücklicherweise nur ein Freund für mich. Nur ein Freund, ach so. Ja, zu Freunden gehe ich gern, aber nur, wenn ich nichts zu essen bekomme. Das Urvertrauen fehlt. Ich habe immer essen müssen, ohne zu entscheiden. Der Hausgebrauch ist so gewesen. Kotzen wäre mir heute lieber. Mama, was gibt es denn heute zu essen? Frag nicht nach, du bestimmst hier nicht, du gehst auch nicht einkaufen. Papa, die Mama kocht, weißt du, was es gibt? Nö, Überraschung. Okay, der Papa weiß auch nicht, was es gibt. Der geht aber nachschauen, wenn die Mutter kurz aus der Küche ist. Er geht sogar naschen, ohne dass ich ihn drum gebeten habe. Ich als Kind habe das geil gefunden. Ich habe nie Anschiss bekommen, weil jemand genascht hat. Ich habe den Papa bloß beobachtet und hab ihn angeschaut, als er von der Küche zurückkam. Sein Geschmackssinn hat alles verraten. Er hat den Geruch von der Küche immer mitgenommen. So konnte ich mich darauf einstellen, was es geben würde. Den Zwiebelgeruch habe ich am meisten gemocht. Am liebsten noch, wenn Karotten dabei waren. Der Geruch ist manchmal so entscheidend, wenn man nicht mitkochen darf. Der Papa war auch immer so cool und hat nichts verraten. Leider fahre ich heute nicht mehr gern nach Hause, weil wir nicht energiegleich sind. Mir tut das weh. Meine Eltern sind dann schon auf die Wünsche eingegangen, was ich gern gegessen habe. Es ist aber nicht dasselbe, wie wenn ich mitentscheiden kann. Die Stiefmutter hat schon immer brav gekocht. Der Papa hat nie kochen dürfen, der hat den Dreck nicht richtig weggewischt nach dem Essen. Das war nervig. Und die Geschmäcker waren etwas verschieden bei den Eltern. Warum haben die meisten eigentlich eine Laktoseintoleranz? Die Milch von der Kuh muss jeder vertragen. Warum verträgt das Kind die Muttermilch nicht mehr? Ist die Kuh deine Mama? Welche Kuh ist denn deine Mama? Hat die dich alleingelassen? Nö, die steht auf der Weide. Die darf Gras fressen. Die eigene Mutter gibt nur ein halbes Jahr dem Säugling die Muttermilch. Die Zähne fangen an zu wachsen und der Säugling braucht etwas für den Geschmackssinn. Das Laktat von der Leber bildet sich zurück und kann somit auch keine Laktose mehr aufspalten. Welches Laktat dürfen wir denn noch aufspalten? Das von der Pflanze. Man sagt ja immer, das Laktat im Blut sei erhöht, wenn der Muskelverbrauch höher ist. Die Bewegung an sich hat einen geringeren Verbrauch an Laktat, als wenn man Sport betreibt. Wenn die Muskulatur übersäuert ist, steigt der Histaminspiegel. Der Magen bildet mehr Säure. Wir haben Hunger. Mama, ich will keine Busenmilch mehr, ich will Karottenbrei. Gibst du mir den? Vergiss nicht, Salz dran zu machen, nicht so viel wie bei dir, das brauche ich. Ich schwitze sonst so viel. Ja, liebes Kind. Das Kind im Bauch bekommt die gleiche Menge Salz, wie die Mutter sie isst. Der Säugling braucht eine gewisse Dosis an Salz. Wichtig ist, dass es ohne Jod ist. Wenn wir dem Säugling, der abgestillt ist, beibringen, seinen Mengenhaushalt einzusparen, indem er Salz spart in seinen Zellen, bekommt der schon die Fresssucht, ohne sich zu wehren. Kinder, die ständig Hunger haben und nicht wissen, warum, fangen an zu schreien und werden nervös. Nervosität kennt jeder. Trösten hilft dann nicht mehr. Mensch, kleines Kind, was hast du denn schon wieder? Ständig willst du irgendwas. Ich stecke dich später eh in den Kindergarten, weil der Staat das so verlangt. So kann ich wenigstens arbeiten und freue mich, wenn ich dich wiederhabe. So, jetzt muss der Kleine wieder zum Arzt, weil er Fieber hat und Verstopfung auch noch dazu. Die fremde Umgebung ist toll für dich und mein Kind ist wieder Außenseiter, weil es krank wird. Herr Doktor, bringen Sie meinem Kind die Impfung bei, dass es endlich brav wird. Wozu haben wir denn einen Impfausweis? Die Kinder werden schon wieder krank, keine Sorge, wir machen gleich den nächsten Termin. Mama, halt mich fest, die Spritze tut weh. Stell dich nicht so an, die anderen sind auch brav, oder willst du wirklich als Außenseiter dastehen?. Die Mama hat dich nicht lieb, wenn du nicht brav bist. So, jetzt hat er erst mal was bekommen, dass das Fieber weggeht. Essen kann er nicht mehr, da die fremde Umgebung zu teuer ist für unser Gehalt. Ich muss mein Kind bestrafen, dass es bestraft wird. Was haben wir doch für ein Gesundheitssystem. Ich weiß nicht, wie ich arbeiten gehen soll. Ich muss jetzt erst mal zu Hause bleiben bei meinem Kind, bis es gesund ist. Der Vater ist nicht da, ich bin alleinerziehende Mutter. Mit dem Geld komme ich nicht zurecht. Jetzt habe ich auch noch ein schlechtes Gewissen, eine schlechte Mutter zu sein. Ich muss warten, bis es dem Kind wieder gutgeht, erst dann kann ich ihn fragen, was los war. Frage ich zu früh, bekommt das Kind wieder Angst und das Vertrauen ist schlechter mir gegenüber. Einfach da zu sein, reicht vollkommen aus. Erhol dich gut von den Qualen, die dir beigebracht worden sind. Das Essen ist anders. Die Umgebung ist anders. Der Umgang ist anders. Die Zeiten sind anders, wie etwas gemacht wird. Den Kindern wird so viel beigebracht. Jedes Kind will wichtig sein. Jedes Kind will im Vordergrund stehen. Wenn es dann heißt, Nein, du darfst jetzt nicht, der andere ist dran, oder es kommt anders und du bist jetzt dran und hast aber gar nicht aufgepasst, kommen schon die ersten Versagensängste. Die Situation ist nicht erledigt und es wird weitergemacht. Dieses Kind will nicht zuhören, es macht seinen eigenen Blödsinn. Die anderen meckern, weil sie nicht mitmachen dürfen. In welche Kategorie Mensch soll ich denn die Kindheit einstufen? Kind auf erwachsener Ebene? Erwachsener auf der

Kinderebene? Kindergarten? Das Kind darf Kind sein! Wie weit dürfen wir uns in der Kindheit einmischen? Kinder sind unsere Zukunft, heißt es immer, aber richtig machen tut hier keiner was. Welche Erziehungsmaßnahmen müssen denn ergriffen werden, dass unsere Kinder besser erzogen werden? Eltern haben keine Zeit mehr, sie müssen arbeiten gehen. In der Früh wird noch schnell das Kind abgegeben und der Alltag beginnt. Ich möchte keine Kindergärtnerin sein, so viel Geduld habe ich nicht. Kind, mach, was du willst, aber lass mich in Ruhe. Kinder wollen spielen und sich austoben. Erst dann, wenn sie sich ausgetobt haben, wollen sie wissen. Wenn sie nicht wissen wollen, wollen sie ärgern. Sie machen das bewusst, um Machtkämpfe auszuüben. Ich bin der Stärkere, du verlierst. Die Kindergärtnerin muss sich dann rechtfertigen und Erziehungsmaßnahmen ergreifen. Warum prügelt ihr euch, reicht ein normaler Streit nicht aus? Nein, es muss einen Verlierer geben, sonst hat keiner die Bestätigung, dass wir nicht gleich sind. Wir brauchen eine Rangordnung. Ich habe Angst zu verlieren, ich habe schon zu oft verloren. Was darf ich denn machen, wenn ich immer verliere? Nichts, du bist schuld, wenn die anderen nichts bekommen. Du darfst nichts sagen, weil wir das Sagen haben. Ich kann dir nicht vertrauen. Du bist von schlechten Eltern, das haben die Erzieher gesagt und jeder sagt, du bist der Schlechte hier, also müssen wir dich auch so behandeln. Super, jetzt habe ich Angst, in den Kindergarten zu gehen und zu Hause darf ich auch nichts machen. Mich mag keiner. Ich habe keinen Hunger mehr, ich will nichts mehr essen. Ich muss Gefühle schlucken. Wenn ich weine, bekomme ich wieder Angst. Ich weine jetzt, mal sehen, ob es jemand merkt. Hör auf zu flennen, hast dir doch gar nicht weh getan. Warum nimmst du mich nicht in den Arm und tröstest mich? Was ist bei mir anders als bei den anderen, ich bin vier Jahre alt, kannst du mir das erklären? Geh in die Ecke, du musst bestraft werden. Du bist noch zu jung, du kannst das nicht verstehen. Deine Eltern haben einen schlechten Ruf, das Jugendamt war auch da. Du bist ein schwer erziehbares Kind. Wir wollen dich nicht und müssen dich trotzdem in der Gruppe haben, sonst stehen wir schlecht da. Super, wie soll ich mich jetzt benehmen? Mir ist ständig schlecht, ich habe Bauchweh und werde schlimm behandelt. Entweder habe ich Verstopfung oder ich habe Durchfall. Ich weiß nicht, warum ich so bin. Keiner ist da für mich, wem soll ich noch vertrauen? Ich bin gern allein, da kann ich mich wenigstens entspannen. Entspannt geht es mir besser. Ich habe Angst in einer fremden Umgebung. Als Kind hat man es schwer, wenn man nicht so akzeptiert wird, wie man ist. Als Erwachsener ist es noch schwerer, als man denkt. Wir machen uns was vor, wir kommen aus dem Muster nicht mehr raus. Wir suchen uns immer wieder die gleichen Situationen aus, mit denen wir uns auseinandersetzen müssen. Die Leute müssen so sein, wie ich behandelt werden muss. Wie will ich denn behandelt werden? So wie in meiner Kindheit. Derjenige, der eine schöne Kindheit hatte, wo er sich geborgen gefühlt hat, hat es besser. Das Wachstum spielt so eine wichtige Rolle. Wenn wir in einem Wachstum, wo eine Entwicklung stattfindet, stecken, kann das prägen, ein Leben lang. Die Entwicklung wird sozusagen behindert. Der Stärkere wird immer der Stärkere sein, weil er sich durchgesetzt hat. So entwickelt er sich auch. Wenn der Stärkere sich einmal geprügelt hat und gewonnen hat, will er sich wieder prügeln. Die Bestätigung, dass er gewonnen hat, kann er mitentwickeln. Jeder andere bekommt automatisch Angst und geht in die Bewunderung. Ich bewundere dich, dass du es soweit geschafft hast. Würde ich zugeben, dass ich Angst habe, würdest du mir eine in die Fresse schlagen. Du brauchst die Bestätigung, dass du ein Gewinner bist. Wir haben zugesehen, wie Gewinner sind, wir haben uns danach entwickelt. Ich will nicht geschlagen werden oder verprügelt werden, also mache ich das freiwillig für mich. Für dich, weil du der Gewinner bist, bin ich die Bestätigung, dass du dich freuen kannst. Du hast mein Vertrauen und sicher auch von den anderen, die dir zugesehen haben. Meine Mama wird sich freuen, ich stehe als Gewinner da. Ich habe Macht angewendet, ich bin ein Kind, ich darf das. Ich darf mich jetzt besser entwickeln und die anderen weniger gut. Der Verlierer muss sitzen bleiben in der Schule, für ein Jahr. Ich darf intelligenter sein. Mich werden alle anschauen und bewundern. Was ist mit den anderen in der Schule? Haben die überhaupt gewusst, was du vorhast mit ihnen? Nö, war als Überraschung geplant. Macht man doch so als Kind?!

Das heißt eigentlich, du hast alle bestraft, die bei der Situation dabei waren. Nö, nicht ganz. Alle, die zugesehen haben, und noch ein paar andere, mit denen ich zu tun habe. Schlaues Kerlchen. Willst du eigentlich gar nicht wissen, wie gern wir dich wirklich haben? Ich weiß, dass du mich hasst, du bist meine Mutter, du magst es nicht, wenn ich andere verprügele. Warum machst du das? Du bist doch noch ein Kind? Das habe ich mir schon vor dem Leben ausgemacht. Jetzt ist es eingetreten. Jeder, der Angst hat, mit dem will ich mich prügeln. Hört das auch irgendwann wieder auf? Ja, wenn ich keine Lust mehr habe, geht das automatisch weg. Jetzt soll mal einer sagen, wenn Kinder sich gern prügeln und die Eltern das normal finden, wäre das in Ordnung. Das geht so nicht, wird aber trotzdem gemacht. Es ist unfair dem anderen gegenüber. Wenn Macht ausgeübt wird und der andere hat keine Macht oder nur einen geringen Anteil, ist man machtlos. Die Macht ist ein eigener Anteil für den Lichtkörper. Jedes Chakra hat einen eigenen Anteil an Macht. Angst und Gewalt sind zwei Gegensätze des Vertrauens. Alles findet in der Leber statt. Ich habe Angst, weil ich kein Vertrauen habe. Muss ich Gewalt anwenden oder weiterhin Angst haben, weil du Angst hast? Hast du Angst oder muss ich dir Angst beibringen? Nö, nicht schon wieder. Der Klügere gibt nach. Denkst du dir. Ich weiß, dass du Angst hast im Leben. Ich werde dir beibringen, mit der Angst umzugehen. Am liebsten möchte ich davonrennen vor lauter Angst. Ich habe Angst, ich würde vergessen im Leben. Wer soll dich denn vergessen? Dich schaut doch sowieso keiner an. Eben. Es passiert so viel. Soviel kann ich nicht ertragen. Willst du Selbstmord begehen? Hast du keine Angst vor dem Sterben? Ich habe schon Angst vor dem Sterben, weil ich nicht weiß, wie sich der Tod anfühlt. Wie muss sich denn der Tod anfühlen, wenn ich Angst habe, nicht mehr gesehen zu werden? Ich will von jedem gesehen werden, wenn ich sterbe. Warum? So brauche ich keine Angst zu haben vor dem Tod. Ein alter Mensch denkt so. Ich will vergessen, wie ich sterben muss, dann fällt keinem auf, dass ich nicht sterben will. Ich habe Angst, allein zu sein. Es ist keiner da. Ich bin traurig, wenn ich allein bin. Ich habe kein Vertrauen in mich selbst. Beim Sterben kann dir leider keiner helfen, das musst du ganz allein tun. Das, was dich behindert, sind die Aufgaben in deinem Leben. Ich habe noch so viel zu erledigen. Beim Sterben verlässt du nur den menschlichen Körper. Du nimmst alles mit, um dich in einer neuen Frau als Baby zu entwickeln. Deinen Seelenpartner siehst du im nächsten Leben wieder. Du siehst auch die gleichen Freunde wieder, wenn sie seelengleich sind. Du brauchst dir keine Sorgen zu machen, in deiner Seelenenergie steht drin, wie es weitergeht. Du musst es nur verstehen. Es geht immer weiter. Menschen kann man nicht produzieren wie ein Gerät in einer Maschine. Loslassen gehört dazu im Leben. Ängste kann man nicht einfach überwinden, nicht von heute auf morgen und auch nicht übermorgen. Ängste prägen in allen Situationen. Ich muss aufpassen, was der Nächste von mir will, ich habe kein Vertrauen. Lasse ich los, erkennt der andere den Schmerz. Kannst du mit dem Schmerz umgehen, den ich gehabt habe? Es ist wichtig, um dich einzuschätzen. Wie schätzt du mich als Person ein, wenn du meinen Schmerz erkennst? Kannst du einfühlsam sein? Ich habe alles fallen gelassen und kann nichts mehr aufheben, ich liege am Boden vor lauter Ängsten, die ich gehabt habe. Ist das ein Burnout? Habe ich erkannt, woran das liegt? Ich weiß es nicht. Kannst du mir sagen, was ich brauche? Ich will leben, ich weiß nicht, wie das geht. Die anderen sind immer stärker als ich, es gibt hier kein »gemeinsam«. Wie soll ich mich verhalten? Tabletten will ich keine nehmen. Muss ich zum Psychiater? Brauche ich eine Behandlung? Muss ich ausrasten und Amok laufen? Versteht mich denn keiner? Mich hat keiner lieb, ich bin der Magen. Entscheiden muss ich, wie es weitergeht. Wo soll ich hin greifen? Wie muss ich mich bewegen? Wie soll ich die Dinge umsetzen? Muss ich Rechtshänder sein oder Linkshänder? Wie soll ich schreiben? Die Muskulatur tut weh, wenn ich mich nur einseitig belaste. Der Bauch wird dick nach einer Zeit, weil die Anspannung zu stark ist. Wir können und dürfen nicht alles essen. Wir machen Fehler in der Ernährung. Fisch ist nicht richtig, es ist Tierkadaver. Fleisch ist nicht richtig, es ist auch Tierkadaver. Tierkadaver haben selbst Verdauungssäfte in den Muskelzellen gespeichert. Wie der Mensch lebt, ist ein Horror. Er ist ein Kannibale, wenn er sich nicht selbst aufisst. Eier haben Wachstumshormone drin für das Küken.

Der Hormonkrebs wächst im Sympathikus krankhaft. Wir sind dauergeil und müssen das unterdrücken, weil es weh tut. Sperma wird geschluckt von den Frauen, obwohl es nur für den Geschlechtsakt gedacht ist. Die Schilddrüse leidet darunter, weil sie jedes Mal Jod ausschütten muss, um den Schmerz zu unterdrücken an den Geschlechtsorganen. Die Leber hat vollstes Vertrauen in die Zukunft. Wie soll es weitergehen? Ich will gesund werden, sagt mein Bauch-Chakra. Ich habe kein Vertrauen in die Einkaufsläden, wenn ich einkaufen gehe. Ich habe Angst, wieder das Falsche zu essen. Ich hätte gern einen eigenen Bäcker. Ich habe wieder Angst, ins falsche Brot zu beißen. Du, guck mal. Was denn? Der neue Bäcker ist da. Wo denn? Weiß nicht, vielleicht in der Zukunft. Ich bin ja so aufgeregt. Was ist, wenn keiner drauf kommt, dass wir nicht alle gleich sind? Wieso müssen wir denn alle gleich sein? Stell dir vor, wir müssten uns alle ums Essen prügeln, wo wären wir denn da? Auf dem Scheiterhaufen. Jeder schreit, ich will, ich will, ich will auch noch was. Lass mir ja etwas übrig von dem. Die Ware muss frisch sein und soll nur für mich bestimmt sein. Ist ja auch richtig so. Du darfst aber nicht vergessen, dass viele an Hunger leiden. Und bevor du drankommst, sagst du erst mal bitte, nein, danke. Du bestimmst nämlich dein Essen, indem du dir Schaden anrichtest. Du willst einfach nur. Und essen tust du auch einfach nur so. Das ist aber nicht richtig. Du darfst essen, auch wenn du willst, aber nimm die Nahrung her, die für dich bestimmt ist. Du nimmst der eigentlichen Person das Essen weg und kaust uns die Scheinheiligkeit vor. Der andere, der nichts bekommen darf, der wird von dir auch noch bestraft, weil du dir einen Nutzen daraus machst. Wenn du das Essen nicht verträgst, brauchst du dich auch nicht zu wundern, dass du krank wirst. Du bekommst Magenweh. Bauchschmerzen jeglicher Art. Du regst dich über andere auf, weil du deine Zellen nicht steuern kannst. Die Bindungen von den Zellwänden werden nämlich nicht die gleichen wie bei dem richtigen Essen. Die Entscheidung wird wieder falsch, da die Struktur fehlerhaft ist. Die Moleküle, die Hormone sein sollen oder werden sollen, gehen krankhaft in die Umlaufbahn von Blut- und Nervenbahnen. Wie mache ich andere krank damit? Indem du anderen mit deiner Art auf den Keks gehst. Es sind nicht nur die tierischen Produkte, die falsch ausgesucht werden, es sind auch die pflanzlichen Sachen. Weißt du eigentlich, was du wirklich essen darfst, um nicht krank zu werden oder anderen damit einen Schaden zuzufügen, weil deine Art als Mensch krankhaft ist? Du riechst anders, wenn du falsche Nahrung zu dir nimmst. Du nimmst den Geruch von anderen Personen innerhalb von Millisekunden auf, kannst aber nur nach dem Äußeren gehen oder nach dem, was geredet wird. Der andere, der mit dir redet, kann dich nur so wahrnehmen, wie du dich gibst. Wie riechst du, wie ist dein Körpergeruch? Wie ist die Sinneswahrnehmung? Wer sich falsch ernährt, geht immer in die falsche Grundeinstellung. Rieche ich, ob du es ernst meinst? Nein, wie soll ich das machen? Das Essen stimmt nicht. Schreibe ich jetzt »essen« groß oder klein? Meinst du das Essen mit der Nahrungsaufnahme oder das Essen mit schmerzhaftem Hintergrund, weil du falsche Nahrung zu dir nimmst? Wie willst du noch essen? Isst du mit Verstand oder hast du Zweifel? Wie soll ich Zweifel haben? Ich habe doch das richtige Lebensmittel, um zu bekommen, was ich will. Was willst du denn? Na, den da. Den da brauche ich, um den da fertigzumachen. Der muss sich Sorgen machen um mich, den kann ich ausnutzen, dann habe ich einen Freund. So macht man sich aber keine Freunde. Dann benutze ich den da, um den Freund fertigzumachen. Bist halt jetzt kein Freund mehr, habe dich halt benutzt. Und morgen machen wir alle drei was gemeinsam. So machen das die meisten. Weißt du, was Selbstzweifel sind? Du hast keine. Hier entstehen Misstrauen und Eifersucht. Was gibt's zu essen? Das Essen von den anderen? Warum gibt es nicht eure Nahrung auf dem Speiseplan? Wir wollen das so, wir sind die Besseren. Wir haben uns das verdient. Mit Verdienen hat das nichts zu tun, das ist Missbrauch. Die eigene Nahrung bleibt links liegen, der andere darf seine eigene Nahrung nicht haben und wird krank. Drei Leute halten zusammen und sind Freunde. Sie unterstützen sich in Geruch, Wahrnehmung, Toleranz und Weiterbildung. Und der, der krank wird, hat verloren. Der Kranke muss zum Arzt. Der braucht die Bestätigung, dass er nicht willkommen ist. Beim Essen hört die Freundschaft auf! Ich bekomme Magenprobleme, ich muss mit einer fremden Energie als Mensch am Tisch sitzen und mir etwas vormachen, weil ich wieder mal das falsche Essen habe. Dazu kommen die Haustiere. Die Katze hat wieder eine andere Energie als der Mensch. Der Geruch und die Wahrnehmung haben Einfluss auf mein Nervenzentrum. Ich rieche die Krankheiten, das Benehmen der Artgenossen und Reaktionen, die sie tätigen wollen, aber dann doch nicht tätigen. Die Reaktionen, die sie dann doch nicht tätigen wollten, sind was geworden, aber in Abständen. In Abständen wird gegessen. Meinst du die Beilage oder das, was übrigbleiben soll? Die Beilage darf nicht übrigbleiben, die habe ich mit Liebe gekocht. Der Anstandsrest sagt nicht viel aus. Du hast kein Benehmen. Wenn es dir schmecken würde, würde ich es merken. Ich bräuchte nicht nachzufragen. Falsche Freunde sitzen am Tisch, ich habe das bemerkt. Das Bauchgefühl tut weh. Das Essen ist nicht ganz das richtige, nur die Hälfte wäre richtiger gewesen. Ich habe aber alles gegessen, weil der Hunger so groß war, Anerkennung zu suchen. Es ist so schwierig, Freunde zu finden, mit denen man sich gut versteht. Warum hast denn nichts gesagt? Hättest doch sagen können, du verträgst es nicht. Wir kennen uns schon so lange. Wir sind schon durch dick und dünn gegangen. Wir haben uns gesagt, wir helfen uns untereinander, wenn es darum geht, wer der Verlierer ist. Wer ist denn der Verlierer bei euch? Wir alle, glaube ich. Wer gibt die Befehle? Warum soll uns einer Befehle geben? Wer treibt euch voran? Niemand. Warum ist das Essen überhaupt das falsche und wir sind nicht richtig herum? Wie hättest du es denn gern? Ich will Freunde, die kannst du mir nicht nehmen. Willst du krank sein oder in Gesundheit leben? Ich bin noch jung, ich werde so schnell nicht krank. Ich bin gut versichert. Wenn ich alt werde, habe ich genügend Rückhalt. Wie alt willst du denn werden? Weiß ich nicht, das steht in den Genen. In den Genen steht nicht viel, den Blödsinn von den Ärzten kannst du dir sparen, wer wann wie alt werden kann, mit welchen Voraussetzungen. Du selbst bist für dein Leben verantwortlich und darfst niemanden behindern dabei. Du selbst bestimmst über den Geruch, Wahrnehmung, Entscheidung, Toleranz und Weiterentwicklung. Kann ich dich nicht riechen, gehe ich dir aus dem Weg. Ansehen muss ich dich aber trotzdem. Ich will wissen, warum das so ist. Kann ich erkennen, was du vorhast mit deiner Art, wie du mit dir umgehst, oder machst du dir was vor? Was machst du dir vor, wenn du den Weg bestimmst, wo es hingehen soll? Ich bestimme mein Sein, indem ich essen kann, was ich will. Ich will essen, was mir schmeckt, das kannst du nicht bestimmen. Ich bestimme eh nicht, was dir schmeckt, ich muss aber zusehen, wie du leidest. Du leidest, weil du nicht anders kannst. Du meinst, es sei die Psyche, die dich verändert, wenn jemand erkennt, du machst einen Fehler. Du machst hier aber keinen Fehler, du bekommst nur nicht mit, was deine innere Stimme sagt. Man sagt ja, nur die inneren Werte seien die besseren. Kann sein. Welche Werte hättest du denn gern? Steigt schon der Pegel für einen neuen Selbstwert? Die Blutwerte sagen nicht viel aus. Hier gibt es eine Richtlinie. Sind die Werte zu hoch, jagen sie dir Angst ein. Sind die Werte zu niedrig, ist das auch nicht in Ordnung. Ärzte und Forscher machen nicht alles falsch. Sie wollen helfen, aber geht das in die richtige Richtung? Wie viele kranke Menschen gibt es wirklich, eingeschlossen mit den Pflegeheimen? Erkennt man hier einen Fortschritt, was den Krankheitsbedarf an der Menschheit betrifft? Wie krank soll die Gesellschaft noch werden? Tabletten sind gut. Sie sind eine Übergangslösung, aber keine Dauerlösung. Wir müssen die Ursache erkennen, um einen Schritt weiterzugehen. Die Menschheit rottet sich selbst aus, wenn sie so weitermacht. Über das Riechen können wir Befehle geben, schon gewusst? Wie dominant kann ich mit dir reden und auch noch höflich bleiben in meiner Art? Den Ton gebe ich an. Der Ton macht die Musik und der Geruch wird dich verführen. Du kannst dich nicht dagegen wehren, du hast kein Bestimmungsrecht. Oder kannst du das doch, mit der richtigen Ernährung? Du sagst mir genau das, was ich von dir hören will, und das machst du beim nächsten Mittagessen. Kochen werde ich. Wir besprechen unsere Dinge wie gehabt und keiner kommt zu Schaden. Gut, das Essen bleibt jetzt stehen, bei dir kann ich jetzt nichts essen. Ich habe keine Zeit für sowas. Ich muss glücklicherweise arbeiten gehen, auch noch unter der Woche. Was mache ich jetzt, wenn du jetzt keine Zeit mehr hast für mich? Ich will nicht, dass wir Freunde sind. Immer muss ich dein Essen mitbezahlen, wenn wir essen gehen. Ich habe langsam das

Gefühl, du nutzt mich nur aus. Wieso sollte ich deine Freundschaft ausnutzen? Das Geld bestätigt unsere Freundschaft. Was meinst du, was man mit Geld alles erreichen kann? Du kannst dir keine Freunde kaufen, auch nicht, wenn es um das Essen geht. Dann esse ich eben allein. Geht es dir dann besser? Mir schon, aber der andere ist beleidigt. Er versteht das nicht. Du gibst eine Freundschaft auf nur wegen des Essens? Die Freundschaft brauchst du nicht aufzugeben, ihr seid durch dick und dünn gegangen. Dein Essverhalten wird sich ändern. Du fühlst dich entspannter in deiner Umgebung. Das Essengehen war für mich eine entspannte Umgebung. Nicht ganz, du hast angespannt Hunger und hattest das falsche Essen. Ich esse richtig, wenn ich selbst koche. Dann kann ja keiner sehen, was es zu essen gibt. Vielleicht kochst du mal was für uns. Vielleicht machst du dir Gedanken, was dir gut bekommt im Magen. Kannst du riechen und nach Geruch entscheiden, was du essen darfst? Der Geruch ist wichtig. Ich rieche Ärger, der kommt gerade zur Tür hinein und sagt Hallo zu mir. Hallo, Ärger, hier kommt die Wut. Ich bin wütend auf dich, weil ich sauer sein kann. Ich will nicht sauer sein, weil es kein Essen gibt, der Appetit ist mir vergangen. Hast du keinen Hunger mehr, soll ich kochen für dich? Nö, ich bekomme Heißhunger, indem ich den Unterzucker aufspare. Den Unterzucker brauchst du dir nicht aufzusparen, komm zu mir, ich koche dir was. Bis du was gekocht hast, bin ich verhungert. Musst halt früher dran denken, was zu essen. Wie soll ich früher dran denken, was zu essen, wenn ich keinen Hunger habe? Ich habe Hunger und dann habe ich keine Zeit. Die Zeit nehme ich mir erst dann, wenn der Hunger weg ist. Hä, geht das überhaupt? Ja, so halte ich mich schlank und brauche keine Diät. Ich werde fett und müde, wenn ich die Mahlzeiten einhalte. Und wann bekommst du Schmerzen und Probleme im Alltag? Du förderst damit dein Selbstbewusstsein zu einem Nervenzusammenbruch. Ach, tu doch nicht so, du weißt sowieso immer alles dreimal besser. Ich gehe zum Arzt und lass mich krankschreiben, wenn es mir nicht gut geht. Der Doktor gibt mir Antibiotika für den Darm, dann kommt alles wieder in Schuss. Ich scheiße mich dreimal aus, damit die Verstopfung weggeht, und das Fieber reguliert den Kreislauf. Die Temperatur lässt mich mal so richtig wieder ins Schwitzen kommen, da weiß ich wenigstens, dass ich noch lebe. Ich lebe gern, und das auch mit Genuss. Genießer wissen gar nicht richtig, wie sie jammern können. Morgens wache ich auf und schaue auf die Uhr, ob ich noch lebe. Ich lebe noch, ich habe nur Halsweh. Der Durchfall ist seit gestern vorbei, da ist die Suppe richtig aus dem Hintern geronnen. Ich hätte es fast nicht mehr aufs Klo geschafft. Ich habe so furzen müssen, der ganze Spülkanister hatte Sommersprossen. Nachdem ich es geschafft habe, mir den Hintern abzuwischen, indem ich vorher meine Hose hochgezogen habe, ist mir ein Stein vom Herzen gefallen. Die Toilettenspülung geht nicht, ich habe den Fernseher ausgemacht. Meine Mama hat mich dann ins Bett gebracht. Das Fieber hat mich so fertiggemacht, dass ich nicht mehr gewusst habe, wer ich bin. Die Mama war gar nicht da, ich weiß gar nicht, wie ich das allein geschafft habe. In der Arbeit werde ich jetzt gemobbt. Warum? Ich habe den Verstand verloren. Jedes Fieber macht den Körper schwächer und angreifbarer für die Umgebung. Die Leute meinen es zwar nicht so, sie reagieren trotzdem etwas anders als vor dem Kranksein. Die Lymphbahnen verkalken wieder ein wenig, weil sie Antikörper bilden mussten. Der Kranke wird empfindlicher an den Ohren, bei der Aufnahme von Stimmen, und kann sich weniger in der Gruppe äußern. Ihm fällt das nicht auf, oder doch? Fällt es den Arbeitskollegen auf? Ist es denn wichtig, regelmäßig zu essen in der Arbeit? Eigentlich schon. Dieses Hinauszögern ist eine Entscheidung, die getroffen wird, weil man sich schon nicht mehr dazugehörig fühlt. Wie soll ich mich denn fühlen, wenn ich das nicht kann? Arbeitsdruck und Arbeitsleistung sind zwei verschiedene Dinge. Wenn der Druck da ist, muss ich aufpassen, dass ich weniger Leistung bringe. Ich bringe weniger Leistung, mache aber die Arbeit gerecht gegenüber dem anderen. Ich habe Zeit, auf das Klo zu gehen, um Druck abzulassen und wieder Nahrung aufzunehmen. Wenn der Druck ausgeglichen wird, mit einem normalen Körperhaushalt, kann man auch wieder Leistung bringen. Ich brauche mich dafür nicht zu vergessen, muss es aber trotzdem, weil der Körper nicht anders reagieren kann. Mein Körper, der schwankt hin und her. Ich weiß nicht, in welche Richtung es geht. In der Arbeit wird es immer anstrengender, habe ich das Gefühl. Mit den Mitarbeitern verstehe ich mich gut. Ich mache auch meine Dinge zum richtigen Zeitpunkt, das Essen bleibt aber wieder liegen. Ich will nicht gekündigt werden, nur weil ich keine Leistung bringe. Ich will der Beste sein mit meiner Leistung. Ah, hier hat sich was verändert bei mir. Wenn ich Schmerzen habe, nehme ich einfach eine Tablette auf nüchternen Magen. Der Magen ist leer, also habe ich etwas gegessen. Das Frühstück kommt nachher, um elf habe ich Zeit. Den Hunger bestimme ich. Wenn ich um elf keine Zeit habe, will ich keinen Hunger haben. Ich habe Hunger, um zu essen. Jetzt ist es elf, die Zeit nehme ich mir. Die Mitarbeiter können essen, was sie wollen. Sie bestimmen die Zeit. Bei mir gibt es einen Schnaps dazu, zur Verdauung. Um den Schnaps nicht zu riechen, bekommt es keiner mit. Ich bin der Chef, ich kann es mir erlauben. Wer erlaubt dir den Preis, so zu handeln? Ich will gewinnen, aber nicht beim Essen. Ich esse, weil ich essen muss. Nach dem Essen gibt es keine Zigarette, die bleibt hier aus. Die anderen beschweren sich über Bauchschmerzen und jammern in der Arbeit. Ich teile mir meine Arbeit ein. Mobbing gibt es keines. Wer gemobbt wird, fliegt raus. Das Team in der Arbeit muss passen, das versteht doch jeder. Der Schwächere gibt nach, er ist der kranke Faule. Der kranke Faule gibt keine Leistung, er will nicht sagen, woran das liegt. Er meint nur, die anderen wären gemein zu ihm. Schuld sind immer die anderen, weil er ein Schwächling ist. Die Schwachen sind nur zum Fußabtreten da. Sie wollen und dürfen nichts sagen. Bist du schon wieder krank, du faule Sau? Nein, ich mache meine Arbeit brav, ich will ja auch nicht gekündigt werden. Na super, jetzt ist der auch noch ein Streber in seinem Sein. Streber mag ich aber, die können was. Die sind eigentlich besser als die anderen. Sie geben an mit ihrem Sein. Die anderen mögen das nicht. Ich will gemein sein, also gebe ich an. Ich muss nichts sagen, ich habe Hunger. Wie ich esse, ist mir egal. Ich esse die Arbeit auf, das verstehst du nicht. Ich esse, weil ich essen muss. Ich will mir keinen Ärger einhandeln. Ich muss nicht mit dir gemeinsam an einem Tisch sitzen, um dir etwas vorzukauen. Zählst du etwa die Bissen, die ich habe, um zu erkennen, wann ich schlucken muss? Ich schlucke dann, wenn ich muss. Nicht um dir einen Gefallen zu tun. Wenn ich geschluckt habe, gibt mir das Befriedigung. Die kannst du mir nicht geben. Willst du einen Gefallen von mir hören? Hör auf zu schmatzen, wenn du redest. Du kannst nicht zuhören, wenn keine Zeit da ist. Dir geht es genauso, du benimmst dich nur anders. Du willst reden und reden und alle müssen dir zuhören. Sag am besten keinen Ton, dann klingt das auch nicht so unangenehm. Ich muss dir nicht zuhören, ich will essen, wenn ich am Tisch sitze und Hunger habe. Du nervst richtig mit deiner Art. Der Appetit ist mir vergangen, weil du mit offenem Mund kaust. Den Ärger machst du dir selbst, weil du nicht ehrlich sein willst. Ehrlichen Leuten geht es besser. Ich habe Angst, den Job zu verlieren, die reden schon wieder über Sex. Das macht mir Bauchweh, ich habe keinen Partner. Ich fühle mich ausgeschlossen im Team, hoffentlich bekommt das keiner mit. Ach ja, ich muss ja schlucken beim Essen, sonst bekomme ich nichts herunter. Der Hals tut nicht mal weh, wenn ich schlucke. Warum bin ich da so gut darin? Mir macht das schon wieder Spaß. Ich bin motiviert nach dem Essen, kann das keiner verstehen? Ich arbeite so gern, ich habe keinen Partner. Mich hält nichts auf in dem System. Ich will nicht allein sein, ihr seid doch wie eine Familie, wenn ich da bin. Meine Leute behandeln mich genauso, ich bekomme alle Gefühle, die ich brauche. Mich macht nichts fertig, ich kenne das nicht anders. Zu Hause tut mir immer alles weh, wenn ich mich ins Bett lege. Ich merke halt, dass ich was gemacht habe. Ich brauche mich bei niemandem auszuweinen, weil mich sowieso keiner versteht. Und wenn ich dann doch mal zu Wort komme, ist keiner da. Die weiße Wand sagt: Hallo, wie geht es dir? Du bist nicht allein. Aber du fühlst dich so. Es versteht dich keiner. Dein Magen ist schuld. Dein Magen hat Angst vor dem Leben, dem geht es genauso. Die Muskulatur verkalkt jedes Mal mehr am Hals, bei jeder Entzündung. Reden kann der, der da stärker ist in der Abwehr. Das bereitet dir Bauchschmerzen. Die Seitenstränge sind beleidigt, da sie überfordert sind. Muss ich reden? Muss ich in die Abwehr? Muss ich gefühlvoll betonen? Muss ich wieder schlucken, weil ich keinen Wiederstand leisten kann? Ja, du musst wieder schlucken, weil du nichts zu sagen hast. Ich kann bald nachts nicht mehr schlafen, weil mich das so aufregt. In der Früh bekomme ich keinen Hunger, da gibt's nur warmen Tee für den Hals. Zu Hause brauche ich wenigstens nicht zu schlucken, weil keiner da ist zum Reden. Reden tue ich erst dann, wenn ich keine Lust mehr habe zu arbeiten. Meine Freunde mögen das. Sie reden gern über die Arbeit. Sie reden über die Arbeitskollegen, wer sich wie benimmt. Ich höre denen gern zu. Aber wehe, du bietest mir etwas zu essen an, dann bist du nicht mehr mein Freund. Bei dir will ich nicht schlucken. Ich will essen, weil ich Hunger habe. Zu Hause muss ich mich jedes Mal ausweinen, weil ich sonst so viel schlucken muss. Mein Herz leidet darunter. Ich kann keine Abwehr leisten. Ich habe Liebeskummer. Nachts muss ich aufstehen und aufs Klo gehen, um Wasser zu lassen. Durch das Verkneifen am Tag, weil ich mich nicht wohl fühle, lagert sich Wasser im Gewebe ein. Mich ärgert das. Die Nebennieren leiden darunter. Das Cortison ist für den Nierenstoffwechsel zuständig. Der Wasserhaushalt stimmt nicht mit dem Mengenhaushalt, mit dem Körper überein. Die Trinkmenge ist die richtige am Tag, wir haben aber keine Zeit und wissen nicht, was los ist. Wir können nicht loslassen. Wie soll das auch gehen, wenn wir immer das Falsche essen? Ich kann nicht hingreifen zu den richtigen Nahrungsmitteln. Der Harnverhalt ist so groß. Ich will gesehen werden, ich habe keine Freunde, und wieder muss ich schlucken. Die Freunde sind nicht ehrlich, sie belügen sich selbst. Die falsche Nahrung ist daran schuld, nicht wir selbst. Wir selber wollen uns nicht erkennen. Wir haben Angst, ehrlich zu sein und Fehler zuzugeben. Essen gibt es um 23.00 Uhr, dass ich besser schlafen kann. Ich brauche nicht aufzustehen in der Nacht, und in der Früh habe ich keinen Hunger. Was mag ich denn überhaupt essen, wenn ich essgestört bin? Der Kühlschrank gibt nichts her. Essen gehen will ich nicht, das kostet zu viel Zeit. Die Zeit kostet dich mehr, wenn du keinen Magen mehr hast. Tabletten können dich nicht schützen. Ein Kondom auch nicht. Sperma gehört nicht in den Magen, so viel Toleranz muss sein. Wenn du dich weiterentwickeln willst, musst du einen Plan haben. Auf deine innere Stimme kannst du nicht zählen. Du solltest ausgeschlafen sein. Das genügt in der Regel. Pilze verändern den Geschmackssinn, da sie auf unser Hormonsystem wirken. Wir sollten das bleiben lassen, um die richtigen

Dinge besser zu genießen. Kannst du riechen, wenn du schmecken willst? Du riechst nur noch den Atem vom Vieh, ich will nicht gegessen werden, der Tod kommt bald. Ist das dein Wille? Du handelst mit Geld, also sei vorsichtig in dem, wie du handelst. Das Vieh ist verdorben, du willst nicht lernen. Du bestrafst es und nimmst es selbst als Nahrung zu dir? Aus welchem Grund? Das Tier darf sich nicht selbst fortpflanzen, du greifst jedes Mal in den Lebensraum ein. Es hat kein Vertrauen zu dir und du isst jedes Mal die Angst mit, getötet zu werden. Wie krank willst du sein? Du bist der Mensch. Ich habe keinen Hunger mehr, du hast mir den Appetit verdorben. Wenn du redest, sprichst du eigentlich für das Essen. Der Magen spricht mit, da er die Verdauungssäfte produziert. Ich rede gern über das Essen. Das Essen gehört mir, da bin ich die Herrin. Wenn du etwas mit mir reden willst, dann bist du mein Diener. Ich diene dir, indem ich dich über das Essen reden lasse. Ich will wissen, ob es dir schmeckt. Schmeckt es dir gut, lasse ich dich weiterreden. Schmeckt es dir nicht gut, will ich wissen, warum es dir nicht gut schmeckt, und lasse dich weitersprechen, nach deiner Art, wie du dich entwickelst. Ich will wissen, wie du dich entwickelst, und beobachte deine Aussprache. Du gehst meistens nach deiner Aufgabe, dich selbst voranzutreiben. Ich habe noch nie jemanden kennen gelernt, der nur nach dem Essen geht als Energie. Die meisten haben Angst, einen Fehler zu machen, indem sie sich kreuzen. Das Kreuzen ist nicht schlimm, es deckt nur noch mehr Fehler auf. Wie meinst du das mit dem Kreuzen? Ich sehe jemanden, der die gleichen Interessen hat wie ich. Dein Verhalten ist aber anders. Du gehst nach der Energie, die dir bestimmt ist. Du entscheidest aber, einen anderen Weg einzuschlagen. Du kannst nicht nach dem Essen gehen, da du überfordert bist. Gehst du nach dem Sagen, willst du erst sprechen und dann reden. Gehst du nach dem Sex, willst du erst wissen, wie der Sex ist, und dann reden. Gehst du nach der Arbeit, willst du erst arbeiten und dann reden. Ich rede zuerst und gehe dann dem anderen nach. Wir kreuzen uns das erste Mal. Ich rede dich an und du willst als Erstes nach deinen Bedürfnissen gehen. Hier fehlt der Entwicklungsprozess, das geht nur beim Reden. Du versuchst auch zu reden, vergisst aber deine Aufgabe. Darum muss ich dich den ersten Schritt machen lassen. Ich überlasse dir deine Aufgabe und du kannst selbst überlegen, ob du mein Freund sein kannst. Das ist das zweite Mal, dass wir uns kreuzen. Du kannst als Erstes sprechen nach deiner Aufgabe und du lässt mich reden. Du zeigst mir deine Fehler und ich zeige dir meine Fehler. Deine Fehler sind das falsche Essen und die Entwicklung. Freunde sind wir schon mal, nur leider kann ich nichts machen. Du lässt mich nicht sprechen, da du immer etwas über das Essen erfahren willst. Zu diesem Schritt kommt es leider nie. Ich habe viele Veganer kennen gelernt und habe trotzdem nicht reden können, weil du nach deinen Aufgaben gehst. Das ist richtig, nur bin ich leider immer im Nachteil. Ich möchte sprechen lernen, doch du lässt mich immer reden. Die Arbeit hat eine eigene Sprache, die spricht für sich. Der Sex hat eine eigene Sprache, ohne Sex zu haben, und spricht auch für sich. Ich muss reden und mich weiterentwickeln. Soll ich mit dem Sex geil sprechen, weil die das so wollen? Nein, das Essverhalten wird anders. Wenn du nach dem Essen gehst, brauchst du dich während der Zubereitung und während des Essens nur auf dein Sexchakra zu konzentrieren und du entwickelst dich automatisch weiter. Ich habe das bisher nie geschafft, da ich mich noch nie soweit entwickeln konnte. Ich bin immer danach gegangen, wenn ich mit dir kommunizieren muss, muss ich mit dem Bauchchakra reden. Ich rede aber nicht mit dem Bauchchakra, sondern es will dir etwas sagen. Ich lasse dich sprechen. So erfahre ich, wie du dich entwickeln willst. Du willst dich nicht weiterentwickeln, das ist dein Problem. Du hast kein Verlangen danach. Wenn du nach der Arbeit gehst, willst du nicht essen. Wenn du nach dem Sex gehst, bekommst du auch keinen Hunger. Du richtest dich erst dann nach dem anderen, wenn du merkst, du hast ein Problem mit dir selbst. Ich kann nicht mehr arbeiten gehen, also muss ich nach dem Problem gehen. Ich kann nicht mehr nach dem Sex gehen, also muss ich nach dem Problem gehen. Wer kann mir helfen? Wie soll ich mich entwickeln? Du fängst an zu suchen. Wie muss ich mich verhalten? Nach dem Essen kann ich nicht gehen, das wird mir falsch angeboten. Meine Freunde suche ich mir aus, indem ich nach der Arbeit gehe, wenn ich nur nach der Arbeit gehe, sonst bekomme ich wieder ein Problem.

Beim Sex ist das genauso. Du musst dein Chakra öffnen, nach der Tätigkeit, nach der du gehst. Das machst du sowieso immer, da du sonst nichts erreichen kannst. Ich kann nichts erreichen, da niemand sich mit der Entwicklung auskennt. Du kannst mehr erreichen, als du willst, und es geht sogar alles nebenher. Der Anfang ist schwierig, da man sich umorientieren muss. Man erkennt sich selbst wieder und kann sich selbst etwas Gutes tun. Hier mache ich den Anfang und du darfst weitermachen. Ich habe erfahren, wie sich die Menschheit entwickelt hat. Die Ursache ist dein Problem. Du willst nicht nach den anderen gehen, die anderen müssen immer das machen, was du verlangst. Das geht so nicht. Das ist kein Entwicklungsschritt. Du kannst nicht verlangen, dass der andere arbeiten soll, nur weil du ein Arbeiter bist. Du kannst nicht verlangen, dass der andere Sex haben soll, nur weil du nach dem Sex gehst. Ich kann nicht verlangen von dir, dass du nach dem Essen gehen sollst, und muss es aber doch. Du ernährst dich falsch. Ich will dir keine Vorschriften machen, dass musst du selbst von dir verlangen. Ich habe alles machen müssen, was verlangt wurde. Ich habe mich nach der Arbeit entwickeln müssen, obwohl ich nur nach dem Essen gehen darf. Ich habe mich nach dem Sex entwickeln müssen, obwohl ich nur nach dem Essen gehen darf. Wenn ich Sex haben will, darf ich nur das Chakra benutzen, um Sex zu bekommen. Beim Essen ist das anders, da geht die ganze Energie als Mensch danach. Da brauche ich das Chakra nicht, das kann sich so erholen. Das Chakra brauche ich erst dann, wenn ich mit dir etwas machen will, um dir zu zeigen, dass ich etwas will. Wenn ich mit jemandem sprechen will, der nur nach der Arbeit geht, dann muss ich warten, bis der aufhört zu arbeiten und sich öffnen kann für mich. Wenn ich mit jemandem sprechen will, der nur nach dem Sex geht, dann muss ich warten, bis der aufhört, Sex zu haben, damit er sich für mich öffnen kann. Wie entwickelt sich jemand, der nur nach dem Sagen geht? Soll ich warten, bis der aufhört zu sprechen? Nein, dem muss ich auf den Teller schauen und beobachten, wie er isst. Wie soll ich mit jemandem sprechen, der nur nach dem Leben geht? Soll ich warten, bis er nicht mehr lebt? Nein, du redest ihn an. Einer, der nur nach dem Leben geht, ist sowieso krank und hat keine großen

Erwartungen. Wie rede ich mit jemandem, der nur nach der Familie geht? Ich muss warten, bis der Zeit für mich hat, der will von mir nichts wissen. Wie spreche ich mit jemandem, der mit dem Herzen spricht? Ich muss abwarten, dass der zu mir kommt. Wie rede ich mit jemandem, der keine Hilfe erwartet? Ich muss dir etwas geben und verlange Geld. Nur so kann ich sprechen lernen. Wie rede ich mit jemandem, der immer auf das Wetter fixiert ist, um sich zu ordnen? Der will mit mir sprechen, um das Reden kennen zu lernen. So, wie kann ich mich noch weiterentwickeln? Ich muss wissen, was die anderen machen in ihrer Tätigkeit. Ich muss auf die anderen Rücksicht nehmen, sonst kann es passieren, dass wir uns kreuzen. Ich will mich mit dir verstehen, auch wenn ich momentan nur so sprechen kann. Das Essen steht bei mir immer im Vordergrund. Wenn ich nichts esse, habe ich Pause. Wenn ich etwas essen muss oder etwas mit dem Essen erledige, habe ich keine Zeit für die Arbeit, sondern nur für Freunde. Wenn ich Kinder habe, die nach anderen Aufgaben gehen, steht bei mir an erster Stelle das Essen. Und wenn ich Pause habe, dürfen die anderen Chakren sich entwickeln. Ich muss nicht mit jedem reden, da ich das Sprechen lernen muss. Das ist dann ein nächster Schritt der Entwicklung. Ich kann sprechen und reden gleichzeitig in Person.

Der Magen

Der Magen will essen, dafür braucht er gesunde Nebennieren. Das Adrenalin ist wachsam gegenüber Angreifern. Der Futterneid entsteht bei der Gier. Das Cortison steuert die Trinkmenge und reguliert den Zuckerspiegel, wenn wir Hunger haben. Wenn wir essen wollen, entscheidet das Noradrenalin passiv den Handlungsablauf. Greife ich zum Essen oder lasse ich es stehen? Passiv entscheidet das Noradrenalin. Ist die Nahrung richtig, die wir über die Nase gerochen haben, oder falsch? Über den Geruch können wir entscheiden, ob wir die Nahrung brauchen. Die Bauchspeicheldrüse gibt dem Magen ein Zeichen, indem wir ein leichtes Hungergefühl bekommen. Zucker wird verbrannt. Wir haben keinen Appetit, weil wir die Neugier erwecken müssen, in den sauren Apfel zu beißen. Der saure Apfel ist gesund. Ich bekomme große Augen. Darf ich das haben oder ist das für mich bestimmt? Bestimmt ist das Essen gut, wenn ich keinen Hunger habe. Der Apfel gehört mir ganz allein.

Die Farbe Grün

Die Farbe Grün sehe ich gern an, wenn ich allein bin. Grün ist die Wiese, grün sind die Blätter. Grüne Blätter sind nicht braun, wenn Sommer ist. Der Spätsommer braucht nicht zu reifen. Was liegen bleibt, ist unser Essen. In den Wald gehe ich gern, die Natur gehört mir. Wen ich suchen muss, ist der Waldmeister. Der Meister, der dich vergessen lässt, den Ärger zuzulassen. Wie viel Ärger hast du denn? Viel zu viel. Der staut sich bei Behinderung beim Essen. Der Ärger die Wut, den Zorn die Gier. Wen soll ich beleidigen? Beleidigst du mich, kann ich mich nicht wehren. Ich sehe Grün, habe aber keine Ahnung mehr, wie Grün sein soll. Grün sollst du sein. Mir wird immer das Gefühl gegeben, dass ich warten muss, wenn ich zu viel Grün sehe. Aber worauf soll ich warten, wenn ich keinen Hunger habe? Der Hunger verfällt und keiner kann gut kochen. Warten auf schönes Wetter kann jeder im Sommer. Ich habe Hunger und kann nichts essen, was soll ich machen? Zucker muss ich verbrennen. Ich kann nicht wählen zwischen Gut und Schlecht. Will ich essen? Was brauche ich zu essen? Brauche ich es gleich oder hebe ich es mir für später auf?

Die sechste Pforte

Juhu, mein Liebeskummer vom Magen ist weg. Der Magen war ganz schön gemein. Ich habe fast weinen müssen, aber immer nur fast. Dieses Frustessen ging mir schon langsam auf den Sack. Das gibt es doch nicht, dass immer die Energie vom Magen das Herz abschnürt. Mir tut das weh. Das fühlt sich an, als ob ich einen Knoten in der Brust hätte. Ich habe kein Magengeschwür, sondern einen Herzschaden. Das Herz leidet darunter. Weißt du eigentlich, was das Herzchakra macht? Ich will keine verbotene Liebe spielen und jammern, ich habe keine Angst vor dir. Angst habe ich schon, aber jetzt nicht mehr vom Magen. Magen hin oder her, ich habe jetzt Platz für mich. Ich will frei sein. Der Platzmangel in der Luft und im Herzen bereitet mir Kummer und Schmerz. Ich will keine Schmerzen. Mir tut immer hauptsächlich die linke Seite von der Brust weh. Ich habe keinen Herzschaden, ich fühle mich aber immer unter Druck gesetzt. Druck von den anderen, weil ich mich berührt fühle. Berührt von wem? Eben. Da ist keiner. Weh tut mir alles, weil mich keiner versteht. Ich will keine Liebe geben, ich brauche auch keine Selbstliebe in der Erfahrung vom Selbstwert. Was du tust mit der Liebe zu dir selbst, ist unangenehm. Du bist verdorben. Du hast keinen Schatz, den du nie bekommen wirst. Du willst Eifersucht. Hier hast du sie. Du hast sie nicht alle. Deine Tassen sind noch okay. Aber deine Schrauben wollen nicht locker sein. Die Schrauben wollen fest sitzen ohne Verschluss. Du musst denken, wenn du über das Herz überlegst. Ich überlege morgen. Heute will ich sein. Gestern bist du gewesen. Das Jetzt zählt, nachher kann ich nicht mehr. Wenn ich nicht mehr kann, ist alles zu spät. Zu spät bist du, wenn morgen ist. Zu dir gehe ich nie, weil ich nicht kommen muss. Die Poesie ist meins.

Die Leidenschaft ist krank. Wer leidet? Dein Schaft. Die Frau versteht den Penis nicht, wenn sie Leidenschaft meint. Sie meint, sie könne damit umgehen. Das Herz ist der Motor und kein Spielzeug. Spielen will ich mit dir. Ich will flüstern in Zeilen, die dich berühren. Kannst du hören, was ich schreibe? Der Makler da drüben hat Angst. Angst, ich will nicht gesehen werden. Du musst nicht gesehen werden. Sehen will ich dich. Fühlen will ich deine Angst. Bum, bum, bum, bum, ich schlage zwölf. Es ist keine Mittagszeit. Ich habe auch Hunger. Hunger nach Gefühlen. Wie sehr du dich sehnst, ist dir überlassen. Ich will keine Zeit, ich will auch nicht vergessen. Ich will schreiben in kleinen Sätzen. Sätze schreibt man groß, wenn sie nur aus Wörtern bestehen. Andere malen Bilder und brauchen eine Muse. Die Muse ist nicht zum Schmusen da, sie behindert das Sein. Wenn du ehrlich bist, kannst du das allein. Ein Musiker spielt Musik. Er spielt die Töne. Kann das Poesie sein, wenn man den Ton angibt? Ich spiele ein Spiel, spielst du mit? Ich bin der Satan, der sich freut, Poesie zu erfahren. Der Satan will keine Poesie, er ist böse und gemein. Er macht alle lächerlich, wenn er sich bedroht fühlt. Fühlst du dich bedroht, wenn sich das Herz einschnürt? Ich habe es noch nie geöffnet und gefragt, was es will, wenn es Schmerzen hat. Du brauchst es nicht aufzuschneiden wie auf einem OP-Tisch und die Fehler zu reparieren. Wer operiert dich, wenn du nicht kannst? Ich habe Angst, wenn alles zu viel wird. Mir tut das weh, wenn ich allein bin. Allein bin ich gern, du hast mich ja auch verlassen. Du magst die anderen Frauen. Du teilst uns gern deine Poesie mit. Ich will dich nie wiederhaben, du machst dich lächerlich, gegenüber mir und den anderen. Du musst allein sein, du bist meine Partnerin. Ich will vergessen, aber ich kann nicht mehr. Der Schmerz sitzt so tief drinnen im Herzen. Ich will keine Leidenschaft, ich will Poesie. Weißt du eigentlich, was Poesie ist? Poesie ist ein schöner Gedanke, ihn zu teilen. Das Einzige, was du an Gedanken hast, sind Verträge und Abkommen mit dem Staat. Ich packe meine Sätze in Gedanken. Ich will versuchen, es zu erreichen. Du musst so sein und du musst so sein. Das ist keine Poesie. Gedanken, die nicht geäußert werden, kann man nicht deuten. Ich will vernünftig sein, kannst du das verstehen? Du verstehst dein Leben, hast aber keine

Zeit nachzudenken. Kannst du fühlen, wie es mir dabei geht? Du hast mich hintergangen von A bis Z. Du wolltest gemein sein. Du hast mich fertiggemacht mit deinen Worten in wundervollen Sätzen. Die Unterschrift darunter ist ein Vergnügen. Ein Vergnügen? Ja, ein Vergnügen. Ich bekomme so die Grenzen gezeigt, was ich will mit dir, und dir, und dir. Du sollst es wissen. Ich mache aus dem Leben ein Spiel. Du bist in Krankheit, du willst es so. Wie willst du mich kennen lernen, wenn du dir immer ein Vergnügen daraus machst? Sei auf der Hut, ich kann auch gemein sein. Du meinst, du könntest alles, du machst aber jeden fertig damit. Du bist schuld mit deinen Liebschaften. Jeder leidet darunter. Ich kann und will nicht damit aufhören. Da, schon wieder unterschrieben. Mit wem machst du dir jetzt ein Vergnügen? Jede Unterschrift zählt. Beleidigst du den anderen? Er macht das mit Absicht, so ist das Abkommen. Ich unterschreibe mein Leben, das ist mein Vergnügen. Ich will Herz spenden gehen. Bekommst du eines oder gibst du deins her? Der Satan sagt, ich solle es hergeben, ich kann damit nichts anfangen. Hier ist kein Platz im Leben für dich. Ich will eh nicht mehr so weitermachen. Ich fühle mich jedes Mal so abgestempelt. Stempel sind auch eine Unterschrift, sie tun aber nicht weh. Weh tut nur der Inhalt, den keiner aushält. Muss ich dich aushalten, wenn ich keine Grenzen kenne? Sei auf der Hut, deine Poesie ist nicht richtig. Sie erzählt die Fehler. Die Fehler, die die anderen ausbaden müssen. Mit Geld wird gehandelt, der Wille setzt aus bei jedem Bezahlen. Bezahlst du deine Poesie? Die Poesie hat eine Unterschrift, du musst das Geld verwalten. Verwalten tust du dein Leben, mit dem falschen Morgen. Morgen ist nicht gestern und kann auch nicht übermorgen sein. Du verstehst den Sinn, willst aber nicht sein. Sein willst du in aller Fülle. Füllst du die Kammern nach den Vorhöfen? Der Vorhof links, die Kammer links, die Atmung steigt. Der Vorhof rechts, die Kammer rechts, der Atem sinkt. In Gedanken bin ich bei dir. Bum, bum, bum, bum, ich bin das Herz. Im Krankenhaus sind sie eiskalt gegenüber Gedanken und Wohlsein. Geht es Ihnen heute nicht so gut? Der Blutdruck steigt, nicht der schon wieder. Was muss ich denn machen, um dir zu gefallen? Einmal hier unterschreiben, wir brauchen eine Einverständniserklärung, damit wir etwas machen können. Die Krankenschwester und der Arzt finden das geil. Wir haben Kundschaft wie Sand am Meer. Die Leute werden krank, die haben das in den Genen. Tabletten helfen, es wird so schlimmer. Vergiss nicht zu unterschreiben, es wird schlimmer für die OP. Ich will keine OP, ich unterschreibe auch nicht. Die Tabletten kannst du dir schenken, die schmeiß ich dir hinterher. Wie willst du gesund werden? Du brauchst uns doch. Das Leben ist ein Gesetz, wir wollen handeln. So will ich nicht handeln. Du musst gehen. Such dir was Neues, aber lass mich in Ruhe. Du hast kein Verständnis. Du bildest dir was ein. Ich soll mir etwas einbilden? Ich bin die Krankenschwester, ich habe das gelernt. Du bist Patient, du hast keine Ahnung, wie es in dir drin aussieht. Der Arzt, der kommen wird, der wird dir alles erklären, dafür braucht er keine Unterschrift. Der Arzt kann sagen, wenn er keine Zeit hat. Die OPs für heute stehen schon fest. Ich bin der Patient, ich kann entscheiden. Morgen habe ich keine OP, übermorgen auch nicht, weil ich gestern keine hatte. Ich will schreiben, dafür brauche ich deine Unterschrift. Du willst mir was schreiben? Darfst du das überhaupt? Du bist Patient. Wir lassen uns keine Vorschriften machen, wir brauchen doch Arbeit. Die Ärzte sind korrupt, genau wie jeder Fleischer im Laden. Der Mensch ist keine Maschine, das wissen wir. Das Herz muss schlagen, sonst muss ich gehen. Ohne Motor habe ich kein Leben. Ein anderes Herz ist nicht dasselbe, ich muss für den anderen denken und denke nicht an mich. Wenn ich nicht an mich denken kann, für wen soll ich unterschreiben? Ich unterschreibe für dich und nicht für den anderen. Die Poesie ist mein Leben, so kann es nicht sein. Ich will sein und nicht gelenkt werden. Der Arzt hat studiert, das weiß er selber. Er hat unterschrieben für sein Handeln. Kannst du sehen, was ich meine, oder erkennst du den Schmerz meiner Poesie? Der Arzt hat Mitleid, es steht hier geschrieben. Er will es besser haben und braucht dein Gefühl. Lieber Patient, wie willst du sein? Du kommst zu mir mit einer Darstellung, die mir gefällt. Was willst du in deiner Poesie? Bist du eingebildet? Herr Doktor, ich bin nicht eingebildet. Wenn ich frage, was ich essen soll, gibst du mir diese Antwort. Das Essen bringt mich um. Du gibst mir Tabletten als Ausgleich und sagst, es sei nicht so schlimm. Cholesterinwert hin oder her, die Gefäße sind verkalkt. Die Herzklappen sind kaputt, du lebst von mir. Deine Unterschrift zählt, die braucht die Krankenkasse. Ich bin Patient, die Unterschrift brauche ich von dir. Ich brauche eine Einverständniserklärung vom Arzt, um mich behandeln zu lassen. Was glaubst du, wer du bist? Ich habe auch ein Recht, wie ich mich behandeln lassen muss. Der Arzt ist nicht gut, wenn er immer nur seinen Kopf hinhält und nicht weiß, warum. Der Arzt ist da, wenn der Patient was braucht. Wenn nicht, kann das die Schwester übernehmen und ihm Bescheid geben. Die Schwestern müssen sich genauso rechtfertigen für jeden Eingriff am Patienten. Infusionen werden gegeben, die Haut wird zerstochen von lauter Spritzen. Das Blutabnehmen ist schuld und die Thrombosespritzen. Und alles ohne Unterschrift. Wo ist die Poesie? Das Herz leidet, es schreit Aua. Lieber Patient, ich habe heute das mit Ihnen vor, sind Sie einverstanden damit? Die Krankenschwester unterschreibt dafür. Und was macht der Patient? Der schreibt am Abend eine Rückmeldung auf Papier mit Unterschrift. Liebe Krankenschwester, so habe ich mich heute gefühlt, mit Unterschrift. Es kann ein Vordruck sein, um zu helfen. Die Gedanken leiden darunter. Darf ich überhaupt meine Gefühle äußern? Ja, das darf jeder. Es ist wichtig, Gefühle niederzuschreiben. Deine Poesie beginnt. Es kann sein, dass du dir Gedanken machst über die Zukunft. Morgen ist auch nicht gestern, weil dann übermorgen kommt. Der Stuhlgang wird gefördert, das ist gut für den Bluthochdruck. Das Herz ist entspannter. Drei Wörter werden drei Sätze, es sollte aber nie mehr als eine Seite sein. Die Zeit ist begrenzt, das wissen wir. Wo muss ich denn noch unterschreiben, wenn nicht auf dem Papier? Deinen Arbeitsvertrag. Dein Leben besteht nur aus der Arbeit. Der wichtigste Vertrag in deinem Leben ist immer der Arbeitsvertrag. Wenn der schlecht gemacht wurde, bekommst du Herzweh. Du leidest und weißt eigentlich gar nicht, warum. Es kommt nicht darauf an, wie er ausgehandelt wird. Es kommt darauf an, was drinsteht und wie du bist. Der Vertrag kommt von Herzen. Die Poesie wird unterschrieben. Die Unterschrift beurteilt dein Handeln. Macht die Arbeit Spaß, machst du sie gern. Da sind die Leute zufrieden und kommen immer wieder, bekommst du eine

Bestätigung in dem, was du tust. Was steht denn im Arbeitsvertrag drin, wie man sich benehmen muss? Ich kann nicht mal richtig verstehen, was der will, ich will einfach nur arbeiten. Macht dir die Arbeit denn Spaß? Ja, sonst würde ich es nicht tun. Mit einem Vertrag, den du unterschreibst, machst du dir die Arbeit zum Vergnügen. Unterschreiben ist nicht gleich unterschreiben, es passiert etwas. Ihr müsst hier aufpassen! Wie soll ich denn handeln, wenn ich kein Geld bekomme? Der bescheißt mich doch. Wir machen Abkommen, wir machen Verträge. Bei beiden passiert etwas. Es ist wichtig, was drinsteht. Die Unterschrift bestimmt die Körperhaltung, da hast du deine Probleme. Die Probleme zeigen sich in deinem Handeln. Erkennst du die Tatsachen, die auf dich zukommen? Wenn du jetzt eine verschlossene Herzenergie hast und aus dem Bauch heraus unterschreibst, kannst du nur aus dem Bauch heraus handeln, damit bestimmst du deine Unterschrift. Du bräuchtest eine Ausnahmeregelung, um dich zu verbessern. Das sollte aber im Vertrag drinstehen, um die Poesie zu beeinflussen. Die Poesie beeinflusst dein Herz. Dein Herz bestimmt, wie frei du sein kannst. Ich will frei sein, um zu atmen, ich brauche die Luft. Kannst du mir helfen, meinen Vertrag zu ändern? Ich will mich weiterentwickeln. Dein Wille soll geschehen, ihr dürft alle eure Verträge ändern. Das Herz ist unser Motor. Der Motor steuert und lenkt dich nach morgen. Rauchern würde es bessergehen, sie kommen nicht auf diese Ebene. Ich muss essen, wenn ich Raucher bin, wie und was, ist egal. Das Blut muss in Bewegung bleiben, wir wollen Freiheit spüren. So bekommt man das Herz nicht frei. Die Gefäße verkalken und Alkohol muss zur Blutverdünnung getrunken werden. Bei jeder Eheschließung findet auch ein Vertrag statt. Der Vertrag kommt nur leider nicht von Herzen. Wenn das Richtige drinsteht, ist es kein Problem, man kann gemeinsam mit seinem Partner durch dick und dünn gehen, um sich noch besser kennen zu lernen. Geht der Vertrag mit der Unterschrift vom Sakralchakra aus, weil das dominanter ist, kann die Arbeit beeinflusst werden. Die Arbeit ist der treibende Aspekt, das Herz tut weh. Die meisten haben Links-Rechts-Probleme im Handeln und bei den Nieren und Körperbelastung. Das kommt alles vom Herzen. Die rechte Seite wird beeinflusst oder die linke Seite. Wir versuchen da das erste Mal die Körperbalance zu finden, was eigentlich die Aufgabe des Kronenchakras wäre. Wird der Vertrag bei der Eheschließung über das Sexualchakra entschieden, macht man den Seelenpartner fertig, wenn es nicht der richtige ist. Soweit geht hoffentlich keiner, ohne es zu merken. Die Eifersucht steigt und wir bekommen es nicht mit. Die Eheschließung sollte eigentlich etwas Schönes sein. Jeder sollte sich freuen, weil man einen Partner gefunden hat, in den man verliebt ist. Die Liebe ist scheinheilig und trügerisch. Die Ehe ist eine Aufgabe und kein Vergnügen. Den Partner brauche ich nicht auszusuchen, wie er mir gefällt. Wenn es nicht der richtige Seelenpartner ist, brauche ich keinen zu wählen. Unser Herz ist krank. Bum, bum, bum, bum, ich bekomme keine Luft zum Atmen. Gestern hat es nicht so gut ausgesehen. Ich bekomme keine Freiheit. Du weißt doch gar nicht, was Freiheit ist. Ich will Vergnügen, das bekomme ich auch. Wenn du Vergnügen willst, dann willst du Sex. Du machst Sex zu deinem Sklaven und benutzt das Herz. Du wunderst dich, dass du nicht handeln kannst. Das Herz schaut nicht nach unten, es schaut geradeaus. Das Herzchakra ist eine Kugel, es braucht nicht von hinten nach vorne geöffnet zu werden. Wir wollen keine Leidenschaft in der Liebe, das tut weh. Die rechte Seite leidet, es ist ein nervengeiler Schmerz. Wenn es nicht die rechte Seite ist, dann ist es die linke Seite, die fürsorgliche Seite, des Körpers. Die rechte Seite ist die männliche Seite, die Vertrauensbasis. Umsetzen kann ich mit beiden Seiten, wenn ich in der Balance bin. Das Herzchakra braucht sich nicht zu entfalten, es will immer eine Kugel sein. Das Einzige, was es will, ist die Freiheit in allen Richtungen. Wenn der Bauch drückt, will es sich nach unten geraderichten, es sucht einen Ausgleich. Wenn Druck vom Hals kommt, will es was sagen und nach oben gehen. Wenn Druck von vorne kommt, von einer anderen Person, fühlt es sich bedroht und will es loswerden. Wenn Druck von hinten kommt, fühlt sich das Herzchakra verletzbar. Warum tust du mir weh? Immer alle Positionen auszugleichen ist schwer. Das normale Herzchakra tut das nicht. Es kennt seinen Weg. Es hat keinen. Die anderen Chakren sind meistens stärker veranlagt, da der eigentliche Sinn fehlt. Das Herz fühlt sich alleingelassen in seiner Position. Ich möchte nicht so sein wie du, ich bin anders. Ich bin nicht nur anders als du, sondern auch als die anderen. Ich meine nicht die Chakren, sondern dich als Person. Du bist die Person, die ich mag. Ich sehe dich an, kann dich verstehen, warum du so bist. Siehst du mich genauso? Hast du Platz in deinem Leben? Kannst du sagen, ich will den, den, den mögen, und den kann ich freiwillig vergessen? Kannst du wahrscheinlich nicht. Die Gedanken schweben dir in den Kopf, weil dich jemand erinnern wird, da ist noch was, was ihr gemeinsam habt. Was haben wir denn gemeinsam? Ein Problem. Er macht seine Probleme von dir abhängig, unabhängig von dir. Wie soll ich das verstehen? Du gefällst mir, du bist schön. Du bist so schön in deiner Natur, dass ich dich schon wieder nicht mag. Solche Leute mag ich. Ich mag dich, weil ich dich nicht mag. Kannst du das verstehen? Mit dir kann ich durch dick und dünn gehen, ohne dass es jemandem auffällt. Wir lieben uns, ohne uns anzufassen. Bist du ein Mann oder eine Frau? Ich bin eine Frau, willst du ein Mann sein? Wie will ich denn ein Mann sein, wenn ich eine Frau bin? Na ja, du bist ein Mann, kannst aber keine Frauen haben. Willst du lieber Männer und du bist die Frau? Wieso kann ich als Mann keine Frau haben? Dir fehlt was. Deine Sexualität ist gut, aber eingeschränkt. Du kannst Glücksgefühle für eine Frau haben, wenn du sie siehst, du musst dich aber anders beweisen, weil du kein Vertrauen zu ihr hast. Dein Herzchakra schaut nach unten, es will sich geraderichten. Du bist in dem Sinne krank. Du bist nicht krank im Kopf, weil die Natur dich so gegeben hat, sondern weil dir was fehlt zum Umsetzen. Die normale Lebensfreude, wenn man sich auf jemanden freut, kann unangenehm werden, wenn man es nicht aushält. Die Person, auf die man sich freut, kann leider nichts dafür. Man freut sich immer wieder und immer wieder und merkt eigentlich gar nicht, dass einem was fehlt. Warum fühlt sich denn die männliche Person so weiblich neben der Frau? Wir riechen die Freude, können aber nicht gegensteuern. Ich will gesehen werden, wie sieht sie mich denn? Ich kann nicht antworten, kommt dann von der männlichen Person zurück, weil die Geruchsaufnahme schon fehlerhaft ist. Ich bin ein Mädchen, das siehst du doch. Aha, das kann ich riechen über die Fürsorge. Muss ich jetzt auch ein Mädchen sein? Du schaust so gut aus als Mädchen, bei mir stimmt was nicht. Ich will ein Mann sein. Weiter geht es meistens nicht. Der Mann wird gesehen, aber nur als Frau. In seiner Rolle fühlt er sich wohl. Die Körperspannung ist anders. Das Herzchakra braucht nicht nach unten zu blicken, sondern kann auch mal was sagen. Wenn es so ist, wird es gern gesehen. Der Mann kleidet sich wie eine Frau und geht auch so unter die Leute. Es kann seine Freiheit nach außen tragen. Von hinten tut mir keiner weh, da es sich selbst beschützt. Ich darf keine Frau haben, also bin ich selbst die Frau und lebe mit einem Mann an meiner Seite, der mir bestätigt, dass er mich mag. Schade, dass du keine Kinder bekommen kannst, du wärst bestimmt eine gute Mama. Implantate und Operationen machen es leider nicht besser. Die Selbstliebe kannst du so nicht bestimmen, die Natur holt dich ein. Du machst zwar die Verträge richtig, du machst eigentlich in der heutigen Zeit alles richtig, weil du ehrlich bist. Ehrliche Menschen warten eigentlich bloß auf eine Veränderung im System. Was gibt es Neues, worauf muss ich achtgeben? Wir müssen uns in dem Sinne verändern, damit du mitbekommst, dass es noch etwas anderes gibt. Dir will keiner wehtun und dich will auch keiner verletzen. Du darfst frei sein, wie gehabt. Noch besser würde es dir ohne Tabletten und Hormonumstellungen gehen. Der Mann ist schwul und die Frau lesbisch. Der Geruchssinn ist eure Wahrnehmung, der Lichtkörper eure Veränderung. Der Sex ist eine Lüge, weil man die Wahrheit nicht erkennt. Jeder Atemzug ist umsonst, wenn der Mund offen ist. Jedes Stöhnen tut weh, wenn es gehört wird. Mir vergeht das Lachen, wenn ich geil sein muss, ich mag mich und ich darf keinen Sex haben. Die Leute sind eingebildet, wenn sie nicht zugeben, wer sie sind. Das ist eine andere Form der Herzkrankheit. Wie eingebildet muss ich sein, dass ich mir die Einbildung schönrede? Ich bilde mir ein, dass ich das kann. Was kannst du? Ich mache mir selbst was vor, wenn ich eingebildet sein will, ich zeige dir nicht, wie das geht. Der Sex ist immer schön, der Partner hat ein anderes Geschlecht. Nach vorne mache ich dich fertig. Die Aura ist groß. Nach unten brauche ich nicht zu blicken, Vertrauen brauche ich keins, Fürsorge auch nicht, ich kann einfach so alles umsetzen. Das Sagen habe ich, das sagte ich schon. Der Rückhalt kommt von jedem, weil ich bewundert werde. Das denke ich mir, wer so eingebildet sein muss, will immer bewundert werden. Wie viele Freunde hast du denn, wenn du so eingebildet bist? Ich habe mehr Freunde, als du denken kannst. Ich brauche Vertrauen, ich habe keins. Ich denke, ich kann fühlen, ich weiß nicht, was Freunde sind. Die anderen geben mir das Gefühl, sie hätten etwas, was ich nicht bekommen kann. Ich kann nicht verstehen, was sie meinen, nachzufragen brauche ich auch nicht. Was soll ich denn wissen, was ich nicht erkennen kann? Ich weiß, was Freunde sind. Die einen machen das so, die anderen machen das so, wir sind solche Freunde. Wir machen Geschäfte, wir sind aber keine Partner, hast du mich verstanden? Du musst dich verstehen, du bist ein guter Mensch. Du musst machen, was ich sage. Ich sage viel, du musst immer mehr machen als ich. Ich habe kein Benehmen, ich will eingebildet sein. Die Begründung muss ich dir nicht geben, hast du mich verstanden? Ich kenne keine Grenzen. Die Grenzen brauchst du mir nicht zu geben, die kommen hier nicht an. Willst du besser sein als ich, fliegst du raus. Ich will Geschäfte machen, das ist mein Leben, das Herz dominiert, ich habe nichts anderes. Das andere, was du willst, bestimme ich. Du kannst nicht sein ohne das, was ich bin. Du musst abhängig sein von mir, weil ich das so brauche. Sei brav und gut zu mir und lass dich behandeln von mir. Ich bin auch abhängig von dir. Der Marktpreis bestimmt mein Leben, ich muss immer reicher sein als du. Du musst eine arme Ratte sein, aber wehe, du verrätst mich, du bekommst sonst kein Geld. Der Boss bin ich, ich beobachte dich. Du spionierst mir die Leute aus, mit denen ich verhandeln muss, ist das klar? Morgen will ich wissen, wie gut ich sein muss. Gibt es denn keinen Vertrag? Mit dir mache ich keine Verträge. Mit dir spiele ich nur »guter Junge, böser Junge« und das bleibt unter uns, ist das klar? Du spionierst mir die Leute aus, damit ich weiß, wie ich mich bei denen morgen verhalten soll. Morgen ist nicht heute, aber gestern habe ich schon vorgesorgt, weil du nicht mitdenkst. Wenn du so denkst, bist du immer besser dran. Der Bessere bin immer ich, du weißt nicht, wie das geht. Ich sage es dir jedes Mal und dich interessiert das nicht die Bohne. Du schaust mich mit Hochachtung an und willst verstanden werden. Verstehen tust du mich, ich will was von dir. Aber mein Handeln, wie ich das meine, kannst du nie verstehen. Deine Vorzüge sind deine Interessen. Du bist nicht da, um mir im Weg zu stehen. Du stehst dir selbst im Weg, wenn du dich mit mir anlegst. Die Geschäfte sind immer gut, die mache ich am besten. Noch besser geht es mit dir, wenn ich dich unbemerkt kennen lerne. Es ist nicht die Neugier, ich will auch nicht die Geheimnisse wissen, was in deinem Schlafzimmer passiert. Ich will wissen, ob du ehrlich lügen kannst, ohne erwischt zu werden. Die Lüge, die ich nicht erkennen kann, muss ich aus dir rausprügeln. Aber mit dir mache ich auch keine Geschäfte. Geschäfte mache ich mit deinem Kollegen, du wirst dich gut umschauen, was du tust. Kollegen, die ich bei dem neuen Partner nicht mag, müssen weg. Fünf Leute habe ich angesetzt, um den Deal klarzumachen. Mein Geschäft wird erweitert und ich habe keine Probleme damit, den neuen Geschäftspartner kennen zu lernen. Wir treffen uns auf ganz normalem Wege zum Kennenlernen. Ein öffentlicher Ort ist immer gut. Wir können gesehen werden und keiner schöpft Verdacht. Nur habe ich keine Lust, mich mit Speisen abservieren zu lassen oder mich mit Geld bei einem Getränk bezahlen zu lassen. Selbst bezahlen will ich für den anderen auch nicht. Es darf kein Geld im Spiel sein bei einem ordentlichen Vertrag. Selbst das Kennenlernen ist wichtig, wie viel Zeit gebe ich demjenigen, um sich zu entscheiden? Eine Nacht darüber zu schlafen reicht, dann sollte man wissen, was man will, um zu entscheiden. Er kann mich einschätzen und ich habe verstanden, worum es geht. Zeit zum Nachdenken brauche ich schließlich auch. Wie und wo ich den Vertrag abschließe, kann euch eigentlich egal sein. Ich will nicht ins Geschäft, und nach Hause kommen dürft ihr auch nicht. Es soll kein Essen geben, sonst kommt es nicht von Herzen. Ihr könnt schon zu mir kommen, nur lasse ich euch nicht in mein Haus. Ich gebe euch den Vertrag mit, und ihr unterschreibt und bringt ihn mir wieder mit. Warum ich das so mache, ist dir ein Rätsel. Du kannst lesen und zuhören, du verstehst, was ich will. Du kannst vor mir aber nicht in die Tiefenentspannung gehen, weil du mich nicht kennst. Du hast kein Vertrauen, und deins will ich nicht missbrauchen. Kannst du erkennen, was ich meine? Entspannter bist du nochmals in einer Gegenwart, wo du mich nicht siehst und du weißt, ich bin nicht da. Kommst du damit zurecht? Den Vertrag will ich am gleichen Tag wieder unterzeichnet von dir. Besprich die Dinge mit deinem Kollegen. Du brauchst nicht vom Kosmos zu erwarten, wie die Sterne sind und wer dir hilft. Verträge machst du, da hilft dir keiner. Du stehst mit allem allein da. Wenn die Verträge schlecht sind, liegt es meistens nicht am Vertrag, sondern daran, wie man sich gibt und wie man sich bemüht. Vertrauen wird auch über das Herz aufgebaut. Der Herzschlag zählt auch die Sekunden und die Minuten, die man sich kennt. Bum, bum. Der Vertrag setzt ein und es passiert etwas Wunderbares. Die Arbeit geht entspannter vonstatten. Nervensägen will hier keiner. Es braucht hier keiner zu kommen mit tausend Fragen, die wir nicht beantworten möchten. Wir wollen faul sein, das geben wir ehrlich zu. Was bewirkt ein Vertrag, wenn ich den Sinn und Zweck meiner Arbeit nicht erkenne? Wir können aus allem einen Vertrag machen, wir sind jetzt Geschäftspartner. Ich will, dass du etwas machst für mich. Du kannst das, deswegen haben wir einen Vertrag abgeschlossen. Da drinnen stehe, was es wolle. Vertrag ist Vertrag. Benutze ich dich für die Arbeit oder missbrauche ich dich für meine Zwecke? Wie hättest du es denn gern? Meine Herzenergie ist stärker als deine. Du bist hier minderwertig. Wie soll ich dich einstufen? Wenn du nicht gut genug bist, um dich zu beweisen, was nicht der Fall sein wird, wird sich das zeigen. Warum wird es nicht der Fall sein? Ich habe vorgesorgt, ich brauche da keine Versicherung, um zu beweisen, dass das nicht geht. Mit einem Vertrag beschütze ich dich für meine Zwecke. Du kannst handeln und ich stehe hinter dir. Ich will Geld machen, ich will Leute beobachten. Wie geht es denen, wie geht es mir? Was braucht die Gesellschaft? Die Gesellschaft hat zu viel von dem, das brauchen wir nicht. Das mag ich nicht und du wirst es nicht bekommen. Du bekommst Vorteile von mir. Welche Vorteile hättest du denn gern? Wir wollen lesen, wir wollen schreiben, wir wollen fühlen, wie die Uhr tickt. Tick, tack, die Zeit läuft. Die Arbeit ist kein Vertrag, doch du machst dir den Vertrag zur Arbeit, weil du den Vertrag studieren willst. Lies ihn noch mal durch und leg ihn nieder. Leg ihn dahin, wo du ihn wiederfindest, aber kein schlechtes Gewissen hast, dich daran zu halten. Du kannst ihn auch verstecken, so dass ihn keiner findet außer dir selbst. Die Selbstliebe ist hier wichtig. Mag ich mich, mag ich den Vertrag. Vor dem Vertrag brauche ich nicht daran zu denken, weil ich keinen habe. Mögen tue ich die Leute um mich herum nicht. Sie verstehen nicht, was ich will. Ich bin ehrlich zu ihnen und sie glauben mir nicht. Woran liegt das? Haben die alle schlechte Verträge oder keine Hintermänner, die das erkennen? Wen soll ich beschützen, der nicht kann oder will, aber soll und muss? Willst du frei sein oder soll ich freiwillig dein Sklave sein? Bist du bescheuert in dem, was du nicht willst, oder kann ich dich nicht leiden, weil du so sein kannst? Heute ist gestern. Du liegst im Koma. Dein Herz hat versagt. Dein Herz hat versagt, du konntest dich nicht leiden. Du willst keine Erbarmung und du willst auch keine Rettung. Dich muss man zwingen, dich selbst zu lieben. Schau in den Spiegel, kannst du dich überhaupt noch selbst erkennen? Ich bin ich und du bist du. Schau nicht auf das, was die anderen machen, sondern konzentriere dich nur auf dich. Wer bin ich überhaupt, wenn ich aus dem Koma erwache? Ist das überhaupt Realität, wenn ich behaupte, ich bin die ganze Zeit wach, und weiß eigentlich gar nicht, was ich mache? Ich bin da, aber nicht anwesend. Anwesend ist nur mein Sein-Zustand. Ich muss das machen, was mir beigebracht wurde. Das, was mir beigebracht wurde, ist aber nicht mein Sein, sondern mein Ist-Zustand. Ich kann nur so sein, wie ich bin. Du kannst besser sein, als du warst. Vergleiche heute mit gestern. Morgen ist dein Ziel. Übermorgen weiß ich dann schon, wie es geht. Vorgestern halte ich mir in Erinnerung, um die Wahrheit nicht zu unterdrücken. Der Schmerz sitzt tief, du darfst nicht vergessen, was passiert ist. Passiert ist die Angelegenheit, dass mir jeder die Schuld für alles gibt und ich eigentlich gar nicht weiß, woher das eigentlich kommt. Warum gibt mir jeder die Schuld? Naja, einer muss ja Leid tragen, damit es dem anderen bessergeht. So dürfen keine Verträge abgeschlossen werden. Die Gesellschaft geht zugrunde und wir wissen nicht, warum die Leute krank werden. Bei einem Vertrag darf gehandelt werden. Energetisch wird eingegriffen, vorgesorgt, missbraucht, beschützt, behütet, versklavt, vergriffen. Je nachdem, wie die Energie vorhanden ist, wenn man Verträge abschließt. Es wird so entschieden. Ein Kassenzettel ist auch ein Vertrag. Der Stempel reicht für eine Unterschrift. Die Angst ist groß, einen Fehler zu machen. Wem soll ich denn helfen, wenn mir keiner hilft? Eben, du brauchst jemanden, an den du glauben sollst. Glaube an dich und an niemand anderen. Der Glaube allein reicht aber nicht. Du machst mir Mut, ich habe gar keine Interessen. Was magst du denn alles? Du brauchst keine Interessen, um etwas zu mögen. Ich mag dich, ohne dich zu lieben. Die Liebe ist krank. Sie ist eine Krankheit, die wir nicht wollen. Schrecklich sein kann jeder. Wie komme ich denn von den Schuldgefühlen wieder weg, die ich anderen gegenüber habe? Die Schuld bleibt dir überlassen, ob du sie annimmst oder ob du sagen kannst, ich habe keine Lust mehr, deine Schuld zu begleichen. Dein Nachteil war jedes Mal, dass du Angst hattest, es geht nicht mehr weiter, hier ist Schluss. Du hast recht, wenn man so lebt, muss man immer mit einer weiteren Niederlage rechnen, die auf einen zukommt. Wie geht es weiter? Darf ich morgen noch leben oder habe ich gestern schon versagt? Heute habe ich Lust zum Nachdenken. Deine Meinung ist mir wichtig, mein Herzschlag bestimmt mein Leben. Die Luft schnürt mir den Atem zu, das hat nichts mit Angst zu tun. Du machst mich fertig damit. Meine Meinung willst du nie wissen, weil es immer nur um dich geht. Du merkst gar nicht, dass du andere damit kaputtmachst. Du bist ein Angeber großer Klasse. Schaust du mich überhaupt an, wenn du was willst von mir? Nein, du brauchst wieder andere für deine Bestätigung, dass du wieder besser bist mit deinen Behauptungen. Deine Behauptungen überstimmen die Meinungen anderer, und wieder hast du gewonnen und ich muss zurückstecken. Weißt du eigentlich, wie weh das tut, wenn immer die Brust zuschnürt, weil mir jedes Mal unrecht gegeben wird und ich muss das machen, was du bestimmst mit deinen falschen Behauptungen? Du meinst, du kannst es richtig, so wie du dich verhältst. Bestimmt wird mein Herzschlag, weil du meine Meinung nicht wissen willst. Ich muss Gefühle schlucken, schon jahrelang, nicht erst seit gestern oder vorgestern. Jetzt bin ich beim Arzt wegen Bluthochdrucks, was soll ich tun? Herr Doktor, was soll ich machen? Soll ich mein Leben verändern? Meine Meinung fehlt, die wollte noch niemand wissen. Ich habe eine Meinung, aber die willst du auch nicht wissen. Mir geht alles auf den Zeiger, nicht einmal das wird verstanden. Ich brauche Platz um mich herum. Wenn ich Tabletten schlucken muss, bestimmt das wieder mein Leben. Du hast keine Wahl, wir müssen dich retten. Deine Meinung ist uns nicht wichtig. Ich behaupte, du bist krank, das ist wichtiger, was zählt, sonst bekomme ich Gefühle von dir. Ich will nicht, dass du dich ausweinst bei mir. Wenn du keine Gefühle schlucken willst, muss ich dich zu einem Psychiater schicken. Der bekommt Geld von der Krankenkasse, genau wie ich. Der Psychiater will auch nicht meine Meinung wissen, der sagt mir nur, was ich besser machen soll, und wenn ich zu gefühlsbetont bin, gibt er mir Tabletten, weil er es für nötig hält. Wir müssen auf Dauer wieder Gehorsam leisten. Die Wahrnehmung ist getrübt, wenn man sich in der Umgebung nicht wohl fühlt. Das ist die Aussage anderer. Die Wahrnehmung ist nicht getrübt, es fühlt sich keiner richtig wohl in diesem System, nur dürfen wir es nicht zugeben. Ich habe eine Meinung und die ist richtig. Ich vertrete mich selbst und lasse dich in Ruhe mit deinen Behauptungen. Was andere machen, ist nicht egal. Ich würde es gern ändern, aber ich muss dir deinen Freiraum lassen. Du bist gut, aber du musst den anderen auch ihre Meinung lassen. Wie willst du dich verstehen, wenn keiner eine Meinung hat? Deine Meinung ist ... die höre ich mir zuerst an. Drei Sätze genügen und dann will ich wissen, wie es dir geht dabei. Ich sage dir, was wir machen können, meine Meinung darfst du dir auch anhören. Aufregen kann ich mich über viele Sachen, wenn ich nichts sagen darf und nicht verstanden werde. Die Luft zum Atmen staut sich, wenn ich meine Meinung nicht vertreten darf. Die Gefäße müssen sich danach richten und der Blutdruck steigt. Denk nach und gib mir Antwort, ich habe Angst um dein gutes Herz. Ist es die Arbeit, ist es der falsche Sex, ist es das Essen? Sind es die Personen, die nichts von mir wissen wollen, während ich aber die ganze Zeit was für die machen muss? Was muss ich mir denn von der Seele reden, was mich befreit? Die Poesie lässt dich schreiben, wenn das Reden nicht mehr geht. Du kannst dich auf vielen Ebenen mitteilen und äußern, was dir nicht gefällt. Lesen sollte es jemand, wenn das Zuhören zu anstrengend ist. Mich nervt alles in meiner Umgebung. Ich mag die Leute, aber ich mag den Umgang nicht. Ich mag den Umgang, aber ich will nicht, dass mit mir umgegangen wird. Du gehst mit mir um, als wäre ich ein Nichts. Ich bin kein Gegenstand, ich bin ein Mensch. Ich habe Gefühle. Ich fühle mich und ich fühle dich. Dich fühle ich in deinem Sein-Zustand. Du weißt aber nicht, dass du nur bist. Du bist im Ist-Zustand und behauptest, das wäre schon alles gewesen, mehr gäbe es nicht. Es gibt noch viel mehr, als du wahrnehmen kannst. Die Wahrnehmung kannst du nicht zulassen, weil du den Ist-Zustand nicht magst. Ich mag sein, wie ist das, wenn ich Ist-Sein mag? Wie soll ich mich denn wahrnehmen? Ich bin im Hier und Jetzt. Gestern war heute, heute mag ich mich nicht mehr. Ich mag mich aus dem Grund nicht mehr, weil ich das gar nicht ertragen kann, wie ich sein will. Du willst aber sein. Warum bist du? Du bist nicht du, weil du so sein willst. Du bist du, weil dich die anderen so mögen. Wie mag ich dich denn, wenn du mich nicht magst? Du wirst mich nie mögen. Mich mag keiner. Warum mag dich denn keiner? Weil ich das so will. Ich bin ein Mensch wie jeder andere, kann vergessen, kann behaupten, habe eine Meinung und will mich mögen. Weiterbilden tue ich mich durch andere. Andere geben mir ein Ziel der Wahrnehmung. Ob ich das glauben soll, ist mir überlassen. Kann ich denn damit überhaupt etwas anfangen, wenn ich glaube und ausprobiere, was andere meinen? Natürlich! Wenn du merkst, dir geht es besser dabei, dann geht es in die richtige Richtung. Die richtige Richtung zeigt dir den Weg. Lösen sich Blockaden, indem der Schmerz aufhört, weh zu tun, können wir weitermachen. Wird der Schmerz schlimmer, solltest du achtgeben, ob das das Richtige war, was du ausprobiert hast. Der Atem steht still, die Muskulatur entspannt sich. Bum, bum. Mag ich das, was ich mache, oder steht mir etwas im Weg? Im Weg stehe ich mir selbst, wenn ich die Dinge nicht erkenne, die mir guttun. Du tust mir gut, wenn du mir einen Gefallen tust. Wir wollen nicht nur Verträge, um uns zu schützen, wir wollen auch so füreinander da sein. Vertraglos kann das Leben sein. Wir wollen uns vertragen. Verträgst du dich mit mir, kann ich was für dich tun? Soll ich denn überhaupt etwas tun für dich? Ich mag dich gar nicht.

Wenn ich etwas für dich tun soll, darf ich wieder keine eigene Meinung haben. Deine Meinung ist dir wichtiger. Mach lieber nur etwas für dich und ich schaue mir das mal an, ob mir das gefällt, was du da machst. Mir gefällt nicht, wie ich aussehe, dieses Gefühl muss ich dir geben, damit du mich nicht magst. Du willst der Schönere sein in deiner Eleganz, wie du dich darstellst. Schönsein ist nicht alles, du begleitest dich selbst. Du willst nicht frei sein und auch keine Poesie. Du willst Macht in der Gesellschaft über die Liebe. Die Liebe wird dir zum Verhängnis, du weißt deinen Partner nicht zu schätzen. Die Seelenfamilien unterscheiden sich in diesem Fall. Die Liebe definiert ein Gefühl zweier Menschen, die keine Ahnung haben von sich selbst. Du willst keine Liebe. Du willst deinen Seelenpartner. Lieben kann sich jeder auf seiner Weise. Kannst du dich lieben, brauchst du den anderen nicht. Der andere hat kein Gefühl ohne dich. Er braucht dich, kann dich aber nicht zurückweisen. Der andere kann dich nur zurückweisen, wenn er die Liebe aufgibt. Die Liebe ist keine Verbindung zweier Menschen, die sich lieben wollen. Der ständige Partnerwechsel macht dich krank. Keine Gefühle zu zeigen ist auch nicht in Ordnung. Wie stellst du dir dein Leben vor, wenn es keine Liebe mehr gibt? Die Liebe verbreitet Hass gegenüber den anderen. Warum darf der sich verlieben und der nicht? Die Dame als Frau bekommt einen Ehrenplatz. Sie will genommen werden. Wer darf dich denn nehmen, oder wirst du gleich benutzt, wenn man dich nimmt? Ich nehme an, du magst mich, also darfst du mich benutzen für deine Zwecke. Ich verliebe mich in den da und missbrauche dafür deine Fähigkeiten. Wer ist derjenige? Ein Gegenstand. Ein Gegenstand, den man jeden Tag benutzen kann, ohne ihn zu verletzen. Mögen tue ich Menschen, wenn ich mich selbst mag. Ich verliebe mich in einen Stuhl und nenne ihn »Heinrich der Dritte«. Heinrich der Vierte kommt vorbei, auf den darf ich mich dann draufsetzen, weil ich mich so brav gefreut habe. Ein Stuhl bewirkt Wunder, wenn man nicht nur immer auf dem Boden sitzen muss. Sicher hätte ich mich auf den dritten Heinrich setzen können. Das wäre aber langweilig gegenüber den anderen gewesen. Ich mag Langeweile, auch bei Stühlen. Heinrich Eins und Zwei habe ich gar nicht beachtet, auch wenn ich sie wahrgenommen habe. Wahrgenommen habe ich Personen, die mir fehlen, da ich Liebe fühle. Die Gegenstände haben einen Wert. Wir stecken Arbeit in die Sachen, die wir produzieren. Heinrich Eins wurde auf Befehl gemacht. Du machst den Stuhl und gibst ihm keinen Namen. Den Stuhl stellst du dann dahin und … wie geht es weiter? Bis jetzt können wir mit dem Stuhl nichts anfangen. Der Stuhl ist super, wir freuen uns, dass wir etwas haben, wo wir uns hinsetzen können. Bei wem dürfen wir uns bedanken, wer hat ihn hergestellt? Menschen, die etwas geleistet haben und kreativ sein durften, denen wollen wir danke sagen. Danke für die gute Tat. Ich will auch was machen, was die anderen mögen, und schon kommt die Eifersucht. Warum darf der was machen und ich nicht? Mich mag wieder keiner. Sicher mag dich jemand, du bist nur noch nicht soweit, wir brauchen dich für andere Zwecke. Was denn zum Beispiel? Wir wollen wissen, wie gut der Stuhl ist, wenn du dich draufsetzt. Der Stuhl lacht mich aus und nicht an, darauf setze ich mich nicht. Du kannst mich mal, ich will nicht mehr benutzt werden. Okay, wir müssen einen anderen Stuhl machen. Dieser Stuhl war wieder ohne Namen, diesmal hatte der aber Angst vor mir. Ein Stuhl, der Angst vor mir hat, um den mache ich einen großen Bogen. Ich bekomme Horrorvorstellungen, wenn ich dem Stuhl näherkomme. Ich lege mal einen Stein auf den Stuhl und gucke mal, wie belastbar die Leute sind. Darf der Stuhl denn überhaupt kaputtgehen? Ich will keine Folter, weil ich den Stein nicht mehr bekomme. Der Stein ist wichtiger als der Stuhl. Die anderen wollen wissen, wie ich mich fühle. Ich freue mich, ich habe aber Angst, den Stuhl zu benutzen. Ich vergesse mal den Stein und komme nie wieder. Der Stuhl hat mich nie wiedergesehen, der hatte einen schlechten Ruf. Die Arbeit steht hier im Vordergrund. Ich mag die Arbeit, ich habe aber das Gefühl, ich müsste alles allein machen. Die Angst ist groß, als Versager dazustehen. Mich mag keiner, wenn ich nicht gut bin. Der Stuhl ist neu, ich mache den Anfang und mich kennt keiner. Der erste Stuhl war gut, da hat sich jeder gefreut, den wollte aber niemand. Beim zweiten Stuhl hatte ich Selbstzweifel mir gegenüber. Der dritte Stuhl wird besser, den darf jemand haben. Ich kann selbst Sachen nicht hergeben, wenn sie gut geworden sind. Das hat nichts mit der Gier zu tun, sondern mit meinem Belohnungssystem. Ich zeige gern, was ich gemacht habe, brauche von dir aber die Bestätigung, ob die Dinge, die ich gemacht habe, gut sind. Sind die Dinge gut und sie gefallen dir, habe ich doppelte Freude und du bekommst nichts ab davon. Ich mag die Dinge, die von Herzen kommen, das ist ganz normal. Normal ist auch, dass ich erst dann teilen will, wenn ich bereit dafür bin. Den dritten Stuhl darfst du auch nicht haben, den Kick brauche ich noch. Der Stuhl wird besonders schön und wertvoll für mich. Draufsetzen darf nur ich mich auf den Stuhl, ich will, dass du leidest. Ich lache dich sogar aus dabei, weil du nicht verstehst, wie wertvoll der wirklich ist für mich. Du darfst den belächeln, wie du willst, du kannst den Stuhl beschimpfen, du kannst ihn verklagen und du kannst ihn benennen, wie du willst. Der Stuhl gehört mir. Erst den vierten Stuhl darfst du haben. Anders ist es bei dem Tisch. Wenn ich dir den Tisch als Erstes hingestellt hätte, hättest du anders reagiert. Du hättest den Tisch als Ablage benutzt und wärst auf dumme Gedanken gekommen. Der Tisch dient aber nicht nur als Ablage von Gegenständen oder als Basis für Verhandlungen, sondern er dient als Basis, um gemeinsam zu essen. Nur fehlen die Stühle dabei. Den Stuhl nimmst du am Anfang erst mal nur zum Gewöhnen. Ich will mich hinsetzen, weil ich mal Pause machen muss. Der Boden ist jedes Mal unangenehm, wenn ich da zu lange sitze. Du brauchst nicht so zu sein wie ich. Bei dem vierten Stuhl, den du dann bekommst, weil der nur für dich gedacht ist, bekommst du eine ganze Sitzgruppe mit und den Tisch. Vorher brauche ich die Bestätigung für mich selbst, dass ich etwas gut gemacht habe. Heinrich der Vierte wird dein Erfolg. Bei einem Gegenstand, den ich bekommen habe, hat man auch seine Gewohnheiten. Mag mich der Gegenstand oder muss ich den lieben? Ich liebe meinen Fernseher, aber ich mag ihn nicht. Ich kann die Leute darin nicht leiden. Ich will mich informieren, was es Neues gibt, und bekomme eine Show zum Verständnis. Die Dinge, die ich zu sehen bekomme, werden mir zuviel. Da passiert das, dort passiert jenes. Hier werden Akzente gesetzt, wir müssen mitfühlen. Ein Gerät, was unter Strom steht, sendet auch Signale. Ich weiß nicht, wie euer Empfinden ist, ich fühle sehr genau und ich merke, ob etwas gewollt ist oder ob gespielt wird. Der Fernseher mag mich nicht, und lieben tut er mich auch nicht. Was soll ich mit diesem Gegenstand machen? Liegt es an den Leuten, die den Fernseher hergestellt haben, oder liegt es am Strom, den der Fernseher hat? Der Mensch reagiert auf Strom und auf verschiedene Frequenzen, die wir aushalten sollen. Aushalten soll ich den Fernseher, den ich liebe, aber der mich nicht mag und auch nicht lieben will. Er funktioniert eins a, ich soll auch keinen neuen kaufen, aber so kann man die Leute bescheißen. Du musst dich so benehmen. Du musst dich so benehmen und du musst dich so benehmen. Du darfst den wählen, du darfst den wählen, hier brauche ich nur die richte Frequenz einzuschalten. Du darfst heute das machen und du darfst heute das machen, diesen Ton bestimme ich. Wir stehen uns im Weg, wenn wir uns entwickeln dürfen. Der eine hat den Vorteil, den er nutzen kann, und der andere muss sich so benehmen. Genauso ist es im Internet, wenn ich auf gewisse Seiten von Personen gehe. Ich weiß ganz genau, jetzt werde ich bemerkt und sie können mich beeinflussen. Du bist ein dummer Mensch. Dumme Menschen haben keinen Erfolg. Ich liebe den Fernseher, ich liebe den PC, dich brauche ich nicht, um mich selbst zu mögen. Betrüger gibt es viele, wenn ich will, dass es eine Veränderung gibt, braucht derjenige nicht viel zu tun. Der Großteil der Menschheit wird beschissen, um gewisse Leute voranzutreiben, um sich einen Vorteil zu verschaffen. Wir reden über Leute und entscheiden, ob wir die mögen oder nicht. Mag ich den oder mag ich den, welchen Vorteil kann ich über den beurteilen? Ich stufe die Leute immer nach ihren Vorteilen ein, ob du willst oder nicht. Der eine hat den Vorteil, der hat den Vorteil. Deswegen kann ich auch beide mögen. Beide sind ja nicht untereinander schlecht, nur weil sie unterschiedliche Vorteile haben. Vorteile sind kein Hindernis, sie bringen einen immer weiter. Ich sehe in jedem einen Vorteil, ob du magst oder nicht. Stufst du etwa die Leute ein, wie du sie brauchen kannst? Dadurch machst du dich nicht beliebt. Den brauche ich da, den brauche ich da und mich siehst du wieder nicht, weil du mich nicht erkennen willst. Erkennen kann ich jeden. Willst du wissen, wer ich bin? Ich bin, ich war gestern und heute bin ich für dich da. Ich bin nicht da, weil du mich brauchst oder weil du meinst, du könntest mich vergessen, weil du mich benutzt hast. Benutzen kannst du viele, aber von dir kommt nicht einmal ein Dankeschön. Du willst immer nur Geld, weil du meinst, du könntest mich benutzen wie eine Maschine. Mich macht das krank in meiner Eifersucht. Mein Herz leidet darunter. Ich sehe, du meinst es nicht ernst mit mir. Ich mag dich nicht. Du wirst mich nicht mögen. Du wirst mich erst dann mögen, wenn du der Ansicht bist, du bräuchtest mich für die Ewigkeit. Die Ewigkeit ist kein Ziel, du kannst dir keinen Vorteil verschaffen. Ich will betonen, dass ich dich mag. Du stufst mich allerdings in eine Kategorie ein, dich bekomme ich sowieso, also kann ich machen, was ich will. Ich bin nicht für immer da, du hast mich weggeworfen wie ein Stück Dreck. Nicht einmal wie einen Gegenstand wolltest du mich behandeln. Ich bin zerstört worden, weil mich keiner mag. Du hast mir das Gefühl gegeben, ich könnte nicht sein. Du bist mein Seelenpartner. Das Urteil ist gefällt. Du hast gehandelt über mich, indem du wolltest, dass ich die Zeit vergesse. Ich darf nicht sein, aber ich soll existieren. Weißt du eigentlich, was eine Existenz bedeutet? Das hat nichts mit Arbeit zu tun, oder wie ich sein muss. Du hast damit meinen Herzschlag bestimmt. Ich soll keinen Herzschlag haben und du sollst sein? Wie soll das gehen? Was bildest du dir ein, wenn du ins Leben gehst? Ich habe verloren und ich soll darunter leiden? Weißt du, wie Hass entsteht? Genau so. Du bist es nicht wert, dass ich dich mag. Du bist nicht mal die Liebe für einen Gegenstand wert. Ich darf sehen, wie sehr du die anderen magst, und kann das auch noch ertragen. Du gibst mir die Schuld für dein Versagen und jammerst, dir ginge es ja so gut. Ich will nicht, dass die anderen leiden. Mich mag leider keiner, diese Schuld kann ich ertragen. Ich will dich nie wiedersehen, wenn es darum geht, das Herz für dich zu öffnen. Die Augen sind immer offen und die Angst ganz nahe. Ich bin einsam, es ist schrecklich, der Tod ganz nahe. Die Todesangst ist mein Ziel, ich muss Luft holen, damit ich atmen kann. Ich will sein, ich kann auch sein. Du bist jedes Mal ein Hindernis für meine Existenz. Der erste Atemzug ist so wichtig, den man hat. Wenn ich keine Luft holen kann, kann ich auch nicht fühlen. Ich kann nicht fühlen ohne Existenz. Ich brauche die Bestätigung, dass es mich gibt. Mich soll es geben, der Platz ist da, den brauche ich. Wenn du meinst, du kannst dich ausbreiten und jedem sagen, wieviel Platz er im Leben haben darf, ist das ein großer Fehler. Jeder Platz ist für sich bestimmt. Du musst mich akzeptieren, wenn ich da bin. Ich will nicht weggeschmissen werden wie ein Gegenstand, nur weil du meinst, es sei kein Platz für mich da. Wenn du einen Gegenstand wegschmeißt, musst du vorher Abschied nehmen. Gegenstände sind gemacht worden, weil wir sie brauchen. Wir machen Maschinen, wir machen Stühle, wir machen Hilfsmittel, weil wir einen Nutzen darin sehen. Dinge, die kaputtgehen, schmeiße ich als Erstes weg, da sie keinen Nutzen mehr für mich haben. Ein Baby, das abgetrieben wurde oder abgetrieben werden soll, ist ein wertvolles Geschöpf, dem du die Existenz wegnimmst. Der Platz ist nicht für dich da. Wenn wir zu viele sind, muss ich mir den Zeitpunkt überlegen, ob der auch richtig ist. Richtig ist er dann, wenn ich Platz zum Atmen habe. Zu viele Leute in einer Umgebung machen ängstlich. Ich muss schon wieder an die Atmung denken, darf ich da überhaupt sein? Ich darf da sein, wenn sie mich mögen. Wenn ich das Gefühl habe, ich gehöre hier nicht her, weil mich keiner mag, ich aber eine Gruppe suche mit Vorteilen, kann ich gar nicht dahin gehen. Die Vorteile gehen verloren und ich mag mich nicht. Wenn die Leute merken, ich darf gar nicht sein und bin trotzdem, habe ich Angst davor, Luft zu holen. Ich muss Luft holen, ich kann nicht reden. Bum, bum, ich bin dein Herzschlag, ich habe Gefühle. Ich will wissen, ob du mich magst und wie du mich magst. Wieviel Nähe gibst du mir, um die Distanz einzuhalten? Lässt du mich zu dir oder darf ich wieder gehen? Dein Vorteil ist mein Vorteil, mag ich mich, mag ich dich und wir haben ausreichend Platz, ohne uns einzuengen. Ich mag mein Herz und ich möchte es weiterhin mögen. Ich mag mich selbst und ich möchte mich auch weiterhin mögen. Doch wenn ich in den Spiegel schaue, sehe ich eine andere Person. Ich kann nicht glauben, wer ich bin. Mag ich mich wirklich so? Wie sehen mich denn die anderen an? Die anderen geben mir das Gefühl, dass sie mich nicht mögen. Das Problem, das habe ich immer wieder und es tut mir weh. Du willst meine Gefühle nicht wissen, die ich habe. Ich habe Sehnsucht nach dir. Die Sehnsucht ist so groß, dass ich immer klein sein soll. Mein Herz ist nicht verbraucht, nur weil es nicht deinen Takt angibt. Ich gebe mir Mühe, dich zu mögen, doch du nutzt das aus. Jeder nutzt das aus. Ich mag es nicht, wenn ich ständig nur ausgenutzt werde. Du gehst immer nur nach deinem Verlangen. Du willst immer stärker sein als ich? Weißt du, wie Bluthochdruck entsteht? Genau so. Ich kann mich nicht aufregen, weil ich immer kleiner sein will. Ich rege mich auf, weil ich nichts machen kann. Du forderst mich zu einem Kampf heraus. Ich habe schon solche Beklemmungsgefühle, dass ich das schon nicht mehr aushalten kann. Die Muskulatur ist angespannt und der Rücken in Schonhaltung. Jeder, der Angst hat, muss darunter leiden. Ich kann nicht zugeben, dass ich dich nicht mag. Ich mag hier niemanden. Ich habe auch noch nie jemanden gemocht. Das Einzige, was mich eigentlich bis jetzt gehalten hat, ist deine Zukunft. Ich muss mir Sorgen machen um dich, weil du auch niemanden leiden kannst. Du klammerst dich fest an jemandem und nennst es Liebe. Du willst nicht allein sein. Das ist der Fehler. Du musst allein sein, du brauchst da keine Zweisamkeit. Wie willst du dich mögen? Du machst alles von den anderen abhängig. Du brauchst die Bestätigung, damit du beweisen kannst, dass dich jemand mag. Dich kann aber keiner mögen, du brauchst nur dich. Ich will nicht allein sein, ich habe Angst. Diese Angst gehört hier nicht her, du machst dir noch mehr Angst. Das Herz sucht immer die Einsamkeit. Es ist keine Zuflucht, ich brauche das. Ich bin gern einsam und genieße auch die Einsamkeit. Nur so geht es mir gut. Was mache ich, wenn ich gern allein bin? Ich denke nach. Ich denke, ob ich alles richtig mache. Ich kann mich da nicht entspannen, weil mir immer wieder etwas einfällt, was ich noch machen könnte. Ich schreibe gern und ich beobachte gern Menschen. Das mache ich alles ganz allein. Sobald ich mit dir etwas machen muss, kommt die Angst wieder, und ich bin angespannt. Das ist die natürliche Angst, die ich steuern muss über den Herzmuskel, damit der Blutdruck nicht steigt vor lauter Aufregung. Die Brustmuskeln können sich so entspannen, das tut mir gut. Der Rücken kann sich erholen, der ist schon so verspannt. Was machst du in deiner Einsamkeit? Ich mache gern nichts. Da kann ich mich am besten erholen. Du kannst gar nicht ahnen, wie gut es tut, sich zu entspannen. Das Herz braucht das. Ich kann atmen und ich atme mich frei, ohne etwas zu machen. Ich brauche nicht an die frische Luft zu gehen, wenn ich das nicht will. Ich brauche da auch kein schlechtes Gewissen zu haben. Ich mache so wenig wie möglich und gebe einfach Ruhe. Der Stress kann sich auspendeln, den brauche ich nicht mehr. Morgen muss ich sowieso wieder etwas machen, was mit dir zu tun hat. Ich überlege mir schon, wie ich es mache, um keinen Stress zu bekommen. Ich will in der Atmung entspannt sein. Ich bin gern aufgeregt, die Aufregung ist auch wichtig. Ich mag den Stress, sonst habe ich keine Kraft. Ich muss wissen, wie ich die Leistung hinbekomme, sonst tun mir die Gefäße weh. Wenn ich nicht weiß, wie es den Gefäßen geht, habe ich Angst, ich bekomme keinen Rückfluss hin. Ich kann mich nicht auf dich konzentrieren und du bist beleidigt. Ich kann dir auch nicht mitteilen, ob ich dich mag, da ich immer auf mich konzentriert bin. Ich muss mich selber mögen, erst dann bist du an der Reihe. Du stellst es dir immer recht einfach vor, da du von mir eine Rückmeldung erwartest. Ich kann dich nicht ansehen, wenn es mir nicht gut geht. Mir tut es weh und ich habe Schmerzen. Kümmere dich um deine Gefäße und ich bin dir auch nicht böse, wenn ich nicht gesehen werde. Für mich ist das gut, da ich selbst noch Schmerzen habe. Von mir wurde erwartet, dass ich beides könne. Diese Hochleistung musst du erst mal schaffen. Das schafft nicht jeder, und doch müssen es auch viele machen. Ich würde gern jeden mögen, ohne Stress. Doch ich muss nicht für jeden da sein, du weißt, was ich meine. Ich bin gern für jemanden da und werde auch gern von jemandem angesehen. Diese Zeit muss ich in Anspruch nehmen. Du darfst mich nicht stressen. Mir sind immer drei Tage wichtig. Gestern haben wir uns gesehen, da hatte ich keine Lust, dich zu sehen. Heute fühle ich den Schmerz. Morgen brauche ich niemanden. Wenn wir uns mal für längere Zeit nicht sehen, geht das für mich in Ordnung. Wenn du die Verträge richtig machst, ist das kein Problem. Du brauchst nicht immer den Hintergedanken zu haben, etwas falsch zu machen. Du brauchst die Zeit für dich, deswegen macht man ja Verträge. Du kannst dich erholen, wenn nichts passiert, das ist das Gute daran. Den anderen soll es genauso gut gehen wie mir. Kannst du mit Stress umgehen, etwas nicht zu tun? Das ist wichtig für jeden. Diesen Stress brauchst du auch. Ich kann mit mir nichts anfangen, weißt du, wie das geht? Dieses Gefühl treibt dich in den Wahnsinn. Du brauchst nicht zu zeigen, wie das geht, du musst die Ruhe für dich gewinnen, dann kannst du auch wieder losstarten und etwas für dich erledigen. Ich nehme Abstand von dir. Ich gehe allein irgendwohin. Ich brauche dich nicht, um gesehen zu werden, aber ich sehe dich gern an. Ich mache viele Dinge allein, weil ich gar keine andere Wahl habe. Mich zwingt zum Glück keiner, in eine Gruppe hineinzugehören, und ich zwinge mich auch nicht selbst. Ich habe Zwänge, die sind auch normal. Ich habe das gemacht, weil ich nicht mehr kann. Ich kann nicht mehr so weitermachen, weil mir alles wehtut, und ich muss ausweichen von meiner eigentlichen Tat, da ich keine Leistung mehr in Anspruch nehmen kann. Meine Leistung hat ein Fehlverhalten und ich weiß nicht, woher das kommt. Ich habe nie die Leistung in Anspruch genommen, allein zu sein, obwohl ich immer allein war. Ich denke nach und überlege: Was habe ich falsch gemacht? Habe ich die Verträge falsch abgeschlossen? Habe ich die Poesie nicht verstanden? Habe ich die Liebe zu den Gegenständen nicht verstanden? Habe ich Fehler im Text beim Schreiben? Der Fehler, den ich gemacht habe, ist: Ich habe immer nach der Arbeit und in der Arbeit überlegt, ob ich was vergessen habe. Ich bin nie zur Ruhe gekommen. Für andere zu arbeiten ist ein Fehler. Ich muss Hochleistung erbringen, das wird von mir erwartet und erwartet jeder von den anderen. Ich kann keine Verträge abschließen, wo ich freiwillig benutzt werden darf. Wie lange willst du das machen? So lange hältst du nicht durch. Mittlerweile sind die Gesetzte so verankert, dass jeder im Konflikt mit sich selbst steht. Jeder Arbeitsvertrag steht im Konflikt mit sich selbst. Wie soll ich das durchhalten? Jede Unterschrift im Krankenhaus steht im Konflikt mit sich selbst. Es kann keiner mehr, und doch wird erwartet, Hochleistung zu erbringen. Wie stellst du dir das vor? Du brauchst Ruhe. Jeder braucht den Stress der Ruhe und in der Freizeit, sonst kann nichts passieren. Du hältst die Schritte nicht ein. Du brauchst den Stress, nichts zu tun. Die Zeit vergeht und du hast keine Ahnung mehr, wer du bist. Den Freizeitstress kannst du nur über Jahre entwickeln, sonst merkst du gar nicht, wer du bist. Du willst dich ja selbst kennen lernen, oder willst du immer achtgeben, ob du alles richtig machst? Ich habe Angst, mich verleiten zu lassen gegenüber Dingen, die ich nicht kenne.

Die Farbe Rosa

Die Farbe Rosa sehe ich gern an. Sie lässt mich fühlen. Ich mag mich zum Beispiel auffälliger, wenn ich eine rosa Jeans anhabe. Die Farbe betont mein Äußeres, wie ich mich präsentiere. Habe ich ein gutes Herzchakra mit dem richtigen Gefühl, kann ich mich so widerspiegeln, wie ich bin. Fühle ich mich einsam, ziehe ich immer wieder die gleichen Sachen an und mache mir etwas vor. Vormachen kann sich jeder etwas, nur kann das keiner sehen. Gefühle kann man verstecken, wenn man nicht hinsieht. Soll ich hinsehen und will ich erkannt werden? Das bestimmst du. Ich bestimme, ob ich mich zeigen lasse. Ich will keine Beschimpfungen, dass ich nicht gut aussehe. Ich mag mich, wie ich bin. Magst du dich, wie du bist, oder lässt du bestimmen, wie du sein könntest? Sein kannst du viel, mögen sollst du dich. Blaue Hosen kennt jeder, die kann jeder sehen, sie fühlen die Stimmungslage, kann ich mich sehen lassen? Rosa ist etwas Besonderes, die Farbe erkennt deine Stimmungslage und gibt dir gleich die Antwort. Ich mag die Hose und ich mag ihren Stil, genauso mag ich mich. Würde ich die Hose nicht mögen, hätte ich ein Problem damit und würde mich auch so nicht zeigen. Zeigen tue ich mich so, wie ich mich fühle.

Das Herzchakra

Das Herzchakra will gesehen werden. Ich sehe dich und du siehst mich. Willst du wissen, wie ich fühle, dann frag danach. Willst du erkennen, wie es handelt, dann beobachte den Verlauf. Jeder Atemzug zählt, wenn es dich ansieht. Es berechnet die Sekunden, wie anstrengend es für dich ist, beobachtet zu werden. Der Nervenkitzel steigt, danach geht der Herzschlag. Der Herzschlag braucht Sauerstoff, und den bekommt er über die Lungen. Die Lunge ist begeistert, sie muss Luft holen, um zu essen, zu sprechen und um zu atmen. Den Kuss gibt es nur für den Partner, den ich mag, und das ist nur der Seelenpartner. Alles andere ist nicht richtig. Die eigenen Kinder bekommen einen Streichler. Zu viel mögen ist auch nicht gut, das mag dann keiner mehr. Das macht abhängig voneinander und behindert bloß. Kann ich sehen, dass es dir gut geht, bin ich erleichtert und ich brauche mir keine Sorgen zu machen um dich. Geht es dir nicht gut, merke ich das trotzdem, auch wenn du es nicht sagst und zeigen lässt. Ich kann fühlen, wie du bist, und habe dann Angst, etwas falsch zu machen bei dir. Habe ich Angst, fühlst du das und machst dir wieder einen Vorteil aus der Sache. Die Sache merke ich mir, und ich mag dich wieder nicht. Ich kann dich nicht leiden, wenn ich ständig ausgenutzt werde. Liegt das an mir oder an dir? Wie sollen wir das Problem lösen? Es liegt an uns beiden. Hol tief Luft und es geht dir besser, du kannst dich besser zeigen.

Die siebte Pforte

Was soll ich denn jetzt sagen, wenn ich reden muss? Mir fehlen die Worte, ich bin schüchtern. Soll ich jetzt sagen, dass ich schüchtern bin? Nee, das kommt auch nicht gut. Ich will was sagen, ich warte schon die ganze Zeit darauf, dass du mich zu Wort kommen lässt, aber du willst nicht, dass ich rede. Ich will reden, aber du willst, dass ich intelligent rede. Was hast du denn gemacht? Ich will wissen, was du kannst. Äh … Stopp, zu lange überlegt, du bist dumm, ich bin besser, ich habe das Sagen. Ich habe das Sagen, weil du nicht denkst. Du denkst, du denkst, aber du hast nichts gelernt. Deine billige Ausbildung kannst du dir sparen, die ist nichts wert. Wertlos bist du, du hast nichts zu sagen. Du willst etwas sagen, deine Ausbildung bestimmt dein Leben. Du hast keine Interessen. Wer willst du sein, wenn du lernst nach dem anderen? Du sprichst für den und nicht für dich. Deine Interessen sind nicht unsere Interessen, sondern deine. Ich will lernen und sprechen darüber, dann lernen über dich. Die anderen dürfen erfahren, wer du bist. Sei gemein zu ihnen, dann werden sie dich verstehen. Sie verstehen nicht, wer du bist und hören dir auch nicht zu, wenn du immer über den anderen redest. Dein gelernter Beruf wird dir ein Hindernis. Das Hindernis bist du selbst, wenn die anderen bestimmen, wie viele Wörter du reden darfst. Lerne deinen eigenen Beruf kennen und mache den zur Berufung. Du darfst anderen mitteilen, wer du bist. Sie müssen selbst entscheiden, ob sie über dich reden wollen. Sie reden über dich, wenn du deinen Beruf gut machst. Wie soll ich meinen Beruf gut machen, wenn ich nichts zu sagen habe? Ich muss mich an alle Regeln halten, die mir gesagt werden. Der sagt, ich müsse das machen und mich so benehmen. Interessen habe ich viele, die sagen nichts aus.

Deine Interessen sind wichtig. Sind deine Interessen für dich wichtig, wollen die anderen mitreden. Du brauchst niemanden zu fragen, ob du das darfst oder ob du gut darin bist. Nicht einmal einstufen muss dich jemand. Wenn dich jemand einstuft nach deinen Interessen und du keine hast, kann er nicht viel von dir wollen. Du wirst gefragt nach den Dingen, die du tust, derjenige hat aber eigene Interessen und schaut nur, wie gut du bist, und lässt dich auch noch schlecht dastehen. Ich möchte reden, über was soll ich sprechen? Sprechen möchte ich mit dir auch ohne Interessen. Muss man denn immer alles interessant finden, nur um zu Wort zu kommen? Reden sagt nichts aus, wenn man das Wort nicht versteht. Ich rede nicht so gern, da ich Interessen habe, aber die nicht bei dir zeigen kann. Ich kann sagen, wie ich heiße, aber du willst nicht erkannt werden. Erkannt werden Leute, die berühmt sein wollen. Ich sage Ja, wenn ich rede, und du, na ja, schauen wir mal. Ich will wissen, wie du redest, kommt dann von dir zurück, wenn du sprichst. Der Ton sagt viel aus, hat aber für mich keine Bedeutung. Du meinst, du müsstest mir was bedeuten, so wie du redest. Dein Ton ist mir gegenüber aggressiv im Verneinen, wie ich mich darstellen soll. Wie muss ich mich denn darstellen dir gegenüber, damit ich dir recht geben kann, wie du redest? Du willst reden, ich will dir aber nicht zuhören. Zuhören muss ich, weil mir das so vorgegeben wird. Ich habe immer das Sagen, ob ich mitrede oder nur dich sprechen lasse, ist mir überlassen. Deine Interessen sind mir nicht wichtig, du hast auch nur gelernt, was der andere macht. Ich kann mich selbst informieren, wie ich weiterkomme im Leben, ich bin alt genug. Ich kann lesen, ich kann schreiben und ich darf nachfragen, wenn ich etwas wissen will. Kannst du mich verstehen? Du musst mich in der Hinsicht verstehen, sonst kommst du selbst nicht zu Wort. Wie soll einer Interessen wecken, wenn er immer nur von den anderen lernen muss? Mir macht das Spaß, was ich mache, darf ich dir das sagen? Ich frage gern nach, ob ich mit dir darüber reden kann. Ich will mich nicht aufdrängen, das ist unverschämt. Ich sage dir, was ich mache, und du darfst mir sagen, wie sich das anhört. Ich muss üben, sonst kann ich nicht lernen. Ich muss ausprobieren, sonst kann ich nicht handeln. Auch wenn ich nichts sage, will ich wissen, wie sich das anhört. Ich will für mich reden und nicht für dich. Ich will gern sprechen. Wenn ich gern spreche über deine Interessen und meine Interessen, höre ich auch gern zu. Wenn ich immer für den anderen reden muss, habe ich kein Interesse und das Reden ist kein Sprechen, und ich rede einfach nur mit dir. Schlimm ist nur die Betonung im Hintergrund, für wen man redet. Ich rede gern für andere, in der Hoffnung, es käme mal was zurück. Blockiert wird hier die Ansage. Ich darf hier kein Interesse zeigen. Wie meinst du das mit der Ansage? Ich muss deine Interessen vertreten, was ich gern mache. Ich darf keine Ansage machen. Du darfst eine Ansage machen, aber nicht so, wie es gewohnt ist. Ich habe immer mit der Tonlage ein Problem, mir tut das weh. Du musst zuhören. Um was geht es denn? Und schon wird bestimmt, warum man reden darf. Mich interessiert das nicht. Was hast du denn für eine Einstellung, wenn dich mal wieder gar nichts interessiert? Du willst nicht verreisen, du willst dir die Dinge nicht anschauen und du willst auch nicht mit uns reden. Eben, ich habe keine Lust, ich bin immer nur ein Anhängsel, das nichts zu sagen hat, weil mich das alles nicht interessiert. Wenn ich zugeben müsste, warum das so ist, würdest du mich überhaupt nicht verstehen. Ich mache das nur, um irgendwie in einer Gruppe mal mit dazuzugehören. Auf die Dauer ist es langweilig, alles zu beschönigen. Du suchst dir einen Grund, um zu sprechen, willst aber nicht wissen, wie das geht. In einer Gruppe dazuzugehören ist viel schöner, wenn man verreist ist. Ich verreise nicht gern allein, ich will aber auch nicht sagen, dass ich unbedingt verreisen muss, um die Welt zu entdecken. Ich lerne dich in einem anderen Land besser kennen. Unabhängig von deinem Reiseziel mache ich mich abhängig von dir. Wie das geht, kann ich dir sagen. Wir haben das Reiseziel gemeinsam besprochen und auch, wer alles mitfährt oder -fliegt. Du kennst mich so wie zu Hause, anders soll es auch nicht sein. Warum hat die keine Lust zu reden? So wird gesprochen. Du willst reden, also pass dich deiner Umgebung an. Die Umgebung hat das Sagen, du bist hier fremd in diesem Land. Die Reisenden führen sich auf, als hätten sie das Sagen. Das Sagen bestimmt die Dominanz beim Reden. Ich will nicht reden, ich will sprechen. Ah, okay. Das ist was anderes. Wir lieben unsere Kultur und das soll auch so bleiben. Ich spreche über Dinge, die mir gefallen. Mit wem darf ich sprechen? Es ist niemand da, die reden alle nur. Ich spreche für mich, das sagt alles aus. Mir egal, was die anderen sagen. Die anderen wollen nicht reden, sie wollen über dich sprechen. Wie können die über mich sprechen? Ich muss ja die ganze Zeit zuhören, das tut weh auf Dauer. Du hast das Sagen und das wissen die auch. Sie sprechen über dich und die anderen hören zu. Ich will nicht, dass die sprechen, muss ich da was sagen? Du darfst nichts sagen, wenn du sprichst, das dürfen die nicht wissen, dass du das kannst. Du bist da, um die Leute kennen zu lernen. Die Umgebung sagt viel aus. Die Umgebung sind Häuser, über die kann man ja reden. Ich komme mir vor wie ein Gegenstand, der berühmt werden will. Ich will nicht berühmt werden, ich bin kein Gegenstand. Ich verdiene auch keinen Preis. Den Preis bekommt die Kultur für ihre Berühmtheiten, die sie gebaut haben. Die Prominenz muss gebeten werden, ihr Sein darzustellen. Prominent ist der Erfinder dieses Kunstwerkes. Dieses Kunstwerk ist gebaut worden im Jahre sowieso. Da war einer kreativ im Häuserbauen, deswegen ist in der Kultur das Bauwerk berühmt und der Erfinder prominent. Ich bin kein Gegenstand, wenn ich singe. Ich kann glücklicherweise nicht singen, meine Tonlage ist schief. Wenn ich singen würde und bekannt werden wollte, würde ich nicht alt werden wollen. Als Sänger hätte ich dann meine Berufung und könnte normal mit Geld umgehen, da man nicht wie ein Gegenstand behandelt wird und herausfinden müsste, um was es geht. Es geht hier um den Spaß, den man hat als Sänger, nicht um die Berufung. Man muss nicht andere übertönen, um den richtigen Klang zu treffen, um gehört zu werden. Du musst mich hören, ich bin prominent und will Spaß haben. Ein Prominenter kann mit der Tonlage umgehen. Er will die Meinungen von anderen wissen und hört da am meisten zu. Wie findest du mein Bauwerk? Es ist berühmt. Soll es noch eine Weile stehen bleiben oder soll ich ein neues Kunstwerk bauen? Du kannst kein neues Kunstwerk bauen, du musst erst das alte wegreißen. Wieso soll ich das alte erst wegreißen? Das ist noch nicht so alt. Dann kannst du selbst entscheiden, ob du ein neues Kunstwerk erbauen willst. Du wirst deswegen nicht berühmter. Berühmt wird nur dein Kunstwerk und du bist weiterhin eine Prominenz. Eine Stadt muss schön aussehen, damit man was zum Reden hat, dann kann man auch darüber sprechen. Ich spreche mit dir und rede über das berühmte Kunstwerk. Wenn der Erbauer nicht mehr lebt, erst dann ist es eine Sehenswürdigkeit und wir können weiterhin darüber reden. Sprechen will ich mit dir. Der Denkmalschutz, das ist so eine heikle Sache, den muss man besprechen. Denkmalgeschützt sollen Dinge sein, die sich gut ansehen lassen und über die man gern redet. Man muss nicht alles unter Denkmalschutz stellen. Eigentlich stellt man nur Berühmtheiten unter Denkmalschutz oder man macht gleich ein Denkmal daraus. Ein gebautes Werk, nennen wir es die Mauer. Die Mauer habe ich erbaut, um nachzudenken, wie es weitergeht. Hier ist die Grenze. Überschreitest du die Grenze oder lässt du links und rechts frei? Ich habe Angst, ich will nichts sagen. Die Mauer ist so gebaut worden, dass sie mich und die anderen einschließt. Ich habe das Sagen und die anderen müssen auf mich hören. Bist du eingeschlossen von der Mauer oder siehst du auf die anderen, die dir was sagen wollen damit? Ich habe den anderen nichts zu sagen, ich setze Zeichen. Ich will keinen Krieg, ich will meine Ruhe. Wenn die anderen, die Außenstehenden, die Mauer für mich gebaut hätten, würden sie Verstecken spielen und keiner würde sie finden. Ich bekomme die Panik, wenn ich zu lange eingesperrt bin, und man würde mein zwanghaftes Verhalten abschreckend finden. Würde es heißen, ich wolle Folter bekommen, so käme hier ein Ausweg in Frage. Der Ausweg wäre das Tor oder die Tür, je nachdem, wie groß die Mauer ist. Ich möchte was sagen, das ist mein Grenzgebiet. Wenn du mir Angst eingejagt hast, was deine Bestimmung war, solltest du auch mit den Konsequenzen rechnen. Ist die Mauer nur für mich gedacht oder soll diese eine ganze Gruppe betreffen? Wir wollen Schutz. Ohne Schutz geht es nicht weiter. Wenn ich mich verstecke hinter dieser Mauer, wirst du mich irgendwann finden. Nicht du spielst mit mir, sondern ich mit dir. Die Mauer ist sichtbar, wenn sie gebaut wird. Habe ich die Mauer in mir drin, zeige ich dir, wie angreifbar du bist. Ich bin der Lockvogel, der gefunden werden will. Willst du mit mir sprechen oder erzählst du mir Geschichten? Grenzen kennst du keine, sonst wärst du nicht auf der Suche nach was Neuem. Das Neue, was du finden wirst, wenn es gefunden werden will, ist nicht das, was du suchst. Du suchst nach Dingen, die du gern zerstören würdest. Dir gelingt das auch. Die Mauer ist nicht da, um zerstört zu werden. Wenn man sich nicht kennt und man weiß, dass man sich kennen lernen muss, ist das ein gutes Hilfsmittel. Die Mauer grenzt ein ganzes Reich ein. Ein Dorf bestimmt sein Leben. In einem größeren Haus oder einer Burg lebt der Anführer. Du siehst, wie wir leben. Wir leben zufrieden. Wir machen alles, was der Anführer uns sagt. Er ist da, damit wir einen Halt haben für uns selbst. Wir dürfen mitsprechen. Wir sprechen über Dinge, die wir selbst gemacht haben. Reden tun wir hinter der Mauer, weil es uns gut geht. Die Tore sind offen, weil wir Freiheit ausprobieren dürfen. Der Schutz ist vor den anderen. Wir wollen nicht so sein wie die. Wir haben eigene Interessen. Unsere Kultur ist so. Wie deine Kultur ist, ist sicher auch schön. Wir stellen Lebensmittel her, wir zeigen unsere Bedürfnisse, wir lieben unsere Dinge, die wir machen, und wir sprechen darüber, ob sie gut genug sind oder ob wir sie verbessern können. Wenn wir etwas machen oder dich behindern in deinem Lebensstil, darfst du uns das gern mitteilen. Ihr habt die Tore offen, ihr wollt angegriffen werden. Nein, das stimmt so nicht, wir wollen Freiheit üben, weil wir Angst haben, uns zu zeigen. Ihr wollt euch nicht zeigen, ihr zeigt euch sonst zu viel. Wer ist euer Anführer, wer hat das Sagen? Der wohnt da in der Burg, ist ein guter Anführer, hat immer recht, wenn er was will und was bekommt. Den knöpfe ich mir vor. Den werde ich zurechtweisen, ich brauche den Platz für meine Leute, ihr werdet hier verschwinden, sonst gibt es Krieg. Wir wollen aber keinen Krieg, wir sind gute Bürger, wir passen aufeinander auf. Wie wollt ihr aufeinander aufpassen, wenn ihr keinen Anführer mehr habt? Das geht. Jeden Tag ist jemand anderes der Anführer, sonst sind wir nicht stark genug. Weißt du, was Größe ist und was das bedeutet? Je kleiner du wirkst, desto größer kannst du werden, du willst besser sein als der andere. Wir haben uns mit Absicht die Mauer gebaut. Wir messen uns darin, wie stark wir sein können. Heute bist du stärker als gestern, obwohl du gestern kein Anführer warst. Gestern war ich größer als der Anführer und hatte mehr Rechte als vorher. Vorher war ich bettelarm und bin in dem Dorf zugewandert. Die Leute haben mich aufgenommen, haben mich angesehen und dachten, och nee, nicht noch so einer. Kommt her und frisst uns die Haare weg. Schmeckt es dir so gut bei uns? Du darfst gern mehr haben, aber du musst auch was machen. Wir wollen sehen, was du kannst. Wir müssen wieder einen freilassen, einen, der nicht hierhergehört. Vielleicht findet wieder ein Austausch statt. Einer ist bettelarm gekommen, hat nicht mehr essen dürfen, hat nicht richtig in die andere Gruppe hineingepasst und hat dann seine Gruppe verlassen dürfen. Ich darf gehen, haben sie gesagt. Ich darf hingehen, wo ich will, und nie wiederkommen, weil ich nicht zu der Seelenfamilie angehöre. Wo ist jetzt der eine hin, der so einen Aufstand gemacht hat? Lebt unser Anführer noch? Der große Anführer? Die streiten gerade, wer recht hat. Wir müssen die Tore offenlassen. Ich habe Angst, dass die unser Essen mitnehmen. Unsere ganze Kleidung, die wir gemacht haben. Und die vielen Töpfe. Wenn der jetzt behauptet, die Lebensmittel, die wir haben, die machten krank, gibt der uns noch die Schuld, dass wir die nicht gut machen. Moment mal, der große Anführer spielt ja Lockvogel in seinem Turm, der muss ja wissen, welche Leute hin und wieder die Mauern kaputtmachen wollen. Nein, der weiß das nicht, der wird den jetzt kennen lernen. Wir beobachten den. Seine Mannschaft wird sich wundern. Wir machen jetzt doch die Tore zu, obwohl der noch da ist. Der muss jetzt bleiben, bis er schwarz wird. Bringst du ihm das Trinken bei? Der will nichts, ich habe schon gefragt. Der muss wissen, wie man sich benimmt, der hat keinen Anstand. Gib dem großen Anführer was zu essen, wir spielen Tischleindeckdich. Der große Anführer bekommt zur Mittagszeit ein Menü, nur er. Der andere muss zusehen, wie er isst. Wir sind brav, wir wollen das so. Nein, ich will kein Essen. Der große Anführer spuckt Töne. Der macht mich krank mit seinem Ego, die Mannschaft darf ich nicht missbrauchen. Der bekommt nichts von uns, das Essen gehört den Leuten in der Burg, kannst du dir das aufschreiben? Nein, ich kann nicht schreiben. Ich habe nicht lesen gelernt. Was willst du, wenn du nichts kannst? Ich lasse schreiben, selber mache ich nichts. Du wirst schreiben lernen müssen, wenn du bleiben willst. Ich höre zu, wenn es was zu sagen gibt, die anderen müssen machen. Das reicht nicht. Du hast nichts zu sagen. Du sprichst wie ein Gegenstand, und reden kannst du schon gar nicht. Du musst verstehen, was wir wollen. Wir wollen etwas erreichen damit, wie wir leben, das ist unser Sagen. Du sagst, du willst viel, kannst aber wenig, bist du da, weil du lernen willst? Zuhören reicht nicht, wenn der Verstand aussetzt. Sprechen musst du lernen, das brauchst du nicht zu können. Ich sage dir doch die ganze Zeit, was ich will. Was willst du wirklich? Du bist nicht so wie ich. Ich will, dass dein Land mir gehört. Du willst schreiben lernen. Das geht nicht, weil ich das nicht will. Ich will nicht schreiben lernen, ich lasse schreiben. Das Land wird dir nie gehören, da steht kein Sinn dahinter. Du willst meine Leute zerstören und willst auch nicht sprechen lernen. Du weißt, was Reden hinter den Mauern bedeutet, du kannst jetzt gehen. Muss ich dich hinausbegleiten, weil du das auch nicht willst? Ich gehe nicht freiwillig, ich komme wieder und dann gehört mir, was du nicht willst. Dir wird nie gehören, was du nicht bekommen sollst. Meine Leute haben sich das verdient, deine müssen sich das erst noch verdienen. Er geht ohne Widerspruch, weil er den schon hatte. Ein unzufriedener Mensch liebt Unzufriedenheit, solange er zufriedengestellt wird. Er bekommt jedes Mal von den anderen die Bestätigung, dass er alles richtigmacht. Bei mir hat er alles richtiggemacht, ich weiß, was er will. Er will das Sagen haben über die anderen und braucht von den anderen, die er bestimmt, die Zustimmung, dass er recht hat. Ja, Anführer, ich lerne lesen und schreiben für dich, damit du das Sagen hast, ich gebe dir recht und beweise dir damit meine Unschuld. Ich bin nicht schuld, dass ich so bin, das hat mir schon der andere beigebracht. Der andere wollte, dass ich so bin für dich. Wieso wollte der das? Das habt ihr so ausgemacht. Wer ist der andere? Der andere ist der, den du vergessen hast, weil du keine Ahnung hast vom Leben. Er bringt dir bei, wie man sprechen soll. Du sollst sprechen, indem du dich versprichst in einem Leben, wo du nicht sein willst. Doch du hast es dir so ausgesucht, weil er dir das Sagen gab. Du hast das Sagen, aber keiner will mit dir sprechen. Du sprichst, willst aber nicht handeln, das müssen wieder die anderen für dich machen. Du kennst keinen Unterschied zwischen »davor« und »danach«. Es bleibt gleich, wenn sich nichts ändert. Wir müssen uns hin und wieder ändern, sonst lernen wir nichts dazu. Wir lernen dazu, indem wir miteinander sprechen, wir kommunizieren auf eine Weise, um zu erfahren, was der andere braucht. Ich brauche viel, will aber nicht um den heißen Brei herumreden. Das haben wir ja immerhin schon mal gelernt. Ich spreche mit dir, weil ich spontan sein will. Die Tore gehen auf und zu, genauso wie die Pforten. Eine Pforte mag gewählt sein, um mein Reich zu erkennen. Ich zeige dir, wie interessant es sein mag, das Leben zu verändern. Wir spielen mit den Mauern und du erkennst den Sinn, den wir brauchen. Erkannt hast du bisher nur, wie du dich schützen kannst. Der Schutz wurde ausgenutzt, da du nicht erkannt hast, dass du ein Lockvogel bist. Mauern sind schön, wenn man sie gut leiden kann, sie erfüllen ihren Sinn und Zweck. Der Lockvogel, der hier spricht, bist nicht du, sondern ein anderer. Du bautest diese Mauer, weil du Krieg führen wolltest. Du hast den anderen provoziert. Die Freiheit, die du dir nahmst, hast du nicht bedacht. Der Selbstschutz fehlt. Eine Sicherheit durch eine Mauer kannst du nur auf der Gefühlsebene aufbauen und nicht in die Tat umsetzen. Brauche ich eine Mauer als Schutz vor dir auf der Gefühlsebene, fühle ich mich angegriffen, weil ich ausgenutzt werde. In die Tat kann ich dies nicht umsetzen, weil das auffliegen würde. Du bist der Angreifer, weil du immer nur verlangst. Ich verlange dies, ich verlange das, ich verlange jenes. Kannst du begreifen, worum es geht? Es geht nicht nur immer um dich und auch nicht um den anderen, du willst dich immer wichtigmachen und in den Mittelpunkt stellen. Du kannst dich eh wichtigmachen, du begreifst nur nicht die schönen Dinge, die du zerstörst. Wie ist es bei einer Mauer, die nicht um das Dorf gebaut wurde als Schutz, sondern immer wieder offen ist, wo es keine Verbindung gibt, die nicht durchgängig ist? Du meinst so was wie eine offene Tür, die nie geschlossen werden darf. Ich weiß nicht, wie nennt man denn sowas? Frag doch mal das Burgfräulein, vielleicht hat die eine Ahnung, was das für eine Bedeutung hat. Du kannst kommen und gehen, wann du willst, du sprichst aus den Wänden, weil du reden willst. Bringst du gute Laune mit, brauchst du einen Verteidiger für die böse Miene. Sprechen kannst du dann mit der Wand bei schlechter Laune, weil dich heute keiner sehen will. Warum will mich heute keiner sehen? Ich kann wissen, was du willst, aber sagen kann ich viel, Reden will gelernt sein, sonst kann das Sprechen nicht beginnen. Ich beginne mit dir, du willst reden über Türme und Mauern. Du sprichst mit mir, handeln kannst du nur über dich. Versuch mal, durch einen anderen Durchgang zu gehen, fällt dir etwas auf? Ich verstehe nicht, warum ich da durchgehen soll, der Weg ist doch einfacher. Eben. Für dich ist der vorherige Weg einfacher gewesen, obwohl mein Weg doppelt so kompliziert war, weil ich immer beobachten muss, wer durch die Tür geht. Da ist ja keine Tür und auch kein Tor, da ist immer offen, da nur ein Durchgang da ist. Bei dem Durchgang, wo du immer durchgegangen bist, habe ich immer aufpassen müssen. Bei dem Durchgang, wo du in Zukunft durchgehen sollst, wird jemand anderes aufpassen. Oder willst du, dass ich deine Mutter bin? Nö, ich habe schon eine. Wer passt denn bei dem anderen Durchgang auf? Keine Ahnung, findest du das für mich raus? Wie mache ich das denn? Dich habe ich nicht einmal gesehen beim Durchgehen. Das wirst du schon merken, der wird sich irgendwann genauso aufregen wie ich. Du kommst nämlich immer in schlechter Laune und gehst in guter Miene, heute war es genau umgekehrt. Ich habe genau gewusst, irgendwann verderbe ich dir das Lachen, weil du irgendwas vorhast. Na toll, jetzt habe ich mich einmal gefreut, mit einem Attentat, das ich vorhatte, wo es mir bessergehen könnte, und ich werde gleich bestraft. Du wirst nicht bestraft, du nervst einfach nur. Dich müssen andere auch mal beurteilen, wenn du durch die offene Mauer gehst. Wird man da beurteilt, oder wie? Ja, bei einer Mauer, die keine Tore hat, sondern nur einen offenen Durchgang, da wird man beurteilt. Wie oft gehst du durch die Mauer durch? Nicht so oft wie du, deswegen fällt mein Urteil auch nicht so schwer aus wie deins. Warum ist das so? Die Leute wollen wissen, wie du über die Dinge denkst, die gemacht wurden. Bei einem offenen Durchgang kannst du ihnen mitteilen, ob du zufrieden bist oder nicht. Ja, aber ich bin doch zufrieden gewesen an diesem einen Tag. Du hattest einen Hintergedanken, der hinter der Mauer stattfinden sollte. Wir waren unsicher und wollten dich einen anderen Weg gehen lassen, um zu sehen, wie ernst es dir ist um die Lage. Der andere muss wissen, was du vorhast. Wir gehen alle nur nach Gefühl, wir wollen keinen Schaden anrichten. Der andere kann jetzt erkennen, was ich machen wollte, der verrät mich dann, und dann ist das keine Überraschung mehr. Keine Angst, der spricht nur mit mir. Wenn er das Gleiche denkt wie ich, brauchst du dir keine Sorgen zu machen. Wehe, der verrät mich, ich bin sauer. So, der andere beurteilt ihn jetzt und gibt mir die Schuld, weil er so beleidigt ist. So beleidigt kann man gar nicht sein. Dadurch, dass der Weg länger ist, braucht er schon Zeit, um seine Wut rauszulassen. Heute wollte er pünktlich sein, er hat nur immer mit seinem Nachbarn ein Problem. Der Nachbar von seiner Freundin lässt sich immer wieder auf eine Unterhaltung ein. Der Neue will die Unterhaltung aber nicht. Er muss sich immer wieder sagen lassen, wie arm der Vater der Tochter sei, er habe keine Frau mehr. Ja, aber die Tochter ist ja schon groß und der Vater freut sich ja für die Tochter, dass die ihren richtigen Partner hat. Der Vater freut sich, das ist richtig, aber der Nachbar ist eifersüchtig, der will den Neuen fertigmachen. Der Neue hat schon überlegt, seine Freundin zu überraschen und über die Leiter ins Fenster einzusteigen. Das wäre ja eine Superidee, den Nachbarn könnte er sich ja so ersparen. Haben ja schon viele gemacht. Der Neue handelt sich aber dadurch nur noch mehr Ärger ein. Mir wäre es lieber, wenn der Nachbar ginge, dann gäbe es Ruhe in unserem Ort. Der Neue geht mit Absicht einen längeren Weg und braucht somit mehr Zeit. Der Nachbar wird wieder eifersüchtig auf den Neuen. Warum ist der eigentlich so eifersüchtig? Der hat niemanden, der hat schon alle verloren und lebt in der Eifersucht weiter, dass die anderen noch jemanden haben. Der Nachbar muss gehen, der macht den Neuen sonst fertig, der darf hier nicht bleiben. Bleiben darf nur der Neue. Der Vater würde sich freuen, wenn wir das machen würden. Wir besprechen das noch, wie wir vorgehen. Was ist das für eine Vorgehensweise? Ihr könnt doch nicht einfach so in der Gruppe über mich handeln. Hat das schon funktioniert? Ich weiß von nichts. Ich weiß nicht, wie das Rausschmeißen funktioniert, wenn man das Sagen hat, du? Wir beurteilen nur, wie die Leute untereinander sind. Der Nachbar muss trotzdem seinen Weg finden, damit er nicht mehr in der Eifersucht leben muss. Der spricht jedes Mal mit dir und meint, er habe das Sagen. Das geht so nicht. Wir haben alle was zu sagen, nur er meint, er könne da der Anführer sein. Selbst wenn er der Anführer wäre für das Sagen, müsste er die anderen auch mal was sagen lassen. Ich muss immer zuhören, wenn der spricht, mir tun schon die Ohren weh, weil die Tonwahl nicht passt. Jedes Mal geht es um die Eifersucht. Der Nachbar wird sauer und geht und kommt nie wieder. War das jetzt guter Junge/böser Junge? Ja, kann man so sagen. Der gute Junge bin ich, der den Neuen beurteilt. Ohne die Beurteilung kann nichts stattfinden. Der Nachbar kann gehen ohne ein schlechtes Gewissen und kann sich eine neue Umgebung aussuchen, wo er sich wohlfühlt. In dem Ort, wo er jetzt war, ist er einfach nicht mehr glücklich gewesen. Auch wenn er die guten Tage, die er hat, genießen würde. Die Einsamkeit, die er hat, die macht sich jeden Tag bemerkbar. So kann er wenigstens in einer neuen Umgebung von euch erzählen. Euch gibt es ja noch. Das ist wichtig, ob einer lebt oder ob schon einer gestorben ist. Die Lebenden sieht man jeden Tag. Die Trauer der Toten, die hat man jeden Tag. Wen darf ich denn wiedersehen, wenn ich gestorben bin? Diese Frage kann einem meistens niemand beantworten. Ich frage mich jeden Tag, wen ich wiedersehen will und wen nicht. Sind wir Seelenverwandte, ist das gar kein Problem, mal Abschied zu nehmen, irgendwann sehen wir uns eh wieder. Ich sage »auf Wiedersehen«, ich bin der Nachbar, der gehen kann. Ich komme nie wieder, aber ich bin glücklich, euch gehabt zu haben. Das Sagen habe immer noch ich. Ihr dürft darüber erzählen, ich war nie gemein oder hatte irgendwelche bösen Absichten. Ich wollte immer nur reden, um gesprochen zu haben, du jagst mir keine Angst ein. Das Dorf nimmt Abschied vom nervigen Nachbarn. Auf Wiedersehen, vielleicht lernst du bessere Leute kennen. Mit »besser« weiß er nicht, was gemeint ist, erst dann, wenn ihm wirklich welche begegnen. Wir sind allein, was machen wir denn jetzt? Das Haus da drüben steht jetzt leer, da ist noch keiner drin gestorben. Ich will Kinder haben, du auch? Wir warten lieber ein paar Tage, vielleicht kommt der Nachbar zurück. Ein paar Wochen wäre noch besser, sonst wären wir unverschämt. Wir müssen das Haus dann abreißen und ein neues hinbauen. Das neue Haus hat dann einen Spielplatz für das Kind. Erzählst du mir Dinge, die dich nicht interessieren, oder meinst du es ernst? Ich meine es ernst, hey, was denkst du von mir? Soll ich sagen, alte Leute stinken, wenn sie faul werden? Nee, das nicht, ich wollte nur darüber gesprochen haben, bevor wir etwas machen. So gestunken hat der ja eh nicht. Anstandsmäßig ist es besser, für das Wohl der Familie zu sorgen. Falls wir Kinder haben sollten, hat dein Vater kein Mitspracherecht. Das Mitspracherecht haben nur wir, weil wir die Eltern sind. Das Vertrauen zwischen Eltern und Kind stimmt sonst nicht. Dein Vater hat eh nichts dagegen, Großvater zu werden. Hin und wieder darf er auch das Kind anschauen. Solange das Kind gestillt wird, haben die Eltern das Sagen. Wenn das Kind dann anfängt Brei zu essen, bestimmt es selbst, von wem es gesehen werden will, dann ist es auch einfacher zu beobachten, von wem es die Nähe zulassen kann. Ist das so schlimm, bzw. macht das so viele Unterschiede aus, wie über Nähe und Distanz bestimmt wird? Ja, als Neugeborenes bis zu einem halben Jahr ist man am empfindlichsten. Die Ohren sind noch nicht abgestimmt für die Umgebung. Von der Mutter und vom Vater weiß das Kind, was es bekommt. Haben beide Elternteile versagt, wird das neugeborene Kind misstrauisch. Die ersten Ängste machen sich bemerkbar. Ich bin jetzt das hilflose Neugeborene, wie soll ich dem jetzt sagen, dass er den Mund halten soll? Für seine Stimme habe ich mich noch nicht entwickelt und er jagt mir schon Angst ein, auch wenn er es gut gemeint hat. Im Bauch der Mutter ist es anders, da hat das Baby noch die Haut darüber und versucht die Töne zu deuten, die es hört. In der Realität ist es fast nicht machbar, weil jeder das Baby sehen muss. Da die Arztgänge und Pflichtimpfungen und dort wieder die Verwandtschaft, weil die sonst beleidigt sein könnten. Die Berührung ist genauso wichtig, nur die Eltern sollten das Kind, solange es gestillt wird, anfassen. Mama und Papa, ich bin hilflos, wo ist die Bestimmung, dass du das Sagen hast? Ich bin dein Kind, hilf mir, sonst wird es wieder ein Angstschiss in die Windel oder ich bekomme Verstopfung und Schweißausbrüche. Ja, Neugeborene sind hilflos in jeglicher Art und angewiesen auf die Eltern. Wenn der Abstand eingehalten wird, kann man anfangen zu beobachten, wie sich der Verlauf entwickelt. Wir möchten sehen, wie das Neugeborene aussieht, wir wollen wissen, was es ist. Ist es ein Mädchen oder ein Junge? Darf ich den mal anfassen und auf den Arm nehmen und hochheben? Nein, darfst du alles nicht, erst wenn das Baby nicht mehr gestillt wird. Es ist ein Junge, und jetzt hau ab. Deine Anstandsfragen und Neugier sind eh in Ordnung, nur halt die Grenzen ein. Ich will kein Gejammer und auch keinen Streit mit dir, früher oder später darfst du es schon sehen, wenn ich dabei bin. Ich will genauso, dass es dem Baby gut geht. Krank wird es, wenn es zu viel Stress hat. Stress hat viele Ursachen, der Schutz muss einfach gewährleistet sein. Anders ist es mit dir, wenn ich so mit dir sprechen würde. Einer spricht und der andere hört zu. Ein Baby darf nur zuhören. Die Bedeutung eines Wortes kannst du ihm dann beibringen, wenn es sprechen lernt. Dann macht es auch Sinn. Die Wörter werden wiederholt beim Sprechen und die Aufmerksamkeit ist besser beim Zuhören und Sprechen, da der Spaßfaktor steigt. Spielerisches Lernen in der Wortwahl fällt so leichter. Schreiende Kinder mag sowieso keiner. Sie schreien, weil sie Aufmerksamkeit wollen. Aufmerksamkeit ist gut, aber nicht, wenn sie keine Lust mehr haben, noch zuzuhören. Das kann nervig werden und anstrengend. Schreiende Kinder haben in der Regel schon eine Verlustreaktion, sie merken nicht, ob es dem anderen wehtut, sie nicht zu Wort kommen zu lassen. Wie muss ich reagieren, um zu handeln? Kann ich die Zeit abwarten oder ist schon alles zu spät? Bestrafung will keiner, das will gelernt sein. Ich weiß nicht, wie es ist, wenn ich auf dich hören muss. Du sagst mir auch immer, wie ich mich verhalten muss. Ich höre dann zu, wenn ich keine Lust mehr habe zu schreien. Geh in die Ecke und schäm dich. Das ist eine Bestrafung. Geh in dein Zimmer, dich kann keiner hören, du brauchst Mittagsruhe. Das ist besser, wenn man zu viel hat. Abschalten können so beide, Eltern wie Kind. Warum kann ich denn nicht einmal fragen, warum das Kind so laut schreit? Es wird meistens angenommen, die Kinder seien zu müde oder schlecht erzogen. Kinder wollen nicht erzogen werden, genauso wenig wie Eltern. Wenn ich mir immer sagen lassen muss, wie ich mich zu benehmen habe, macht das einfach keinen Spaß mehr. Wann sprechen wir denn über Probleme? Fast jeden Tag. Was gibt es zum Frühstück, wenn ich keinen Hunger habe? Ich bin Kind, ich will ausschlafen. Ausschlafen darfst du nicht unter der Woche, nur am Wochenende. Jetzt bringen die mir schon wieder etwas bei, ich will Kind sein und kein Sklave. Wenn du etwas willst, dann bring dir selbst etwas bei und leb damit. Erst dann, wenn sich das Gelebte gut von dir anfühlt, werden es einige nachmachen, weil sie ein tolles Gefühl haben möchten. Ich sehe in dir, du willst mir etwas sagen, kannst dich aber nicht mitteilen, weil du selbst die Erfahrung brauchst. Wir sehen, ob das gut ist oder nicht, was du da machst. Wir sprechen darüber. Es ist nicht schön, wenn wir immer machen müssen, was andere sagen, und dann erwarten sie von uns, es wäre so richtig. Sprechen soll etwas Schönes sein. Ich möchte gern sprechen. Es wird ausgenutzt. Warum wird jedes Mal das Sprechen ausgenutzt? Mit dir muss ich sprechen, weil ich etwas verlange. Der hat das Sagen. Der will mir etwas sagen. Der redet mit mir, als wäre ich ein Gegenstand. Ich bin kein Gegenstand und zuhören tue ich auch nicht gern, wenn andere sprechen. Sagen will ich dir nichts, ich habe dir nichts zu sagen, das machen eh die anderen. Die anderen wollen immer nur. Sprichst du zu leise oder sprichst du zu laut? Es wird immer schlecht gesprochen, ich spreche mit Absicht leiser als die anderen, um zu beobachten, ob sie mir überhaupt zuhören wollen. Musst du mal ausprobieren, du wirst gleich eingestuft und es wird über dich gesprochen. Die ist zu schüchtern, die will sich nicht behaupten. Sprechen lernen will sie auch nicht, sie hört nur zu. Was habe ich denn gesagt? Nichts, was mich interessieren könnte. Du hast keine Interessen in dem Sinne, du willst dich nur messen. Ich muss immer zuhören, wenn gesprochen wird, und schon habe ich das Interesse verloren. Ich habe ja auch das Sagen. Was willst du mir denn sagen? Schon werde ich neugierig. Das schaffen allerdings die wenigsten. Ich sage dir, was ich mache. Aha. Das klingt gut. Ich sage dir, was du machst. Okay, was muss ich denn machen? Du sagst dem und dem und dem, wir hätten etwas vor. Frag nicht nach, sonst kannst du nicht danach handeln. Hast du gut zugehört oder muss ich mich wiederholen? Na ja, jetzt war ich so neugierig, jetzt habe ich immer gut hingehört. Dann hör halt wieder weg, du bist der Letzte, der erfahren wird, was passiert. Du bist derjenige, um den es geht. Andere wollen jetzt wissen, was passiert, aber du kannst anderen nicht sagen, was du kannst. Du kannst viel, willst aber nicht sprechen darüber, weil du was sagen wolltest. Ich habe eigentlich gar keine Ahnung, was Sprechen bedeutet. Hier will immer nur jeder das Sagen haben. Du bist krank und leidest darunter und merkst es nicht einmal. Deine Stimme ist heiser, wenn sie verklingt und du nach Tönen suchst. Ich kann nur so sprechen, wie es mir vorgegeben wird, ist deine Ausrede. Wie wird es dir denn vorgegeben? Du willst ja nichts verändern. Nein, ich will so bleiben, mir macht das Spaß. Macht auszuüben ist super beim Sprechen, es sind eh so viele da, die das können. Alle anderen gehen unter und müssen das machen, was gesagt wird. Wenn du nicht zuhörst und nicht mitbekommst, was wir wollen, wirst du bestraft. Du wirst bestraft, wenn du dich weiterentwickelst nach dem Sein, das es gar nicht gibt. Du sollst nachgeben und uns das Sagen überlassen. Das geht nicht beim Sprechen. Sprechen musst du lernen, ob du willst oder nicht. Wenn ich zuhören kann, dann gebe ich mir Mühe, doch du suchst wieder eine Art der Unterdrückung, um besser zu sein. Das ist der Nachteil der Krankheit. Du sprichst und hältst die Pausen nicht ein. Es sind keine Pausen zum Luftholen, es sind auch keine Pausen zum Zuhören. Es sind Pausen, um den anderen eine Möglichkeit zu geben, sich zu beteiligen an dem Gespräch. Ich spreche mit dir, um mich mitzuteilen, ich bin da und anwesend. Du sprichst und gibst immer Befehle, um das Sagen zu haben. Mit dir macht das Sprechen keinen Spaß, das ist alles nur oberflächlich. Dir geht es nicht um mich, sondern nur um dich. Ich kann sehen, wie du sprichst, und du sprichst nicht gut. Ich will sprechen, weil ich gute Laune habe. Ich will sprechen, weil ich Probleme habe. Ich will sprechen, weil es dich gibt. Ich will keine Sprachen lernen, weil ich jedes Mal ein Verständigungsproblem habe. Wenn du Interesse an einer Sprache hast, kannst du die gern lernen. Du bist deswegen nichts Besseres, wirst aber höher eingestuft, weil du mehr kannst. Vergiss nie, warum du die Sprache lernen wolltest. Sie tut irgendwann weh, wenn es jeder kann. Der eine kann dies, der andere kann das. Du kannst das und bist etwas höher eingestuft. Warum machst du es mir leichter als du, dich zu mögen? Ich höre dir nicht zu und will auch nicht mitsprechen. Ich bin Außenseiter, das Gespräch gehört euch. Ich spreche nicht gern, und auch nicht über solche Dinge. Du machst die Sachen gut, keine Frage, dein Interesse ist groß. Nur mir macht das keinen Spaß. Ich sitze aus Langeweile da und muss mir eure Wortwahl anhören. Ich muss mir immer etwas sagen lassen. Kannst du dem helfen, kannst du dem helfen, kannst du dem helfen? So habt ihr euch entwickelt. Kannst du den missbrauchen, damit ich das machen kann? Kannst du mit dem das machen, damit wir besser sind? Mit dem habe ich schon das gemacht, das kann ich mit dir auch, nein, halt, du bist die Erste. So zuhören, dass man das erkennen kann, das kannst du nicht. Solches Interesse hast du noch nie bewiesen. Ich spreche nicht gern, wenn du merken würdest, was ich schon alles getan habe, ohne darüber zu sprechen, würdest du mich nicht mehr mögen. Ich spreche über Dinge, die mir Spaß machen, nicht das, was du denkst. Du willst gehört werden und dir sind immer nur deine Dinge wichtig. Du suchst Anerkennung, weil du immer die Bestätigung brauchst, irgendwo dazuzugehören. Du brauchst Situationen, die du erlebt hast in deinem Leben, um die in den Vordergrund zu stellen, nur um zu sprechen. Und was gibt es Neues? Auf die Frage habe ich schon lange gewartet. Die stelle ich mir jeden Tag. Wir führen Krieg, da wird das Sagen bestimmt. Die Menschen sind krank, über die Krankheit wird das Sagen bestimmt. Die Tiere werden missbraucht, über die Tiere wird das Sagen bestimmt. Wer hat da eigentlich noch Mitspracherecht? Die Sprache vom Tier willst du nicht lernen, dazu hast du keine Lust. Dir ist es wichtig, dass du das Sagen hast, wie du es gern essen willst. Das Tier ist krank, es steckt in den Genen, es kann es dir nur nicht sagen, weil du die Sprache nicht verstehst. Das Tier ist keine Maschine, wird aber wie eine behandelt. Der Mensch hat das Sagen über die Fortpflanzung, der Sexualtrieb ist gestört, das Vertrauen wird missbraucht. Der Hormonspiegel der Geschlechtshormone ist gestört, einmal wegen des gestörten Fortpflanzungstriebs und einmal durch die überschüssige Milchproduktion. Wie soll es weitergehen, willst du kein Mitspracherecht? Mitspracherecht hast du in dem Sinne, wenn du selbst etwas beiträgst. Jede Stimme für eine nicht geschlachtete Kuh ist wertvoll. Jede Stimme für ein nicht geschlachtetes Schwein oder Huhn oder eine nicht geschlachtete Ente ist genauso wertvoll. Willst du lieber, dass der Arzt über deinen Tod das Sagen hat? Willst du lieber Tabletten nehmen bis an dein Lebensende? Der kranke Mensch weiß nie, was er machen muss, weil er hilflos dasteht, wenn er krank wird. Ich muss mir immer alles sagen lassen, was will ich denn, wenn ich mit dir sprechen muss? Ich will in Krankheit leben, mir ist lieber, wenn alle missbraucht werden, ich bin zu feige zuzugeben, dass ich versagt habe. Wenn ich krank werde, ist es am schlimmsten, dann kommt das richtig raus, jeder nutzt dann die Lage aus, weil ich das so will, ich kann mir nicht mehr helfen. Bitte hilf mir, ich bin ein Allesfresser, ich habe nicht gelernt, auf mich aufzupassen. Ärzte verschreiben viel und sind manchmal auch korrupt und operieren auch mal da, wo es nicht nötig wäre. Allein schon beim Lernen ihres Studiums wird das Sagen über Leben und Tod bestimmt. Ich sage, dir liebes Versuchskaninchen, heute bringe ich dich mit Absicht um. So lernen Ärzte ihr Mitspracherecht mit Dominanz dem Patienten gegenüber. Na, lieber Patient, willst du morgen noch leben? Ich weiß, dass du versagt hast mit deiner Entwicklung, oder soll dich die Krankenschwester noch ein bisschen quälen? Es gibt eh Tabletten vom Arzt verschrieben, die die Tiere vorher ausprobiert haben, so schlimm kann es nicht sein. Es ist schlimmer, als du denkst, lieber Patient, die Tabletten sind noch nicht ausprobiert. Du bist die Erste und stellst dich freiwillig zur Verfügung, vielleicht merkst du dann mal, dass wir das Sagen haben. Wir machen alles, um herauszufinden, wie Mensch und Tier sich verhalten müssen, damit wir wieder das Sagen haben. Kranke Menschen gibt es genug, du wirst sehen, ich bin nicht die Einzige. Du bist alt, bei dir schreibe ich dann auf »an Herzversagen gestorben«, dann brauchst du auch keine Organe zu spenden. Hilfe, Hilfe, ich bin Patient, die Frau will mich umbringen, die ist Krankenschwester und will Ärztin sein. Sehen Sie, Frau Doktor, die Frau nimmt Sie nicht ernst, bei mir wollte sie auch schon keine Tabletten schlucken. So drehen dann die alten dementen Leute ihre Krankheit zur Show. Wir müssen ja irgendwas mit der alten

Frau machen, die will keine Tabletten schlucken. Was hast du denn da
Gutes? Vielleicht merkt die ihren Spannungszustand. Leute, die schon
versagt haben, wollen nicht noch mal versagen, die geben sich dann Mühe
und wollen brav sein beim Schlucken. Hey, Oma, was willst du denn
schlucken? Die Scheiße willst du eh nicht fressen. Willst du sterben oder
hast du Angst vor dem Tod? Bist ein Versager, kannst nur gesund werden.
Mein Opa hat damals immer alle Tabletten ausgespuckt, wenn keiner
geguckt hat. Ich habe das als kleines Kind witzig gefunden. Ich stelle die
Ärzte immer noch in Frage mit dem, was sie machen. Vielleicht sind zu
viele Frauen in diesem Raum und die Patientin mag lieber einen hübschen
jungen Mann, dass sie mal an was anderes denken kann. Hol mal einen
Pfleger, ich will mal wissen, was die alte Frau dann macht. Ja, mache ich,
ich bin ja auch die junge Krankenschwester, die alles macht, was der Arzt
sagt. So, da kommt auch schon der Pfleger. Oh, ein Mann … Was will der
bloß, denkt sich die alte Schachtel, die nicht sterben will. Ich habe Angst,
dass der was macht mit mir, ich will keine Kinder, denkt sich die alte
Dame und lächelt ihm ins Gesicht. Sie sind aber ein hübscher Pfleger,
wollen Sie mich gesund machen? Ja, Kinder gibt es aber keine. Warum
denkt der das jetzt von mir, habe ich etwas falschgemacht? Sie sind aber
keine Hilfe, wenn ich das Sagen habe. Wollen Sie mit mir sprechen oder
soll ich wieder gehen? Sie sind hilflos in Ihrer Krankheit, weil Sie versagt
haben. Muss der mir das noch mal sagen? Ich bin hier, weil ich aufgeben
wollte. Die anderen sollten dann die ganze Sippe von der Pflege und die
Ärzte beschuldigen, weil sie versagt haben. Super, wieder so eine, die
meint, sie könnte einfach im letzten Moment noch alles erledigen. Alte
Leute brauchen das, sonst haben sie keinen Spaß am Tod. Ich muss dir
jetzt noch was sagen, du bist gestorben für mich. So, und gesagt habe ich,
es wird alles gut, du bist nicht so wichtig für mich. Und was wolltest du
noch wirklich sagen? Ich habe Hunger und will vegan sein, ich glaube,
ich habe irgendwas falschgemacht, uns wurde es so beigebracht. Jeder
sagt, wir müssten Fleisch essen und krank werden. Ich will nicht krank
werden. Die Leute werden sogar bestraft, wenn sie kein Fleisch essen.
Kinder, die gesund aufwachsen dürfen, da werden sogar die Eltern be-

straft, weil keine Akzeptanz da ist. Die Masse will lieber versagen, weil sie krank werden muss. Du als Einzelner hast wenig zu sagen. Ich spreche mit dir, weil ich Interesse habe an dir. Du bist wichtig, jeder ist wichtig. Du machst dich aber unwichtig und willst gebraucht werden. Selbst wenn du gebraucht wirst, kannst du nicht sprechen. Du willst weiterhin versagen, das Versagen macht dir irgendwann Spaß. Du machst dir einen Nutzen daraus, indem du darüber sprechen willst. Das Sprechen kannst du nie wieder so wie vorher, sei dir dessen bewusst. Du wirst missbraucht, du kannst nicht zuhören, was andere wollen. Dir sind deine Leute wichtig, wo du einen Nutzen hast. Den Nutzen wirst du nie aufgeben, weil du immer gewinnen willst. Wer macht dich denn gesund, wenn du niemanden mehr hast? Es wird immer jemanden geben, der so blöd ist und mir hilft, dann kann ich so weitermachen wie vorher. Willst du das wirklich? Ja, das ist mein Interesse. Das Interesse, was du hast, ist langweilig, das kenne ich schon. Mein Interesse wirst du nie kennen lernen, das haben dir schon andere gesagt. Warum willst du immer mitsprechen? Dein Wollen ist hier nicht erwünscht. Ich will eh nicht mit dir sprechen, mich interessieren nur die Dinge, die du machst. Warum soll ich alles können, was du willst? Ich will nicht, dass du alles kannst, du sollst nur wissen, dass es noch andere Dinge gibt, über die man sprechen kann. Du sprichst über Dinge, die deine Interessen sind. Erzogen sollst du werden, weil es immer um das Sagen geht. Wozu gibt es denn Gesetze? Wir machen Gesetze, damit wir schlechte Menschen, die sich nicht an die Regeln halten können, dazu bringen können, sich daran zu halten, anders kapierst du es ja nicht. Gesetze sind Interessen der Politik. Wenn sich jeder daran halten soll, sind das Erziehungsmaßnahmen. Die Politiker sagen uns damit: Sie haben das Sagen über den Bürger. Der Bürger hat da kein Mitspracherecht, weil der nichts in der Politik verloren hat und auch nicht studiert hat. Selbst die Studierten haben die Fresse zu halten. Ich lasse mir von denen aber sicher nicht schon wieder sagen, wie ich mich verhalten muss. Da die Behörden und dort die Behörden, wenn du dich nicht nach Paragraph sowieso verhältst, wirst du so und so bestraft, das sind Erziehungsmaßnahmen auf Erwachsenenebene. Das Bestrafungssystem allerhöchster Art. Ich habe das Sagen und du wirst danach gehen. Das System jagt einem Angst ein, ich will normal sein. Ich will nicht du sein und ich will auch nicht er sein. Das Gesetz, was in meiner Seele steht, kannst du nicht lesen. Ich bin ein Mensch, mit dem keiner sprechen will, aber ich habe das Sagen. Um das Sagen zu haben, wie ich mit dir umgehen muss, brauche ich nicht viel zu wissen. Ich weiß, dass du Interessen hast, und mit denen kannst du nicht umgehen. Umgehen kannst du nur mit dir, weil du ein Versager bist. Du bist auf den anderen angewiesen, du kannst dir sonst nicht helfen. Wenn du dir selber helfen würdest, könntest du auch darüber sprechen. Du könntest darüber sprechen, wie du dir hilfst. Das machen eh schon einige. Nur lass dir nicht einreden, du müsstest das genauso machen wie die. Du darfst nachfragen und Interesse zeigen, um zu erfahren, was geholfen hat. Ausprobieren musst du es selbst, weil nur du das Sagen über dich hast. Ich will darüber sprechen, was ich gemacht habe, es war gut, was geholfen hat, nur weiß ich nicht, ob mir jemand zuhört. Hast du überhaupt Interesse oder willst du wieder nur interessant sein? Ich bin kein Opfer und ich will auch kein Täter sein. Du musst verstehen, was du kannst, sonst kannst du nicht darüber sprechen. Die Erwartungen sind zu hoch, so soll es nicht sein. Ansprüche werden gestellt, du musst lernen wie wir. Ich will nicht lernen, ich habe schon gelernt und bin krank geworden. Ich will zeigen, was ich kann. Ich habe gezeigt, was ich von dir gelernt habe. Bestraft bin ich worden mit deiner Eitelkeit. Du kannst was, was keiner kann, du hast das Sagen. Sprich nicht mit mir über Dinge, die ich nicht mag, du machst mich fertig damit. Gesagt hast du Wörter in einem Satz. Die Wörter in einem Satz haben eine Bedeutung. Hörst du zu, wenn ich was sage? Du darfst auch sprechen. Sprich so, in deinem Interesse, und lass die anderen hinhören. Zeige, wie wichtig dir es ist, ohne zu behaupten, du würdest einen Fehler machen. Kommunizieren musst du auf jeder Ebene, ob du willst oder nicht. Wie willst du sprechen lernen? Du musst das ABC verstehen. Sprich ein Wort und mach es verständlich. Hörst du mir zu? Sprich das nächste Wort, wenn keiner spricht. Ich habe gesprochen und keiner hat mich verstanden. Die ersten Wörter sind immer bla, bla, bla, um etwas auszuprobieren. Blum, blum,

blum, geht es dann weiter, wie fühlt sich das an für mich? Spreche ich gern, werde ich ausprobieren, was mir für Wörter einfallen. Um gehört zu werden, möchte ich erst oft genug ausprobiert haben, damit ich weiß, wie sich das für mich anfühlt. Habe ich nicht oft genug ausprobiert zu sprechen, habe ich keine Sicherheit dir gegenüber zu sprechen. Ich will nicht so sprechen wie du. Du unterdrückst meine Töne. Kann ich nicht lernen, kann ich nicht richtig sprechen. Wenn ich nicht richtig sprechen kann, merkst du das. Du fragst, warum ich nicht genug ausprobiert habe, und du stellst mich zur Schau. Schau, die kann nicht richtig sprechen, die muss das noch lernen. Und so wird man dann vorgeführt. Ich muss sprechen lernen für die anderen und bekomme die eigenen Töne nicht richtig hin. Um richtig zuhören zu lernen, muss ich die eigene Sprache verstehen. Wie will ich mich denn ausdrücken? Deine ersten Wörter darf niemand verstehen, sonst versteht dich keiner. Du bist nicht interessant für dein Umfeld, wenn du dir nicht selbst die Gelegenheit gibst. Gibst du dir die Gelegenheit zu sprechen, ohne dass dich jemand hört, können die anderen dich besser verstehen. Machst du nicht die Schritte und übst selbst, hast du immer den Nachteil, nicht richtig sprechen zu können. Das Zuhören fällt dir schwer und du musst dich immer anpassen. Mit den ersten Wörtern, die du sprichst, machst du bekannt, wie du sprechen willst. Du suchst dir aus, mit wem du sprechen willst. Du machst auch bekannt, ob dir die Leute zuhören dürfen oder ob nur du sprechen willst. Du darfst jeden sprechen lassen. Aber mach es nicht so, dass dir keiner mehr zuhört. »Jeder« heißt nicht die ganze Welt. Es darf jeder sprechen, solange mir nicht die ganze Welt zuhört. Du darfst mir zuhören, wenn ich spreche. Ich muss die Schritte einhalten, ich will dich nicht verletzen. Ich suche mir die Töne so aus, damit die Leute meinen Klang verstehen. Du brauchst nicht zu wissen, wie der Klang ist. Der Klang ist mild und ansprechbar. Ich möchte keine Hindernisse, sonst werde ich nicht interessant. Einen Schritt muss ich voraussenden, um zu planen, wie du mit mir sprechen könntest. Ich könnte dir zuhören, verstehen tue ich da keinen Spaß. Mit dem Ton gebe ich an, bei den ersten Wörtern, die ich spreche, wer mit mir sprechen darf. Du darfst mit mir sprechen, da der Ton das Sagen hat. Der

Ton hat das Sagen und ich brauche keine Angst zu haben, dich nicht zu verstehen. Den Ton gebe ich an, und den Klang, den verstehst du. Laut und leise muss ich noch verstehen. Zu laut darf es nicht sein, das tut weh, und zu leise soll es nicht sein, sonst hörst du mich nicht. Ich will Wörter üben, dafür darfst du nicht mit mir sprechen. Bla, bla, bla … Ich spreche aus, was ich denke, und fühle danach, so entsteht der Ton. Bla, bla, bla … der Klang hat nichts zu sagen, das macht nur der Ton. Der Klang lässt dich zu mir kommen, dein Ton hat etwas zu sagen. Lässt du den Klang etwas sagen, steht die Tonart hinter dem Klang und hat nichts zu sagen. Ich möchte hören, was du sprichst, deine Klangart gefällt mir nicht, du kannst nicht zuhören. Wie soll ich hören, wenn ich nicht weiß, wie ich die Töne anstimme? Die Töne kann ich anstimmen, indem ich wieder übe. Ich kann Töne erklingen lassen, damit du mich verstehst. Ich bin nicht sehr kommunikativ, da ich sprechen lernen will. Die Zeit, wie ich sprechen lerne, bestimme ich. Ich sage auch, wann und wo ich sprechen lerne. Richtig mache ich es allein, sonst kann ich mich nicht selber hören. Ich muss mich selber hören können, sonst ist es ein Nachteil dir gegenüber. Ich spreche ungern und du willst mir nicht zuhören. Ich will mir nicht immer alles sagen lassen und ich will auch mit dir keinen Streit anfangen. Wenn du mich nicht verstehen willst und wir aber die Tonart und die Klangart gewählt haben, so müssen wir unsere Probleme lösen. Du darfst mit mir sprechen, was ist dein Problem? Wenn wir nicht streiten wollen und uns auch nicht verstehen, so müssen wir die Klangart ändern. Ich ändere die Klangart, ich muss dir nicht zuhören, aber ich darf dir etwas sagen, da ich den Ton angebe. Der Ton ist gewählt und ich muss mich mit dir verstehen. Verstehen wir uns, heißt das noch lange nicht, dass wir alle verstehen müssen. Alle dürfen dich verstehen und alle dürfen mich verstehen, danach darfst du auch üben. Ich habe immer noch ein Problem, du willst dir mit deiner Tonart nichts sagen lassen. Meine Tonart ist nicht deine Tonart und danach darfst du auch nicht gehen. Der Ton ist leise und auch nicht schrill oder schräg, weil ich Schmerzen haben könnte. Der Klang tut dabei weh, denn ich kann mich nicht wehren. Du hast den Nerv getroffen, den du ansprechen kannst, der hat auch noch das Sagen und ich muss wieder danach gehen. Ich habe keine Lust, mit dir so zu sprechen, mir tut das immer weh. Du hast das Sagen und ich habe das Sagen, wie willst du mit mir sprechen? Ich spreche und du antwortest auf meinen Befehl? Du sprichst und ich antworte auf deinen Befehl? So können wir uns beide Befehle geben. Willst du das? Keiner will das, du musst etwas ändern, sonst kommst du nicht zu Wort. Habe ich lange genug geübt, so kann ich den nächsten Schritt angehen. Blum, blum, blum, und dann ABC. Ich brauche eine Pause nach dem ersten Wort. Nach dem ersten Wort lasse ich dich sprechen und du sprichst auch nur ein Wort. Nach dem ersten Wort machst du Pause und ich bin glücklich, da ich nicht so viel verstehen muss. Du gibst mir Zeit und ich kann deinen Klang aufnehmen, damit ich dich besser hören kann. Diese Zeit brauchst du auch, sonst tun wir uns beide weh. Hast du einmal den Dreh raus, ist es kein Problem mehr. Bei einer neuen Person reicht es, wenn ich erst einmal zuhöre, wie die spricht. Ich lasse dich sprechen und nehme deinen Klang wahr. Bei der nächsten Begegnung darf ich dann sprechen und gebe den Ton an und du darfst wählen, ob du mit mir weiter kommunizieren willst. Du hörst gut zu und nimmst meinen Klang wahr. Wenn der Klang wehtut, darfst du einen anderen Weg wählen. Du musst mir das aber irgendwie sagen, indem ich dich noch mal sprechen lasse. Du brauchst keine großen Erwartungen zu haben. Dein Klang sagt etwas über deine Stimme aus. Der Klang tut am meisten weh, weil der von niemanden beachtet wird. Du kannst hier nicht darüber sprechen, weil jeder das Sagen haben will. Hier ist keine Rücksichtnahme. Ich sage etwas und du hörst auf meinen Befehl. Im Grunde will das keiner, es wird aber so gesprochen. Du musst dein Verhalten ändern, sonst kommst du nicht weiter. Weißt du, was Nervenschmerzen sind? Ich kann mir nicht helfen, das Gesagte hat kein Wort. Das kommt zurück, wenn ich dich nach dem Klang frage. Der eine hat mir etwas versprochen. Aha, du denkst und sprichst gleichzeitig und nimmst mich nicht ernst. Du hast aber trotzdem zugehört, weil du schon wieder das Sagen hast. Du hältst keine Pause ein, um den anderen sprechen zu lassen. Der Ton ist wieder lauter und leise, es heißt, hier spreche ich. Du kennst kein ABC, du machst A und es heißt, du musst warten, bis du drankommst. A, ich spreche etwas und mache Pause. B, du sprichst und machst Pause. C, wieviel wollen wir noch sprechen? Ich habe heute viel zu besprechen, hast du Zeit? Ich lasse dich auch zu Wort kommen, weil ich wissen will, wie du darüber denkst, was ich spreche. Das Sagen hat der Ton und der Klang gibt die Aussagekraft, wie kann ich zuhören? Mit dir kann ich gut sprechen, auf allen Ebenen geht das noch nicht. Sprechen kannst du viel, auch wenn du über die Arbeit sprichst. Den Ton und den Klang darf nur das Halschakra angeben. Die Nebentöne, die erklingen, sagen deine Sprache aus. Willst du lernen, kannst du das so angeben. Der Ton darf nicht wehtun, auch nicht, wenn du über die Familie sprichst. Du gibst jedes Mal deine Probleme an, indem du den Schmerz im Klang besprichst. Du besprichst deine Probleme mit mir und ich kann keinen Widerspruch leisten. Ich sage und hatte das Sagen, das war der letzte Ton, den ich angab. Den Klang kannst du nicht ausspielen, den hatte ich nie. Welche Tonart nimmst du für mich, da ich deinen Klang wahrnehmen möchte? Du kannst eine Tonart wählen, da es vielen so geht, um einen Beitrag zu leisten. Die Tonart heißt: Versprich mich nicht, sonst kannst du nicht ehrlich sein. Diesen Klang brauchst du nicht, sondern du hast nur den Ton. Um das zu können, solltest du die Tonart gut üben. Ich komme nicht zum Punkt und du lässt mich auch nicht sprechen, das ist auch eine Tonart. Das, was hier meistens immer gesprochen wird, ist Verlangen. Ich verlange von dir zu sprechen. So will ich nicht sprechen, das habe ich dir versprochen. Ich mache das Gleiche mit dir und wir sind uns einig. Du kannst nicht immer verlangen und dann das Gegenteil bekommen. Ich bekomme von dir, was ich will, damit habe ich das Sagen. So können wir sprechen. Dein Gegenteil mache ich mir zum Vorteil, damit kann ich die Schmerzskala beeinflussen. Kann ich sprechen, brauche ich keine Wörter von dir zu bekommen. Du hast kein Verlangen nach mehr. Wie viel mehr willst du haben, um das Sprechen zu verstehen? Kannst du sagen, dass du schmerzfrei bist und jeden Ton ertragen kannst? Ich kann das von mir nicht behaupten, denn mir tut alles weh. Der nächste Schritt ist, eine Pause zu machen nach jedem

Wort. Du sprichst die Wörter, brauchst aber nicht mehr Zeit. Der Satz wird Wort für Wort gesprochen, und es ergibt einen Sinn. Ich brauche nicht auf den Punkt zu kommen, da ich das Sagen habe. Sagst du mir etwas, höre ich dir zu. Der Klang ist leise und dominant. Diesen Schmerz brauche ich, der gehört mir. Der Klang ist nur wichtig zum Zuhören.

Der Kehlkopf

Der Kehlkopf will sprechen. Er hat das Sagen. Ob ich zuhören will, entscheidet auch der Kehlkopf. Um gehört zu werden, muss ich etwas sagen. Ich will, dass du zuhörst. Die Ohren nehmen den Klang wahr, wie ist deine Stimme? Kann ich dich ertragen oder muss ich mich dir anpassen? Wenn ich mich anpassen muss, macht es keinen Spaß, mit dir zu sprechen. Ich muss den Ton für dich bestimmen, damit du mir zuhören kannst. In welcher Tonart wollen wir miteinander kommunizieren? Ich spreche, du hörst zu, oder du sprichst und ich komme nicht zu Wort? Ich spreche und lasse dich dann sprechen, das wäre optimal. Woran liegt das, dass manche nicht zu Wort kommen? Ich will nicht darüber sprechen, die Tonart gefällt mir nicht. Du hörst mir nicht zu, du willst immer nur deine Tonart vertreten. Deine Tonart gefällt mir nicht, wie soll ich dir das sagen? Du kannst das nicht verstehen. Du bist kein schlechter Mensch für mich, ich will dich verstehen. Das Gesprochene will gehört werden. Willst du nicht auch mal wissen, wie es sich anfühlt, wenn die Ohren wehtun? Meine Ohren tun weh, du hast es mir versprochen. Versprechen tue ich mich selten, du unterdrückst mir sogar die Tonlage damit. Du willst das Sagen haben. Ich fühle nichts. Ich fühle, wie ich leide, weil ich sprechen muss.

Die Farbe Rot

Rot ist etwas, was ich sehe, aber mit Abstand genießen kann. Bei Rot frage ich mich jedes Mal, was ich machen kann. Was kann ich mit dir tun? Aha, du bist eine Farbe, der Gegenstand beweist sein Ich. Ich weiß, dass ich einen Gegenstand mit Rot habe, und trotzdem frage ich mich bewusst, was ich mit dem Gegenstand machen soll. Ich kann mich auf keine rote Couch setzen, da komme ich mir bedroht vor. Bei einer roten Tragetasche fühle ich mich sicher, da habe ich das Gefühl, etwas richtig zu machen. Bei Rot ist man angreifbar. Wieviel hältst du aus? Ich mache nichts, aber die Farbe macht was mit mir. Rot kann ich sein, du kannst etwas mit mir machen. Ich mache mit dir, was ich will. Ich will Spaß haben, wenn ich etwas mache. Du bist immer so ernst und machst dir einen Spaß aus dem, was du mit mir machst. Was mache ich denn, ich bin doch nur rot, fühlst du dich angegriffen? Nein, ich gehe dir aus dem Weg. Deine Probleme kommen wieder, sie häufen sich, du kannst nicht davonrennen. Ich bin rot ... Du bereitest mir Schmerzen, die sich lösen. Schmerzen, die sich lösen, sind doch gut. Ja, aber nicht soviel auf einmal, das tut weh. Jetzt habe ich sicher 15 Minuten lang auf einer roten Couch gesessen, nur um auszuprobieren, wie die Couch auf mich wirkt, weil ich mir so bedroht vorkomme. Dir Wirkung war: Ich bin wachsam und gehe gleichzeitig in die Entspannung. Ich gehe so in die Entspannung, dass ich müde werde, und die Schmerzen, die sich bemerkbar machen, schlafen ein. Danach war ich so müde, dass ich mich erst mal hinlegen musste. Das Gefühl ist angenehm und erholsam. Erholsamer als jede Schmerztablette. Ich habe das Gefühl, ich möchte wieder zuhören, wenn mir das Rot etwas sagt.

Die achte Pforte

Oh, hier oben sieht es gut aus. Du wirst gut geschätzt von jedem. Dich beachtet jeder, wenn du da bist. Du wirst ernstgenommen, wie du dich zu verhalten hast. Im Grunde versteht dich keiner und es kennt sich auch keiner aus bei dir. Das macht aber nichts, ich gebe den Leuten immer das Gefühl, sie hätten Vorrang, ich bin hier neu in dem Gebiet. »Ich bin hier neu in diesem Gebiet« kannst du aber nicht immer machen, das nehmen die anderen nicht ernst. Doch, genau das nehmen die anderen sehr ernst. Ich mache das mit Absicht. Es will immer jeder soviel, wenn ich irgendwo bin, da habe ich keine Chance, mich durchzuringen. Stell dir mal vor, ich würde es anders machen. Ich will mehr als du, das weißt du ganz genau, deswegen gebe ich dir den Vorrang. Du kannst nicht erkennen, was ich genau mehr will als du, du willst immer das Gleiche. Wieso fängst du jetzt an mich zu ärgern und meinst, du könntest mich einstufen? Ich muss mir ein Urteil von dir machen, sonst kannst du noch gewinnen. Ich habe schon gewonnen, hast du nicht gesehen, was ich alles kann? Das ist deine Antwort auf dein Benehmen? Bist du sicher, dass du schon gewonnen hast? Ich will besser sein als du. Du machst es dir einfach, aber den anderen schwer. Ich mache es den anderen einfach und mir schwer. Die anderen haben so den Vorrang, mir ihre Fehler zu zeigen. Was du willst, habe ich jetzt gesehen und bin eigentlich gar nicht zufrieden. Du willst und willst immer viel zuviel und brauchst mehr andere Leute als nur dich selbst. In erster Linie solltest du dich selber wollen. Ich mache ernst aus schlechter Miene und gutem Spiel im Tatendrang. Ich heiße Sowieso. Deinen Namen will keiner wissen, ich hatte nie einen Namen. Kannst du besser sein als ich? Ich kann mich nicht einfach aufgeben und auf dein

Niveau herunterkommen. Wie willst du dann was machen mit mir? Soll ich immer nach deiner Pfeife tanzen? Mach dies, mach das, mach jenes, einen Namen habe ich ja nicht. Du kannst nicht verlieren, das gibst du sogar zu, gewinnen willst du aber auch nicht, dafür bist du zu stolz. Bei dir bin ich schon zu stolz, alles aufzugeben, was ich mir erkämpft habe. Eben, du bist zu stolz zuzugeben, dass du alle nur benutzt hast. Bei dir hat es keiner ernst gemeint, weil du das so wolltest. Du kannst eigentlich gar nichts ohne den anderen, weil du immer abhängig sein willst. Wenn ich es nicht ernst nehmen würde, warum hätte dann jeder alles gemacht für mich? Du bist für jemanden leichte Beute. Der Richtige kommt und sagt zu dir, mach mal, und du machst. Bei mir war keiner, der das machen würde. Bei mir schon. Bei mir sagt jeder, mach mal, ich verlange. Bei dir hat jeder Angst, er darf nichts mehr machen, er macht schon zu viel. Du lässt ihnen keinen Vorrang. Benimm dich mal. Wie soll ich mich benehmen? Ich muss noch so viel machen, wie soll ich das schaffen? Ich schaffe das nicht allein. Löse deine Probleme, ich warte, bis du fertig bist, dann will ich auch mal was machen. Ich will was machen, was du nicht kannst und du auch nie lernen wirst. Was ist das? Ich gebe dir keine Zeit mehr, du musst das gleich tun. Und was machst du dafür, wenn ich meine Probleme lösen soll? Ich warte wieder mal, aber diesmal habe ich keine Lust mehr zu warten. Du kannst dir selber überlegen, wie du deine Probleme lösen willst. Ich habe die ganze Zeit nur an mich gedacht, ich weiß, wie ich mich entwickeln muss, um zu bekommen, was ich will. Du weißt das auch. Ich habe gesehen, wie du das machst, wenn du etwas willst. Du willst immer für dich sein und machst andere kaputt damit. Du nimmst zu viel, was andere nicht haben dürfen. Du weißt eh, wie es geht, nur machst du es falsch. Gib den anderen zurück, was du genommen hast, es war zu viel und auch nicht das Richtige. Der andere hatte sich das schon genommen, weil er dachte, es würde ihm bessergehen. Er hatte Angst, er bekäme nichts mehr. Muss ich das mit Geld machen? Ich habe keine Chance, der andere macht mich sonst fertig. Wenn er dich so fertigmacht, kann es sein, dass Geld keine gute Lösung ist, sondern nur ein Druckmittel. Ein Druckmittel als Lösung ist kein Hindernis. Allein wirst du es nicht schaffen, du brauchst eine Versicherung. Wer soll mir denn helfen? Der, der mir helfen müsste, sollte ja keine Angst haben, etwas zurückzubekommen. Ich habe keine Angst vor dem, weil ich den nicht kenne. Ich will dich genauso wenig kennen, sonst würdest du mir auch noch Angst einjagen, weil du zu viel genommen hast. Wie willst du dem das wiedergeben, was ich zu viel genommen habe? Du wirst es mir geben. Der bekommt es wieder, ohne zu erfahren, woher ich das habe, dafür ist eine Versicherung da. Noch besser wäre es, wenn du mir Geld geben würdest. Geld ist hier ein Zahlungsmittel, mit dem wir leben müssen, in erster Linie oberflächlich. Wir müssen alles mit Geld bezahlen, wenn wir etwas machen wollen. Und wenn wir etwas gemacht haben, werden wir mit Geld belohnt. Wenn es nur um das Energetische geht, kannst du Geld als Druckmittel benutzen. Du musst deine Arbeit für andere bezahlen lassen. Du musst deinen Lebensunterhalt mit dem verdienten Geld bezahlen. Du musst abhängig sein vom Staat, weil der das so will. Der Staat übt Macht aus gegenüber dem Bürger. Du musst dich so verhalten, wie es verlangt wird. Der Staat versteht das Geben und Nehmen nicht. Eine Bestrafung für ein Druckmittel wird verlangt. Ich verlange deine Mitschuld für denjenigen, für den du Sorge trägst. Ich trage keine Sorge für dich, du verlangst zuviel und wirst nicht besser. Du ziehst deine eigenen Grenzen und sagst, hier ist genug, der Bürger fordert zuviel, ich habe keine Lust auf Wiedergabe von dem, was ich bin. Genau das ist zuviel, was du nimmst. Du nimmst den Bürgern alles weg, wenn es sein muss. Wir brauchen Steuern, wir haben eigene Angst, über die Grenze zu gehen. Ich verstehe deine Angst, du bringst uns Folter bei, wir fangen an zu lügen, weil wir die Gesetze nicht verstehen. Wir haben eigene Gesetze, nach denen wir uns richten müssen. Wir müssen nach dem leben, wer wir sind, und du nimmst uns jedes Mal das Geben und Nehmen, weil du zuviel wolltest. Du wolltest immer die Vergangenheit, weil du schon so krank bist, dass du nicht einmal merkst, dass wir noch da sind. Wir sind im Hier und Jetzt und dir fehlt jedes Mal der Wille, uns zu erkennen. Es geht immer nur um dich, weil du der Staat sein willst. Du bist krank im Kopf ... Staat. Ich meine es gut. Raus kommt dabei, dass du Miete zahlen musst. Okay, mache ich. Ich muss Geld geben für ein Zuhause. Ich meine es schlecht. Oh, du musst krank werden, weil du nichts geben willst. Ich gebe dir ungern freiwillig etwas von meiner Krankheit. Meine Krankheit ist es, reich zu sein mit Geben und Nehmen, ohne Geld. Oh je, der Staat meint es gut und schickt mich auf die Straße. Obdachlose gibt es genug und der normale Bürger will verdammt sein. Ihr seid alle Betrüger und arme Gauner. Ich will leben ohne Geld. So, das ist das Aus für mich. Das totale Chaos bricht aus, was darf ich machen? Mich versteht keiner, so kann keiner denken. Liebe Leute, ich will das Geben und Nehmen verstehen und nicht danach gehen, wer handlungsfähig ist und wer nicht. Ich will Spaß, und davon ganz viel. Wenn ich immer danach gehen würde, was dem anderen jetzt in den Kram passt und was nicht, würdest du nie Rücksicht auf mich nehmen. Ach nee, ich will jetzt nicht, dass du das jetzt machst für den anderen, mir gefällt das eben nicht. Was soll ich denn für dich machen, was dir Spaß machen würde, was dir guttut? Ach, lass dir etwas einfallen, heißt es dann immer. Wenn ich etwas mache, bist du nie zufrieden. Du siehst, dass ich etwas gut mache, und stellst dich in den Vordergrund, obwohl ich das gar nicht will. Du nimmst mir die Gelegenheit, dir zu zeigen, du könntest es besser haben, ich habe etwas gemacht für dich. Das, was du machst, ist nur fordern. Ich brauche das, ich brauche das und ich brauche das, wieso kommst du mir jetzt mit dem? Dich brauche ich gar nicht. Ich will deine Erfahrungen nicht kennen lernen, was du machst und was dir Spaß macht. Hier geht es nur um mich. Ich will nicht wissen, was du machst, die anderen haben keine Chance, weil ich das nicht will. Hier geht es nur um mich und wie es mir in der Gruppe geht. Ich brauche jemanden, den ich schlecht ansehen kann, um besser dazustehen. So schlecht bist du, um dich zu zeigen. Ich brauche nicht das, was du machst, ich brauche das, was die anderen wollen. Die anderen wollen die Gier. Ich bekomme etwas, das darf ich auch zugeben. Ich gebe zu, dass ich etwas will von dir. Du solltest auch mitdenken dabei, sonst wirst du es nicht verstehen. Stell dir vor, ich bin in einer Gruppe gefangen, alle sind neugierig, wie ich mich präsentiere. Ich präsentiere mich gut in dem, wie ich mich verhalte. Ich zeige dir Neugier in dem, was ich mache, wie findest du das? Ich finde es widerlich, du musst fragen, wie es mir geht. Ich weiß, dass du immer mehr willst von dem, was du nicht hast und auch nicht bekommen sollst. Und du willst wissen, der kann mich nicht überzeugen. Wie soll ich mich überzeugen können, du hast doch nichts gemacht? Biete mir etwas an und ich will selber wissen, ob es gut ist für mich. Wenn ich fühlen kann, ob es für mich gut ist, komme ich wieder. Ich nehme etwas mit. Er nahm etwas mit und kam nie wieder. Ich mache diese Dinge immer noch, weil ich sie selber für mich auch brauche. Dinge, die man selbst braucht, kann man mehr machen. Sie haben einen guten Nutzen und man spart sich den Arbeitsweg, alles zu wissen und zu können. Wir wollen nicht alles auf einmal wissen und nachforschen, wie alles geht. Das ist viel zu anstrengend und nervenaufreibend. Man hört sich die Kommentare von den anderen an und hat nur schlechte Laune, da die Kritik sehr hoch ist. Aber der hat das so gemacht. Was hast du dir dabei gedacht, dieses Vorgängermodell zu verändern? Wieso machst du das? Ist das eine Gerät nicht gut gewesen, was du hattest? Bist du so schlecht, zu zeigen, dass wir Scharlatane sind? Wir machen den Leuten alles nach und verschönern die Dinge und schreiben drauf: »Selfmade«. Habe ich doch selber gemacht, was willst du denn? Habe nicht gewusst, was der andere wollte, habe sein Gerät auseinandergebaut um nachzusehen, wo der Fehler ist. Bei mir hat das Gerät nicht funktioniert, ich wollte meine Intelligenz beweisen und jedem Einzelteil einen besonderen Namen geben. Meine Schraube heißt zum Beispiel Rudolf, die habe ich an dem Einzelteil gelöst, als mir ein Licht aufging. Na ... hat deine Schraube auch einen Namen? So, jetzt hat der Typ nicht mitbekommen, was ich mache. Was hat denn das Gerät für eine Funktion? Vielleicht habe ich Lust, dir zu helfen. Weißt du nicht, wie eine Waschmaschine geht? Mann, hast du Nerven, mir das beizubringen. Ich habe vergessen, den BH von meiner Frau zu waschen. Ich habe gesagt, die Bügel sind weg, die Waschmaschine hat sie gefressen. Kannst du deiner Frau beibringen, dass die Waschmaschine jetzt auch kaputt ist? Nö, das macht der Klempner in Berlin. Was denn für ein Klempner in Berlin? Hast du die Waschmaschine verkauft und hast »neu« draufgeschrieben? Ja, der Kunde hat sich gefreut, weil ich der Klempner bin. Und wie soll ich jetzt Wäsche waschen? Selfmade. Bekommst in einer Woche eine neue Maschine, die kannst du auch kaputtmachen. Du weißt ja schon, was bei der anderen kaputt war. Was ist'n das für 'ne Maschine? Verrate ich dir nicht, du musst bloß ausprobieren, ob sie richtig geht. Letztes Mal wollte ich, dass du der Klempner bist. Ich habe dir gesagt: Es gibt kein Handbuch und die Waschmaschine hat einen Fehler. Ich wollte Werkzeug kaufen und habe einen Backofen bestellt. Der Backofen ist in drei Wochen lieferbar. Sonst noch was? Wieso fragst du mich so dämlich? Ich weiß doch, was ein Backofen ist. Nein, ich wollte wissen, ob Sie noch etwas brauchen könnten, wie haben heute Angebote im Haus. Was denn für Angebote? Ich weiß doch gar nicht, wer Sie sind. Wir haben etwas da für den Hausgebrauch, für die Küchenabteilung. Wir haben etwas da für die Bauabteilung, wenn Sie einen Beruf erlernen wollen. Was soll ich denn für einen Beruf erlernen? Haben Sie schon Werkzeug? Nein, habe ich nicht, deswegen habe ich ja den Backofen bestellt. Oh je, der kennt sich nicht aus. Wir brauchen noch jemanden, der die Sachen wieder repariert, wenn sie kaputtgehen. Wir haben lauter neue Sachen, die die Leute gebastelt haben. Sie nennen es Hobby. Da hat jemand einen Hammer gebastelt. Mit dem Hammer kann man zum Beispiel einen Nagel in die Wand schlagen, wenn man seine Sachen aufhängen will, damit sie nicht am Boden liegen. Der Hammer ist super, den nehme ich. Was kann ich noch mit dem Hammer machen? Muss ich da draufschlagen, damit die Maschine wieder geht? Was denn für eine Maschine? Na die da, da steht »defekt« drauf. Nein, nein, das dürfen Sie nicht. Diese Maschine muss repariert werden. Die Leute verstehen nicht den Sinn der Maschine, sie versuchen alle Knöpfe zu drücken und haben keine Ahnung, wann das aufhört, dabei müssen sie bloß auf »aus« drücken. Warum muss man denn da auf »aus« drücken? Man kann sich weh tun dabei. Wenn man nicht aufpasst, kann man sich die Finger verbrennen. Die Leute haben noch nicht gewusst, was Strom macht, sie haben sich die Finger verbrannt. Wahrscheinlich wollten sie die Maschine auseinandernehmen, um zu gucken, was drin ist. Nein, die haben richtig draufgehauen. Die Maschine hat richtige Schläge abbekommen. Der Käufer war richtig unzufrieden mit dem Backofen, der hatte diesmal Herdplatten oben drauf. Er hatte noch nie einen Backofen besessen. Manche nehmen die Dinge von anderen, die bezahlt wurden, die Leistung in Anspruch, die man hat. Ich gebe dir als Gegenleistung Geld, weil ich hilflos dir gegenüber bin in dem, was du machst. Ich will auch etwas machen, aber dafür lasse ich diesmal meine Wut an diesem Gerät aus. Das Gerät habe ich nicht selbst gemacht, aber ich wollte, dass die anderen etwas machen für mich. Die Maschine habe ich mit Absicht kaputtgemacht, um zu zeigen, dass sich derjenige keine Mühe gegeben hat. Ich gebe ihm gleichzeitig ein Gefühl der niederen Würde. Ich beleidige dich damit, deine Dinge sind nicht schön. Im Grunde ist derjenige, der die Maschine kaputtgemacht hat, eifersüchtig und gibt es nicht zu. Ich will keinen Backofen, ich koche wieder so wie vorher. Ich will meinen Willen wieder durchsetzen, das Kaputtmachen macht mir Spaß. Das wird diesmal teuer für dich. Wir machen das mit Absicht, dass wir mit Geld bezahlen, um zu lernen, wie man mit Geben und Nehmen umgeht. Was machst du denn, wenn du gar nichts hast und dich in deinem Leben zurechtfinden sollst? Ich will von dir nichts haben, ich komme auch ohne dich zurecht. Diese vielen Dinge haben schon einen Sinn und auch einen Nutzen. Aber wenn man zu viel will und abhängig wird von dem anderen, kann das einen ruinieren. Stell dir vor, jeder hat einen Backofen und jeder hat den Sinn verloren, wie man ohne Strom kocht. Ich koche ohne Strom, weil ich mir die Mühe mache, meine Fähigkeiten zu behalten, die Schritte einzuhalten, um es gemütlich zu haben. Hast du es gemütlich? Nein. Du gibst die Dinge mit Geld und forderst ordentlich, es besser zu haben als vorher. Der Backofen ist mit Arbeit verbunden. Kochen ist auch mit Arbeit verbunden. Kochen im Backofen ist zu einfach, dir wird langweilig. Bei dem Feuer, was ich mir immer mache, bin ich naturverbunden. Der Backofen steht in der Wohnung. In der Wohnung ist es schön warm. Das Feuer wärmt mich, wenn ich draußen koche. Ich koche selbst. Mir gehört das Essen. Der Backofen zeigt dir Wohlstand, der missbraucht wird. Ich habe Angst davor. Wie soll ich dir zeigen, dass nicht die richtige Gelegenheit da ist, um darüber nachzudenken, wie es den anderen dabei geht? Wichtig ist, wie es mir dabei geht. Mir geht es gut dabei, draußen zu kochen. Ich würde gern wissen, wie es sich anfühlt, in einem Haus zu leben, wo es einen Backofen gibt. Gibst du mir das Gefühl, es fühle sich richtig an, so zu kochen? Ich bekomme immer ein schlechtes Gefühl von den anderen. Der ist so arm, der kann sich das nicht leisten. Und auch noch so ein Gefühl ist: Der will so leben, der hat sich das so ausgesucht. Ich will so sein, wie ich mich wohlfühle. Für mich stellt sich das so vor. Du gibst mir die Antwort auf meine Frage. Du gibst mir immer das Gefühl, reich zu sein, weil du im Grunde ein armes Würstchen bist. Ein armes Würstchen, was den Herd benutzen muss, weil es kein Feuer machen kann. Wollen wir mal Plätze tauschen? Ich frage mal den da. Hey, du, stellst du mir mal deine Wohnung zur Verfügung? Ich will mal wissen, ob sich was verändert hat, von drinnen nach draußen. Na klar. Kennst mich doch, für dich bin ich immer da. Ich bekomme dafür deine Gegend. Du musst mir allerdings zeigen, wie man Feuer macht, das habe ich noch nicht gelernt. Zeigst du mir, wie man mit dem Backofen umgeht? Ich habe die Hoffnung aufgegeben nach dem letzten Mal Kochen im Backofen. Ich bin so froh, dass ich dich habe, du bist meine Rettung. Wieso, was ist denn los, was hast du denn nicht begriffen? Ich weiß nicht, mir ist das zu viel Verantwortung. Du brauchst da keine Verantwortung. Du musst nur aufpassen, dass du dir nicht die Finger verbrennst. Beim Feuermachen verbrennst du dich doch auch nicht, oder? Nein, da passe ich immer auf. So, der Tausch hat stattgefunden. Ich bin jetzt in der Wohnung von ihr und sie wohnt in meiner Gegend. Der Schlafplatz ist ... wir wollen den Schlafplatz nicht wissen, den kennen wir schon von ihr. Die Reiche aus der Wohnung meint, sie könnte uns hier etwas vorgaukeln. Sie bestimmt den Stellenwert von mir. Jetzt muss ich die arme Sau reich anschauen und muss arm sein. Vorher war es immer umgekehrt, da habe ich den, der weniger hatte, immer arm angesehen und habe mich besser gefühlt, indem ich ihn bedroht habe. Ich will mich nicht bedroht fühlen, die dumme Kuh macht das aber jetzt mit mir. Ich weiß nicht, wie ich etwas bekommen soll, wenn es solche Leute gibt, die nichts machen dürfen. Die darf das machen und mir wird immer befohlen, ich soll in der Gruppe bleiben und das, was wir gelernt haben, umsetzen. Das lernt ihr in der Gruppe? Ja, ich mache das zumindest, und einige andere auch. Der schützt sich selbst. Der will nur, dass es ihm bessergeht, und nutzt die Gelegenheit zwischen Arm und Reich aus, ohne nachzufragen, ob das überhaupt richtig ist. Ich weiß, dass es richtig ist, du dumme Kuh. Jetzt muss ich jemanden anderen nehmen, um besser zu sein als er. Wie willst du das anstellen? Du hast doch gar keine Ahnung von Geben und Nehmen. Willst du mir das beibringen? Ich bekomme sonst nie den Willen, dass es mir bessergehen muss. Du hast doch schon den Willen. Der Arme ist wegen dir extra in meine Wohnung gegangen, weil du so arm dastandest. Du bist jede Woche an ihm vorbeigegangen, mit so einem schlechten Gefühl, dir geht es so schlecht, ich muss etwas Besseres sein, das wollte der Arme auch mal ausprobieren. Der Arme darf auch mal reich sein und du darfst ihm auch mal zeigen, wie arm du bist. Du bist arm, indem du andere benutzt für deine Zwecke. Du wirst sicher mal ein schlechter Mensch, der immer gut dastehen will. Der Arme ist arm in seinen Dingen und reich an Intelligenz, um dir zu zeigen, dass er von dir nur benutzt wird. Er benutzt sich selbst und macht das Beste, um dich zu beobachten. Ich zeige dir, wie das geht. Der Arme ist unabhängig von seiner Umgebung, er muss alles selbständig erledigen. Er ist angewiesen auf die Dinge, die er kann. Er ist reich an Erfahrungswerten, die er sammelt, und gibt acht auf seine Kleidung, da er nicht so oft neue bekommt. Der Reiche zeigt dir seinen Haushalt, den er führt. Schau mal, ich habe ein Auto, ich habe Leute, die den Müll wegtragen. Ich habe sogar eine Putzfrau. Lässt dich das etwas nachdenken? Der Reiche ist immer abhängig von anderen Personen und vernachlässigt sich selbst. Er hat Geld, er will das so. Andere sind froh, dass sie etwas machen können. Der Arme produziert nicht so viel Müll wie der Reiche, der muss anders denken, ich habe kein Geld, ich kann mir das nicht erlauben. Allein die Gebühren von der Müllabfuhr sind mir zu hoch. In der Gegend der Armen wird nicht so viel Abfall produziert, weil der auf seinen Platz achtgeben muss, damit er nicht auffällt. Er hat kein Problem damit, erwischt zu werden, da das Grundstück ihm gehört, und er hatte sich damals entschieden im Freien zu leben, da keine Möglichkeit da war, ein Haus zu bauen. Ich habe alles, dachte sich der Mensch, der das wollte. Ich brauche nur ein Dach über dem Kopf, wenn es regnet. Der Platz gehört mir, was soll ich machen? Das Grundstück haben wir gekauft und meine Frau ist gestorben bei einem Unfall, sie war schwanger. Meine Arbeit lief schlecht, weil alles den Bach runterging. Es war alles abbezahlt, nur mir ging es so schlecht. Mir ging es von Tag zu Tag schlechter und ich konnte mit den Menschen nichts mehr anfangen. Womit habe ich das verdient? Mir ist alles genommen worden, um das ich gekämpft habe. Ich habe mich selbst aufgegeben und wollte nicht mehr. Jetzt habe ich ein Grundstück für ein Haus, was abbezahlt wurde und kann mir kein Haus leisten, weil ich das nicht brauche. Das Grundstück gehört mir, dafür habe ich hart gearbeitet, das nimmt mir keiner weg. Die Arbeitskollegen waren sehr eigenständig zu mir. Ich durfte bleiben und habe mich entschieden, nur noch die Hälfte zu arbeiten, da der Geldbedarf geringer war als vorher. Waschen tue ich meine Wäsche in einer Waschwanne, das reicht. Das mache ich eh nur bei schönem Wetter. Obst und Gemüse sind genug vorhanden, da Bäume auf dem Grundstück sind. Ich mache mir sogar einen Vorrat für den Winter, damit ich genug zu essen habe. Ich habe ein Beet mit Kartoffeln und sogar ein bisschen Getreide angebaut. Im Winter ist es gar nicht so kalt, da ich immer warmes Wasser habe, durch den Kochtopf, der mich wärmt. Wie machst du das, wenn du jemanden verloren hast? Hast du schon mal jemanden verloren in deinem Leben? Ich brauche da jede Menge Zeit, um mit der Situation zurechtzukommen, warum das Ganze passiert ist und wo der Sinn dahinter steckt. Warum ist meine Frau schwanger gestorben? Damit muss ich mich auseinandersetzen. Ich kann nicht einfach nichts tun und einfach weitermachen wie gehabt, das geht nicht. Das Grundstück hat mir geholfen, bei der Sache zu bleiben. Ich kann mich auf mich konzentrieren, ohne dass ich jemanden an mich heranlassen muss. So, lieber Obdachloser, ich will wieder in mein Haus zurück. Ich habe die Natur genutzt, um dein Reich kennen zu lernen. Dein Reich ist gemütlich und praktisch. Es ist eine starke Umstellung, da man immer überlegen muss, was man machen könnte. In der Wohnung habe ich immer einen geregelten Ablauf, den wirst du sicher auch haben. Bei mir machen alles die Maschinen und ich habe mehr Zeit für nebenher. Was machst du denn nebenher, fällt dir wieder die Arbeit ein, hm? Ja, die Decke fällt mir auf den Kopf, ich bin so wohlhabend. Hast du viel Geld? Dann geh doch ins Casino. Nein, ich habe leider nicht so viel Geld, aber ich würde gern reich sein. Noch reicher als vorher? Na, du hast ja einen Knall. Ach, komm, nur weil man ein bisschen Geld hat, ist man noch lange nicht reich. Du musst die Dinge zu schätzen wissen, die man hat. An der Börse spielt man ja auch mit Geld. Nein, das geht im Casino besser. Ja, aber die Börse bestimmt den Marktwert. Das stimmt leider. Selbst die Länder untereinander sind börsenabhängig. Je nachdem, wie das Urlaubsziel bestimmt wird, das hängt dann wieder vom Urlaub ab. Eigentlich heißt es ja Freizeitgestaltung, da du an deinen freien Tagen nicht an die Arbeit denken sollst. Der Urlaub ist nun leider mal bezahlt von der Arbeit, das heißt, der Arbeitgeber bestimmt über dein Wohlergehen, da es mit Geld verbunden ist. Du bist nicht da, sondern erledigst etwas für dich oder den anderen, und nachweisen kann dir keiner was, da du nichts gemacht hast. Das ist nicht richtig, so passieren Fehler, du bekommst zuviel vom Arbeitgeber. Du kannst wahrscheinlich nicht mit Geld umgehen, weil du denkst, du bekämest zu wenig. Die Grundbedürfnisse müssen gestillt werden und der Rest geht nebenher. Ich brauche nicht das oder das oder jenes. Wenn ich etwas zu viel habe, weiß ich nie, wann genug ist. Wann muss ich aufhören, mir etwas zu kaufen? Ich bin abhängig davon. Gar nicht. Du gibst zu wenig acht. An erster Stelle stehst du selbst. Du willst dich waschen, du willst dich ernähren und du brauchst ein Dach über dem Kopf. Kannst du alles selbst oder brauchst du jemanden dafür? Für das Waschmittel brauche ich jemanden, das kann ich nicht selbst herstellen. Für die Nahrungsmittel brauche ich jemanden, da habe ich keine Ahnung, wie das geht. Und ein Grundstück kann ich mir nicht leisten, da muss ich Miete zahlen. Auch da bin ich wieder davon abhängig, dass ich genug arbeiten gehe. Ohne Arbeit bekommt man keinen Mietvertrag und ohne Wohnung bekommt man keine Arbeit. Welchen Wert soll ich dir geben? Irgendwie muss ich dich einstufen. Ich muss nicht eingestuft werden, wir leben nach dem Geben und Nehmen. Die Erde ist ein reiner Geldplanet, der nur nach dem Geben und Nehmen geht. Wir haben da eine Grenze, dort eine Grenze, und da einen Staat und dort einen Staat. Und viele halten sich auch nach dem System, wir wollen Ordnung schaffen, weil das gut für unsere Umwelt ist. Ist ja auch richtig so. Nur ist es nicht richtig, wenn man über die Grenze hinausbezahlt. Dafür ist die Grenze nicht gedacht. Wer gibt dir Rückhalt? Niemand. Du benutzt die Bürger als Druckmittel. Eine Grenze für einen Staat bedeutet Kultur. Dieses Erlebnis soll erhalten bleiben. Ein Staat bekommt von einem anderen Staat Warengüter und zahlt nichts dafür. Der Stellenwert für die Ware ist so wichtig, der geht kaputt, wenn man mit Geld bezahlt. Die Befriedigung ist nicht da, man habe etwas gut gemacht, und man ist somit unzufrieden. Als Gegenleistung bekommt der Staat, der geliefert hat, andere Warengüter. Beide Partner von der Regierung sind zufrieden. Der Handel hat stattgefunden und die Bürger sind zufrieden, da sie auch was bekommen dürfen. Geld wird nur innerhalb der Staatsgrenze ausgegeben. Die Kultur wird deswegen nicht verändert, weil ein Austausch stattgefunden hat von Nahrungsmitteln oder Kleidern oder Öl für die Heizung. Es ist genug für alle da, nur wird immer der Stellenwert ruiniert. Die Leute freuen sich, wenn es öfter mal was Neues gibt, so entwickelt sich immer wieder mal was anderes. Wenn es immer wieder das Gleiche gibt, ist es ja auch langweilig auf Dauer. Ich finde das eigentlich gar nicht schlimm, wenn bei gewissen Sachen immer wieder das gleiche Thema angesprochen wird, um die anderen Dinge in den Vordergrund zu stellen. Ich gebe dir eine Gelegenheit, den Stellenwert in dir zu entdecken. An welche Stelle würdest du dich stellen, wenn es dem anderen nicht gutgeht und er immer ausgenutzt wird? Gibst du zu viel oder zu wenig? Ich will nicht ausgenutzt werden. Ich will auch nicht ausgenutzt werden, aber ich fühle mich immer ausgenutzt. Ich habe keine Lust Krieg zu führen, weil immer Unstimmigkeiten da sind. Das ist zu teuer, das ist zu billig. Für den Aufwand will ich mehr haben, weil ich mehr Leute beanspruche. Das ist keine Ausrede, sondern eine Entlastung für denjenigen, der das Geld bezahlt für die Ware, über die Grenze hinaus. Der Staat bezahlt die Ware und bekommt den Druck ab, den die Arbeiter für die Leistung gegeben haben, als Dankbarkeit für das Wohlergehen. Ich habe so geschuftet für den Scheiß, den die haben dürfen, weil wir zu viel davon haben und Krieg führen müssen, weil wir nur noch auf das Geld angewiesen sind. Der Bürger wird klein gehalten, hat aber in dem Fall recht. Ich muss dir zeigen, dass das so nicht geht. Wir machen uns krank dabei, ob wir wollen oder nicht, es gibt keine Rückversicherung. Wenn nicht bezahlt wird über die Grenze, wird zumindest die Sicherheit der Ware bestimmt. Der Staat gibt dir Rückhalt beim Transport und der Bürger erfährt die Ursache, warum es ihm schlecht geht bei der Arbeit, die er geleistet hat. Die Wahrnehmung wird aufmerksamer. Das eigene Ich könnte besser für sich handeln. Wir würden sorgsamer mit uns umgehen. Ich würde dir sogar die Gelegenheit geben, ob wir alles richtig machen, da du von mir sowieso die Bestätigung brauchst, ob ich zufrieden bin mit dem, was ich mache. Der Staat ist zufrieden mit dem, was er macht, weil er niemanden missbraucht hat für seinen Handel. Dafür bekommt er auch Steuergeld und dafür ist auch das Steuergeld gedacht, wenn man mit Warengütern über die Grenze handelt. Aber jetzt mal anderes ... Was bekomme ich denn für die Tüte Mehl von dir? Du willst bei mir um den Preis verhandeln? Ja, ich nehme mir jetzt das Recht heraus, mit dir darüber zu sprechen. Was willst denn du armes Würstchen mit einer Tüte Mehl? Ich bin nicht arm, ich mache mich auf den Weg zu dir. Okay, du bekommst Mehl, weil du etwas brauchst von mir. Eigentlich brauche ich gar kein Mehl, sondern nur die Unterstützung, dass du mir hilfst. Bei was soll ich dir denn helfen? Keine Ahnung, kann ich dir nicht sagen, weiß ich selber nicht so genau. Kannst du mir verraten, was es war, wenn ich wieder weg bin? Ach nein, geht ja gar nicht, ich muss ja erst wiederkommen. Sagst es mir halt beim zweiten Mal, wenn ich zu dir gehe. Beim zweiten Mal brauche ich wieder eine Tüte Mehl, danach dürfte es gehen, dann kannst du von mir auch was verlangen. Warum bist denn du so kompliziert? Das liegt daran, dass irgendetwas nicht richtig stimmt. Immer hängt sich irgendetwas an mich dran und der Weg zu dir ist erschwert. Wir müssen öfters einen Tauschhandel betreiben, ich weiß eh nicht, wie man Mehl macht, aber ich würde es gern lernen. Wenn du mir zeigst, wie man Mehl macht, zeige ich dir, was man daraus machen kann. Wieso zeigst du mir, was man aus Mahl machen kann, wie machen

209

es denn die anderen? Die anderen bestimmen immer. Ich will auch mal bestimmen. Es macht keinen Spaß, wenn alles immer bestimmt wird. Der Weg dahin ist erschwert. Es geht alles immer nur auf Kommando und das auch noch im geregelten Ablauf. Ich mache für die anderen und verliere den Spaß dabei. Ich wäre gern selbstständig und unabhängig von denen. Das glaube ich dir sofort. Ich müsste warten, bis ich drankomme, heißt es dann immer. Ich will nicht mehr warten, ich komme dann zu dir. Das ist für mich mal eine Abwechslung. Pass auf, dass das die anderen nicht mitbekommen, die benutzen dich. Ich weiß, ich kann nichts machen. Deswegen komme ich zu dir und verlange etwas, ich hoffe, du kannst mir helfen. Ich habe keine Lust mehr zu geben, hier bekommst du dein Mehl. Du musst mich verstehen, ich habe schon so oft geholfen. Du bist da und wieder komme ich mir benutzt vor, ich habe keine Lust mehr. Was ist da los? Es fühlt sich so schlecht an. Nicht, dass ich nicht gern gebe, aber irgendwie fühlt sich das nicht normal an. Ich komme mir beobachtet vor, so in der Art, was machen die zwei jetzt? Kann der das nicht selbst, warum hilft die ihm? Ich habe das Gefühl sogar noch, dass ich mich rechtfertigen muss für mein Verhalten, dafür, wie ich bin. Es fühlt sich so komisch an jedes Mal, als ob das nicht sein könnte. Als ob man nicht verstanden würde. Ich gebe gern, aber nur unter der Voraussetzung, dass ich das auch gern machen kann, ohne Hintergedanken. Ich mache auch gern mal was für andere, aber ich sehe es nicht ein, wenn ich falsch behandelt werde. Ich überlege mir immer, wie das die anderen machen. Ich beobachte andere Menschen so gern in ihrem Verhalten, wie sie mit solchen Situationen umgehen. Ist dir Geld wirklich so wichtig, dass du immer danach lebst? Nein, die Leute sind glücklicher ohne Geld. Gemütlich zusammensitzen auf ein Getränk, ohne zu zahlen, kann sich heute keiner vorstellen. Wird auch niemand machen. Diesen Wert verstehst du nicht. Es heißt, du bist willkommen und zeigst mir eine nette Geste. Der Stellenwert ist nicht das Geld, sondern du. Du wirst angeschaut, weil du dich ohne Geld in den Vordergrund stellst, und du würdest den anderen zu schätzen lernen. Aha, der Gastgeber verlangt also kein Geld und ich bekomme einfach ein Getränk umsonst. Ja, du bist hier Gast, ich freue mich, dass Leute vorbeikommen. Die Wohlstandsgegend verlangt ihren Preis und opfert ihre Täter für ihr Verlangen, und so kommt der Alkohol ins Spiel. Hier gibt es keinen Alkohol, wir wollen wissen, was wir machen. Der Alkohol nimmt uns den Stellenwert, den wir haben. Wir haben zu viel, wir können uns das leisten, heißt es dann immer so schön. Wir haben nicht zu viel, wir wollen uns das nicht leisten. Welchen Wert habe ich denn, wenn ich immer mit Geld bezahlen muss? Gar keinen. Mir wird sogar alles genommen, wenn ich zugebe, dass ich nichts besitze. Es heißt dann immer, es gehört dir oder es gehört denen. Wie hast denn du das bekommen, was du schon hast? Geerbt und geschenkt bekommen. Das müssen wir dir auch noch wegnehmen. Jetzt habe ich aber gar nichts mehr, von was soll ich denn leben? Mir doch egal, dich verjage ich und dann gehört der Platz mir. Stell dir vor, ich müsste weinen, jetzt wäre die Gelegenheit. Wie oft habe ich gehört, dass man nur nach dem eigenen Willen geht. Ich stehe im Vordergrund und dann kommst du. Er ist aber auch noch da. Er ist da, du bist da und ich bin da. So, wir sind jetzt zu dritt. Wie sieht es jetzt aus mit Geradestehen? Er hat mir alles weggenommen, weil du das so wolltest. Ihr zieht mich in den Dreck, um besser dazustehen. Zwei Leute sind mehr als einer. Ich kann dir nichts geben, wenn ich nichts bekomme. Wir müssen dich foltern, du bist unser Sklave, jetzt kriegen wir dich dran. Das kannst du nicht einfach machen, du verletzt unsere Menschenrechte. Das ist mir egal, ich will nehmen, was mir gefällt. Gefalle ich dir etwa oder warum hast du Spaß daran, alles für ihn zu machen, damit es mir schlecht geht? Du verstehst mich nicht, ich will das einfach machen. Wir sind zu zweit und fordern das heraus. Uns gefällt das, dich so leiden zu sehen. Normal seid ihr nicht, aber was soll ich dazu sagen, ich kann dir nichts geben, weil ich nichts habe. Geil, wir haben einen Sklaven, den wir foltern können. Wir lassen dich verdursten. Wir lassen dich verhungern. Wir bringen dir Schmerzen bei. Wir lassen dich verdrecken, du darfst dich nicht waschen. Wir wollen wissen, was du machst, dir kann keiner helfen. Nach zwei Tagen ist die Schmerzgrenze so hoch, da wollen wir wissen, wie belastbar du deiner Umwelt ausgesetzt bist. Ich will wissen, wie du leidest, wenn ich dir einen Finger abschneide.

Ich klebe dir sogar den Mund zu, damit du nicht schreist. Der Finger ist schon ab ... guck mal, dem kommen die Tränen, weil er das nicht aushält. Morgen schneide ich ihm einen Arm ab und schaue ihm beim Verbluten zu, wie er langsam verreckt in seinem Elend. Findet ihr das schön? Alles wird mit Geben und Nehmen bestimmt. Ich bestimme den Willen, den ich habe. Handeln tust du selbst, du weißt nicht, was Schmerzen sind, die müssen dir beigebracht werden, egal, wie. Hör auf, ich bin der Stärkere, ich gebe dir gleich eine. Ich will nicht wissen, was Schmerzen sind, darum bekommst auch du die Folter. Ich weiß, wie sich ein Wehwehchen anfühlt, wenn man sich verletzt. Ich mache das mit dir, damit du das mit mir nie machen willst. Ich will nur mich und er will nur sich. Wir machen das gemeinsam, damit es dich nie mehr geben wird. Und wenn du doch da bist, weil es nicht anders geht, bekommst du die doppelte Folter als Bestrafung. Du musst immer wieder vergessen, wer wir sind, dann macht es noch mehr Spaß. Den anderen bringen wir bei, wie sie sich zu verhalten haben. He ... was willst du? Willst du Probleme oder willst du dich benehmen? Ich bestimme, wie du sein musst. Du musst dich mit denen unterhalten, damit ich das bekomme. Das, was ich bekomme, geht dich nichts an. Ich mache das wieder mit dir. Ich brauche wieder etwas. Diesmal brauche ich deine Schönheit um keinen Preis. Du wirst dich misshandeln lassen von dem da drüben, der will wissen, wie geil das ist, wenn du dich schämen musst. Ich will mich nicht schämen. Doch du wirst, ich bestimme, wie ich mich zeigen will. Du wirst dich so zeigen, wie ich das will, und du wirst dich schämen, damit er sich aufgeilen kann. Er kann sich doch gar nicht aufgeilen an mir, er will doch gar nichts von mir. Doch, ich will aber, dass ich das mache. Ich will, dass du gefoltert wirst und er sich aufgeilt an dem, was ich mache mit dir. Ich brauche die Bestätigung für mein Handeln, dass ich ihm was gebe, sonst habe ich keine Befriedigung. Die Befriedigung brauche ich. Ich brauche einen gewissen Schmerzpunkt, wo ich übertreiben kann, das geht nur beim Geben und Nehmen. Du spinnst ja. Nein, ich spinne nicht. Ihr leidet schließlich alle an Schmerzen und findet das gut. Also, ich finde das nicht gut, wenn ich so darunter leiden muss, einfach bloßgestellt zu werden. Ich stelle dich nicht einfach bloß, ich gebe dir gleich die Schmerzgrenze, die du brauchst. Ich habe keine Grenze, also kann ich tun und lassen, was ich will. Du musst ja auch die Schmerzen nicht aushalten. Du erträgst nur das Elend, was dich begleitet. Ich glaube, du kannst gar nicht glücklich sein und dich über etwas freuen. Bei dir geht es immer nur darum, wie ernst du genommen wirst. Den einen muss es immer schlechter gehen als mir, damit du erkennst, dass es mich gibt. Da die Qualen, da das Elend, dort das Leiden und ich muss gerettet werden, weil ich mich freue, dass es anderen dreckig geht. Wie soll ich mich verhalten? Ich bin von Gefühlen abhängig. Du glaubst nicht, wie schön es geht, wenn ich zusehen muss, wie die alle leiden und ihr hilflos dasteht. Ihr habt so ein schönes Lächeln im Gesicht, wenn ihr weinen müsst. Es wird nichts besser, es war schon zu spät, wir konnten nur noch das Notwendigste machen. Ich lerne mich zu schätzen, ich weiß, dass ich nicht die Leiche bin, die du wegtragen musstest. Ich weiß auch, dass ich nicht das arme Kind bin, was halb verblutet auf der Straße liegt. Ich gebe dir mein Mitgefühl, damit du verstehst, was Geben und Nehmen bedeuten. Das Mitgefühl wird mir nicht reichen, ich will wissen, warum du so drauf bist. Du findest es gut, wenn es anderen schlechter geht als dir selbst. Das ist doch irgendwie krank, findest du nicht auch? Nein, das ist gesunder Menschenverstand. Wie soll ich dir sonst beibringen, dass ich schon längst die Schmerzgrenze überwunden habe, weil allein schon der Anblick sich ständig wiederholt, in eurer Dämlichkeit auf euch selbst zu achten? Du musst auf dich selbst achtgeben, dann passiert auch dem anderen nichts. Das, was du machst, ist Herausforderung. Du forderst dein Schicksal heraus und erwartest keine Rückschläge. Deine Ansprüche sind viel zu hoch. Gib mir das, gib mir das, und ich bin immer noch nicht zufrieden. Deine Umgebung zeigt dir genau, was du verbrochen hast. Dir muss es wieder bessergehen, weil du gut dastehen willst. Der Sündenbock bist du selbst, alle anderen sind Verräter, und Verräter bringt man um. Wie viele Leute wurden gezwungen, sich so zu benehmen? Du hast keine Ahnung, worum es wirklich geht. Ich gebe dir gleich Kontra, ich habe keine Lust, so weiterzumachen. Im Grunde wollt ihr alles das Gleiche. Gesund sein um jeden Preis. Ihr wisst nicht, was Gesundheit bedeutet, euch muss es beigebracht werden. Du weißt ja nicht einmal, was ein Kranker macht, wenn er im Rollstuhl sitzt. Ein Kranker, der im Rollstuhl sitzt, dem geht es gut. Dem geht es sogar besser als mir. Wie soll es dem besser gehen als dir? Du bist derjenige, der ihm helfen sollte, dass er wieder gehen kann. Stattdessen lachst du ihn aus, hahaha, er hat bald keine Beine mehr. Sei doch froh, einige andere müssen drei Jahre nach der Behandlung sterben. Ich finde es geil, den anderen beim Leiden zuzusehen. Es wird nämlich nicht besser, sondern immer schlimmer, obwohl wir in der heutigen Zeit, so hoch entwickelt, eigentlich nicht dumm sind. Die Dummheit wird getrieben von den anderen. Der andere ist immer schuld, damit es mir bessergehen soll. Ich will nicht verlieren, ich will gewinnen. Aber warum will ich dann doch immer wieder, dass es mir schlechtgeht? Es berührt mich sowieso, wie es dem anderen geht. Ich gebe dir ein Ziel, ich gebe dir Verantwortung. Kannst du damit etwas anfangen? Du hast keine Verantwortung dir gegenüber, du gibst immer ab. Ich kann keinen Haushalt führen, das muss der andere für mich machen, das ist Verantwortung. Ich kann mein Umfeld nicht bereinigen, weil ich immer die Vorteile der anderen sehe. Du musst erst Haushalt führen. Ordnung schaffen ist dein halbes Leben, sagt man so schön. Wer keine Ordnung schaffen will, ist selber schuld, wenn er für andere mitleiden soll. Ich kann keine Ordnung schaffen, ich weiß nicht, wie das geht. Fang doch mal beim Müllsortieren an. Das ist Ordnung. Wie viele Tote gibt es schon, von denen du nicht Abschied genommen hast? Jesus ist auch tot und du glaubst noch immer an ihn. Warum glaubst du nicht an dich selber? Hast du deinen eigenen Glauben verloren? Du willst immer nur, dass dir geholfen wird, denk mal darüber nach. Die viele Hilfe, die dir angeboten wird, ist unnütz von dem Eigentlichen, was noch Sinn ergibt. Du musst aufwachen aus dem Traum, den du Paradies nennst. Die Müllhalde bist du selbst. Ich brauche Essen, ich brauche Strom zum Kochen, ich brauche Mülltonnen für den Müll, ich brauche ein Dach über dem Kopf, was sich Haus nennt, und ich brauche ein Ziel, um das zu verwirklichen. Ich muss immer etwas für den anderen machen, um selbst etwas zu bekommen. Wann kann ich anfangen, meinen Traum zu verwirklichen? Ich will mir etwas geben, dafür brauche ich dich nicht. Ich brauche meine Hände, um etwas zu machen. Von dir bekomme ich immer nur die Mitschuld, weil du nicht alles kannst. Wenn ich es richtig machen würde, müsste ich mich ganz allein mit allem versorgen, ohne Geld. Du wärst nicht abhängig von mir und ich würde auch keine Sorge tragen für dich. Ich habe Angst, dir geht es nicht gut. Das Geld verdirbt dich. Es bringt dir ungewollten Wohlstand. Der Wohlstand bringt Gewalt mit ins Spiel. Wofür braucht man Geld eigentlich wirklich? Mit Geld wird verhandelt. Du bekommst Geld und trägst Mitschuld für dein Benehmen. Ich bekomme Geld und habe keine Verantwortung. Mitschuld und Verantwortung beißen sich. Ich habe Schuld und muss Verantwortung tragen, und so benehme ich mich. Wie geht es dir dabei? Fängst du schon an zu lachen? Findest du es richtig, mir so deine Schuld zu zeigen, weil du keine Verantwortung tragen willst? Ich lache dich mittlerweile aus und nicht mehr an, weil das Limit längst überstiegen ist. Ihr nutzt euch alle gegenseitig aus, wo es nur geht. Und der, der nicht ausgenutzt werden kann, der wird bestraft. Wir müssen dir Gehorsam beibringen. Du musst lernen, wie du dich zu benehmen hast. Ich kann mich nicht benehmen, ihr seid mir alle egal. Du wirst wieder Schaden anrichten, weil du alles unter Kontrolle bringen willst. Du wirst aber dabei die Kontrolle verlieren, wenn du nicht aufpasst. Es gerät alles aus dem Ruder und du hast keinen Überblick mehr. Und irgendwann bist du hilflos und kannst nicht mehr, weil du vergessen hast, was du angerichtet hast. Dieses Irgendwann und Hilflosigkeit gegenüber dem anderen holen dich irgendwann ein. Du wirst geprüft bis zum Gehtnichtmehr. Wer soll das aushalten? Du ganz allein. Du musst wieder stark sein, aber diesmal wirst du gefoltert, weil der andere es dir heimzahlen wird. Nur weil einer oder zwei es geschafft haben, sich zu erholen von dem, was du mit ihnen angerichtet hast, heißt das nicht, dass du Angst haben musst. Nein ... du zeigst Schwäche. Die zwei, die sich erholt haben, wollen keine Rache, aber sie haben Lust dich zu quälen, weil sie dir mitteilen wollen, wie sie sich benehmen. Sie benehmen sich hervorragend. Sie haben Mut bewiesen, sich zu opfern, weil du Täter sein wolltest. Der eigene Glauben hat sie nicht aufgegeben. Ich kann nichts dafür, dass ich existieren muss.

Ich kann nur erwarten, mich selbst zu erkennen. Ich erkenne mich und ich bin derjenige, der nicht gewusst hat, was passieren muss, um zu handeln. Ich bin nach dem behandelt worden, wie sich der andere benommen hat. Wie muss ich jetzt mit dem anderen umgehen? Ich weiß, ich will keine Gewalt. Gewalt tut weh. Bringen wir uns Gewalt bei, verhält sich so auch unsere Umgebung. Du willst Schmerzen erfahren? Das ist dein Problem. Wir wollen keine Schmerzen, das will niemand. Dein Ziel ist es, deine eigene Schmerzgrenze festzustellen. Wieviel willst du aushalten? Bist du ehrlich genug zu dir selbst? Ich will dir helfen, das passiert beim Geben und Nehmen. Ich helfe dir gleich, dann hast du ein Problem. Wir wollen keine Probleme, das weißt du doch. Ich will dich nicht schon wieder verletzen. Du hast mich nicht verletzt, ich habe dich fertiggemacht, du musstest leiden, weil ich Gewalt angewendet habe an dir. Du hattest mir Schmerzen beigebracht, die ich nicht wollte. Das ist keine Hilfe, die du mir gibst. Ich wollte dir ja auch nicht helfen, ich wollte sehen, wie du leidest. Ich habe da kein Erbarmen mit dir. Ihr seid jetzt eine Gruppe, ihr habt es geschafft, euch zu erholen. Zu zweit ist es einfacher, gegen einen anzukämpfen, um Rache zu üben. Wir wollen keine Rache üben. Wir waren nicht einmal zu schwach, um zu zeigen, dass wir das nicht wollen. Wir wollen niemanden beleidigen. Wir sind da, weil wir existieren. Die Schwäche, die du in dir hast, wird sich zeigen. Ich bin schwach genug, um alles mitzumachen. Ich mache vieles mit, weil ich wissen will, wie es sich anfühlt. Ich habe gefühlt, was Schmerzen sind, weil sie mir beigebracht wurden. Ich war hilflos ausgesetzt gegenüber dir. Schmerzen habe ich immer noch, aber ich kann mich benehmen. Ich kann mich benehmen und helfe anderen weiter. Ich habe die Schmerzen satt. Am liebsten würde ich aufhören. Wo soll ich denn aufhören? Soll ich aufhören zu existieren, weil du das so willst? Ist es nicht so, dass niemand versteht, was Existenz überhaupt bedeutet? Wie soll ich denn überhaupt existieren? Wir bestimmen unser Sein, wie wir sein wollen. Ich bestimme, wieviel ich dir gebe. Ich bestimme, wieviel ich nehme. Ich nehme soviel, wie ich brauche, ohne Rücksicht auf Verluste. Du brauchst nichts von mir zu nehmen, du darfst auch von jemand anderem etwas haben. Von den anderen bekomme ich nichts, da du das bekommst. Deins gehört dir. Wenn ich etwas bekomme, gehört das mir. Du darfst nichts bekommen, was ich bekommen habe. Ich darf auch nichts bekommen, was du bekommen hast. Aus zweiter Hand darf ich Geld verlangen. Ich verlange Geld von dir und bekomme den Gegenstand. Der Gegenstand ist wertvoll, wenn du das Gleiche machst. Wie du das machst, ist dein Problem, meine Grenze ist erreicht. Ich bekomme, was ich will, und habe gleichzeitig einen Verlust an Sorge, da es mir bessergeht. Mir geht es gut dabei, wie ich mich selbst behandle. Ich habe kein Verlangen nach mehr und bekomme keine Unzufriedenheit dir gegenüber. Die Gewalt setzt aus, da wir die Schritte einhalten. Ich halte die Schritte ein, weil ich dir helfen kann. Helfen kann ich dir, wenn du es zulässt. Wenn du es nicht zulässt, kann dir auch keiner helfen. Es wäre schade und traurig, weil jeder Mensch wertvoll ist. Nicht nur jeder Mensch ist wertvoll, sondern auch jedes Geschöpf. Schade ist es auch, dass du wieder Gewalt anwendest, weil du es nicht zulassen willst. Jeder kann richtig geben und nehmen, wenn es seiner Natur vorgegeben ist. Vielleicht macht es jemand vor, damit es einer nachmachen kann, nur um auszuprobieren, wie es sich anfühlt. Es müssen nicht alle auf einmal sein, weil es erst verstanden werden muss, was da überhaupt passiert. Wir wollen wissen, wie es sich anfühlt, ob da eine Besserung eintritt, auch von demjenigen, der das macht. Neugier erweckt Sinne. Wie stelle ich das an, dass das Ganze funktioniert? Gibt mir jemand einen Vorsprung oder kann ich das Verhalten zwischen dir und mir kontrollieren? Vielleicht passiert das Ganze zwischen zwei Ländern? Diese Grenze ist gegeben, die kann eingehalten werden. Ein Produkt, was jeder haben möchte, aus einem Land, was keiner will. Ich will kein Land, wo Gewalt vorkommt. Die Gewalt ist kein Vorbild. Wir müssen lernen, mit Geben und Nehmen umzugehen. Die Gewalt wird weitergetragen bei einem falschen Benehmen. Benehme ich mich richtig, habe ich kein Problem. Gewalt ist keine Befriedigung dir gegenüber, es kann sich keiner helfen. Als Gegenleistung darfst du dir aussuchen, was du haben willst. Es muss genug für mich übrigbleiben, du darfst nicht alles haben. Habe ich dir zu viel gegeben, hätte ich mehr für die anderen übrig lassen sollen. Lasse ich zu viel für mich übrig, habe ich das Gefühl, ich habe vergessen, jemandem zu helfen. Ich will niemanden vergessen, die Unzufriedenheit kommt wieder. Ich will nicht gierig sein, ich will aber auch nicht traurig sein. Bin ich traurig, weil ich keine Schmerzen haben will? Ich fühle mich nicht verletzt wegen dir. Ich fühle mich beobachtet, weil ich nicht richtig geben kann. Der Weg ist dein Ziel für deine Mitmenschen. Du kannst mir glauben oder nicht, die Erfahrung musst du selber machen. Ich gebe dir und ich gebe dir, von dem Dritten kann ich Geld verlangen. Oder du bekommst eine Probe und zahlst beim nächsten Mal. Was bedeutet, dir muss geholfen werden? Ich habe einen verspannten Rücken, kannst du mich massieren? Das ist Hilfe. Ich bin unsicher in meiner Tätigkeit, kannst du mir Vertrauen beibringen? Das ist Hilfe. Ich habe Angst, etwas falsch zu machen. Du brauchst mir nicht zu sagen, wie es geht, sondern ich brauche jemanden als Stütze zum Anhalten, dass ich etwas gemacht habe. Ich bekomme kein Mitleid von jedem, wenn ich nicht zugebe, dass ich dir keine Hilfe leiste. Wir wollen uns entspannen nach einer harten Tätigkeit. Entspannen kann ich aber auch nur bei dir, wenn du die Hilfe verstehst. Du darfst nicht grob sein zu mir, sonst komme ich nie wieder. Helfen kannst du mir auch, wenn es zu wenig Nahrungsmittel gibt. Du bezahlst den Preis und das Geld nimmt seinen Wert an. Der Wert der Nahrungsmittel steigt dadurch und du kannst energetisch handeln, um den eigenen Wert zu steigern. Du solltest hier aber wieder die Grenzen beachten. Hast du die falsche Nahrung, so kann es sein, dass du deinen Wert falsch steigerst und andere in Gefahr bringst. Nimmst du Geld als Handlungsaspekt, so steigerst du den energetischen Handlungsverlauf. Da hier durcheinandergegessen wird und die Handlungsverläufe nicht eingehalten werden, kann man den Tagesablauf beeinflussen. Ich muss Sachen machen, die ich nicht möchte, und kann mir selber nicht mehr helfen. Wenn ich mir selber nicht mehr helfen kann, ist alles zu spät. Ich habe etwas falsch gemacht, ohne zu ahnen, dass ich mich dabei selbst fertigmache. Wem gebe ich jetzt die Schuld? Habe ich dir zu viel geholfen? Du verstehst den Wert nicht. Wenn ich ein Problem habe, so kann ich das mit Geld lösen und es beiseiteschaffen. Hier entstehen aber immer mehr Probleme? Ich gebe dir etwas und du musst erst ausprobieren, ob es richtig ist, was ich mache. Woher soll ich wissen, ob ich meine Hilfe richtig anbiete? Der Zweite kommt zu mir und bekommt die gleiche Leistung. Und erst dann, wenn der Zweite da war, erst dann kann ich mich zufriedenstellen und Geld verlangen. Wenn du jedes Mal Geld verlangst, kann dir nicht geholfen werden. Du kannst diesen Entwicklungsschritt aber doch anwenden, und zwar so, wenn du willst, dass dir niemand mehr hilft. Dafür musst du dir aber sicher sein, dass du keine Hilfe mehr benötigst. Mit einmal Massieren ist es nicht getan, der Schmerz kommt wieder, du forderst Leistungsdruck, wenn du immer bezahlst. Mit einmal Essen bezahlen ist es nicht getan, du forderst Leistungsdruck mit der falschen Ernährung. Wie soll ich dir helfen, wenn du immer forderst? Du forderst und verlangst gleichzeitig den Leistungsdruck. Ich muss aushalten, sonst wird mir geholfen. Wenn ich Geld verlange, will ich nicht, dass mir geholfen wird. Verlangst du Geld von mir, stehe ich unter Druck. Ich stehe jedes Mal unter Leistungsdruck, egal, womit du dein Geld verlangst. Mittlerweile habe ich mich daran gewöhnt, aber du wirst irgendwann an deiner Intelligenz scheitern, aufzupassen, Hilfe zu bekommen. Du sagst immer, dir ginge es gut, und nimmst bei jedem Wehwehchen eine Pille dafür, und dann gehst du zum Arzt und lässt dir das Problemchen wegschneiden. Du forderst wieder Leistungsdruck. Du darfst keine Tabletten nehmen, du musst diesen Schmerz endlich mal zulassen, damit du weißt, wo die Ursache liegt. Ich will nicht gierig sein, doch mir wird es so beigebracht. Ich bin gierig, indem ich meine Schmerzen zulasse. Es ist schön, dafür zu sorgen, sich selbst zu helfen. Am liebsten würde ich alles umsonst machen, doch du solltest auch selbst auf dich achtgeben. Ich kann viel machen und auch du kannst viel machen, aber sobald du merkst, du hast Schmerzen, solltest du eine Pause machen. Die Pause brauchen wir. Jeder hat eine Pause nötig. Hast du einen zu hohen Anspruch an dich selbst, den darfst du auch haben, können wir dir nicht helfen. Beanspruchst du die Hilfe, so kann dir jeder helfen. Mir tun die Füße weh, es fühlt sich anders an, wenn sie mir jemand massiert. Die Schmerzreize werden schon durch Berührung gesetzt. Wenn ich mir die Füße selber massiere, kann ich mir zwar helfen, ich kann mich aber nicht mit dem Rücken entspannen. Wenn ich mir helfen lasse, ist auch die Wahrnehmung anders. Ich bin auf dich konzentriert und kann den Schmerz zulassen. Was kann ich noch in Anspruch nehmen, um mir das Geben und Nehmen zu erleichtern? Ich gebe gern, doch es ist immer mit Schmerz verbunden. Ich gebe dir einen Rat, doch du kannst ihn nicht annehmen. Das ist mir schon zu viel. Du weißt, dass dir deine Gesundheit wichtig ist, und forderst weiterhin dein Schicksal heraus. Wann ist es genug? Du brauchst jedes Mal schwarz auf weiß eine Bestätigung, wie es um dich aussieht, und forderst weiterhin mit Geld dein Schicksal heraus. Mit Geld bezahlst du, dass dir nicht geholfen werden soll, deine Probleme müssen entsorgt werden. Willst du auch entsorgt werden? Bestimmst du so deine Existenz? Du hast einen Leistungsdruck und nimmst den so in Anspruch. Ich muss lernen, dem Leistungsdruck aus den Weg zu gehen. Wie willst du lernen, gesund zu werden? Du nimmst nichts in Anspruch und forderst Gegenleistung. Du kannst keine Gegenleistung bei Geld erwarten. Geld nimmt dir den Verstand und du bist willenlos. Wie willenlos willst du werden mit dem Verstand? Ich verstehe da keinen Spaß, wenn du über mich hinaus handelst, um deine Gewalt einzulösen. Jeder wendet Gewalt an und du nennst es höhere Gewalt. Diese höhere Gewalt hast du dir zur Berufung gemacht. Helfen kann ein Beruf sein, er kann auch süchtig machen, wenn man danach lebt. Wir leben nach dem Geben und Nehmen, da wir nur nach dem Geld gehen. Geld ist Macht und keine Habgier. Die Gier kann ich anwenden, wenn ich nicht genug habe. Ich kann Spaß daran haben, da ich Freude daran habe, mir selbst zu helfen. Da ist das Geld sinnvoll. Sinnvoll ist es nicht, ständig höhere Gewalt anzuwenden, da du den Preis nicht verstehst. Wenn ich gesund bin, habe ich keine Probleme mit höherer Gewalt, da ich ein Immunsystem habe. Das Immunsystem brauche ich, damit keine Gewalt angewendet werden kann. Wann weißt du, wann Gewalt stattfinden kann? Erst dann, wenn du schon verletzt worden bist. Ich muss mir helfen. Zu spät, du brauchst Hilfe. Gewalt kann ich vorbeugen, indem ich mich schütze. Ich schütze mich, indem ich lerne, mit Gewalt umzugehen. Du bist kein Mensch, der mir beibringt, wie ich Schläge verteile. Wir stehen uns gegenüber und befinden uns in einem Konflikt. Es gibt keine Einigung. Ich gebe nach, da ist mir geholfen. Du willst wieder weitermachen. Es artet aus und du machst mich fertig damit, solange, bis es regnet und du im Regen stehst. Du hast Angst vor Gewalt, jeder hat Angst vor Gewalt. Das ist der natürliche Heilungsprozess. Ich heile meine Angst, indem ich Gewalt anwende, um zu sehen, wie stark ich bin. Die natürliche Angst gegenüber Gewalt ist kein Verbrechen, da keine Verletzungen stattfinden. Ich muss mich der Aufgabe stellen, was Helfen bedeutet, sonst kann ich keine Gewalt anwenden. Du kommst nicht in meine Nähe, wenn du aggressiv bist und mich verletzen willst. Du wirst mich auch nicht verletzen, indem du höhere Gewalt anwendest. Ich bin selber für mich verantwortlich und ich zahle gern den Preis dafür, dass ich selbst auf mich achtgeben muss. Wenn ich bestimmen will, ob ich bezahlen muss oder bezahlen kann, kann ich mir das aussuchen. Doch ich muss für Ausgleich sorgen, sonst werde ich wieder krank. Ich kann nicht ständig Hilfe leisten, ohne von dir eine Veränderung zu sehen. Du darfst dein Leben nicht so abhängig machen, dass es nichts anderes mehr gibt. Ständig willst du immer nur das Gleiche, und das Gleiche ist schon zu viel. Wenn ich so nicht helfen kann, dann muss ich eben anders helfen. Der Schmerz soll weggehen, sonst kann ich kein Lächeln erkennen. Es hat nichts mit Jung und Alt zu tun, du kannst dir immer helfen lassen. Es tut weh, wenn ich immer mit ansehen muss, wie du leidest.

Die Bank

Die Bank stellt ein Verhältnis dar. Wir sind im Ungleichgewicht. Geld gebe ich dann aus, wenn ich wirklich welches brauche. Wie kommt das Geld zustande? Geld wird gedruckt und dann ausgeliefert. Wann darf ich Geld ausgeben? Dann, wenn du welches bekommen hast. Muss ich Geld verdienen? Wenn ja, dann bestimmst du ja mein Leben. Darf ich jetzt Geld ausgeben oder verdiene ich es? Wie gebe ich denn Geld aus?

Der Wille ist gewollt, ich muss handeln. Mit was musst du denn handeln? Mit der Bank. Die Bank bestimmt nicht dein Leben, das tut nur das Geld. Wenn ich Geld ausgeben will, muss ich mit der Bank handeln. Wie verhandle ich denn mit der Bank? Eben, es wird hier jedem verboten. Wir müssen dieses Verbot aufheben, dann können wir auch mehr machen. Der Banker bestimmt über die Ein- und Ausgaben, die wir haben dürfen. Das macht nicht der Staat. Wenn wir arbeiten wollen mit Geld, dann dürfen wir das. Das erste Geld bekommen wir vom Staat oder von der Bank, je nachdem, wie verhandelt wird. Bekommt man Geld vom Staat, darf sich die Bank einmischen. Bekommt man Geld von der Bank, kann die Bank bestimmen, ob sich der Staat einmischt. Wenn man sich gut entwickelt hat, können wir es ausprobieren, wie man mit Geld spielt. Der Staat hat seine eigenen Gesetze und die Bank hat ihre eigenen Gesetze. Wir können mit Sprechen unser Geld verdienen oder mit Sex, das geht allerdings nur mit dem richtigen Seelenpartner. Warum gibt man kein Geld aus, um eine Familie zu gründen? Die Zeugung eines Kindes darf so nie stattfinden. Hier hat keiner ein Mitbestimmungsrecht. Bestimmen dürfen nur die Eltern selbst und das Kind, nicht einmal die Geschwister dürfen hier bestimmen. Wer darf mitbestimmen, wenn wir Essen kaufen? Wir handeln hier. Der Staat bestimmt nach seinem Recht. Die Bank mischt aber beim Staat immer mit, die wollen das so. Das Geld soll in der Arbeit eine Rolle spielen, also bitte, die Banker arbeiten. Die Bank ist besser als der Staat. Die Bank füllt die Staatskassen an, nicht auf. Der Staat hat einen Rückhalt, den er nicht ausgeben kann, erst dann, wenn es die Bank erlaubt. Wie kommt jetzt der Staat zu weiterem Geld, um Ordnung zu schaffen? Der Bürger muss Steuern zahlen für kaputte Straßen, die werden sonst nicht repariert. Ein normaler Mensch könnte das auch so reparieren ohne Kosten, bezahlt wird wieder nur die Unsicherheit. So kommst du zu deinem Geld. Wenn du Steuern zahlst, machst du keinen Gewinn damit, sondern einen Verlust. Du verlierst die Geduld zu handeln, weil du eine Reparatur nicht versichern kannst. Der kleine Beitrag von der Bank an den Staat ist wie eine Versicherung. Die Bank behält den Staat im Auge. Der Staat macht aber, was er will. Der darf sich nicht überall einmischen, wenn er beobachten will.

Die Farbe Gelb

Kannst du die Farbe Gelb gern ansehen? Gelb sticht mir ins Auge. Was hast du gemacht, weil das so ist? Ich mag eigentlich gar kein Gelb. Wenn ich gelb sehe, denke ich mir, geh weg. Schön, dass ich dich gesehen habe, komm bald nie wieder, guten Tag. »Auf Wiedersehen« reicht da nicht, das blöde Gelb kann sich nicht benehmen. Es ist nicht das gleiche Gelb in der Form und Farbe, wie es ist, sondern es passiert einfach. Gelb sagt auch nicht Hallo, wenn es mich ansieht, es hinterlässt immer einen schlechten Eindruck. Manchmal macht das Gelb mir auch ein leichtes Glücksgefühl, wenn es jammern muss. Ich muss jammern, weil ich da bin. Glücklich sein will ich nicht, ich muss alles mal ausprobieren. Ausprobieren will ich aber auch nicht alles, sonst habe ich kein Benehmen und die anderen lachen mich aus, weil ich mich doof anstelle, etwas zu bekommen. Na ja, wenn ich mich nicht doof anstellen muss, weil ich auch nichts will, muss es halt der andere machen. Der andere wird sich freuen, der hat nichts zu lachen, der will hier raus. Pech, du darfst nicht fragen, du musst einfach machen. Ich bin das Gelb, ich komme wieder. Ich will nicht, dass du wiederkommst, da muss ich ja geradestehen. Du kannst nicht geradestehen, du hast ja auch nichts verbrochen. Wer hat denn was verbrochen? Ich bin das Gelb. Ich weiß es nicht, wie muss ich mich denn benehmen, fällt das auf? Es fällt immer auf, ich kann gut tricksen. Trickse du mich eh nicht aus, ich will mich nicht benehmen. Ich habe keine Ahnung, was musst du denn machen? Das verrate ich dir nicht, das bleibt ein Geheimnis.

Die neunte Pforte

Ich will raus aus dem Ganzen. Mir ist das alles zu viel. Ich will keinen Rückblick in die Vergangenheit und ich will mir auch nicht die Zukunft ausmalen. Aber etwas hätte ich schon gern. Um etwas zu bekommen, was ich will, muss ich erst mal die Dinge geraderücken. Du bist nicht schön und ich bin nicht ich, wir wissen das. Ich weiß, was ich will, und das bist nicht du. Ich kann nicht verstehen, wie arm du sein willst, weil du nicht erkennst, was Reichsein bedeutet. Arm und Reich sind zwei unterschiedliche Dinge. Du bist nicht glücklich, weil du mich auf den Arm nimmst. Ich habe Erfolg, den ich dir geben kann. Du brauchst dir nicht den Arm abzuschneiden, um ärmer dazustehen. Aber du brauchst jemanden, den du verdient hast. Verdient hast du jemanden, wenn du deine Dinge ordnest. Du brauchst keine Angst zu haben, hier gibt es kein Geld. Du bist derjenige, der sich umschauen soll und sich fragt, wie es weitergehen soll, das Sagen hat: Was will ich hören? Ich will verstehen, was du sprichst. Sprichst du mit mir als Einzelner oder sprichst du mich als Gruppe an? Ich bin der Einzelne, aber ohne Gruppe. Brauchst du einen Anführer, der Angst hat zu sprechen? Versprichst du dich, ist das ein Versprechen. Ein Versprechen ist kein Verbot, aber auch keine Aushandlung. Wer etwas verspricht, kann selbst nicht sprechen. Ich spreche nicht mit dir, ich habe etwas versprochen. Ich kann mein Versprechen nicht einhalten, wenn ich dir etwas sagen muss. Ich sage dir als Einzelner etwas und bin eine Gruppe. Gib acht, ich höre dir zu. Was du mir zu sagen hast, ist nicht schlecht. Du willst verstanden werden, indem du das Sagen hast. Das Sagen hast nicht du als Gruppe, sondern der Einzelne spricht. Ich spreche nicht für dich, weil ich das Sagen habe. Ich bin still und leise, ein Versprechen muss ich einhalten. Ich mag dich nicht, ich mag niemanden. Ein Niemand bist du, du achtest nicht auf den Herzschlag. Dein Herz ist krank, es will verliebt sein. Die Dinge kannst du nicht unterscheiden. Du bist der Gegenstand selbst. Jeder benutzt dich so. Du bist der Gegenstand an erster Stelle und nimmst das auch noch persönlich. Ich will nicht persönlich sein, mir tut das weh. Mir tut es weh, wenn ich leiden muss an erster Stelle. Ich mag mich selbst am meisten. Diese Makel, die ich habe, die nehme ich unpersönlich dir gegenüber. Du magst es, persönlich zu sein. Persönlichkeit ist nicht das Allerschlechteste. Wie soll ich sonst das nennen, was noch übrig ist von mir? Ich zeige dir, wer ich bin, und du magst mich nicht einmal. Ich mag dich schon, aber du bist nicht einfach nur eine Person, die gern gesehen werden will. Ich habe Hunger, ich habe Durst. Bei mir geht es immer nur um das Eine. Wenig Freunde und wenig Appetit auf mehr. Der Hunger wird schon langsam zum Ballast. Freunde, die nicht da sind, wollen auch nicht kommen. Bin ich mein eigener Freund? Einsamkeit ist etwas Trauriges, ich bin leider immer einsam. Du nimmst mir die Nahrungsmittel, die ich brauche, da hört die Freundschaft auf. Ich darf nicht zugeben, was ich essen kann. Immer heißt es, du bist anders, das können wir nicht gebrauchen. Was soll ich denn machen? Ich werde krank. Du bist krank, du willst mit jedem befreundet sein. Ich habe Angst, weil mir das Vertrauen fehlt. Ich gehe nur nach der Fürsorge. Die Fürsorge ist gut, sie wird dir aber irgendwann zum Ballast. Du stehst dann da und kannst dann selber nicht mehr zugreifen. Das Essen ist anstrengend dir gegenüber. Ich will nicht gezwungen werden, ich esse lieber allein. Die Arbeit ist furchtbar, es geht immer nur um Steuern. Steuern hier, Steuern da, ich kann so nicht arbeiten. Die eigentliche Arbeit mache ich mir selbst, weil ich nicht einmal weiß, was das überhaupt ist. Ich gehe irgendwohin, auch das ist mit Arbeit verbunden. Ich gebe dir die Hand, auch das ist mit Arbeit verbunden. Ich will dich begleiten auf deinem Weg, das ist die eigentliche Arbeit. Ich arbeite für mich und ich arbeite für dich. Die Arbeit ist immer die körperliche Aktivität. Das, was du Arbeiten nennst, ist Hilflosigkeit gegenüber dir selbst. Du musst dich hier verbessern, sonst eckst du irgendwann an. Arbeite an dir selbst und geh arbeiten. Ich würde gern arbeiten gehen, aber wie soll ich das machen? Dir gehört alles. Dir gehört ein Baum und ich kann nicht einmal Äpfel pflücken, der Weg dahin ist versperrt. Ich weiß, wer die irdischen Eltern sind. Die kosmischen Eltern haben Familienanspruch, den sie einhalten dürfen. Die irdischen Eltern sind aber nicht die kosmischen Eltern. Die Probleme trägst du selber an dir. Gib nicht deinen Vorfahren die Schuld für deine Gene. Deine Gene enthalten den Einspruch, den du dir ausgesucht hast. Ich will kein Kind sein und ich will auch nicht erwachsen werden. Ich kann keine Kinder bekommen, da ich verloren bin. Ich suche die Mitschuld bei mir selbst, um Klarheit zu verschaffen, da ich nicht weiß, wie es weitergehen soll. Ich will, dass es weitergeht, und ich will auch den Seelenpartner. Der Sexualtrieb ist da, er ist stärker, als du denkst. Hohe Ansprüche kannst du nicht stellen, da dich dein Partner behindert. Ich habe keine hohen Ansprüche, ich komme mir benutzt vor von den anderen, die da waren. Du wirst dich immer benutzt fühlen, der Richtige will auch nicht da sein. Der Richtige hat eine Andere, du weißt es ganz genau. Hinterher zu trauern bringt auch nichts, die Stimmung ist im Keller. Ich habe schlechte Laune, die anderen machen sich was vor. Sie lachen mir etwas vor und lachen mich auch noch aus dabei und nicht an. Sie freuen sich auf den falschen Partner, weil sie nicht zugeben können. Das Leben spielt keine Rolle mehr. Das Leben hast du dir ausgesucht, um Macht zu besitzen. Macht, die keiner haben will. Ich muss leben, weil es so gewollt wurde. Ich wollte das so. Neugierig bin ich auf denjenigen, der ehrlich ist und sein will. Neugierig war ich auf die Verräter, die mich gefoltert haben. Ich hatte keine Ahnung, was passieren würde, und ließ mich auf dieses Spiel ein. Dieses Spiel, wie ihr es nennt, bedeutet Leben. Ich lebe und weiß nicht, wie ich weiterleben soll. Wie soll ich weiterleben? Du willst nicht, dass ich lebe. Du willst aber auch, dass ich deine Fehler wiedergutmache. Deine Fehler sind nicht meine Fehler. Ich lebe nach meinem eigenen System. So, das Kronenchakra hat die anderen Chakren geordnet und nun kann der Tag beginnen. Mein Tag ist viel schöner als deiner. Wir haben das, das und das erlebt. Schön für dich, ich will das nicht hören, du vermiest mir die Laune, weil du ein Angeber bist. Ich bin kein Angeber, ich will, dass du es auch mal schön hast. Wie soll ich es denn schön haben, wenn du mir fünfmal von deinen Ausflügen erzählt hast und ich bei keinem einzigen dabei war? Hier, du musst das erleben, da ist es schön. Da ist es langweilig, weil du schon dort gewesen bist. Aufregend ist es hier, wo ich immer bin. Na, deine Langeweile will ich nicht haben, der Tag ist versaut. Ich will mal irgendwohin, wo noch niemand gewesen ist, da gehst du mir nicht auf die Nerven. Hast du überhaupt noch Nerven im Schädel oder willst du keine grauen Zellen im Gehirn haben? Was hat denn das mit den Ausflügen zu tun? Oh, eigentlich ganz viel. Deine Orientierung ist wichtig, wo du hinmusst. Wenn du nicht weißt, wo du hinwillst, kann dir auch keiner den Weg beschreiben. Ich gehe dahin, wo es mir gefällt. An einen schönen Ort, wo mich keiner stört. Fühlst du dich gestört von uns? Wir wollen dich begleiten. Hier begleitet mich niemand, weil ich nicht weiß, wie du mit mir umgehst. Ich will einen schönen Tag genießen. Wenn ich mir jetzt vorstelle, dass du dabei bist, wird der Tag schon nicht mehr schön. Du brauchst dir das nicht vorzustellen, du musst den Tag erleben. Soll ich erlebt werden oder kann ich mir das aussuchen? Ich will nicht erlebt werden, dann bestaunen mich die anderen. Willst du bestaunt werden, wo du überall warst? Ich genieße es, wenn ich den Tag erleben kann. Bei schlechtem Wetter bleibe ich natürlich in der Wohnung und mache es mir da gemütlich. Heute ist der Tag schön, heute könnte ich zum Beispiel spazieren gehen. Ich will den Tag erleben, kommst du mit? Du bist heute mein Begleiter. Ich will wissen, wie es ist, wenn ich mit dir heute etwas unternehme. Ich unternehme gern etwas, doch manchmal bin ich gern allein. Wenn ich allein bin, brauche ich mich nicht immer nach den anderen zu richten, wenn wir etwas unternehmen. Die anderen müssen sich leider immer nach mir richten, da ich nicht so schnell bin. Dafür gebe ich ihnen das Gefühl, dass sie mehr machen dürfen. Das wird gern ausgenutzt, aber ich brauche die Zeit für mich, um zu genießen. Wenn ich mit jemandem unterwegs bin, dann wollen die immer etwas. Was wollen die denn immer? Die sprechen über ihre Probleme, die sie haben. Ich denke mir jedes Mal, na toll, der Tag ist versaut. Wie soll ich dir helfen, wenn ich den Tag genießen will? Wenn ich den Tag genießen will, dann spreche ich nicht über Probleme, wenn ich einen Ausflug mache. Ich spreche mit dir über Probleme, wenn du meine Hilfe brauchst. Aber nicht bei einem Ausflug. Ich will abschalten bei einem Ausflug, wenn ich etwas unternehmen will. Ich mache mir mit dir einen schönen Tag. Was fällt dir darüber ein, was wir alles tun könnten? Ich will kein Yoga machen, das ist für mich kein Ausflug. Ich will Sonne tanken, das ist gut für die Glücksgefühle und gut für die Haut. Die Energie, die ich verbrauche, die ist Hochleistung, weil ich immer etwas für den anderen machen muss. Hier bin ich nur für mich und kann mich erholen. Ich erhole mich von den Strapazen, die wir vorher hatten. Mit dir kann ich wieder nicht viel anfangen, weil du dich nicht loslösen kannst von dem, was du gemacht hast. Du musst immer noch darauf herumreiten und kannst meinen, du könntest alles miteinander verbinden. Aber so läuft das Ganze nicht. Wenn wir einen Ausflug machen, heißt das: Ausflug. Du verbindest den Ausflug mit Arbeit, weil du nicht abschalten willst. Du musst lernen abzuschalten. Ich kann dich steuern, wie ich will, ich bin die graue Substanz im Kopf. Wenn ich Yoga brauche, um mich abzuschalten, dann brauche ich Yoga. Wenn ich nicht beweisen kann, dass es mich gibt, dann muss ich danach suchen. Weißt du jetzt, was graue Zellen bewirken? Du kannst dich entspannen, dir geht es nicht gut. Ich habe den ganzen Körper in der Hand und mir fällt der Tag wie eine Leichtigkeit. Es ist leicht zu entspannen und ich kann den Tag genießen. Ich brauche nicht zu suchen, wer ich bin, aber ich will wissen, was ich mache. Ich kann machen mit dir, was ich will, wenn ich nicht auf der Suche bin. Ich bin auf der Suche nach dem Reinen. Das Unreine bedrückt mich, es verdirbt mir den schlechten Tag. Ich will nicht herausfinden, wie unrein du sein musst, wenn du nicht zugeben kannst, was du willst. Du musst nicht herausfinden, was ich denke. Du gibst mir ein Gefühl, ich solle mich beschleunigen. Ich will mich nicht nach dir richten, doch du lässt mir keine Wahl. Du darfst dir aussuchen, was du anschauen magst. Ich soll mir etwas anschauen? Sind dir meine Probleme nicht wichtig? Warum soll es nach deinen Problemen gehen, willst du immer mehr? Du willst immer mehr Probleme, du weißt nicht, wie es ist, ohne Probleme einen Ausflug zu genießen. Dir tut das weh, wenn du nicht richtig abschalten kannst. Ein Ausflug ist dazu da, Probleme zu erkennen. Die Probleme, die du hast, werden stärker, wenn du keine Ruhe gibst. Du darfst verdrängen und du wirst verdrängen. Du bist im Hier und Jetzt. Ich verdränge das Gefühl, in der Arbeit zu sein, sonst kann ich nicht erkennen, wie schön es doch sein kann, mal nicht daran zu denken. Ich denke daran, wie schlimm es wohl sein muss, sich nicht zu spüren. Ich spüre mich, aber anders als vorher. Ich kann alles machen, nur will ich keinen Stress. Den Stress bekomme ich dann, wenn ich nicht regelmäßig abschalten kann. Wie war das noch mal, kannst du mir das noch mal erklären? Wie funktioniert das Ganze? Ich habe Nasenbluten, kannst du mir mal ein Taschentuch geben? Ich will dir nicht helfen, dafür sind die anderen zuständig. Soll ich jetzt mit meiner Nase blutig rumlaufen? Ja, ich sage dann den anderen, du seiest hingefallen, weil du dir zu viel vorgenommen hast. Du wirst nicht verstehen, warum ich das mache, aber es fühlt sich schöner an, über dich zu lachen, weil du nicht richtig gehen kannst. Du bist das Problem, was ich erkennen kann. Ich erkenne dich, weil du nicht abschalten willst mit deiner Arroganz, Hilfe für andere zu leisten, ich will dir den Tag versauen. Ich versaue dir nicht den Tag, ich mache mir meinen Tag schön, indem ich dich benutze. Ich will nicht von dir benutzt werden, ich will mich selbst benutzen. Kannst du das bitte sein lassen? Ich will meine Ruhe. Geh weg von mir und komm gar nicht wieder, mir egal, was mit dir passiert. Ich habe mir den schönen Tag vorgenommen. Wir sind nicht beim Geben und Nehmen, wo du mir den Tag vermiesen kannst, weil du das so willst. Hier habe ich das Sagen. Ich beobachte dich, und essen tue ich danach. Ob ich mit der Familie etwas mache, plane ich lange voraus, da ich keine zusätzliche Arbeit will. Sex habe ich, wenn das Leben für mich stimmt. Ich stimme dir zu, du gehörst nicht dazu. Du bist anders als die anderen. Wenn du magst, kann ich dich begleiten. Ich will keine Begleitung, ich mag es nicht, wenn spontan gehandelt wird. Du hast lange vorausgeplant und hast dir genau überlegt, was du vorhaben könntest. Wegen dir muss ich wieder nach deiner Pfeife tanzen. Überleg dir mal, was du willst. Schöne Tage soll man genießen, wenn man etwas vorhat.

Ich komme mir benutzt vor von dir. Ich benutze dich doch nicht, ich habe nur Angst, allein irgendwo hinzugehen und für mich ist es die beste Gelegenheit zu üben, mit den Ängsten umzugehen. Oh je, wie gehst denn du mit deiner Angst um? Ängste werden so schlimmer, weil sie Bedeutung annehmen. Ich nehme an, du fühlst dich sicher besser, wenn jemand in deiner Nähe ist und dich begleitet. Ja, ich kann die Angst mal für einen Moment vergessen, weil ich dich habe. Ich vergesse sie nur nicht, ich weiß, dass du genauso viel Angst hast, und unterdrücke dich dabei. Warum machst du das mit mir? Selbst wenn ich planen würde, einen Ausflug zu machen, muss ich mich nach dir richten. Du musst mit mir keine Freundschaft schließen, es reicht, wenn wir Bekannte sind. Du bist eine Person und ich bin eine Person, gemeinsam werden wir einen Ausflug machen. Wenn ich den Tag nicht erkennen kann, ist es zu Hause nicht mehr schön. Ich gehe nach Hause und denke mir, hat sich der Aufwand überhaupt gelohnt? War es denn so nötig, klein beizugeben für den anderen, dass der seine Angst steigern kann und jetzt öfters irgendwohin geht und weiß nicht, warum? Ja, so ist das leider, die Angst wird gesteigert und keiner weiß, warum. Ich habe keine Angst mehr, irgendwohin zu gehen, der Schmerz wird unterdrückt. Ich gehe dahin, wo ich will und wo es mir Spaß macht. Ob ich gesehen werden will, müssen die anderen entdecken. Die anderen können viel beeinflussen über mich, wenn sie wollen. Dein Tag ist nichts Besonderes, du füllst ihn an und nicht auf. Ich habe keinen Hunger auf mehr, ich will entdeckt werden. Wieviel mehr kannst du verstehen, wenn du erkennen willst? Ich erkenne dich, wenn der Tag schön ist, dann strahlst du hervor. Erkennst du mich auch, wenn schlechtes Wetter ist? Nein, bei schlechtem Wetter, wenn es regnet, will dich keiner sehen. Ich mache die Augen auf und wieder zu. Heute bin ich müde, der Tag vergeht nicht sehr schnell. Ich will nicht, dass der Tag schnell vergeht, wenn schlechtes Wetter ist. Die Couch gehört mir, darauf kann ich schlafen. Ich schlafe den ganzen Tag, obwohl keine Nacht ist, und in der Nacht bin ich hellwach, weil ich niemanden sehen will. So kommt aber der Tag-Nacht-Rhythmus durcheinander. Ja, ich weiß, und das ist auch gut so. Ich will nicht ständig wach sein und alles verstehen. Ich kann schlafen und du bist wach. Ich soll wach sein, wenn du schläfst, hast du einen Knall in deinem Schädel? Ist denn deine Großhirnrinde kaputt? Nein, meine Großhirnrinde ist nicht kaputt, die grauen Zellen können so wachsen. Wie ich den Tag gestalte, ist immer meine Sache, ich will keine Schmerzen. Wenn ich zu müde bin, mache ich die Augen gar nicht auf, weil ich gar nicht da sein möchte. Die Augen im Gesicht sind offen, aber ich schlafe im Kopf. Der Blick ist auf dich gerichtet, weil ich dich erkennen muss. Ich muss dir widerspiegeln, wer ich bin. Je öfter ich schlafe, desto erholsamer kann ich den Tag empfangen. Ich empfange den Tag, indem ich offen zu dir bin, da ich ausgeruht sein kann. Momentan kann ich schlechtes Wetter gut gebrauchen, da schlafe ich umso besser. Die Haut ist entspannt, da sie keine aggressiven Sonnenstrahlen abbekommt. Ich will keinen Neid und auch keine Ehrfurcht. Ich muss erkennen, wann ich wach werden kann. Den ganzen Tag schlafen ist zu viel, denke ich mir. In der Nacht kann ich träumen und jeder Traum gehört mir. Ich habe keine Angst vor Alpträumen, sie offenbaren mein inneres Gefühl. Schlechte Träume, die einem nichts sagen und Angst einjagen, haben ein Ablaufdatum. Du bist kein Ablaufdatum, du bleibst hier, dich brauche ich noch. Du bist ein Teil davon, dich stelle ich erst mal da hin. Ein Teil davon kann nicht sein, es entspricht nicht der Wahrheit in dir. Ich bin wach und mache wieder die Augen auf und wieder zu. Diesmal hatte ich die Augen länger offen als vorher. Ich bin im Hier und Jetzt und kann das auch fühlen. Ich will keinen Leistungsdruck, den darf ich mir hier nicht machen. Ich brauche Schlaf. Gute Nacht, ich wünsche dir süße Träume. Guten Morgen. Scheint die Sonne schon? Ich habe Hunger. Die Sonne scheint und ich mag aufstehen, ich fühle mich erholt vom Schlaf. Wie werde ich den Tag gestalten? Heute muss ich mich nach der Arbeit richten, die muss erledigt werden, also kann ich nichts tun. Die Arbeit ist vorbei und der Körper tut weh vor lauter Schmerzen, und ich will nichts mehr tun. Gute Nacht. Ich mache das so lange, bis du nicht mehr kannst und anfängst zu schreien, ich will hier raus. Bist du schon mit den Nerven fertig? Wenn ja, brauchst du dich nicht zu wundern, du gehst mir auf den Keks, stell dir mal einen Wecker. Ich kann launisch werden, wenn du nicht auf mich hörst. Das kann sich in Höhen und Tiefen auswirken. Ich bin schon launisch, kann das sein? Ja, Sex hast du heute auch noch keinen gehabt. Super, jetzt steht der Sex wieder im Vordergrund und ich habe keinen schönen Tag. Du verdirbst mir die Laune. Ich will dir nicht die Laune verderben, du solltest wissen, was Schmerzen sind. Ich will verreisen, das kann ich auch wieder nicht. Das Einzige, was ich kann, ist es, die Langeweile zu genießen. Ich habe Langeweile, weil ich keinen Sex haben will. Heute ist schönes Wetter. Das Herz freut sich, es braucht die Sekunden nicht mehr zu zählen. Wann kommst du endlich? Es ist gleich so weit. Es braucht niemand zu kommen, du willst keinen Sex. Doch, ich habe jetzt Lust darauf. Dann mach halt welchen, dann geht es dir besser und ich habe danach meinen schönen Tag. Der Sex war gut, mir geht es jetzt besser. Ich habe es schon fast nicht mehr ausgehalten, so geil war ich da unten. Ich kann mich jetzt erholen von den Strapazen und wandern gehen. Ich gehe wandern und habe eine gute Stimmung. Die Laune lässt aber zu wünschen übrig, weil ich wieder gewartet habe. Wenn ich etwas will, dann will ich es sofort. Jetzt vermiese ich dir den Tag mit schlechter Laune, obwohl du Sex gehabt hast. Mir ist es wichtig, wie ich behandelt werde. Kannst du erkennen, wie ich bin und was Einklang bedeutet? Ich bin nicht mit dir im Einklang. Ich hätte gern eine schöne Zeit mit dir. Ich bin dein Kopf, du brauchst Erholung. Wenn wir beide wach sind und gut harmonieren, lernen wir voneinander. Dieses Lernen ist nicht anstrengend. Wir müssen uns verstehen, sonst klappt das nicht. Ich kann dir gute Laune verschaffen. Diese gute Laune will ich haben, die brauche ich. Wie fühlt sich das überhaupt an? Du musst es ausprobieren, sonst kannst du nicht fühlen, wer ich bin. Ich bin der, den du kennst. Erkennst du mich? Ich bin da. Ich bin da, um dir zu zeigen, dass es mich gibt. Mich gibt es, weil ich so bin. Mich hat keiner gemacht und mich wollte auch keiner so haben. Deswegen wurde ich verändert. Ich wurde verändert, um Ideen zu erwecken. Kannst du erkennen, wer ich mal war? Die Ideen bis jetzt waren nicht gut, das konnte nicht sein. Das Können ist kein Beweis dafür, dass es mich gibt. Mich gibt es so, weil ich so bin. Die Veränderung, die ich durchgemacht habe, war kein guter Erfolg. Der Tag wurde mir vorgegeben, das ist nicht das, was ich wollte.

Lebe in den Tag hinein, so heißt es doch so schön. Da ist etwas Wahres dran. Leute, die das genießen können, die verstehen etwas von dem, was sie machen. Warum wurde ich nur so verändert? Ich bin abhängig von dem, was ich bin und was ich können sollte. Ich kenne meine eigene Umgebung nicht, soll ich verstehen, wer ihr seid? Du bist und ich war. Erkennst du, was ich meine? Meine Augen sind verschlossen, ich mag dich heute nicht sehen. Ich meine nicht dich als Person, sondern meine eigene Persönlichkeit. Meine eigene Persönlichkeit ist wichtig mir gegenüber, ich muss fühlen, wer ich bin. Wer ich einmal war, dahin möchte ich nicht mehr, das ist das, was ich erlebt habe. Ich habe erlebt, wie ich sein kann, obwohl ich das nicht wollte. Du wolltest zu viel. Du wolltest zu viel, obwohl du erkannt hast, dass du Schaden anrichtest. Den Schaden kannst du nie wiedergutmachen. Meine Sinne sind mir geraubt worden. Die ganze Gefühlswahrnehmung ist gestört, weil ich mich verändern musste. Wo muss ich hin? Ich habe keine Orientierung. Ich habe keine Lust mehr auf das Ratespiel. Ich soll heiraten. Nein, ich habe keine Lust mehr. Der Mann ist der Falsche. Wir passen nicht zusammen. Er will Kinder und ich soll alles ausbaden, was er alles falsch macht. Ich will nichts falsch machen, jetzt will ich auch keinen Mann mehr. Der Mann ist nicht gut zu mir, du bist nicht gut zu mir. Der Tag wird nie schön und es wird auch nicht gefeiert. Ich mache die Augen freiwillig zu, weil ich nicht angesehen werden will. Ich will nicht angesehen werden von dir, du widerst mich an. Was ich nicht sehen will, muss ich auch nicht erkennen. Ich will dich erkennen, du erkennst mich nie. Ich will nicht erkannt werden, du musst machen, was ich will. Ich muss dein Opfer sein, du willst der Täter sein? Du willst vergessen, ich habe heute keinen schönen Tag. Ich bin traurig über dich, am liebsten würde ich weinen. Ich weine, weil ich nicht erkannt werde. Ich gehe spazieren, ich gehe wandern, ich gehe, wohin ich will. Mich wird keiner finden, weil ich nicht gefunden werden will. Ich habe Angst, wenn ich gefunden werde und ich dich nicht sehen kann. Und die Angst jagst du mir auch noch ein. Ich renne davon, weil ich erkannt habe, wer du bist. Du bist der Mensch, der geliebt werden will von allen anderen und machst dir einen Spaß mit Menschen, die nicht erkannt werden wollen. Renn doch weg und komm nie wieder, du bist ein Feigling mir gegenüber. Ich stamme aus gutem Hause, mich will jeder sehen. Du willst mich nicht, du willst Gewalt anwenden, du bist mir zu gefährlich. Du bekommst keine Ruhe, wenn du so bist zu mir. Ich habe keine Chance, wenn ich so behandelt werde. Ich renne davon, weil ich mich fürchte. Ich fürchte mich vor dem, was kommen könnte. Das Böse wartet auf mich, es hat es auf mich abgesehen. Er will nicht auf mich warten, wenn ich nach ihm suche. Ich habe Angst, er tut mir etwas. Mir wurde schon so viel angetan. Diese Verletzungen halte ich nicht aus. Ich muss aushalten, aushalten, aushalten und aushalten. Jetzt ist es das erste Mal, dass ich davongerannt bin. Ich bin so froh, dass ich das geschafft habe. Ich habe es geschafft, meinen Willen durchzusetzen mir gegenüber und habe auch keine großen Erwartungen an mich gestellt. Er hat mich nicht eingeholt, er hat auch nicht nach mir gesucht. Ich konnte mich verstecken, wo ich in Sicherheit bin. Die Sicherheit ist mir wichtig, die brauche ich. Ich will von dem abhängig sein. Warum ist jemand denn so? Warum muss ich denn ständig aushalten? Wenn ich nicht aushalten würde, was du begonnen hast, wärst du nicht gut zu mir. Du würdest mich beleidigen, du würdest mit mir schimpfen, du würdest immer wollen, dass es nach dir geht. Und ich halte wieder aus. Ich bin froh, dass ich erschreckt wurde. Wenn man erschreckt wird, ist das wie eine Warnung. Es gibt dir das Gefühl, nicht richtig da zu sein. Warum kann ich nicht aufpassen und die Dinge richtig erkennen? Du stehst vor mir in der Dunkelheit und ich muss aufwachen. Du bist da, du bist aber nicht so da, weil es an mir liegt. Die Außenwelt ist nicht wichtig für mich, sie sollte aber wichtig sein. Wichtig sind nicht du oder er oder sie. Wichtig ist es, dass ich abschalten kann. Ich kann nicht abschalten, ich weiß nicht, wie das geht. Ich will mich ständig verdrängen, weil es mir damit bessergeht. Ich verdränge mich und du bist nicht da. Du bist nicht da, weil ich das so will. Ich kann gar nicht erschreckt werden, ich habe nur Angst vor mir selbst. Deine Angst ist mir wichtiger, du magst es nicht, wenn jemand davonrennt. Ich erkenne dich, wie du sein musst. Du machst das mit Absicht. Irgendjemand muss dir ja beibringen, wann es genug ist mit Aushalten. Wenn ich es nicht machen würde, würde es sicher jemand anderes tun. Hör auf damit, ich will nicht mehr erschreckt werden. Dann hör auf mit dem Aushalten. Dir ist die Arbeit wichtig, die steht immer an erster Stelle. Wieviel musst du da aushalten? Dir ist der Sex wichtig, wie lange willst du das aushalten? Du hast kein Verlangen mehr. Dein Verlangen ist es, die Männer loszuwerden, die du nicht hast. Du weißt nicht, was das Leben bedeutet, weil es schrecklich ist, die Krankheiten zu beobachten. Du definierst Größe mit Wahnsinn und beurteilst nach Sinnhaftigkeit. Du frisst das Falsche, weil du kein Vertrauen hast. Du beurteilst die Menschen nach dem Herzschlag, um ihre Meinungen zu erkennen. Sagen willst du nichts, weil du als Kind immer Halsweh hattest, du hast dich da nie durchgesetzt. Schmerzen sind deine Qual, du willst leiden und leidest mit, wenn dir andere helfen. Dir will nicht geholfen werden, du musst dir helfen lassen. Wenn du dir nicht helfen lässt, hilft dir irgendwann keiner mehr. Du hast zu viel ausgehalten, du musst lernen abzuschalten. Ich schalte ab, wenn ich das für richtig halte. Wozu ist der Schlaf da? Den Schlaf brauche ich zur Erholung, sonst kann ich mich nicht beruhigen. Der Schlaf ist nicht erholsam, wenn du keine schönen Tage hast. Den Schlaf will ich nicht aushalten. Ich mag es nicht, wenn jemand neben mir schläft, dann kann ich mich nicht ausbreiten. Ich breite mich gern aus, das ist wichtig für mein Wohlbefinden. Wie ich liege, das ist auch wichtig, sonst kann ich nicht richtig schlafen. Ich schlafe, weil ich schlafen muss, sonst können sich die Muskeln vom Tag nicht erholen. Und in der Nacht werden dann die Zellen anders versorgt als am Tag. Wenn ich einen guten Stoffwechsel in der Nacht habe beim Schlafen, sind die Zellen am Tag aktiver. Ich kann mehr Leistung bringen, obwohl ich nicht viel machen muss. Der Körper ist entspannter und kann mehr aushalten. Die Belastungen, die ich habe, werden weniger. Der Stuhlgang fällt dir leichter, da du nie weißt, wo du auf das Klo gehen willst. Muss ich bei »Männlein« oder »Weiblein« gehen? Ich will dir nicht den Tag vermiesen, wenn ich scheißen muss. Du willst nicht lachen und du willst nicht weinen, dein Ort ist der Ort der Begierde. Da musst du hingehen. Du willst keine Familie, also musst du auf das Klo rennen. Ich renne an dir vorbei, ich erkenne den Schmerz, an dem Ort, wo ich nicht sein will. Das Klo ist mein Heiligtum, das wirst du mir nicht kaputtmachen. Kaputt bin ich erst dann, wenn ich nicht mehr auf das Klo gehen kann. Das Klogehen versteht keiner. Ich kann den Tag nicht genießen, ohne zu wissen, wo die Toilette ist. Wir sind angekommen an einer Ortschaft des Grauens, die sich Paradies nennt, weil sie keinen Heiligenschein hat und sich Ausflug nennt. Wo ist die Toilette? Ich muss auf das Klo, du darfst mir das nicht verbieten. Da darf ich nicht aushalten, ich werde inkontinent. Ich darf nicht zu viel Wasser speichern im Gewebe, weil ich aushalten muss. Ich muss trinken, weil ich Durst habe. Ich muss essen, weil ich Hunger habe. Ich brauche das Verlangen, mich durchzusetzen. Wie, du musst schon wieder aufs Klo? Du warst doch erst gerade vor einer Stunde. In der Früh habe ich Durst, da trinke ich einen Liter. Das brauche ich, sonst bekomme ich Schädelweh. Ich habe keine Lust, mich jetzt auch noch zu rechtfertigen. Du nervst mit deiner Klogeherei. Wir müssen immer auf dich warten, weil du Letzter bist. Ist mir mittlerweile egal. Wenn du nicht zufrieden bist mit mir, kannst du deinen Tag auch allein verbringen, dann mache ich mit dir keinen Ausflug mehr. Du kannst auch gleich gehen, wenn es dir nicht passt. Rumzuzicken brauchst du hier nicht, du hältst dich schön an die Regeln, wir wollen den Ausflug genießen. Der Ausflug ist für mich vorbei, ich kann gehen. Ich kann gehen, weil ich unzufrieden bin. Du bist mit mir nicht im Reinen und ich kann es dir nicht schildern, da du mir keinen Glauben schenkst. Du willst nicht wissen, was ich gern hätte. Es geht immer nur nach deinem Prinzip. Du kommst an erster Stelle und deine Bedürfnisse müssen befriedigt werden. Das, was du machst, ist Selbstbefriedigung gegenüber dir selbst. Dich mag keiner, also können wir dich auch nicht mögen. Du lässt die Nähe nicht zu, weil du das nicht kannst. Du willst allein sein, darum machen wir das. Wir spiegeln dir das wider, wie du bist. Wir müssen dir zeigen, was wir für Gefühle dir gegenüber haben, sonst kannst du nicht erkennen, dass mit dir etwas nicht stimmt. Mit dir stimmt etwas nicht, und so wirst du auch behandelt. Du musst deine eigenen Fehler erkennen, du darfst nicht den anderen die Schuld geben. Die anderen zeigen dir das auf, was sie nicht erkennen dürfen. Ich darf nicht erkennen, wer du bist, du willst das nicht sehen. Ich sehe nur dich. Du siehst mich und hast die Augen verschlossen. Wenn man die Augen immer verschlossen hat, kann man nicht erkennen. Du erkennst den Alltag. Der Alltag, der nie zu Ende geht. Tagtäglich immer das Gleiche. Für wen mache ich das eigentlich? Mache ich das für dich oder mache ich das für uns? Ich spiele dabei keine Rolle, du willst etwas erleben. Du erlebst die Dinge, wie sie sein könnten, nicht, wie sie sein wollen. Du verursachst Müll in allen Ecken. So kann ich den Tag nicht ansehen. Wenn ich in die Natur raus möchte, will ich Bäume sehen. Ich kann nicht erkennen, wo ich hinmuss. Siehst du die Menschen in ihrer Natur? Du siehst die verzweifelte Tat, etwas gemacht zu haben. Ich mache alles, damit es mir gutgeht. Ich lasse sogar den Dreck liegen für den anderen, der den wegräumen kann. Ich kann den Dreck nicht mehr sehen, du willst nicht gesehen werden. Du nimmst dir zu viel heraus. Ich sorge für mich selbst und kann auch Ordnung halten. Ordne dich selbst, indem du aufräumen lernst. Ich will nicht den ganzen Tag aufräumen lernen, ich mache den Dreck mit Absicht nicht weg. Du siehst hin und musst wieder anfangen zu weinen. Ich weine nur noch mehr. Stell dir vor, ich weine nur innerlich, weil du jedes Mal ein Lächeln von mir willst. Du willst ein Lächeln für deine Bestätigung, nichts falsch gemacht zu haben. Ich bin im Hier und Jetzt, was damals war, kannst du vergessen. Du vergisst dich und alle Wunden sind geheilt. Die Wunden sind nicht geheilt, das kannst du nicht erkennen. Was damals war, musst du bearbeiten. Es tut weh, alte Wunden zu bearbeiten, Erinnerungen werden wach. Ich werde wach und muss mich selbst ordnen. Ich kann nicht hinsehen, wenn einer so mit mir umgeht. Ich muss mich selbst wiedererkennen wollen. Du willst dich selbst nicht wiedererkennen. Für dich müssen immer alle anderen die Dinge erledigen. Du willst es doch so, dich muss man wie Abfall behandeln. Du hast ja auch niemanden außer dir selbst. Ich weiß, dass ich allein bin, ich bin gern allein. Allein ist es schöner als mit dir oder mit jemandem deiner Art. Deine Art gefällt mir nicht, wie du mit mir umgehst. So wird der Tag nicht schön. Ich muss immer auf den Boden sehen und muss mir denken, was das doch für Dreckschweine sind, die in ihrer eigenen Natur so sein wollen. Weißt du, was Erziehungsmaßnahmen sind und warum du welche bekommen hast? Jeder wird hier erzogen, wie er sich zu benehmen hat, schon von Haus aus. Du willst dir nichts beibringen. Die anderen bringen dir Ordnung bei, damit du verstehst, um was es geht. Du willst nicht gesehen werden, weil du Angst hast, erwischt zu werden. Deine Sorgen möchte ich einmal haben. Doppelte Arbeit, die keiner will. Der Weg ist mühsam, um ans Ziel zu kommen; ich brauche eine Pause. Ich kann nicht erkennen, was ich mache, ich bin eifersüchtig dir gegenüber. Warum ist ein Mensch wie du so glücklich? Wo nimmst du die Freude her? Du freust dich über andere, denen es nicht so gutgeht, und musst ihnen den Tag verschlechtern. Du bist nicht gut, das bringe ich dir bei. Schlechte Menschen, die wenig haben und krank sind, die sind nichts wert. Du bist wertlos mir gegenüber, und wertlose Menschen kann ich wie Dreck behandeln. Ein armer Bettler wartet auch bloß, dass ihm der Vogel auf den Kopf scheißt, damit du wieder etwas zu lachen hast. Ich habe nichts zu lachen, also brauche ich auch nicht glücklich zu sein. Der schöne Tag vergeht und ich kann wieder schlafen gehen. Am liebsten möchte ich gar nicht mehr aufwachen. Ich habe Angst, es wird nicht besser. Mir tun die Leute leid, ich kann ihnen nicht helfen. Du brauchst den Leuten nicht zu helfen, du hast sonst keinen schönen Tag. Ich habe nie einen schönen Tag, wenn du es so siehst. Ich helfe lieber und wache auf. Ich wache aus dem schlechten Ereignis auf, um dir zuzuhören. Das Zuhören fällt mir auch nicht leicht. Die Probleme, die jeder hat, werden immer mehr. Ich habe Angst, weil ich kein Vertrauen habe. Dieses Vertrauen kannst du mir nicht geben. Du wendest Gewalt an. Machen Sie mir das Problem weg, ohne Gewalt anzuwenden. Ich bin kein Wunderheiler und ich will auch kein Scharlatan sein. Ich bin eine, die niemand wirklich mag. Mich braucht keiner. Mich will auch keiner sehen. Ich kann den Blick nicht ertragen, ach nö, nicht du schon wieder. Oder auch, ach nö, der will mir schon wieder helfen, mir wurde das schon oft genug gesagt. Ich sagte doch, denen kann man nicht mehr helfen, da ist alles schon zu spät. Du hast versagt als Mensch auf allen Ebenen. Wer soll deine Dinge erledigen? Dir glaubt keiner mehr, und mir willst du auch nicht glauben. Machst du jetzt wieder die gleichen Fehler? Ja, wie immer, ich will perfekt darin sein. Ich mache meine Fehler nicht umsonst. Umsonst ist die Darstellung, wie sie dir gefallen könnte, deswegen ist es ja auch so einfach. Ich habe leicht reden, weil ich nicht sprechen will. Ich spreche mit dir auf keinen Fall über meine Probleme. Wenn ich nicht sprechen kann, was mache ich? Du willst, dass ich mich unterordne, damit du mich sehen kannst. Du musst mich beobachten, weil du mich brauchst für deine Dinge. Dir ist es wichtig, dass du jemanden zum Problemeabwerfen hast. Das kann ich bei dem machen, weil ich das kann. Bei dem kann ich mich so benehmen. Da habe ich meine Freunde, die keine Freunde sind. Mit denen kann ich Spaß haben, die sind nicht sehr intelligent. Im Nachhinein bin ich nur schadenfroh mit dem, was ich machen kann. Das Leben ist meiner Meinung nach scheiße und es fühlt sich auch so an. Ich kann nicht einmal den Tag erleben und es für gut oder schlecht befinden. Deine Probleme machen sich immer wieder bemerkbar. Wo würdest du gern hingehen, wenn du allein sein möchtest? Den Ort würde ich nie mit jemandem teilen. Das ist aber schlecht, so kann dich ja keiner finden, wenn es Probleme gibt. Siehst du, du machst dein Leben abhängig von Problemen. Ich habe ein Problem, das muss ich erst bearbeiten, sonst kann ich nicht zu dir gehen. Du brauchst auch nicht zu mir zu kommen, da ich den Abstand brauche. Ich brauche Abstand von allem, sonst kann es mir nicht bessergehen. Und auch da gibt es wieder einen Nachteil. Die Angst fängt an, sich zu lösen. Ich habe Angst vor mir, da ich allein bin, da kann ich nicht abschalten. Diese Wahrnehmung muss ich mir bewusst machen. Ich nehme mich ernst, da ich bei der Sache bleiben will. Ich will bei der Sache bleiben, um meine Ängste zu lösen, dass ich allein sein kann, da ich niemanden brauche und ich Verantwortung für mich selbst übernehmen kann. Ich kann Verantwortung für mich übernehmen, und das weißt du ganz genau. Wie ist es mit dir, kannst du mich meiner Ängste berauben? Dir wird es nicht gelingen, da ich meine Ängste gut im Griff habe. Du willst mehr und immer mehr. Die Sucht und dein Verlangen in dir werden geweckt, dass du besser werden könntest. Ich will die Beste sein in dem, was ich mache. Mir soll es gutgehen, ohne dir einen Schaden anzurichten. Ich habe Angst, dein Vertrauen ist nicht gerade das Beste.

Ich komme wieder, weil ich fort war. Was passiert jetzt mit uns, nimmst du mich anders wahr als vorher? Hahaha, die will mir etwas vormachen, die nehme ich nicht ernst. Du meinst, du kannst mir Vertrauen beibringen? Du kannst dich benehmen, du wirst dich hier unterordnen. Ich habe Angst vor Veränderungen, die ich nicht kenne. Überall da, wo ich nicht dabei gewesen bin, da kann ich nicht sprechen. Ich spreche für mich in hohen Tönen, weil ich immer noch das Sagen habe. Okay, ich gehe wieder, ich kann leichter Abschied nehmen. Von dir lasse ich mir nichts sagen, du willst mich nicht beobachten. Ich muss immer dich beobachten, weil du immer gesehen werden willst. Kannst du von mir verlangen, dass ich gesehen werden soll? Nein, das kannst du nicht, du hast Angst, dir hört keiner mehr zu. Du brauchst mich für dein Verlangen, wahrgenommen zu werden. Du nimmst mich wahr, indem du mich stehen lässt. Du bist da, aber mit dir spreche ich nicht. Mach den Dreck, heißt es dann so schön. Ich mag es nicht, wenn ich mich unterordnen muss. Ihr seid eine Gruppe. Eine Gruppe besteht mindestens aus drei Leuten. Ein Paar würde heißen: zwei Menschen als Personen. Ein Pärchen, besteht das aus Mann und Frau oder sind da zwei Menschen, die sich nicht kennen und sich kennen lernen wollen? Um ein Paar zu definieren, musst du dich erst wieder ordnen. Diesmal die männliche Seite, damit du den Menschen als Mann wahrnehmen kannst, und die weibliche Seite, damit du den Menschen als Frau wahrnehmen kannst. Die männliche Seite ist die rechte Seite und die weibliche Seite ist die linke Seite. Ein Paar kann aus zwei Frauen oder zwei Männern bestehen. Das Paar beinhaltet die Männlichkeit und die Weiblichkeit als Person. Gehe ich zu zweit oder als Paar zu einem Ausflug? Du bist hier aber nicht allein, wir sind eine Gruppe. Macht jetzt die Gruppe den Ausflug oder kann ich wieder gehen? Ich will allein sein. Ich will einen schönen Ausflug miterleben und ich habe keine Lust, mich wieder unterzuordnen. Du akzeptierst mich nicht als Frau, da ich keinen Mann habe. Du schaust mich auch danach an. Hahaha, wir sind eine Gruppe, wir halten zusammen. Du bist ein Einzelgänger und du wirst auch danach behandelt. Deine Freundin, die hier mit ist, die kann dir nicht helfen, die hat einen Freund. Ob es der richtige Partner ist, ist mir egal. Wir fühlen danach, unsere Wahrnehmung ist uns wichtig. Du sollst uns kennen lernen. Du sollst wieder ein Auge auf uns haben, damit wir machen können, was wir wollen. Wir benutzen dich, wenn wir etwas falsch machen, und laden unseren Ballast bei dir ab. Super, jetzt wäre ich gern mal wieder allein. Ich bin dahingegangen, um einen Ausflug zu machen. Es wird über alles gesprochen und keiner kann erkennen, um was es wirklich geht. Bist du noch ganz bei Trost? Es geht wieder nur um die schlechte Arbeit. Der Sex wird hochgeschaukelt, um nicht schlecht dazustehen. Die Gefühle werden weggesoffen, um lockere Stimmung zu verbreiten. Du nimmst das Leben nicht ernst und meinst, du könntest es wieder mal mit Geld wiedergutmachen. Ich will nicht darüber sprechen, da du mich sowieso nicht sprechen lässt. Du lässt mich nicht zu Wort kommen, weil du Angst hast, du könntest keine Luft mehr holen. Du holst Luft und verteilst Mitleid den anderen gegenüber. Du tust mir leid, mit dir will ich nicht sprechen. Ich hole Luft, weil ich atmen will. Ich atme dir etwas vor, du kannst es eh nicht nachmachen, du weißt ja gar nicht, wie es geht. Du genießt den Gruppenzwang und steigerst dadurch deine Wahrnehmung, in der Gruppe zu sein. Du machst dich abhängig davon. In der Normalität ist das nicht falsch, wenn man einen Ausflug hat und sich abhängig von der Gruppe macht. Der Zusammenhalt ist so gegeben. Ich gebe dir das Recht und du lässt mich auch mal machen. Weißt du, was manchmal auch noch so ein Problem ist, was ich habe? Ich wache nachts auf und weiß nicht, warum. Welches Bedürfnis kann das sein? Ich muss auf die Toilette gehen, sonst fange ich an zu schwitzen. Ich schwitze aus allen Poren heraus und kann mir nicht vorstellen, woher das kommt. Meine Wahrnehmung sagt mir: Mit der rechten Niere stimmt etwas nicht. Mir tut schon seit langem die rechte Seite weh vom Körper, und vom Kopf die linke Seite. Ich habe schon vor längerer Zeit mal ein Ultraschall machen lassen, und da war die Niere auf der rechten Seite etwas vergrößert. Das war die Zeit, wo ich noch Fleisch gegessen habe. Und dagewesen bin ich eigentlich, weil die Galle wehgetan hat. Vermutet wurden Gallensteine, die aber nicht gefunden wurden. Später wurde dann eine Laktoseintoleranz festgestellt. Ich mag dieses übermäßige Schwitzen nicht. Es belastet mich und meiner Umgebung. Jeder Gang ist schwerer dadurch. Wo muss ich hingehen, damit es aufhört? Ich kann nur immer stehen bleiben und nichts tun, und das schon seit Jahren. Mein Immunsystem ist kaputt. Ich habe keine Abwehr gegen Belastungen. Ich muss weitermachen wie gehabt. Irgendwann falle ich noch um. Ich war so fertig, dass ich nicht einmal mehr mich selbst wahrnehmen konnte. Stell dir vor, ich bin gefangen im Körper vor lauter Aushalten. Ich halte dich aus und muss mich tragen. Ich halte mich aus und kann nicht sprechen. Ich habe alles gemacht, was in meiner Macht stand. Undank ist der Welt Lohn, sagt man so schön. Diesen Weltlohn habe ich nicht einmal verdient. Dich muss ich jedes Mal bewundern in deiner Schönheit, wie du sein willst. Du bist außen schön und innerlich blutest du, du willst so sein. Ich habe mir das Leben erkämpft und dir soll es genauso gehen. Ich war in einer Klinik, ich habe mich selbst eingewiesen. Ich wollte für bescheuert erklärt werden. Wie krank musst du sein? Ich bin so krank, dass mir keiner mehr helfen kann, weil ich das so will. Ich kann mich nicht leiden und ich habe keinen Selbstwert, du musst mich wie Dreck behandeln, damit ich weiß, wer ich bin. Ich muss mich spüren, ich kann nicht mehr empfinden. Ich kann nicht mehr weinen, mein Körper ist eiskalt und eine innere Leere ist da. Diese Leere kannst du nicht ausfüllen. Du bist gemein zu dir und zu den anderen. Ich will mich nicht behandeln lassen, doch ich habe keine andere Wahl. Am liebsten würde ich Selbstmord begehen, doch das lassen sie nicht zu, ich werde noch gebraucht. Ich darf nicht sterben und ich soll auch nicht existieren. Was darf ich denn überhaupt noch tun? Ich soll die Probleme ausbaden, die andere verursacht haben, dafür bist du da. Du bist diejenige, die wie Dreck behandelt wird, und das wollen die anderen weiterhin so. Du bist ein energetischer Abfalleimer. Du musst sein und kannst nicht existieren, wir wollen mehr, das darfst du nicht erkennen. Deine Probleme sind nicht unsere, doch du musst unsere Probleme aushalten. Wo ist denn die? Ist die in der Nervenklinik? Wer macht denn jetzt für uns die Drecksarbeit? Wir brauchen jemanden, der sich um uns kümmert. Ich kann mich nicht um dich kümmern, das musst du selbst schaffen. Du kannst nicht ewig von mir abhängig sein und mich als Stütze benutzen, nur weil du fremdgehen willst. Du machst dir einen Spaß aus deinem Leben und merkst nicht, wie sehr du mich dabei verletzt. Du hast alles vor dem Leben verursacht und meinst, du könntest einfach weiter so machen. Ich nehme mir hier das Recht heraus und nehme mir da das Recht heraus. Ich weiß, dass ich erkannt habe, und trotzdem mache ich weiter, das ist das, was du gemacht hast. Du wolltest nie helfen, du wolltest auch nie Ordnung schaffen. Du willst immer nur der Anführer sein von dieser Gruppe, um Macht zu besitzen. Du besitzt die Macht, dich zu beherrschen, indem du andere zerstörst mit deinem Willen. Ich will leben, ich will die falsche Frau, die richtige bekomme ich sowieso. Ich will eine Familie mit einem falschen System. Die Arbeit mache ich mir einfach, indem ich Ansagen verteile. Das Essen ist nicht wichtig, der Sex steht im Vordergrund. Das Herz, mit dem kann ich nichts anfangen, ich weiß, wie ich Luft holen muss. Ich habe das Sagen und ich lasse dich reden, damit ich dich nicht hören muss. Ich will dich beherrschen, du bekommst keine Hilfe. Dir glaubt keiner mehr, der Tag gehört nur mir. So lebst du und das ist die Realität. Du lebst in einer Realität, wo du dich falsch entwickeln sollst. Dir soll Krankheit beigebracht werden. Dir soll Verderben beigebracht werden, und gleichzeitig sollst du besser sein als der andere. Ich muss lernen, wie es mir gutgeht, wenn ich verdorben bin. Ich verderbe gern, weil ich machtlos bin gegenüber dem, was ich sein sollte. Ich sollte so sein, wie du mich einmal gebrauchen könntest. Ich muss Gewalt anwenden, wenn ich etwas nicht bekomme. Das sagtest du mir einmal. Bei mir darf keiner wissen, wenn ich versage. Ich muss immer der Bessere sein. Ich brauche ein Opfer, sonst kann ich kein Täter sein. Das Opfer bist du, damit ich dich vergewaltigen kann. Ich will handeln, doch dafür muss ich dich erpressen. Du hast niemanden erpresst, du hast mich einfach misshandelt. Du hast Gewalt angewendet, ohne zu fragen. Du fragst nicht einmal, ob ich das aushalten muss, sondern du gehst immer einen Schritt weiter. Du handelst und handelst und handelst und hast immer noch nicht genug. Du willst immer mehr und weißt nicht, wann genug ist. Die Verletzungen sind groß. Ich kann nicht Mensch sein, da wird Gewalt angewendet. Ich kann nicht weiblich sein, da wird Gewalt angewendet. Ich kann kein Kind sein, da wird Gewalt angewendet. Ich muss Gewalt in der Arbeit anwenden, weil du das so willst. Die Gewalt beim Essen, die wird mir beigebracht. Ich muss mich ruhig verhalten, sonst bekomme ich nur noch mehr Gewalt. Das Sprechen wird mir verboten und du erwartest von mir, dass ich schön spreche. Ich denke nur an den Schmerz, den du mir beibringst. Ich muss mich wieder unterordnen, weil du das verlangst. Verstehst du das Prinzip an Entwicklung, Krankheit und Schmerz und Gehorsamkeit? Ich will nicht gemein sein, doch du lässt mir keine Wahl. Ich erkenne, dass du frei sein willst. Ich erkenne, dass du keine Schmerzen haben willst. Du willst keine Familie, du bist verlassen worden, obwohl du deinen eigenen Weg gegangen bist. Du willst auch keinen Sex, weil der grauenvoll ist und wieder mit Krankheiten und Schmerzen verbunden ist. Bei der Arbeit musst du etwas finden, wo du kreativ sein kannst, um dich auszutoben. Du willst, dass das Essen wieder Spaß macht, weil du nur mehr alles in dich reinwürgst. Der Schmerz ist zu groß für alle, weil die Ekelgrenze überschritten ist. Du willst, dass dich jemand mag und ansieht und nach deinen Gefühlen geht. Ich kann nicht sprechen, da ich verloren bin. Ich habe eine Mauer um mich herum gebaut. Ich habe das Denken angefangen, wie kann ich mir selbst helfen? Ich will alles wieder in Ordnung bringen. Ich bringe nichts in Ordnung, solange ich nicht weiß, was los ist. Deine Probleme sind eben doch meine Probleme. Deine Probleme sind grenzenlos, du kannst nicht um Vergebung bitten. Ich bitte dich um deinen Rat. Du musst dir überlegen, wie du deine Probleme lösen willst, bevor es zu spät ist. Ich will weg von diesem Gehorsam, ich halte diese Schmerzen nicht mehr aus. Dieses ständige Aushalten, merkst du eigentlich noch, wer du bist? Du musst schlafen, du musst wach sein. Dann schlafe ich und du bist wach. Du schläfst und ich bin wach. Wir sind gemeinsam wach und wir schlafen gemeinsam. Ich kann auf allen Ebenen die Dinge erkennen, die für mich relevant und wichtig sind. Deine Probleme sind mir wichtig, auf die muss ich achtgeben. Ich brauche Rücksicht von dir. Lerne dich selbst kennen, sonst lernst du mich kennen. Es ist, als ob ich mich ausweinen müsste mit dem, was ich tue. Ich sehe den Dingen ins Auge. Wer bin ich überhaupt und was ist aus mir geworden?

Ich versuche mir Klarheit zu verschaffen, weil ich erkennen will, was eigentlich meine Probleme sind. Heute habe ich wieder einen schlechten Tag, obwohl draußen die Sonne scheint. Ich bin einsam, ich kann keine Nähe zulassen. Die Nähe, die ich zulassen kann, ist oberflächlich. Ich möchte glücklich werden, doch das Lachen fällt mir schwer. Ich kann nicht über deine Witze lachen, die du machst. Du bist naiv und inkompetent mir gegenüber. Du findest es witzig, mir den Tag zu vermiesen. Ich kann nicht mehr darüber weinen, irgendwann ist es vorbei. Ich verschließe mich in meinen Ängsten und suche mir einen Ort, an dem ich mich wohlfühlen kann. Doch das Alleinsein macht mir Angst. Die Begegnung mit dir macht mir Angst. Du willst mich glücklich machen und ich kann nicht erkennen, wie das geht. Ich erkenne mich in Ehrfurcht. Ich fürchte mich vor mir selbst. Die Erinnerungen werden wach, was damals war und heute nicht geschehen ist. Ich kann nicht glauben, wer ich bin. Was habe ich aus mir gemacht? Was habe ich mir von dir gefallen lassen? Ich habe den Glauben an mich selbst verloren. Ich hatte mich aufgegeben. Verloren im Dreck, verloren in mir selbst, und ich fand keine Ruhe. Die Ruhe fand ich nie in mir, weil ich nie aufgab. Ich gebe mein Leben für dich auf. Ich gebe meine Sexualität für dich auf. Ich gebe mein Kindsein für dich auf. Ich habe die Arbeit nie gelernt. Das Essen wurde mir verboten. Die Liebe wurde mir vorgeschrieben. Das Sprechen wurde mir verboten. Ich soll helfen, wo ich nur kann. Und dann soll alles schön sein? Ich finde mich nicht einmal selber schön und du willst attraktiv sein? Ich möchte erwachsen werden. Du gibst mir immer das Gefühl, der Ältere zu sein. Der Ältere hat immer recht, weil der die Arbeit versteht. Ja, ja, denke ich mir nur. Du vergisst, wer du bist. Und dann fangen die Leute an mit »damals war einmal«, um einen Rückblick zu verschaffen. Ich will mich nicht vergessen, ich habe so Angst davor. Wenn ich mich einmal vergessen habe, möchte ich mich nie wieder kennen. Stell dir mal vor, ich wache auf und erkenne, was ich getan habe. Ich wollte mich nicht ordnen, da ich die anderen beschädigen durfte. Ich durfte das Ganze miterleben. Ich wollte nie einen schönen Tag, ich wollte lieber weinen über mich selbst. Ich kann über mich selbst lachen und über meine eigene

Dummheit. Die Dummheit, die ich mache, die mache ich gern und immer wieder. Ich kann nicht glauben, dass es mir heute gutgeht. Die Haut ist eisig kalt, weil draußen schon die Kälte ist. Ich möchte schlafen, wenn es kalt wird. Ich passe mich der Temperatur an. Man sagt mir, ich solle ein Gleichgewicht schaffen und nach Yin und Yang für Ausgleich sorgen. Ich will keinen Ausgleich in mir und für dich. Du musst Ordnung schaffen. Ich kenne kein Gleichgewicht. Ich werde auch nie Gleichgewicht kennen lernen. Die Ordnung fängt im Haushalt an. Wenn du deinen Haushalt nicht erledigen kannst, dann brauchst du auch keinen schönen Tag, um für Ausgleich zu sorgen. Du bist schmutzig und verdreckt. Hast du vergessen, wer du bist? Weißt du, was Alzheimer bedeutet? Einer, der nie putzen will und immer Drecksarbeit macht, der bekommt Alzheimer. Einer, der putzen lässt und Ordnung in seinem Leben schafft, kann kein Verhalten gegenüber den anderen zeigen. Ich muss übertreiben, wo es nur geht, und habe keine Selbstdisziplin. Ich will nicht übertreiben, da du die Wahrheit nicht verträgst. Ich muss schon fast lachen, so lächerlich kann es sein. Ich lache innerlich, weil ich weinen muss über uns. Ich kann erkennen, wie es dir geht. Du suchst dich im Irgendwo und musst verreisen. Diese Reise endet hier. Nach mir kommt wieder das Leben. Und solange du das Leben nicht begreifst, so wirst du auch nie erkennen, wer du sein kannst. Ich bin, ich war. Ich will und du bekommst. Du bekommst nicht mehr. Du wirst nie mehr bekommen. Ich bin nur ich und ich will auch nur ich sein. Du brauchst nicht zu suchen, die Suche endet hier. Ich bin im Hier und ich bin im Jetzt. Wenn ich nicht da bin, so wirst du mich bekommen, ich muss warten, bis du soweit bist. Es geht nicht alles so schnell, da etwas mit uns passiert ist. Du wolltest andere Erfahrungen machen und hast mich in Mitleidenschaft gezogen. Dieses Leid konnte ich nicht ertragen und ging meinen eigenen Weg. Der Weg ist für mich dann vorbei, wenn du erkennst, was du gemacht hast. Was soll ich denn gemacht haben, machst du mir einen Vorwurf? Ja, ich mache dir einen Vorwurf, den wirst du brauchen. Ich habe mich nach dir gerichtet. Ich sah in dir ein Vorbild. Ich mag es, ein Vorbild zu haben, um zu erkennen, wonach ich mich richten soll. Jetzt bin ich selbst mein eigenes Vorbild.

Ich sehe in mir, mich erkannt zu haben. Wie ist es, wenn dich jemand erkennt, hast du da ein Augenmaß? Ich erkenne ein Maß und Ziel und weiß, wann es genug ist. Ich glaube, du weißt nicht, wann es genug ist. Ich habe eine Vorstellung, was ich machen könnte, um ein schönes Erlebnis zu bekommen. Keine Reise und keine Ziele. Dieses Erlebnis nennt sich Moment. Ein schöner Moment, der ein Augenblick sein könnte. Ich kann diesen Augenblick nicht genießen. Du willst mehr und immer mehr, da du nicht erkennen kannst, was ein Tag bedeutet. Ein Tag hat 24 Stunden. Einen Moment bitte, du musst warten. Ja, das ist richtig, solche Momente willst du nutzen. Einen Moment bitte, ich muss telefonieren. Das ist auch kein Augenblick zum Genießen. Einen Moment bitte, ich muss auf die Toilette. Ja, dann geh halt scheißen. Und ich muss wieder warten. Solche Momente finde ich zum Kotzen. Du bist so provokant mir gegenüber, dass ich das schon gar nicht mehr aushalte. Einen Moment bitte, ich habe jetzt keine drei Stunden mehr Zeit für dich. Einen Moment bitte, ich will dir jetzt für drei Stunden den Tag versauen. Einen Moment bitte, ich finde dich jetzt für drei Stunden zum Kotzen und du findest das lächerlich. Diesen Moment finde ich am besten, du hast keine Ahnung, wie viele das ausnutzen, um dir eins reinzuwürgen, nur um dir eins auszuwischen. Ich will jetzt gemein sein und diesen Augenblick werde ich genießen. Ich brauche dafür niemanden, aber ich kann es in Begleitung machen. Noch besser ist es, wenn ich ganz allein bin, dann läuft das alles nur auf meine Kappe. Ich mag Momente wie diese, ich kann mich so selbst beeinflussen, ohne den anderen zu schaden. Was ich nicht kann, ist, dich zu beeinflussen. Wenn du Momente wählst, um einen neuen Mann kennen zu lernen, hast du dir das selbst zuzuschreiben. Wenn du einen Moment wählst, um ein Ziel zu erfassen, dann ist das deine Sache. Wenn du einen Moment wählst, um Ordnung reinzubringen, ist das wichtig, um die Augen zu öffnen. Diesen Moment wähle ich, um zu sehen, wie schön es ist, was aus uns geworden ist. Die Erinnerungen werden wach und das Denken fängt von vorne an. Ich kann Erlebtes nicht einfach vergessen. Ich kann nur andere Sachen verdrängen, um abzuschalten. Wenn ich abschalten will, übertreffe ich mich wieder selbst und erlebe ein anderes Gefühlserlebnis.

Ich brauche dieses Gefühlserlebnis, sonst komme ich mir verbraucht vor und muss altern. Ich muss sowieso altern von Jahr zu Jahr, aber ich will die Schmerzen nicht haben, verbraucht zu sein. Diese Schmerzen habe ich leider, obwohl ich noch nicht alt bin. Ich habe ein Ziel und schlechte Erlebnisse. Ich will keinen Moment der Beleidigung. Ich will nicht weinen, sondern ich möchte neue Erfahrungen machen. Ich habe mich selbst kennen gelernt und möchte nie wieder diesen Weg gehen müssen. Dieser Weg der Gewalt, um etwas zu bekommen, ist keine Lösung. Ich habe erkannt, das ist keine Lösung. Ich habe nicht das Ziel verfehlt, sondern ich habe auf den Moment gewartet, etwas erreichen zu können. Ich habe lange warten müssen, da es immer wieder Momente gab, die ausgespielt worden sind. Ich habe diese Last immer mitgetragen. Bitte, warte mal. Warte, bis du dran kommst. Ich wurde vergessen, das war ihr Ziel. Dieses Vergessen holt dich irgendwann ein und du wirst dich erinnern, was du gemacht hast. Du wirst dich erinnern und wirst nachdenken, warum du diesen Weg gegangen bist. Du wolltest die Augen nicht öffnen für mich. Du hattest kein Ziel für mich. Mein Ziel war es, den Moment abzuwarten, meine Augen für mich zu öffnen, da du mich auch nicht sehen willst. Du willst mich nicht erkennen. Du zeigst mir so deine Angst. Ich möchte mich zu erkennen geben und öffne für jeden die Augen, und nicht nur für mich. Mir gefällt es nicht, was ich sehe. Ich sehe dich gern an, aber du willst nicht erkennen, wer du bist. Dein Ziel ist maßlos ohne Ende. Du brauchst aber ein Maß, sonst kannst du dich nicht ordnen. Wenn du immer nur für Ordnung sorgst, wie willst du dann andere Dinge erleben? Ich brauche die anderen Dinge, um mich selbst zu spüren. Augen auf, ich brauche Schlaf, um mich zu erholen. Augen zu, du bist die Schlafmütze. Ich habe geschlafen, ich wollte nie wach sein. Meine Erinnerungen sind wach und du siehst mich nicht an. Ich habe keine schlechten Erfahrungen gemacht, ich wollte erkennen, wer du bist.

Die Farbe Blau

Blau ist der Himmel und richtet sich nach dem Wetter. Ich sehe nicht gern nach oben, sondern ich sehe nach unten. Wenn ich nach oben sehen würde, schaute ich die Wolken an. Das reine Blau kann ich nicht erkennen. Schön ist das Wetter, wenn die Sonne scheint. Scheint die Sonne nicht, will ich das Blau nicht sehen. Ich sehe in dir Regenwetter. Du verblaust sozusagen. Blau ist eine Farbe und kein Gegenstand, den man benutzen soll. Eine blaue Hose lässt dich gut erscheinen. Erkennst du, wer du bist? Ich bin der Mensch, der glücklich sein will und blau gern ansieht. Du siehst mich an, als wäre das normal. Blau ist nicht normal. Blau hat eine Bedeutung. Ich bedeute dir viel, aber du willst den Augenschein nicht wahrnehmen. Ich will nicht normal sein, ich will anders sein als du. Jeder ist anders in seiner Einzigartigkeit und hat eine Bedeutung. Blau hat seine Macken, und die lässt es dich erkennen. Ich bin nicht blau vom Alkohol, aber ich vergesse, wer ich bin. Ich vergesse auch, wer du bist, und kann dich so besser steuern. Blau will nicht gesteuert werden und lässt es trotzdem zu. Jetzt ist es gut, ich habe dich erkannt. Du bist neu und willst wieder von vorn anfangen. Blau macht aber nicht den Anfang, sondern lässt dich müde werden, damit du den Anfang machst. Wie wach willst du sein, um das Blau zu kontrollieren? Verlierst du die Kontrolle oder kannst du dich erholen? Ich erhole mich, indem ich das Blau gern ansehe. Dafür brauche ich aber nicht ständig den Himmel anzusehen. Ich genieße die Farbe auf Augenhöhe, so komme ich am besten zurecht. Wenn ich doch den Himmel erblicke, so sollte ich mir Zeit nehmen, um mich kurz zu vergessen.

Das Kronenchakra

Das Kronenchakra kann die ganze Kontrolle über den Körper übernehmen, da es dein Bewusstsein ist. Du willst verstehen und du willst handeln. Du verstehst den Sinn aber nicht dahinter. Der Verstand setzt aus und du hast keine Kontrolle mehr. Du suchst einen Zufluchtsort im Denken. Wo denke ich hin, wenn es keine Lösung gibt? Ich muss eine Lösung finden für mein Handeln, sonst kann ich nichts übernehmen. Eine Lösung gibt es immer, doch wie weit muss ich gehen? Handele ich im Hier und Jetzt oder vernachlässige ich mich? Ich kann nicht glauben, dass ich warten muss. Ich muss auf niemanden warten, wenn ich Rücksicht nehmen muss. Meine Sorgen bleiben meine Sorgen und du darfst nicht danach handeln. Deine Sorgen bleiben meine Sorgen und ich darf auch nicht danach gehen. Ich muss die Kontrolle bei mir behalten, sonst kann ich dich kontrollieren. Ich will keine Kontrolle von dir, und auch nicht von jemand anderem. Es reicht, wenn ich mich kontrollieren muss. Du musst dir dein Handeln selber beibringen, da keiner weiß, wie du sein willst. Du hast hier eine große Veränderung in der Hand und keiner darf dir die nehmen, sonst weißt du nicht, was du gemacht hast. Du brauchst immer wieder eine Veränderung, sonst kannst du dich nicht weiterentwickeln und bist unzufrieden. Ich kann steuern, wer ich bin, und habe mich so selbst in der Hand. Wenn ich mich nicht selbst steuern kann, werde ich krank, da ich die Ordnung nicht in das System reinbringe. Es passieren Fehler, und die Fehler, die man macht, aus denen wird man nicht schlau. Du darfst niemandem die Schuld geben, wenn Fehler passieren. Du musst immer dir selbst die Schuld geben, wenn etwas passiert, sonst merkst du nicht, was ein Defizit ist. Wenn der andere die Schuld bei dir sucht und du weißt nicht, warum, gebt euch beiden nicht recht. Ihr müsst den Fehler finden, erst dann könnt ihr euch verändern.

Das Nachwort

Dieses Buch ist für mich eine Erleichterung. Ich habe getan, was ich konnte, um aus mir selbst schlau zu werden. Wer bin ich überhaupt? Was sind Chakren? Was sind Energiekörper? Wonach kann ich mich richten, wenn es mir nicht gut geht und ich nicht weiß, wonach ich suchen muss? Ich habe gelernt, damit umzugehen, was mir andere beigebracht haben, und habe ihren Umgang mit mir akzeptiert. Dieses Akzeptieren reicht mir aber nicht, ich habe mehr Erwartungen und bin immer unzufrieden. Ich denke mir jedes Mal und immer wieder, so, das war's jetzt vom Leben. Jetzt habe ich alles gesehen und ich kann gehen. Wie baue ich mich selbst auf, um durchzuhalten? Hat es Konsequenzen, nachzugeben? Ich will so nicht weitermachen und muss einen anderen Weg einschlagen. Mir hat es nicht geholfen, mein Verlangen zu stillen. Ich kann sagen, wer ich bin, und das war es schon, ich werde nicht ernst genommen. Ich mag mich nicht in einer Gruppe einmischen, wo ich denke, hier entsteht ein Zwang, durchzuhalten. Ich gehe nicht gern unter Leute und spreche auch recht ungern mit jemandem darüber. Ich sehe das mittlerweile als normal an. Einige sagen zu mir, ich sei schüchtern, und haben andere Erwartungen an mich. Ich bin nicht schüchtern, ich verstehe da keinen Spaß. Das Leben ist für mich nicht aufregend, da ich mir immer überlegen muss, was ich mache, um nicht blöd dazustehen. Ich passe nicht in dieses System, was geschaffen wurde. Sicher meinen es die Beamten und die Behörden gut, ein System zu schaffen, um Ordnung für den Menschen reinzubringen. Die Tiere müssen versorgt werden und alles muss geregelt sein. Mir ist das zu langweilig. Du verpflichtest dich nach dem Gesetz, was andere wollen, und vergisst dich wieder selbst. Ich habe keine Lust mehr darauf. Der Bürger erwartet Anstand vom Staat und benimmt sich wie eine Drecksau. Gäbe es keine Gesetze, würdest du in deinem Elend ersticken. Ich bin es leid, den Menschen so krank zu sehen, und denke mir: Warum kann der sich nicht selbst helfen? Die Erwartungen gegenüber den anderen sind hoch, da meine Erwartungen sehr gering sind mir gegenüber. Der andere muss mehr machen, damit du es leichter hast. Ich erwarte von jedem, dass er aufhört damit. Es hat jeder eine Leichtigkeit verdient. Für dich und für jeden ist der Sex am wichtigsten. Du machst andere kaputt mit diesem System. Der Sex ist nicht das Wichtigste, darum muss jeder Gehorsam leisten. Es vernachlässigt jeder seine Aufgaben, für sich selbst zu sorgen. Ich muss mich pflegen, sowas nennt sich Hygiene. Kann ich für mich selbst nicht mehr sorgen, habe ich keine Verantwortung mehr. Jeder gelernte Beruf ist wertvoll, und du machst weiter mit deiner Achtsamkeit dir gegenüber und findest es schön. Wo soll ich anfangen, dich zu verstehen? Ich schäme mich für dich, das wollte ich dir schon immer mal sagen. Ich mache das freiwillig und mit Gewalt, du hast keine Zukunft mehr. Bist du Opfer oder Täter? Ich bin beides. Einen Teil habe ich gezwungen, damit ich selbst mein Elend finde. Ich kann nicht ertragen, was hier passiert ist. Ich werde es dir heimzahlen, so standen sie mir gegenüber. Die Strafe habe ich bekommen, doch ich sehe es nicht ein, dass andere wieder darunter leiden müssen. Du kannst irgendwann nicht mehr. Deine Energie ist aufgebraucht, wer soll dich retten? Der Lichtkörper, das bist du. Du hast dich zu einem Menschen entwickelt oder zu einem Tier. Das Chakra ist ein Energiekörper. Das Chakra brauchst du, es macht den Entwicklungsschritt, den du haben möchtest. Es gibt noch Arkanums, das sind Farbproteine, und es gibt noch Meridiane, das sind Schlüsselfiguren für die Handlungen. Der Lichtkörperprozess ist eine Wandlung von dem Ganzen im Energiekörper. Anteile, die abgespalten sind, können wiederkommen, indem man lernt, auf sich achtzugeben. Ich möchte vollständig sein, da ich mich als Mensch wahrnehmen möchte. Die Aufgaben kann ich erst dann erledigen, wenn ich soweit bin, das ist richtig. Ich will soweit sein. Die Lust ist mir vergangen, ewig zu warten, bis du mal Zeit hast für mich. Das Leben ist kein Geschenk Gottes, du allein bist dafür verantwortlich. Die Fehler, die du gemacht hast, die musst du auch wieder ausbaden.